MW00425749

David Roas (Barcelona, 1965) es profesor de Teoría de la Literatura y Literatura Comparada en la Universidad Autónoma de Barcelona. Especialista en literatura fantástica, ha dedicado a este género diversas obras entre las que cabe destacar los ensayos *Teorías de lo fantástico* (2001), *La sombra del cuervo. Edgar Allan Poe y la literatura fantástica española del siglo XIX* (2011) y *Tras los límites de lo real. Una definición de lo fantástico* (2011; IV Premio Málaga de Ensayo). Entre sus obras de ficción destacan los volúmenes de cuentos y microrrelatos *Los dichos de un necio* (1996), *Horrores cotidianos* (2007), *Distorsiones* (2010; VIII Premio Setenil al mejor libro de cuentos del año), *Intuiciones y delirios* (2012) y *Bienvenidos a Incaland®* (2014). Asimismo, es autor de las novelas *Celuloide sangriento* (1996) y *La estrategia del koala* (2013) y del libro de crónicas humorísticas *Meditaciones de un arponero* (2008).

Rosa Samper estudió Comunicación Audiovisual y Teoría de la Literatura en la Universidad de Barcelona, convencida que entre el cine y los libros había un punto en común: las historias. Actualmente trabaja como editora en Penguin Random House Grupo Editorial y no abandona la idea de escribir algún día su propio libro vampírico.

Óscar Sáenz es licenciado en Filología Hispánica y Teoría de la Literatura y Literatura Comparada. Máster en Edición. Ha escrito la trilogía de libros infantiles *Súper Bromas* para la editorial Montena.

BAUDELAIRE
BYRON
CONAN DOYLE
DUMAS
GAUTIER
GÓGOL
HOFFMANN
LE FANU
MAUPASSANT
POE
POLIDORI

Vampiros

Edición de
ROSA SAMPER
ÓSCAR SÁENZ

Epílogo de
DAVID ROAS

PENGUIN CLÁSICOS

Papel certificado por el Forest Stewardship Council®

Primera edición: octubre de 2017

© 2017, Penguin Random House Grupo Editorial, S. A. U.
Travessera de Gràcia, 47-49. 08021 Barcelona
© 2011, Rosa Samper y Óscar Sáenz, por la edición
© 2017, David Roas, por el epílogo
© Jacinto Luis Guereña, por la traducción de «Las metamorfosis del vampiro»,
cedida por Visor Libros; © 2011, Maria Riera, por la traducción de «El *giaour*»;
© Amando Lázaro Ros, por la traducción de «El parásito», cedida por Valdemar;
© 2011, José Ramón Monreal, por la traducción de «La dama pálida» y de «El Horla»;
© Marta Giné, por la traducción de «La muerta enamorada»; © Víctor Gallego Ballestero,
por la traducción de «Vi», cedida por Alba Editorial; © Ana Isabel y Luis Fernando
Moreno Claros, por la traducción de «Vampirismo», cedida por Valdemar;
© Jonio González, por la traducción de «Carmilla», cedida por Ediciones B;
© Herederos de Julio Cortázar, por la traducción de «Berenice»;
© Camila Loew, por la traducción de «El vampiro»

Printed in Spain – Impreso en España

ISBN: 978-84-9105-354-5
Depósito legal: B-14.479-2017

Compuesto en M. I. Maquetación, S. L.

Impreso en Liberdúplex
Sant Llorenç d'Hortons (Barcelona)

PG 53545

Penguin
Random House
Grupo Editorial

Índice

NOTA DE LOS EDITORES

El vampiro es un clásico, el gran clásico de los mitos de terror. Del imaginario al papel, nunca ha dejado de estar presente en la literatura, bien desde la adaptación directa del folclore, bien colándose como una sombra en otras obras. Antes de convertirse en la gran obra maestra de la literatura pop, gracias al *Drácula* de Bram Stoker, la figura del vampiro había conquistado ya los altos y los bajos instintos de la literatura. El mito vampírico, en su potencia y su voluptuosidad, atrajo a los autores de prestigio que aquí se recogen, llamándolos hacia el género, incitándolos a desbordarlo.

Proceden de distintas tradiciones y su encuentro con el monstruo es distinto en cada caso, pero arrastra siempre un contagio de lo desconocido, la seducción de una idea informe, que toma su fuerza de lo impalpable del mito. Ellos nos mostraron al vampiro antes de que la explosión mundial del libro de Stoker fijara para siempre el canon de la criatura, le diera nombre e hiciera el inventario de sus rasgos y costumbres tal y como hoy los conocemos. En esta selección de textos se recogen algunas de esas características canónicas, pero se entremezclan con otras insólitas, propias de una condición vampírica libre y poderosamente múltiple.

Como los seres que la habitan, esta antología es también ambigua; muta y succiona, transita de género a género. Esto es así porque no hemos pretendido contener los antecedentes, no hemos querido realizar una lista exhaustiva de los autores que alguna vez coquetearon con el vampiro. Simplemente hemos recogido, como en un gabinete de curiosidades, algunas de las identidades múltiples que adoptó la criatura en compañía de escritores tan distintos como Poe o Dumas, antes de que el monstruo tuviera nombre propio.

Porque el argumento vampírico es en esencia atracción y metamorfosis. Así fue antes de *Drácula* y así parece que seguirá siendo, a juzgar por su inmortalidad.

Rosa Samper y Óscar Sáenz

LAS METAMORFOSIS DEL VAMPIRO

CHARLES BAUDELAIRE

La mujer, con toda naturalidad,
como serpiente sobre ascuas, y deleitándose
y frotándose los senos con las ballenas del corsé, de su boca
de fresa exhalaba palabras impregnadas de almizcle:
«Tengo húmedos los labios, y conozco la ciencia
que echa a perder en un lecho a la conciencia.
Todos los llantos seco en mis pechos triunfantes,
y a los viejos hago reír con risa de niños.
¡Para quien me ve desnuda y sin velo, yo suplo
a la luna y al sol, al cielo y a las estrellas!
Así es, querido sabio, tan docta soy en voluptuosidades ·
cuando en mis brazos temidos aprisiono a un hombre,
o al abandonar a los mordiscos mi busto,
tan trémula y libertina, tan frágil y robusta soy
que en estos colchones que de emoción se desmayan,
¡hasta los ángeles impotentes por mí se condenarían!».

Cuando de los huesos toda la médula me sacó,
y al volverme, lánguidamente, hacia ella, para
rendirle un beso de amor, ¡solo hallé
un odre de flancos viscosos y llenos de pus!
En mi frío horror, cerré los ojos, y
al abrirlos ante una luz vivísima,
junto a mí, en lugar del muñeco poderoso
que parecía estar saciado de sangre, solo vi
despojos de esqueleto en su temblor confuso,

y de allí surgían gritos como los de una veleta
o de un rótulo, en la punta de una varilla de hierro
que balancea el viento en las noches de invierno.

EL *GIAOUR*

LORD BYRON

Un recuerdo funesto, un pesar que vierte
su lóbrega sombra sobre nuestro júbilo y nuestro dolor,
al que la Vida no logra arrojar luz ni oscuridad,
para el que la alegría no es bálsamo, ni la aflicción acicate.

THOMAS MOORE

Para Samuel Rogers,
como pequeña pero sincera muestra
de admiración por su genio,
de respeto por su carácter
y de gratitud por su amistad;
este poema lo firma
su solícito y fraterno servidor.

LORD BYRON

AVISO

Los hechos que estos inconexos fragmentos presentan están basados en una situación actualmente menos común en Oriente que antaño, ya sea porque las señoritas son más circunspectas o porque los cristianos tienen mejor fortuna o menor afán. La historia, en su versión completa, narra las aventuras de una esclava que fue arrojada al mar, siguiendo la costumbre musulmana, por infidelidad, y vengada por un joven veneciano, su amante, durante la época en que las Siete Islas pertenecían a la República de Venecia y justo después de que los arnaútes fueran expulsados de la Morea, península que saquearon durante un tiempo tras la invasión rusa. La deserción de los maynotes, a quienes se prohibió el saqueo de Mistra, condujo al abandono de dicha empresa y a la desolación de la Morea, en cuyo seno se produjeron, por parte de ambos bandos, crueles atrocidades sin precedentes en la historia de los fieles.

Ningún aliento quiebra la ola
que se arrastra bajo el sepulcro ateniense,
la tumba que, rutilante sobre el acantilado,
da la bienvenida al esquife que vuelve a casa,
sobre la tierra que él salvó en vano,
¿cuándo volverá a vivir semejante héroe?

* * *

¡Clima apacible! Cada estación sonríe
benévola sobre las bienaventuradas islas,
que atisbadas desde la cumbre de las Columnas,
embelesan al corazón que acoge el paisaje
y ensalzan el gozo de la soledad.
La mejilla del océano, con su tímido hoyuelo,
refleja el color de incontables cimas
capturadas por la risueña marea
que baña estos edenes de las aguas orientales;
y si alguna vez una brisa pasajera
agrieta el azul cristal de los mares,
o barre una flor de los árboles,
¡cuán bienvenido es ese aire manso,
que despierta y aventa todos los olores!

Pues ahí, la Rosa del cerro o del valle,
sultana del Ruiseñor,
    la doncella para quien su melodía
    y sus mil cánticos se oyen en lo alto,
florece ruborizada por el relato de su amante;
su reina, la reina del jardín, su Rosa,
que ni los vientos comban, ni las nieves hielan,
lejos de los inviernos de Occidente
bendecida por cada brisa y cada estación,
devuelve su natural dulzura
en suave incienso al cielo;
y agradecido el firmamento le otorga
su más bello color y su aromático suspiro.
Hay allí muchas flores de verano,
y muchas sombras que el amor compartirá,
y muchas grutas, concebidas para el descanso,
que acogen como huésped al pirata;
su corbeta, oculta en la profunda cala,
acecha las proas que avanzan en paz,
hasta que se oye la alegre guitarra del marinero,
y la estrella del crepúsculo se vislumbra;
entonces zarpan en silencio, con quedo remar,
resguardados por la rocosa orilla,
y los merodeadores asaltan a su presa,
y tornan en gemidos su canción.
Cuán extraño que donde la naturaleza trazó,
como si para los Dioses fuera, un placentero paraje,
donde encanto y gracia se fundieron
con el paraíso por ella engendrado;
que justo ahí el hombre, amante de la discordia,
el paisaje corrompa y torne en jungla,
pisoteando brutalmente la flor,
que creció sin cuentas ni cuitas.

No exige el cultivo de su mano
para brotar de esta tierra de jauja,
sino que aflora sin reparar en cuidados,
y lo corteja con dulzura y abundancia.
Cuán extraño que allí, en remanso de paz,
la pasión se subleve en su orgullo,
y reinen la lujuria y la violencia sin freno
que empañan ese hermoso lugar.
Diríase que los demonios, victoriosos,
se impusieron a los serafines asaltados,
y tomaron los tronos celestiales
los herederos del infierno liberados.
¡Tan dulce el decorado, para el gozo nacido,
y tan viles los tiranos que así lo asolan!

    Como quien se ha inclinado sobre los muertos,
antes de que el primer día de su muerte expire;
el primer día de oscuridad en la nada,
el último de peligro y sufrimiento;
(antes de que los implacables dedos de la descomposición
hayan barrido las líneas donde la belleza perdura)
para dar testigo del leve aire angelical,
del embeleso del reposo que se posa
en los suaves rasgos inertes que surcan
la languidez de la pálida mejilla,
y, salvo ese triste ojo amortajado,
que ni arde, ni ve, ni llora, ahora,
salvo esa gélida mirada inalterable,
donde la apatía de la fría cárcel
consterna el corazón del doliente,
como si pudiera condenarlo al destino
que incita su temor y, al tiempo, su pensamiento…
Sí, en esos momentos, nada más,

durante breves instantes, en la hora traicionera,
aún dudará del poder del tirano,
tan justo, tan plácido, tan delicadamente impartido,
primera y última mirada por la muerte revelada.
Ese es el aspecto de esta costa.
Esto es Grecia, ¡pero ya no la Grecia de los vivos!
Tan fríamente dulce, tan mortíferamente apacible,
su naturaleza desalmada nos sobresalta.
Del alma es el encanto en la muerte,
que no parte con el último aliento;
pero la belleza que temible aflora
en la palidez que la lleva hacia la tumba,
es el último resquicio oculto de expresión,
un halo dorado que se cierne sobre la descomposición,
¡el último rayo del Sentimiento pasado!
¡Centella de aquella llama, de creación divina acaso,
que aún reluce, pero ya no da calor a su amada tierra!

¡Región del valeroso jamás olvidado!,
cuya tierra, de la llanura a la cueva montañosa,
fue hogar de la Libertad y sepulcro de la Gloria.
¡Santuario del soberano! ¿Será cierto
que esto es cuanto de ti queda?
Acércate, cobarde esclavo encogido:
dime, ¿no estamos acaso en las Termópilas?
Estas aguas azules que te bañan
oh, servil vástago de los libres,
habla: qué mar, qué costa es esta.
¡El golfo, la roca de Salamina!
Estos parajes, de historia aún desconocida,
se erigen y te convierten de nuevo en quien eres;
arrebata de las cenizas de tus padres
las brasas de su antiguo fuego,

y que quien muera en la guerra
añada al de los suyos un nombre temido,
que hará temblar a la tiranía,
y dará esperanza y honor a sus hijos,
que también preferirán la muerte a la vergüenza.
Pues la batalla por la Libertad, una vez iniciada,
si es legada por sangre de padre a hijo,
a pesar de las frustraciones será siempre ganada.
¡Contempla, Grecia, esta tu página viviente,
y prométele una era inmortal!
Mientras los reyes se ocultaban entre las sombras
y dejaban una pirámide sin nombre,
tus héroes, superando fatalidades,
han dejado atrás la columna de sus tumbas
y han conquistado un monumento más poderoso:
¡las montañas de su tierra natal!
¡Tu Musa dirige la mirada de los forasteros
hacia las tumbas de quienes nunca morirán!
Larga es la historia y triste sería relatar
el paso del esplendor a la vergüenza.
Ningún enemigo forastero pudo sofocar
tu alma, que por sí misma se derrumbó.
Sí, su propia humillación allanó el camino
para las cadenas de villanos y déspotas.

¿Qué puede contar quien tu orilla pisa?
    Ninguna leyenda de los viejos tiempos,
ningún motivo sobre el que la musa se alce
hasta tus alturas de antaño,
    cuando el hombre era merecedor de tu tierra.
Los corazones que nacieron en tus valles,
las fogosas almas que acaso llevaron
    a tus hijos a realizar sublimes actos;

ahora se arrastran de la cuna a la tumba,
esclavos o, aún peor, siervos de un esclavo,
    e insensibles a todo excepto al crimen;
mancillados por el mal que corrompe
la Humanidad, apenas superior a las bestias;
ni siquiera atesoran la virtud del salvaje,
con su pecho libre y valeroso.
Hasta los puertos lindantes navegan
trazando proverbiales tretas y antiguas artimañas,
que distinguen al griego astuto,
por ello y solo por ello renombrado.
En vano apelará la Libertad
al espíritu por la esclavitud quebrado
para que alce el cuello que corteja el yugo.
No pienso lamentar más su pena,
mas este será un relato triste;
y quienes lo escuchen a buen seguro hallarán
en quien lo cuenta motivos para penar.

* * *

Asomando a lo lejos, sobre el mar azul,
avanzando por entre las sombras de las rocas,
a ojo del pescador se asemeja al barco
de un pirata de las islas o de un maynote;
temiendo por su frágil caique
sortea este la cercana aunque incierta cala.
A pesar de la fatiga del trabajo,
y sepultado bajo un mar de escamas,
lento y firme gobierna el remo,
hasta que la orilla segura de Port Leone
lo ampara con la tenue luz
tan propia de la noche de Oriente.

* * *

¿Quién llega a galope en negrísimo corcel?
Aminorando la marcha, avanzando al paso,
bajo el ruidoso traqueteo de hierro,
los ecos cavernosos retumbando alrededor,
latigazo a latigazo, salto a salto;
la espuma que rezuma por el costado del corcel
parece proceder de la oceánica marea:
¡aunque las olas agotadas ahora descansen,
no hay tregua en el pecho del jinete,
y aunque la tormenta arrecie
es más mansa, joven *giaour*, que tu corazón!
No te conozco, desprecio tu raza,
pero en tus facciones asoma ya
lo que el tiempo fijará para no borrar jamás;
aunque joven y pálido, tu rostro cetrino
está carcomido por una pasión ardiente;
aunque al suelo orientes tu malvada mirada
y veloz cual meteoro te deslices, te veo pasar
y reconozco a alguien que en los hijos de Osmán
hallará tan solo muerte y rechazo.

Trotando a toda prisa, siempre adelante,
atrajo mi mirada asombrada al verlo volar;
como un demonio de la noche
pasó y desapareció de mi vista;
su aspecto y su aire imprimieron
un recuerdo atribulado en mi corazón;
y mucho después mi oído amedrentado
percibía aún el trotar de su negro corcel.
Espolea sus ijares, se acerca al acantilado,
que proyecta su sombra en las profundidades,

da media vuelta, cabalga aprisa,
la roca lo oculta de mis ojos;
comprendo que no es bienvenido
viendo su mirada fija en quienes huyen;
ninguna estrella lo ilumina, reluciente,
mientras parte a paso ligero.
Avanzó presuroso, pero antes de marcharse
una mirada dirigió, cual si fuera la última:
un momento detuvo su veloz corcel,
un momento de reposo le brindó,
un momento en el estribo se apoyó.
¿Por qué contempla el olivar?
La luna creciente brilla sobre la colina
relucen las altas lámparas de la mezquita.
Aunque demasiado remoto para oír
el eco del lejano *tufek*,
los destellos de sus jubilosos disparos
dan fe del celo musulmán.
Anoche se puso el sol del Ramadán,
anoche la fiesta del Bairam se inauguró,
anoche… pero ¿quién y qué eres tú,
de atuendo forastero y mirada aterradora?
¿Y qué es todo esto para ti,
que ni te frena ni te ahuyenta?
Se detuvo, con expresión amedrentada,
que enseguida el odio reemplazó.
Se levantó no con el airado fulgor
y el repentino rubor de la furia efímera,
sino pálido como el mármol del sepulcro,
más lúgubre aún en su espectral blancura.
El ceño se le frunció sobre la mirada vidriosa,
alzó el brazo, lo alzó con rabia,
y agitó con vehemencia la mano en alto,

como si dudara entre volver o partir;
impaciente por tanta espera
su negro corcel relinchó con fuerza:
él bajó la mano y empuñó la espada.
Aquel sonido lo despertó de su duermevela
como el ulular del búho altera el descanso.
La espuela saja el ijar de la montura,
lejos, bien lejos, cabalga por su vida.
Veloz cual herido por un *jerid*
arranca espoleado su asustado corcel.
Dobla el escollo y la orilla
ya no tiembla con el ruidoso traqueteo.
Alcanza la peña, ya no se atisba
su cristiana cresta ni su altivo semblante.
Fue solo un instante, pero supo refrenar
la briosa fiera por las riendas bien sujeta;
por un momento se detuvo, y luego huyó
cual si la muerte lo persiguiera;
pero en aquel instante, sobre su alma
inviernos de memoria se cernieron
y reunieron en ese punto del tiempo
una vida de sufrimiento, una era de crímenes.
Sobre aquel que ama, odia o teme,
ese momento vierte el dolor de años.
¿Qué sintió *él*, oprimido a su vez
por lo que más distrae el corazón?
Aquella pausa en que caviló sobre su sino,
¡quién osará aventurar su sombría duración!
¡Aunque apenas existió en el registro del tiempo,
fue una eternidad para el pensamiento!
Pues es infinito como el espacio sin límite
el pensamiento que la Conciencia debe abrazar,

capaz en sí mismo de abarcar
una aflicción sin nombre, ni esperanza, ni final.

El momento ha pasado, el *giaour* se ha marchado,
¿partió volando o tal vez cayó?
Maldita la hora en que vino y se fue,
pues selló la maldición por el pecado de Hasán
que tornará el palacio en tumba;
llegó y se marchó, como el simún,
aquel presagio de ocaso y desdichas,
bajo cuyo aliento, feroz y extenuante,
hasta el ciprés encuentra la muerte. ¡Árbol oscuro,
triste aun cuando la pena del otro se desvanece,
el único doliente infalible de los fallecidos!

El corcel ha desaparecido del establo,
ningún siervo se divisa en la morada de Hasán;
la fina tela gris de la araña solitaria
se mece lentamente, sobre el muro extendida;
el murciélago teje su enramada en el harén;
y en la fortaleza de su poder
el búho usurpa la torre del faro;
asomado a la fuente el chacal aúlla,
con sed frustrada y hambriento, ansioso,
pues el arroyo se ha secado en su lecho de mármol,
donde se esparcen la maleza y el triste polvo.
Era grato antaño verlo brotar
y perseguir la calidez del día,
mientras saltando en lo alto el plateado rocío
viraba formando asombrosos remolinos,
y daba al aire un agradable frescor
y vida al jardín verdeante.
Era grato, cuando las estrellas relucían,

contemplar la ola de luz acuosa,
y en la noche oír su melodía.
A menudo jugó el pequeño Hasán
en la orilla de esta dulce cascada;
y a menudo sobre el pecho de su madre
aquel sonido propició su reposo;
a menudo la juventud de Hasán se vio
aplacada por el canto de la belleza en su ribera;
y más dulces parecían las diluidas notas
de la música al mezclarse con la suya.
Nunca más reposará la edad de Hasán
sobre la orilla al ponerse el sol,
¡el arroyo que colmaba la fuente se ha evaporado,
la sangre que templaba su corazón se ha derramado!
Y ya nunca más aquí se oirá
voz humana rabiar, deplorar ni deleitarse;
la última triste nota que avivó el temporal
fue el furioso llanto fúnebre de una mujer.
Eso cesó y llegó el sosiego; todo es silencio
salvo la verja que bate cuando el viento sopla:
aunque arrecien sus ráfagas y la lluvia todo lo anegue,
ninguna mano volverá a cerrar su aldaba.
En las dunas era un gozo contemplar
los toscos pasos de otro hombre,
pues allí hasta la voz del Dolor
podía despertar un Eco de alivio,
como si dijera: «No se han ido todos;
aún perdura la Vida, aunque la encarne un solo ser».
Por muchas cámaras doradas
que la Soledad bien sabrá preservar;
bajo esa cúpula la Descomposición
lentamente ha abierto su macilento camino
y la penumbra se reúne sobre la verja.

Ni el mismo faquir allí esperará;
ni el caminante derviche allí se hospedará,
pues ningún presente alegrará su demora;
ni el forastero cansado allí se detendrá
para bendecir el sagrado «pan con sal».
Tanto la Riqueza como la Pobreza
pasarán sin atender ni ser atendidas,
pues la Cortesía y la Compasión murieron
con Hasán en la ladera de la montaña.
Su tejado, aquel refugio de los hombres,
es guarida de la ávida Desolación.
¡El huésped huye del salón y el vasallo del campo,
pues el sable del infiel su turbante partió!

* * *

Oigo el sonido de pasos acercarse,
pero no me saluda voz alguna;
más cerca, distingo cada turbante,
y también un yatagán en vaina de plata.
El primero de la banda vislumbro,
un Emir, con su manto verde:
    «¡Di! ¿Quién eres?». «Me inclino, *salam*,
    pues soy hijo del Islam.»
«La carga que tan dignamente llevas,
parece pedir tu mayor cuidado,
sin duda contiene una valiosa mercancía,
que mi humilde corbeta con gusto atendería.»

    «Tus palabras me alivian; desamarra el esquife
y aléjanos de la orilla silenciosa;
no, deja aún la vela recogida
y maneja el remo más cercano,

y a medio camino de aquellas rocas, donde sestean
las aguas encauzadas, profundas y oscuras,
reposa de tu esfuerzo, valientemente cumplido.
Nuestro curso hemos seguido velozmente,
y con todo es el viaje más largo, por ventura,
el viaje de…»

* * *

Sombría y lentamente se hundió,
la plácida ola hasta la orilla mecida;
lo vi sumergirse, según me pareció,
en un remolino de corriente atrapado
y revuelto. Pero era apenas la luna
reflejada sobre el vigoroso cauce.
Lo seguí, hasta que de mi vista se perdió,
y naufragó como un guijarro.
Menguante, una blanca mancha
perló la marea hasta burlar la vista;
sus recónditos secretos duermen ya,
patrimonio solo de los Genios del abismo,
que, temblando en sus cuevas de coral,
ni a las olas susurrarlos osan.

* * *

Elevándose con sus purpúreas alas,
la lepidóptera reina de la primavera oriental,
sobre campos esmeralda de Cachemira
festeja al joven perseguidor
y lo guía de flor en flor;
persecución agotadora, tiempo derrochado,
pronto lo deja, se eleva por las alturas,

con el corazón jadeante y la mirada llorosa.
La Belleza atrae al niño, ya crecido,
con su policromo fulgor de alas salvajes;
la frívola emboscada de miedos y esperanzas
empezó en un antojo y terminó en lágrimas.
Si conquistadas, por idénticos males traicionadas,
mariposa y doncella compartirán la aflicción
de una vida de dolor y de sosiego perdido,
fruto del juego infantil o del capricho adulto.
El dulce juguete tercamente anhelado
ha perdido su encanto al ser logrado,
pues cada caricia que corteja a la presa
va barriendo sus relucientes colores
hasta desvanecer todo encanto, color y belleza.
Deberá escoger entre volar o caer, sola.
Con el ala dañada o el corazón sangrante,
ay, ¿dónde reposarán las desventuradas?
¿Podrá acaso el ala herida elevarse
de la rosa a la tulipa como antaño?
La Belleza, devastada en un suspiro,
¿hallará la dicha en su maltrecha enramada?
No: los insectos que jubilosos revolotean
jamás posan el ala sobre los que fallecen,
y el donaire derrocha misericordia
por cualquier descarrío salvo el propio.
No hay pena que una lágrima no merezca
salvo el sufrir de la descarriada hermana.

* * *

La Mente, turbada por la congoja del culpable,
    es como el Escorpión cercado por el fuego
en un círculo que se estrecha al arder.

Las llamas rodean de cerca al cautivo,
hasta que por mil agonías colmado,
    y enloquecido por su ira,
tan solo un triste alivio halla:
el aguijón que guarda para sus enemigos
y cuyo veneno jamás usó en vano
con una sola punzada cura todo dolor
y alcanza raudo su cerebro desesperado.
Haz, pues, que la oscuridad del alma expire,
o vive como el escorpión por el fuego cercado;
así se encona la mente de Arrepentimiento quebrada,
discorde en la tierra, rechazada en el cielo.
¡Tinieblas en lo alto, tormento debajo,
a su alrededor llamas y en su interior la muerte!

* * *

    Hasán el oscuro desde el Harén vuela,
mas no detiene su mirada en mujer alguna,
la inusitada persecución todo su tiempo roba,
aunque no comparte el gozo del cazador.
No estaba, pues, acostumbrado a volar así
cuando Leila moraba en su *saray*.
¿Ya no mora Leila allí?
Esa historia solo puede contarla Hasán:
extraños rumores en la ciudad afirman
que aquella víspera Leila huyó,
tras ponerse el último sol del Ramadán,
y relucientes desde cada minarete
millones de faroles proclamaron la fiesta
del Bairam sobre el inmenso Oriente.
Fue entonces cuando dijo ir a los baños,
donde el airado Hasán en vano la buscó:

había huido de la furia de su amo
a semejanza del paje georgiano.
Y lejos ya del poder del musulmán
lo había injuriado con el infiel *giaour*.
Algo de esto había Hasán imaginado,
pero, aún enamorado, de su lealtad se convenció
y ciegamente confió en la esclava,
cuya traición una tumba bien merecía.
Aquella víspera había ido a la mezquita,
y de allí al banquete en su cabaña.
Esa es la historia que cuentan sus nubios,
que las mujeres a su cargo no supieron velar;
pero otros juran que aquella noche,
bajo la temblorosa luz de la pálida *fingari*,
al *giaour* sobre su azabache corcel
divisaron, cabalgando solo y veloz,
con la espuela ensangrentada, junto a la orilla,
y ni doncella ni paje tras él llevaba.

* * *

Los negros ojos de Leila en vano describiría,
mas si contemplas los de la Gacela,
tu imaginación hallará guía,
tan grandes, tan lánguidamente oscuros,
su Alma revelan en cada destello
que asoma tras sus párpados,
brillantes como la joya de Jamshid.
Sí, *Alma*, y si el profeta decir osara
que su forma no es más que arcilla viviente,
¡por Alá!, yo replicaría que no,
aunque del arco de Al-Sirat pendiera,
que sobre la fogosa riada se tambalea,

con el Paraíso al alcance de mi vista,
y todas sus huríes me llamaran sin cesar.
¡Oh! ¿Quién puede la mirada de Leila leer
y aun así ser fiel a esa parte de su credo
según el cual la mujer no es más que barro
y juguete sin alma para el deseo del tirano?
Hacia ella mirará el muftí, y reconocerá
que en sus ojos asoma el Inmortal.
En el color ardiente de su bella mejilla,
las jóvenes flores del granado esparcen
su juventud en inauditos rubores.
Su pelo ondea como el jacinto
cuando suelta libres todos sus rizos;
entre sus siervas en el salón
se erigía a todas ellas superior,
quienes barrían el mármol donde sus pies
más blancos relucían que la nieve
antes de caer desde las nubes
sobre la tierra que la emborrona.
Como el noble cisne pasea por el lago,
así desfilaba la hija de Circasia,
¡el ave más bella del Frangistán!
Como alza su cresta el cisne alborotado,
    al rechazar la ola con orgullosas alas,
cuando los pasos de un forastero oye
en la ribera en que su agua linda.
Así erguía Leila su blanco cuello:
armada de belleza desafiaba intrusas miradas,
hasta que los ojos del capricho
se acobardaban ante el encanto que elogiar buscaban.
Tan grácil y elegante era su paso;
su corazón a su amante con ternura se debía,

su amante, severo Hasán, ¿quién era?
¡Ay! ¡Este título no te correspondía!

* * *

El severo Hasán ha emprendido un viaje
con veinte vasallos en su séquito,
todos armados hasta los dientes,
con arcabuz y yatagán;
enfrente va el líder, ataviado para la guerra,
lleva en el cinto su cimitarra,
manchada de sangre del mejor arnaúte,
de cuando en el paso a los rebeldes se enfrentaron
y pocos regresaron para contar
lo sucedido en el valle del Parne.
Las pistolas que su cinto sujetaba
pertenecieron antaño a un pachá,
y aunque incrustado y bañado en oro,
incluso los ladrones al contemplarlo tiemblan.
Dicen que se dirige a cortejar a una mujer
más devota que la que de su lado huyó;
la infiel esclava que su enramada rompió,
y, peor aún, ¡por un *giaour*!

* * *

El postrero sol ilumina la colina
y centellea en el arroyo de la fuente,
cuyas benditas aguas, frescas y cristalinas,
hacen las delicias del montañero.
Tal vez aquí el perezoso comerciante griego
encontrará el reposo que en vano buscaría
en las ciudades más cercanas a su señor,

temblando por su secreto tesoro.
Aquí, de todos oculto, descansará,
esclavo entre multitudes, libre en el desierto;
y con el vino prohibido ensuciará
la copa que el musulmán no debe apurar.

* * *

El primer tártaro alcanza la brecha,
visible por su turbante amarillo,
mientras el resto en una dilatada hilera
serpentean lentamente por la larga cresta.
En lo alto señorea la cumbre de la montaña,
donde los buitres afilan sus sedientos picos;
de un banquete podrán gozar esta noche,
que los tentará a bajar antes de que amanezca.
A sus pies, el cauce invernal del río
ha menguado ante el sol de verano
y es ahora un canal inhóspito y desierto,
salvo por los agónicos arbustos del margen.
A ambos lados del camino de sirga yacen
diminutos pedazos de grisáceo granito,
desprendidos por el tiempo o por un rayo
de la cumbre envuelta por la celeste neblina.
¿Dónde se encuentra aquel que ha contemplado
la cima de Liakura sin velos?

* * *

Alcanzan la tumba de pino al fin,
«¡*Basmala*! El peligro ya ha pasado;
a lo lejos distingo la llanura abierta,
allí azuzaremos los corceles con brío»,

anunció el chauz, y mientras hablaba,
una bala le pasó silbando junto a la cabeza;
¡el primer tártaro muerde el polvo!

Sin tiempo para asegurar las riendas
saltan aprisa los jinetes de los corceles,
    pero tres ya no volverán a montar;
los enemigos que los hirieron están ocultos
    en vano claman venganza los moribundos.
Con el acero desenvainado y la carabina inclinada,
algunos se apoyan en el arnés,
    resguardados tras su corcel,
otros se esconden tras la roca más cercana,
y allí aguardan el siguiente impacto.

No se resignan dócilmente a desangrarse
bajo el cañón de los taimados enemigos,
que no osan abandonar su escarpado parapeto.
Solo el fiero Hasán de su caballo
no se digna descender y sigue su curso
hasta que ardientes fogonazos en la vanguardia
proclaman sin duda que los bandoleros
han bloqueado el único camino
y a la ansiada presa pueden atacar.
Su barba con ira rizó,
y un rabioso fuego centelleó en sus ojos.
«Aunque por doquier las balas silban al viento
yo sobreviví a un momento más sangriento.»
Ahora los adversarios abandonan su baluarte,
para pedir a los vasallos su rendición;
pero las coléricas palabras de Hasán enfurecido
son más temidas que el sable hostil,
ningún hombre de su pequeña cuadrilla
entregó su carabina o yatagán,
ni pronunció el cobarde grito: *¡amáun!*

Ya a la vista, cada vez más cerca,
los adversarios, otrora ocultos, se muestran
y saliendo de entre los árboles avanzan,
algunos cabalgan sobre caballos de batalla.
¿Quién es su guía, de aspecto forastero,
que a lo lejos ilumina con su mano encendida?
«Es él, es él, ahora lo reconozco,
lo reconozco por su frente pálida;
lo reconozco por el mal de ojo
que exacerba su envidiosa traición,
lo reconozco por el negro pelaje de su corcel,
aunque de arnaúte vaya ataviado,
apóstata de su propia vil fe,
nada lo salvará de la muerte.
¡Es él, siempre bien hallado, el amante
de la descarriada Leila, el infausto *giaour*!»

Al precipitarse el río hacia el océano,
en su negro torrente desbocado,
al envite del reflujo de la marea
que con orgullo su azul columna yergue,
numerosos remos contra la corriente luchan
y entre nubes de espuma en el oleaje se diluyen;
mientras el remolino gira y la ola bate,
enardecidos por el rugiente viento invernal;
en el argénteo rocío del fragor de las olas
el brillo del agua resplandece
intensamente blanco sobre la orilla,
que reluce y titila bajo tamaño estruendo.
Así, el río y el océano se encuentran,
y se enfurecen sus olas cuando se reúnen,
así topan los bandos a quienes afrentas mutuas,
destino e injurias por sus caminos empujan.

El estremecedor zarandeo de los sables en duelo,
que restallan a lo lejos y zumban más cerca,
sus ecos en el retumbante oído,
el disparo mortal que silba en la distancia,
el impacto, el grito, el rugido de guerra
reverberan por este valle,
más propio de un cuento de pastores.
¡Aunque pocos sean, suya es la batalla,
ni piden clemencia, ni perdonan la vida!
Los jóvenes corazones ingenuamente se afanan
en tomar y compartir la amorosa caricia,
pero ni el mismísimo Amor puede aspirar,
a pesar de todo lo que la Belleza ofrece,
a la mitad del fervor que el Odio confiere
en el último envite a los adversarios,
cuando, en pleno forcejeo, se ciñen
en un abrazo que jamás ha de soltar su presa.
La amistad se rompe, el amor se mofa de la fidelidad;
pero ¡los enemigos en la contienda mueren unidos!

* * *

Con el sable cimbreando hasta la empuñadura,
bañado ya en la sangre que él ha derramado;
aún asido por la mano cercenada
que tiembla empuñada a esa tea desleal.
Atrás quedó el turbante,
en dos partido por los pliegues;
su holgada túnica rasgada por un bracamarte,
carmesí como las nubes al alba,
que, teñidas de rojo oscuro, le auguran
al día un final tormentoso.
Una mancha en cada arbusto donde quedó

prendido un fragmento de su *palampur,*
su pecho surcado por incontables heridas,
su espalda contra el suelo, su rostro vuelto al cielo,
Hasán ha caído, su ojo entreabierto
aún observa al enemigo,
como si tras la hora que marcó su destino
perviviera aún su odio insaciable;
sobre él se inclina el enemigo, con cejo tan oscuro
como el de quien más abajo se desangra.

* * *

«Sí, Leila duerme bajo las olas,
pero él yacerá en una tumba más roja;
el alma de ella escogió bien el acero
que enseñó a sentir a tan alevoso corazón.
Él invocó al Profeta, pero su poder
fue vano contra el vengativo *giaour.*
Invocó a Alá, pero sus palabras
se alzaron desoídas o no escuchadas.
¡Necio pagano! ¿Debería acaso la oración de Leila
pasar inadvertida y la tuya ser escuchada?
Esperé mi hora y me uní a los bandidos
para a su vez capturar al traidor;
mi cólera se ha sembrado, el mal está hecho,
y ahora me voy, aunque parto solo.»

* * *
* * *

Tintinean las campanas de los camellos al pastar,
su madre miraba al cielo desde la celosía,
    vio perlarse el rocío del crepúsculo

sobre el verde de los prados, ante sus ojos.
«Se pone el sol… mas su séquito no tardará.»
No podía descansar en la enramada del jardín,
ahora aguarda tras los mimbres de la más alta torre.
«¿Por qué no llega? Sus corceles son veloces,
tampoco se amedrentan ante el ardor del verano.
¿Por qué no manda el novio su prometida ofrenda?
¿Se le habrá enfriado el corazón? ¿Será su púa menos afilada?
¡Oh, falsos reproches! El tártaro aquel
ha alcanzado ya la cima de la montaña más cercana,
con cautela por la ladera desciende,
y ahora serpentea en el fondo del valle;
lleva su ofrenda sobre la montura.
¿Cómo osé creer que su corcel era lento?
Mi generosidad compensará con creces
su pronta llegada y fatigado camino.»
En la verja, el tártaro quedó alumbrado,
apenas mantenía su débil cuerpo en pie.
Su negra mirada presagiaba una desgracia,
aunque tal vez fuera por el cansancio;
sus ropas estaban manchadas de sangre,
aunque tal vez fuera de su corcel;
se sacó una prenda del bolsillo.
¡Cielo santo! ¡El turbante rasgado de Hasán!
Su *calpac* astroso, su caftán manchado.
«Señora, a una terrible dama su hijo ha desposado,
mi vida he salvado aunque no por clemencia,
sino para traerle esta prenda empañada.
¡En paz descanse el valiente, cuya sangre se ha derramado!
¡Maldito sea el *giaour*, pues suya es toda la culpa!»

* * *

Un turbante grabado en la piedra tosca,
una columna envuelta por la maleza,
en la que hoy apenas puede leerse
el verso del Corán que llora por el difunto,
señalan el lugar donde Hasán murió,
víctima en esta hondonada solitaria.
Allí descansa un verdadero osmanlí,
como ningún otro que en La Meca se haya arrodillado,
que haya rehusado el vino prohibido,
que haya rezado con el rostro vuelto hacia el santuario
las oraciones una y otra vez repetidas
a la solemne voz de «¡Alá *Hu*!»
Y, aun así, murió en manos de un extraño,
de un forastero en su tierra natal,
murió cuando iba armado,
y sin ser vengado, por lo menos con sangre.
Ahora las doncellas del paraíso
    impacientes a sus salones lo invitan,
y el oscuro Edén de los ojos de la hurí
    se abrirá sobre él, siempre resplandeciente.
¡Ya llegan, con sus verdes pañuelos al viento,
y reciben con un beso al valiente!
Quien cae luchando contra un *giaour*
merece una enramada inmortal.

* * *

Pero ¡tú, falso infiel, te retorcerás
bajo la vengadora guadaña de Munkar!
De su tormento escaparás tan solo
para vagar por el trono perdido de Iblís.
El fuego no saciado, insaciable, se alzará
a tu alrededor, en tu fuero interno y tu corazón;

¡ni el oído puede oír, ni la lengua narrar
las torturas de este infierno interior!
Pero primero, para a la tierra como vampiro volver,
tu cuerpo debe ser arrancado de su tumba.
Tu espectro rondará tu tierra natal,
y sorberá la sangre de toda tu raza.
De tu hija, tu hermana y tu esposa,
a medianoche, drenará el caudal de la vida,
mas odiarás el banquete que sin falta
deberá alimentar tu lívido cadáver viviente.
Tus víctimas, antes de perecer,
en el demonio a su padre verán,
te maldecirán, y tú serás su maldición:
tus flores por el tallo se marchitan.
Pero una de las que por tu crimen muere,
la más joven, la más querida,
te bendecirá y te llamará «padre».
¡Esa palabra consumirá tu corazón en llamas!
Pero debes terminar tu cometido y dar cuenta
del último rubor de su mejilla, el último brillo de sus ojos
y su última mirada vidriosa, que contemplarás
mientras se hiela, azul y sin vida.
Con tu mano no consagrada arrancarás
sus rubios mechones,
los mismos que en vida cortabas
para llevarlos como muestra de tu afecto.
¡Pero ahora se los has arrebatado,
en homenaje a tu desesperación!
Empapados de la sangre de tu sangre gotearán
tus rechinantes dientes y tu labio enjuto;
luego te dirigirás a tu oscura tumba,
donde retozarás con gules e ifrits,

hasta que estos horrorizados huirán
de aquel espectro más desdeñable que ellos.

* * *

«¿Cómo llamáis a aquel solitario *caloyer*?
    Sus rasgos he visto antes
en mi país natal, aunque muchos años atrás.
Caminando con premura por la desierta orilla,
lo vi apresurarse raudo y veloz
como nunca un corcel ha servido a su jinete.
Pero una vez vi ese rostro, ya entonces
marcado por el dolor interno,
jamás pude olvidarlo.
Hoy respira con el mismo espíritu oscuro,
como si hubiera la muerte marcado su mirada.»

«Por la marea de verano hará dos trienios
    que a nuestros frailes se unió;
aquí la calma lo ayuda a soportar
    alguna acción oscura que nunca revela.
Jamás durante la oración vespertina,
ni tampoco ante el confesionario
se arrodilla, y es ajeno al incienso
y a los cánticos que por los cielos se elevan.
Merodea sombrío en su solitaria celda,
y calla su fe lo mismo que su raza.
El mar desde la tierra pagana cruzó,
y hasta aquí ascendió desde la costa,
aunque no tiene aspecto de otomano
y es cristiano apenas en sus rasgos.
Diría que es un renegado descarriado,
arrepentido de la decisión que tomó,

aunque evita nuestro sagrado santuario,
y no prueba el vino ni el pan benditos.
Suntuosos obsequios a estos muros ofreció
para comprar el favor de nuestro abad;
pero si fuera yo prior, ni un día más
permitiría que el forastero aquí morara,
o encerrado en la celda penitenciaria
lo condenaría a sobrevivir sus días.
A menudo en sus visiones menciona
a una doncella arrojada al mar;
sables enfrentados, enemigos que huyen,
agravios vengados y un musulmán fallecido.
En el acantilado lo han visto
seguir delirando a una mano ensangrentada
recién arrancada de su extremidad original,
invisible para todos salvo para él,
que lo invita a unirse a su tumba
y lo alienta a arrojarse al océano.»

* * *
* * *

Oscura y antinatural es la mirada
que refulge tras su negro hábito,
el fulgor de esos ojos dilatados
deja ver mucho de tiempos pasados.
Aunque varíe, su tono es inequívoco,
y quien lo mira a menudo lo lamenta,
pues en sus ojos acecha un nefando maleficio,
indescriptible pero que revela
un alto e insaciable espíritu,
que se impone y domina.
Y como el ave que aunque las alas bate

no logra volar frente los ojos de la serpiente,
los demás temblarán bajo su mirada,
que no podrán evitar y a la que sucumbirán.
Cuando un fraile asustadizo con él se cruce
estando a solas, de buen grado se retirará,
cual si sus ojos y su amarga sonrisa
contagiaran a otros pavor y maldad.
Rara vez se digna sonreír,
y cuando lo hace entristece ver
que solo se burla del sufrimiento.
¡Cómo tuerce sus pálidos labios!
Luego quedan inmóviles, diríase que para siempre,
como si el pesar o el desdén
le impidieran volver a sonreír.
Ojalá así fuera, pues su siniestro regocijo
jamás del gozo podría proceder.
Pero más triste sería aún tratar de adivinar
los sentimientos de antaño de ese rostro:
el tiempo no ha fijado sus facciones,
los rasgos claros con los malvados se mezclan,
y su semblante conserva un cierto brillo
que revela una mente aún no degradada
a pesar de los crímenes que ha vadeado.
Cualquiera alcanza a ver la sombra
de sus díscolas acciones y su justa condena.
Un observador atento logrará atisbar
su alma noble y distinguida descendencia.
Pero ¡ay!, ambas le fueron conferidas en vano:
el Dolor las pudo cambiar y la Culpa enturbiar.
No era nada vulgar la morada
en que esas nobles dotes se alojaron;
hoy en cambio su mera visión

     provoca poco menos que terror.

La choza destechada, devastada y desgarrada,
    apenas detendrá el paso del caminante,
la torre, derribada por la guerra o la tormenta,
si bien aún conserva alguna almena,
    intimida y arredra al ojo forastero.
¡Los arcos con yedra y los pilares solitarios
son testigos altivos de glorias pasadas!
«Arrastra despacio el atuendo en que se envuelve
    por el largo pasillo de columnas;
con aspecto temible, observa sombrío
    los ritos que santifican la pila.
Mas cuando el cántico hace temblar el coro
y se arrodillan los monjes, él se retira
y a la luz de la tintineante antorcha
su rostro refulge en el porche;
allí se detendrá hasta que todo termine
y oirá la oración sin en ella tomar parte.
Ahí, junto al muro apenas iluminado
se quita la capucha, su negra melena cae
y le cubre enmarañada el pálido entrecejo,
como si la misma gorgona allí hubiera trenzado
el más negro mechón de serpientes
que su aterradora frente oculta.
Rehusa el juramento del convento
y deja crecer sus execrables mechones,
aunque el resto del cuerpo con nuestro atuendo viste.
Y no por devoción, sino por orgullo,
dona riqueza a unos muros que jamás oyeron
de su voz ni voto ni palabra sagrada.
¡Fijaos! ¡Ahí está! ¡Mientras las armonías
alzan sus altas plegarias al cielo,
esa lívida mejilla y ese aire pétreo
mezclan desafío y desespero!

¡San Francisco, aléjalo del santuario!
O sufriremos la furia divina
manifestada en una atroz señal.
Si un ángel maligno jamás se ocultó
tras una forma mortal, fue la suya.
¡Por toda mi fe en el perdón del pecado,
ese aspecto no pertenece a la tierra ni al cielo!»

Al amor los más blandos corazones son proclives,
mas este ni es ni será por entero suyo:
demasiado tímidos para compartir sus sufrimientos,
demasiado mansos para enfrentarse al desespero.
No, solo corazones adustos en solitario sentirán
la herida que el tiempo jamás ha de sanar.
El duro acero de la mina
debe arder antes de adquirir brillo,
sumergido en las llamas de la caldera
se ablanda y funde sin dejar de ser el mismo.
Templado según tu deseo o voluntad,
te ayudará a defenderte o a matar:
un escudo para momentos de peligro
o una espada para derramar la sangre de tu adversario;
mas si toma la forma de una daga,
¡que quienes su hoja afilen estén prevenidos!
Así la pasión ardiente y las artes de mujer
pueden transformar y domar al corazón adusto.
Estos le darán nueva forma y templanza,
y lo que de ellos resulte perdurará,
aunque habrá de romperse antes de volverse a doblar.

* * *
* * *

Si la soledad sigue a la pena,
huir del dolor es alivio escaso;
el páramo del corazón vacío
agradecerá el dolor que lo haga menguar;
aborrecemos lo que no podemos compartir,
incluso la felicidad en soledad sería pena.
El corazón que ha conocido la desolación
solo en el odio encontrará alivio.
¡Es como si los muertos pudieran percibir
la gélida lombriz que por su cuerpo repta,
y se estremecieran con el trepar del reptil,
que se deleita sobre su corrompido sueño,
sin poder siquiera ahuyentar
las frías bestias que de su polvo se nutren!
Es como si el ave del desierto,
        cuyo pico desata el torrente de su corazón
        para aplacar el piar de sus hambrientas crías,
sin lamentar jamás la vida a ellas concedida,
desgarrara su devoto, impetuoso pecho,
para volver a su nido y encontrarlo vacío.
El dolor más placentero que el desdichado siente
        es el embeleso del lóbrego vacío,
        el desierto sin hojas del espíritu,
el derroche de sentimientos estériles.
¿Quién iba a querer contemplar
un cielo sin nubes ni sol?
Mucho mejor el rugir de la tormenta
que jamás volver a afrontar las olas,
arrojado tras la guerra de los vientos
solitario náufrago a orillas de la fortuna,
entre la sombría calma y la silenciosa bahía,
condenado a un lento, desolado deterioro.

¡Mucho mejor hundirse por el impacto
que consumirse lentamente sobre las rocas!

* * *

«¡Padre! Tus días han transcurrido en paz,
    pasando el rosario y encadenando oraciones
para pedir que cese el pecado ajeno,
    libre de crímenes y preocupaciones,
salvo los males pasajeros que a todos azotan.
Ese fue tu sino desde la juventud;
sabrás guardarte de los arrebatos
de pasiones intensas y desbocadas,
que confesarán tus penitentes,
cuyos pecados y sufrimientos secretos
en tu puro y piadoso pecho hallarán reposo.
Mis días, aunque fueron pocos, transcurrieron
con gran dicha y mayor pesar.
Viviendo entre el amor y la lucha,
he logrado escapar al hastío de la vida;
ora unido a amigos, ora rodeado de enemigos,
siempre aborrecí la languidez del reposo.
Nada me queda para amar u odiar,
nada alienta ya mi esperanza ni mi orgullo;
preferiría ser la bestia más vil
que trepa por los muros de la mazmorra,
antes que pasar la montonía de mis días
condenado a la meditación y el recogimiento.
Late en mi pecho el deseo de reposar,
aunque sentirlo no me ofrece descanso,
pronto saciará mi destino ese deseo;
    y podré dormir sin soñar
lo que fui y aún seguiría siendo.

Por oscuros que mis actos te parezcan
mi memoria no es hoy sino la tumba
de la felicidad ya fallecida. Mis esperanzas, su condena:
mejor habría sido morir con ellos
que soportar una vida de tormentos constantes.
Mi espíritu se contrajo para no tener que resistir
la ardua agonía del dolor incesante;
y no buscó voluntariamente la tumba
del viejo necio y el joven truhán.
No temo mi cita con la muerte,
y en la batalla habría sido bello
que el peligro me hubiera empujado
a actuar como esclavo de la gloria y no del amor.
A ella me he enfrentado, mas no por honor.
Desprecio los laureles ganados o perdidos:
para otros dejo el camino que lleva
a la fama y la paga del mercenario.
Mas coloca de nuevo ante mis ojos
lo que para mí es mayor recompensa,
la doncella a la que amé, el hombre al que odié,
y seguiré los pasos del destino
(para salvar o matar, tal como exigen),
abriéndome camino entre el acero y el fuego.
No dudes de estas palabras de alguien
que volvería a hacer lo que ya antes ha hecho.
La muerte es aquello que los altivos combaten,
los débiles sufren y los desdichados imploran.
Deja que la Vida vaya con el generoso.
Si jamás temblé ante los ojos del peligro
cuando fui noble y feliz, ¿voy a hacerlo ahora?»

* * *

«¡La amé, fraile! Más aún, la adoré.

Tal afirmación podría hacerla cualquiera,
pero yo la probé con hechos y no con palabras,
hay sangre en la espada torcida,
        una mancha que del acero jamás se borrará:
la sangre fue derramada por ella, que murió por mí,
        sangre que templó el corazón de quien yo odiaba.
No, no te turbes, tampoco te arrodilles,
        no cuentes esta muerte entre mis pecados,
¡absuélveme de este acto,
pues era un hombre hostil a tu credo!
El mismísimo nombre de Nazaret
producía la inquina de su pagana cólera.
¡Necio ingrato! Mas por haber blandido
un hacha en su robusto puño
y sufrido heridas por galileos causadas,
el cielo turco ante él se abrió,
las huríes aún lo estarán esperando
impacientes ante la puerta del Profeta.
La amé, el amor hallará su camino
incluso por senderos que los lobos temen,
y si reúne el coraje, difícil es
que la pasión no obtenga recompensa alguna.
No importa cómo, dónde ni por qué,
no la busqué ni suspiré en vano,
aunque a veces, con remordimiento,
deseo en vano que ella no hubiera vuelto a amar.
Murió, no oso decirte cómo,
pero fíjate, ¡lo llevo escrito en el rostro!
En él puede leerse la maldición y el crimen de Caín,
en letras que el tiempo no ha borrado.
Mas antes de condenarme detente,
yo no cometí el acto, sino que fui su causa;

él hizo lo que yo mismo habría hecho
si ella hubiera sido infiel a más de uno.
Desleal hacia él, él asestó el golpe;
fiel hacia mí, yo me libré de él.
Aunque quizá Leila mereciera su condena,
su traición significó lealtad para mí;
a mí me ofreció su corazón, lo único
que la tiranía no puede conquistar.
Y yo, ¡ay!, llegué tarde para salvarla,
mas le di cuanto pude: di, y fue un leve bálsamo,
una tumba a nuestro enemigo.
Su muerte no me pesa; mas el destino de ella
ha hecho de mí alguien que bien habrás de odiar.
La suerte de él estaba escrita: él lo sabía,
advertido por la voz del fiero Tahir,
en cuyo oído, como sombría premonición,
silbó el disparo que acechaba la muerte,
¡mientras dirigía a su tropa al lugar donde cayeron!
Él también murió en el fragor de la batalla,
donde ni el sudor ni el dolor se sienten,
una desesperada apelación a Mahoma
y una oración a Alá fue cuanto salió de sus labios:
me reconoció y me buscó en el combate,
contemplé su cuerpo tendido sobre el suelo
y vi consumirse su espíritu;
atravesado como el leopardo por el acero del cazador,
no sintió ni la mitad de lo que siento yo ahora.
En vano intenté encontrar
los restos de una mente herida;
cada rasgo de aquel cuerpo sombrío
revelaba rabia, pero no remordimiento.
¡Qué no habría dado la Venganza para marcar
de desolación su perecedero semblante!

¡El arrepentimiento tardío de aquel momento,
cuando la Penitencia ha perdido su poder
de arrancar el terror de la tumba,
no brinda ya ni alivio ni salvación alguna!»

* * *

«Los temperamentos fríos tienen la sangre fría,
    su amor apenas merece ser así llamado;
pero el mío era como el río de lava
    que arde en las llamas del corazón del Etna.
No hablaré, dejándome arrastrar,
ni de amor ni de las cadenas de la belleza;
el rubor de la mejilla y la vena hirviente,
los labios que saben torcerse pero no lamentar,
el fuerte latido del corazón y la locura,
los actos audaces y el temple vengativo,
y todo lo que he sentido y aún siento:
presagio de amor, de un amor que fue mío
y que se reveló en amargas señales.
Es cierto, no pude gemir ni suspirar,
solo pude obtener su amor o morir.
Muero, pero habiendo poseído:
pase lo que pase, ya he sido bendecido.
¿Debo ahora maldecir la suerte que escogí?
No; de todo despojado, ante todo impasible,
salvo ante el pensamiento de la muerte de Leila,
ofréceme el placer junto con el dolor
para que pueda vivir y volver a amar.
Sufro, mas no, venerado confesor,
por aquel a quien maté, sino por la que murió
y hoy descansa bajo las cadenciosas olas.
Ojalá una tumba en la tierra tuviera,

que mi corazón herido y mi mente dolida
pudieran compartir su angosto lecho.
Era ella un ser de vida y de luz,
al verla en la mirada quedaba su impronta
y aparecía allí donde volvías la vista.
¡La estrella del alba de la memoria!»

«Sí, el Amor es la luz celestial,
    un destello del fuego inmortal
compartido con los ángeles y conferido por Alá,
    para elevar de la tierra nuestros bajos deseos.
La devoción da alas a la mente,
pero en el amor el mismo cielo desciende,
un sentimiento por el Altísimo conferido
que aleja los pensamientos sórdidos.
¡Un Rayo de aquel que todo lo creó,
su Gloria abrazando el alma!
Sé que mi amor era imperfecto, como
el que los mortales por ese nombre llaman,
tenlo por malvado, si te place,
pero dime, acepta, ¡que ella no fue culpable!
Ella era la certera luz de mi vida,
que se apagó: ¿qué iluminará ahora mi noche?
¡Ojalá aún brillara para guiarme,
así fuera hacia la muerte o la enfermedad!
¿Por qué te sorprendes? Quienes han perdido
    la alegría presente o la esperanza futura
    ya no soportan dócilmente el dolor,
y en su frenesí al destino acusan,
en su locura cometen actos horribles
    que solo suman más culpa a su tormento.
¡Ay!, el pecho que se desgarra por dentro
    no es capaz de sufrir por el pesar ajeno.

Aquel que de la felicidad conocida cae
no teme el abismo que le espera.
Terribles como los del aberrante buitre,
    venerable anciano, mis actos te parecerán,
leo aversión en tu rostro,
    ¡también para soportar esto he nacido!
Es cierto que, cual ese ave rapaz,
sembrando terror me he abierto camino,
pero aprendí de la paloma
a morir sin conocer otro amor.
El hombre debe aprender esta lección
de aquello que ha osado desdeñar:
el pájaro que canta entre helechos
o el cisne que nada en el lago
una pareja, y solo una, tomará.
Deje al necio con su deambular,
que con desdén contempla a quienes cambiar no pueden,
que comparta sus gestas con jóvenes jactanciosos:
yo no envidio sus variados placeres
y considero a esos débiles sin corazón
inferiores al solitario cisne
y peores que a la banal doncella
a la que dejó confiada y traicionó.
Tal vergüenza al menos nunca probé,
¡Leila, todos mis pensamientos para ti fueron!
Mi bondad, mi culpa, mi fortuna, mi pesar,
mi esperanza en lo más alto, yo en lo más bajo.
En la tierra no hay otra como tú
o, si la hay, para mí existe en vano:
no soportaría ver a una mujer que a ti
se asemejara, pero que no fuera tú.
De los crímenes que mancillaron mi juventud,
en este lecho de muerte, doy testigo de su verdad.

Es ya demasiado tarde, ¡tú fuiste, y aún eres,
el delicioso desvarío de mi corazón!»

«La había perdido, y aun así respiraba yo,
    aunque no fuera el aire de la vida humana,
una serpiente se enroscaba a mi corazón
    y envenenaba mis pensamientos.
Ajeno a cada segundo, detestando todo lugar,
estremecido rehuí la Naturaleza,
cuyos colores, antes cautivadores,
la negrura de mi pecho de oscuro tiñeron.
El resto ya te es conocido,
de mis pecados sabes y de la mitad de mi pesar,
mas no me hables de penitencia:
sabes que pronto he de partir,
y aunque tu sacro sermón fuera cierto,
¿puedes acaso deshacer el mal ya cometido?
No me tomes por ingrato, pero este dolor mío
no busca en la iglesia alivio alguno.
El paradero de mi alma permanece en secreto,
y si sientes piedad por mí, no digas nada.
Si pudieras devolver a mi Leila a la vida,
entonces pediría tu perdón
y que mi causa defendieras en las alturas,
donde las misas compradas ofrecen gracia.
Cuando la mano del cazador haya arrancado
de la cueva en la jungla a sus gemebundas crías,
ve y alivia a la solitaria leona,
¡mas no quieras banalizar ni aplacar mi angustia!»

«En días pasados y momentos felices,
    cuando corazón con corazón el goce compartían,
y florecían las enramadas en mi valle natal,

yo tenía, ¿lo tengo ahora?, ¡un amigo!
Te pido que a él ofrezcas esta prenda,
    en honor a los votos de juventud:
quiero advertirle de mi final
    aunque las almas absortas como la mía
apenas retornan a distantes amistades,
mas mi nombre mancillado él aún estima.
Es extraño, pues supo él predecir mi condena,
    y yo sonreía (entonces era capaz de sonreír)
mientras su voz apelaba a la prudencia
    y me advertía ya ni siquiera sé de qué.
Pero ahora en mi recuerdo susurran
sus palabras en las que apenas reparé.
Dile que sus premoniciones se han cumplido;
    él se conmoverá al oír la verdad
    y deseará que sus palabras no hubieran sido ciertas.
Dile que, por haberlo desoído,
    muchos amargos momentos
    nuestra dorada juventud atravesó.
Entre el dolor, mi titubeante lengua intentó
bendecir su recuerdo antes de fallecer;
pero tal vez el cielo habría montado en cólera
al oír al culpable por el inocente orar.
No le pido que no me culpe,
lo sé demasiado noble para herir mi nombre.
Aunque, ¿de qué me sirve ya el honor?
No le pido que no me llore,
tamaña frialdad podría parecer un desprecio;
¿acaso hay algo que pueda honrar más el ataúd de un hermano
que las viriles lágrimas de la amistad?
¡Llévale este anillo, a él perteneció,
 y revélale todo lo que has presenciado!
¡El astroso armazón, la mente arruinada,

el sufrimiento que la pasión ha causado,
el pergamino arrugado y las hojas esparcidas,
marchitas por la otoñal ráfaga del dolor!»

* * *

«No digas que fue un destello de la imaginación,
no, padre, no, no fue un sueño.
¡Ay!, para soñar hace falta dormir,
yo solo vi y deseé llorar,
aunque no pude, pues las sienes candentes
hacían retumbar mi cerebro, como ahora.
Deseé derramar una sola lágrima,
eso habría sido algo nuevo y querido;
lo deseé entonces y aún lo deseo ahora,
mas mi desconsuelo es mayor que mi voluntad.
No derroches tus plegarias, el desconsuelo
supera también tu piadosa oración.
No querría, aunque pudiera, ser bendecido,
otro paraíso que el reposo no anhelo.
Fue entonces, ¡palabra, padre!,
cuando la vi, sí, de nuevo con vida;
reluciente en su blanco *symar*.
Como, a través de la nube gris la estrella
que ahora veo, así la vi a ella
que es infinitamente más bella.
En la penumbra veo su tintineante destello,
la próxima noche será más oscura.
Y yo ante sus rayos me presento,
despojado de vida, puro miedo viviente.
Divago, padre, porque mi alma
se acerca a la meta útlima.
La vi, padre, y me alcé,

con mi aflicción en el olvido;
a toda prisa salí de mi lecho
y la abracé contra mi desolado pecho;
la abracé… ¿qué fue lo que abracé?
Ningún cuerpo respiraba entre mis brazos,
ningún corazón respondía a mis latidos,
y aun así, ¡Leila, tuya era la forma!
¿Tanto has cambiado, mi amada,
que aunque mirarte puedo no logro sentirte?
¿Fue tu belleza jamás tan fría?
No me importa, mis brazos envuelven
aquello que siempre desearon abrazar.
Pero ¡ay!, aferrados a una sombra
sobre mi solitario corazón se postran;
mas allí está, en silencio aguarda,
¡con suplicantes manos me llama!
Con el pelo trenzado y sus negros ojos…
supe que era mentira, ¡no podía morir!
Pero él está muerto, vi cómo lo enterraban
en la hondonada donde pereció.
No regresará, pues de la tierra no puede
desasirse. ¿Por qué, entonces, estás tú despierta?
¡Supe por alguien que las olas arrastraron
el rostro que veo, el cuerpo que amo;
supe que sucedió una horrible tragedia!
Eso quise decir, pero mi lengua no respondía.
Si es verdad y de tu oceánica cueva
vienes para requerir una tumba más grata,
¡oh!, que tus húmedos dedos acaricien
mi frente para que deje de arder,
o pósalos sobre mi abatido corazón.
¡Forma o sombra, seas lo que seas,
por piedad, jamás vuelvas a abandonarme!

¡Lleva mi alma contigo más allá
de donde sopla el viento y la corriente arrastra!»

* * *

«Este es mi nombre y esta es mi historia,
    confesor, a tu discreto oído
susurro el tormento que me mortifica,
    y agradezco tus generosas lágrimas
que mis propios ojos jamás podrán verter.
Tiéndeme en la más humilde tumba,
no alces una cruz sobre mi cabeza,
no graves ni nombres ni emblemas
que el forastero curioso pueda leer
o que detenga el paso del peregrino.»
Pereció y ni su nombre ni su estirpe
han dejado recuerdo ni rastro,
salvo lo que callar debe el padre
que lo confesó el día de su muerte.
Este fragmentario relato es cuanto sabemos
de aquella a quien amó y de aquel a quien mató.

EL PARÁSITO

ARTHUR CONAN DOYLE

24 de marzo

Ha llegado la plenitud de la primavera; el gran nogal que se yergue ante la ventana de mi laboratorio está repleto de yemas gruesas, viscosas, pegajosas; de algunas de ellas, ya desgarradas, emergen pequeños tallos verdes.

Se siente, al pasear por los senderos, operar en todas partes las rebosantes fuerzas silenciosas de la naturaleza.

La tierra húmeda emana aromas de frutos jugosos y en todos lados brotan ramitas nuevas, tensadas por la savia que las hincha; y la brumosa y pesada atmósfera inglesa tiene un cierto perfume resinoso.

Brotes sobre los sotos; bajo ellos, ovejas; en todas partes actúa la labor de la reproducción.

Ahí fuera, lo veo perfectamente; aquí dentro, lo siento en mi interior.

También nosotros tenemos nuestra primavera: las arterias se dilatan, la linfa fluye rebosante, las glándulas laten y filtran con energía.

La naturaleza repara cada año el mecanismo en su conjunto.

Ahora mismo siento bullir la sangre. Podría bailar como un moscardón en los lozanos rayos que el sol poniente envía a través de mi ventana.

Y, desde luego, lo haría si no fuera por el temor de que Charles Sadler subiera la escalera de cuatro en cuatro peldaños para ver qué ocurre.

Además, debo recordar que soy el profesor Gilroy.

Un profesor viejo puede permitirse el lujo de actuar según sus impulsos; pero, si la suerte ha decidido otorgar una de las cátedras más importantes de la universidad a un hombre de cuarenta y tres años, este ha de andar con cuidado para conservar su puesto.

¡Qué tipo, ese Wilson! Si yo pudiera aplicar a la fisiología todo el entusiasmo que él pone en la psicología, me convertiría al menos en un igual de Claude Bernard. Todo en él, vida, alma, energía, todo apunta hacia un solo objetivo. Cuando se duerme, lo hace reflexionando sobre los resultados que ha obtenido durante el día, y cuando se despierta, lo primero que hace es fraguar un plan para la jornada que empieza.

Sin embargo, fuera del pequeño círculo de sus amistades tiene escasa notoriedad.

La fisiología es una ciencia reconocida; si añado un ladrillo al edificio, todo el mundo se da cuenta, y aplaude.

Wilson, en cambio, se mata excavando los cimientos de una ciencia futura. Su trabajo es enteramente subterráneo y no despierta tanto interés.

Pese a todo, él sigue adelante, sin quejas. Mantiene correspondencia con un centenar de personajes medio locos, y con la esperanza de encontrar un dato indiscutible, tiene que cribar un sinfín de patrañas entre las cuales la suerte puede permitirle descubrir una brizna de verdad.

Colecciona libros viejos. Los nuevos, los devora.

Lleva a cabo experimentos, da conferencias. Trata de provocar en los demás la fuerte pasión que le devora a él.

Yo me siento lleno de sorpresa y admiración cuando pienso en él; sin embargo, cuando me pide que colabore en sus investigaciones, tengo que decirle que, en su estado actual, estas ofrecen escasos atractivos para un hombre entregado a las ciencias exactas.

Si Wilson pudiera mostrarme algo positivo y objetivo, tal vez me dejara tentar, y estudiaría el tema desde el ángulo de la fisiología. Pero mientras la mitad de sus adeptos estén tachados de charlatanes, y la otra mitad de histéricos, nosotros, los fisiólogos, tendremos que atenernos a lo corporal y dejar las cuestiones del alma a nuestros descendientes.

Soy un materialista, no cabe duda.

Agatha dice incluso que soy espantosamente materialista.

Yo le contesto que ese es un estupendo motivo para acelerar nuestra boda, ya que tengo una apremiante necesidad de su espiritualidad.

Puedo, sin embargo, declarar que soy un caso curioso de la influencia que ejerce la educación sobre el carácter, ya que, dejando a un lado las ilusiones, soy por naturaleza un hombre esencialmente psíquico.

De muchacho era nervioso, sensible, presa de los sueños, del sonambulismo; rebosaba de impresiones e intuiciones.

Mi cabello negro, mis ojos oscuros, mi cara flaca y olivácea, mis dedos afilados, expresan mi temperamento y proporcionan a entendidos como Wilson motivos para considerarme uno de los suyos.

Pero toda mi mente está embebida de ciencia exacta. Me he entrenado asiduamente para no admitir más que hechos, hechos probados. La conjetura, la imaginación, no tienen cabida en el marco de mi pensamiento.

Que me den una cosa que yo pueda ver en el microscopio, diseccionar con el escalpelo, y consagraré mi vida a su estudio. Pero si me piden que adopte como objetos de estudio los sentimientos, las impresiones o las sensaciones, me estarán pidiendo que me dedique a una tarea antipática e incluso desmoralizadora.

Un desvío de la pura razón me molesta como un hedor o una música discordante.

Es esta una razón más que suficiente para entender mi poco entusiasmo por la visita que he de hacer esta noche al profesor Wilson.

Me doy cuenta, sin embargo, de que no podría eludir la invitación sin pecar de descortesía; pero, como también van a estar presentes la señora Marden y Agatha, tengo que ir aunque pudiera excusarme.

Pero preferiría encontrarme con ellas en otra parte; en cualquier otra parte.

Sé que Wilson me atraería, si pudiera, hacia esa brumosa pseudociencia a la que se dedica.

Su entusiasmo lo hace inaccesible tanto a las indirectas como a las reprimendas.

Se necesitaría ni más ni menos que una pelea abierta para hacerle comprender hasta qué punto me repugna todo este asunto.

Tengo la total seguridad de que Wilson cuenta con algún nuevo mesmerista, o clarividente, o médium; algún farsante que desea mostrarnos, ya que hasta en sus ratos de ocio se dedica a su manía predilecta.

¡Bueno! ¡Al menos Agatha se divertirá!

Estas cosas le atraen; las mujeres suelen interesarse por todo lo que es nebuloso, misterioso, indefinido.

10 de la noche

Esta costumbre mía de escribir un diario se deriva, en mi opinión, de esa inclinación científica de mi mente que esta misma mañana anotaba aquí.

Me gusta tomar nota de las impresiones mientras permanecen frescas.

Trato de definir mi estado mental por lo menos una vez al día.

Es un hábito útil para el propio análisis; supongo que contribuye a la firmeza del carácter.

Debo confesar con franqueza que mi carácter necesita, y mucho, que haga todo lo posible para darle firmeza. Tengo miedo de que, a pesar de todo, mi temperamento neurótico pueda prevalecer, llevándome lejos de esa precisión fría y tranquila que caracteriza a Murdoch o a Pratt-Haldane.

De no ser así, ¿acaso las cosas estrafalarias que he presenciado esta noche me habrían desquiciado los nervios hasta el punto de dejarme tan completamente turbado?

Lo único que me alivia es que ni Wilson, ni la señorita Penelosa, ni siquiera Agatha, han sospechado mi debilidad ni por un instante.

¿Qué cosa en este mundo es la que ha podido conmocionarme? Nada, o tan poca cosa que, cuando escribo, el asunto me parece ridículo.

Las Marden habían llegado a casa de Wilson antes que yo. En realidad, fui de los últimos en llegar, y me encontré con la habitación ya atestada de gente.

Apenas había tenido tiempo de cruzar unas pocas palabras con la señora Marden y con Agatha, que estaba encantadora con su vestido blanco y rojo y con el cabello salpicado de espigas relucientes, cuando Wilson me tiró de la manga.

—Usted quiere presenciar algo positivo, Gilroy —me dijo, llevándome a un rincón—. ¡Pues bien, querido amigo! ¡Tengo un fenómeno, un auténtico fenómeno!

Mayor impresión me habría causado si no se lo hubiera oído decir ya otras veces. Su espíritu entusiasta está siempre dispuesto a transformar una luciérnaga en una estrella.

—Esta vez no cabe ninguna duda en cuanto a la buena fe —me dijo, quizá para contrarrestar algún centelleo de divertida ironía en mis ojos—. Mi mujer la conoce desde hace muchos años. Ambas son de Trinidad, ¿sabe? Solo hace uno o dos meses que la señorita Penelosa está en Inglaterra, y no conoce a nadie fuera del ambiente universitario; pero le aseguro que lo que nos ha dicho basta y sobra para dejar sentada su clarividencia sobre bases absolutamente científicas. No hay nada que se le asemeje, ni entre los aficionados ni entre los profesionales. Venga, se la presentaré.

Me desagradan los traficantes de misterios, pero, entre ellos, me desagradan especialmente los aficionados.

Cuando uno se enfrenta a un engañabobos a sueldo, puede al menos saltarle encima y desenmascararlo en cuanto ha descubierto cuál es su truco. Él está ahí para engañarle a uno, y uno está ahí para ponerle en evidencia. Pero ¿qué puede hacerse cuando se tiene delante a una amiga de la mujer del anfitrión? ¿Encender las luces de repente para que se la vea tocando un banjo misterioso? ¿Tirarle cochinilla en el traje de noche mientras camina sigilosamente entre los reunidos llevando un frasco fosforescente y soltando sus majaderías de ultratumba? Se montaría un escándalo, y le mirarían a uno como a un gamberro. Esa es la alternativa: ser un gamberro, o dejarse tomar el pelo.

No me sentía, pues, de muy buen humor cuando Wilson me condujo hasta la dama.

Es difícil imaginar nada que haga pensar menos en las Indias Occidentales que aquella mujer. Era un ser pequeño y frágil, que, según parece, había dejado atrás los cuarenta; su cara era flaca y afilada, y su cabello de color castaño claro.

Todo su aspecto era insignificante; sus maneras, reservadas.

Tomando al azar un grupo de diez mujeres, ella sería sin duda alguna la última que un hombre elegiría.

Quizá lo más notable en ella fueran sus ojos. Añadiré que sus ojos no eran la parte más agradable de su fisonomía.

Los tenía grises, tirando hacia el verde, y su expresión dejó en mí, en definitiva, la sensación de una mirada burlona... Burlona... ¿Es esa la palabra adecuada? ¿No debería decir mejor cruel? No; pensándolo bien, la palabra que mejor expresaría mi idea es «felina».

Una muleta apoyada en la pared me informó de algo que, cuando se levantó, era penoso de ver: cojeaba acentuadamente de una pierna.

Así pues, fui presentado a la señorita Penelosa. Pude observar que, al oír mi nombre, miró de refilón a Agatha. Estaba claro que Wilson le había dicho algo.

«Dentro de poco —me dije—, va a contarme que sabe, por medios ocultos, que estoy prometido a una joven con espigas de trigo en el cabello.»

Me pregunté si Wilson no le habría contado muchas más cosas de mí.

—El profesor Gilroy es un escéptico temible —dijo Wilson—. Espero, señorita Penelosa, que sea usted capaz de convertirle.

Ella me miró atentamente.

—El profesor Gilroy tiene mucha razón al ser escéptico si no ha presenciado nada capaz de convencerle —dijo ella—. Yo habría dicho —añadió, volviéndose hacia mí— que usted mismo podría ser un excelente sujeto.

—¿Sujeto para qué, si puedo preguntárselo?

—¡Oh, bueno! Para el mesmerismo, por ejemplo.

—La experiencia me ha demostrado que los mesmeristas toman por sujetos a personas cuya mente no está sana. Todos sus resultados están falseados, en mi opinión, por este hecho: tratan con organismos anormales.

—¿Cuál de estas damas, según usted, tiene un organismo normal? —me preguntó—. Quisiera que usted mismo eligiera a alguien que en su opinión tenga la mente perfectamente equilibrada. ¿Quiere, por ejemplo, que tomemos a la muchacha del vestido rojo y blanco? ¿La señorita Agatha Marden? Así se llama, ¿verdad?

—Sí, me parecerían de cierta relevancia los resultados que se obtuvieran en base a ella.

—No he podido probar hasta qué punto la señorita Marden es impresionable. Ciertas personas, claro está, responden mucho más rápido que otras. ¿Me permite preguntarle hasta dónde alcanza su escepticismo? ¿Imagino que admite usted el sueño hipnótico y el poder de la sugestión?

—No admito nada, señorita Penelosa.

—¡Oh! ¡Dios mío, pensaba que la ciencia estaba más avanzada! Claro que yo no sé nada de la faceta científica del tema. Solo conozco lo que soy capaz de hacer. Mire, por ejemplo, a aquella joven del vestido rojo, allá, junto al jarrón japonés. Voy a intentar que se acerque a usted.

Tras decir esto, se inclinó y dejó caer su abanico. La joven en cuestión dio media vuelta y vino directamente hacia nosotros, con aire sorprendido, como si alguien la hubiera llamado.

—¿Qué me dice de esto, Gilroy? —exclamó Wilson, en una especie de éxtasis.

No me atreví a decirle lo que opinaba. Para mí era la impostura más abierta y descarada que jamás hubiese visto. La señal y la respuesta habían sido, realmente, demasiado evidentes.

—El profesor Gilroy no está convencido —dijo la señorita Penelosa, mirándome fijamente con sus extraños ojillos—. Mi abanico se llevará todo el honor de este experimento. ¡Bueno, pues probemos otra cosa! Señorita Marden, ¿tendría usted algún inconveniente en que la durmiese?

—¡Oh, no! Me parece muy bien —exclamó Agatha.

Todos los presentes se habían agrupado en torno a nosotros, los hombres con sus pecheras blancas, las mujeres con sus blancos escotes; unos estaban fascinados, otros alerta, como ante una escena que tuviera algo de ceremonia religiosa y algo de espectáculo de magia.

Habían llevado hasta el centro de la habitación un sofá de terciopelo rojo. Agatha se había tendido en él, un tanto turbada y levemente temblorosa ante el experimento, según yo podía ver por el estremecimiento de las espigas de trigo.

La señorita Penelosa se levantó de la silla y, apoyada en su muleta, se inclinó sobre Agatha.

Y en aquella mujer se produjo un cambio.

Parecía haber rejuvenecido veinte años.

Le brillaban los ojos, un leve toque de frescor se había extendido en sus pálidas mejillas, y toda ella parecía dilatada.

Del mismo modo he visto cómo un muchacho de aire abatido y abstraído adquiere un aspecto enérgico y vivaz en el momento en que se le encomienda una tarea en la que debe emplear todas sus fuerzas.

Aquella mujer miraba a Agatha con una expresión que me hirió en lo más hondo. Era la mirada que hubiera arrojado una emperatriz romana a una esclava arrodillada delante de ella.

Luego, con un ademán imperativo y enérgico, alzó los brazos, los agitó lentamente y los bajó hacia Agatha.

Yo observaba a Agatha atentamente.

Durante los tres primeros pases pareció divertida, sin más.

Al cuarto pase pude ver que sus ojos se nublaban ligeramente y que sus pupilas se dilataban un poco.

Al sexto pase hubo un asomo de rigidez.

Al séptimo empezaron a caérsele los párpados.

Al décimo se le cerraron los ojos. Su respiración se hizo más lenta y más honda que de costumbre.

Yo, mientras miraba, intentaba conservar mi serenidad científica, pero me sentía conmovido por una fortísima inquietud.

Me parece que logré disimularla, pero me sentía como un niño en la oscuridad. Jamás me habría creído asequible a semejante debilidad.

—Está en pleno trance —dijo la señorita Penelosa.

—Está durmiendo —exclamé.

—¡Bien! ¡Despiértela entonces!

Le tiré del brazo; le grité al oído. Ni muerta habría hecho menos caso a mis llamadas.

Allí estaba su cuerpo, en el sofá de terciopelo.

Su organismo estaba intacto. Los pulmones y el corazón funcionaban. Pero ¿y su alma? Se había evadido lejos de nuestro alcance. ¿Qué había pasado con su alma? ¿Qué fuerza había despojado de ella a Agatha?

Me sentía sorprendido, desconcertado.

—Ahí tenemos el sueño mesmérico —dijo la señorita Penelosa—. En cuanto a la sugestión, la señorita Marden hará indefectiblemente cualquier cosa que yo le sugiera, ya sea ahora, ya después de que despierte. ¿Quiere usted una prueba?

—Desde luego —dije.

—La tendrá.

Vi cruzar por su rostro una sombra de sonrisa, como si se le hubiera ocurrido alguna idea divertida. Se inclinó sobre Agatha, y le murmuró unas palabras al oído. Agatha, que se había mostrado absolutamente sorda a mis llamadas asintió con la cabeza a lo que la señorita Penelosa le decía.

—*Despierte* —gritó la señorita Penelosa dando un fuerte golpe en el suelo con su muleta.

Los párpados de Agatha se abrieron, fue desapareciendo la vidriosidad de sus ojos, y su alma se asomó en ellos, como reapareciendo después de su extraño eclipse.

Nos marchamos temprano.

Agatha no se sentía mal en absoluto tras su extraño paseo; pero, lo que es yo, estaba nervioso y descentrado; no me sentía en condiciones de oír los comentarios que Wilson me dirigía torrencialmente, ni en estado de responder a ellos.

Al despedirme de la señorita Penelosa, esta me deslizó un papel en la mano.

—Sabrá usted disculparme —me dijo— por tomar mis medidas para vencer su escepticismo. Abra esta carta mañana a las diez. Se trata de un pequeño control personal.

No tengo ni idea de qué quería decir con esto, pero aquí tengo su nota y la abriré mañana a la hora indicada por ella.

Me duele mucho la cabeza. Ya he escrito bastante por esta noche.

Estoy convencido de que todo lo que ahora parece inexplicable tendrá mañana otro aspecto. Mis convicciones no se rendirán sin haberse defendido.

Estoy anonadado, estupefacto. Desde luego, he de someter a nuevo examen mi opinión sobre el tema.

Pero anotaré primero lo sucedido.

Había terminado de desayunar, y estaba examinando unos diagramas con los que quería dar mayor claridad a mi lección, cuando mi ama de llaves vino a decirme que Agatha estaba en mi gabinete y deseaba verme.

Cuando entré en la habitación, Agatha estaba de pie sobre la alfombrilla, delante de la chimenea, encarada conmigo. Había en su actitud no sé qué, algo que me dejó helado y que detuvo mis palabras en la garganta. Llevaba el velo medio echado, pero me di cuenta de que estaba pálida; su aire era tenso.

—Austin —me dijo—, he venido a decirte que nuestro compromiso queda roto.

Me tambaleé; sí, creo que realmente me tambaleé. De cualquier modo, lo seguro es que tuve que apoyarme en un estante para mantenerme en pie.

—Pero… Pero… —balbuceé—. Agatha… Esa decisión tan repentina…

—Sí, Austin. He venido a decirte que nuestro compromiso queda roto.

—¡Pero me darás algún motivo! —grité—. Esto no es propio de ti, Agatha. Dime en qué he tenido la desgracia de ofenderte.

—Todo ha terminado, Austin.

—Pero ¿por qué, Agatha? Sin duda eres víctima de algún engaño, Agatha. Puede que te hayan contado alguna mentira sobre mí, o quizá has interpretado mal algo que te he dicho. Dime de qué se trata, porque una sola palabra bastará para arreglarlo.

—Hemos de considerar terminado nuestro noviazgo.

—Pero si anoche, cuando nos separamos, no había entre nosotros ni sombra de malentendidos… ¿Qué ha ocurrido desde entonces para que hayas cambiado de este modo? Tiene que ser algo que sucedió anoche. Has pensado en ello y has desaprobado mi modo de proceder. ¿Fue lo del mesmerismo? ¿Me censuras por haber permitido que aquella mujer te sometiera a su poder? Sabes que habría intervenido al menor indicio…

—Todo es inútil, Austin. Se acabó.

Su voz era rítmica y sin acento, y en su actitud había no sé qué rígido y duro. Me parecía que estaba absolutamente decidida a no admitir ninguna discusión, ninguna explicación.

En cuanto a mí, temblaba, agitado. Me volví hacia un lado; me avergonzaba mostrarme ante ella tan poco dueño de mí mismo.

—Ya sabes lo que esto significa para mí —exclamé—. La ruina de mi vida. No puedes infligirme un castigo así sin escucharme. Tienes que revelarme de qué se trata. Piensa en hasta qué punto sería imposible que yo te tratara de este modo, fueran cuales fueran las circunstancias. ¡Agatha, por amor de Dios! Dime qué he hecho.

Pasó junto a mí sin decir palabra y abrió la puerta.

—Es completamente inútil, Austin —me dijo—. Tienes que considerar roto nuestro compromiso.

Al cabo de un instante se había ido y, antes de que me hubiera recobrado lo suficiente para seguirla, oí que la puerta de entrada se cerraba tras ella.

Me abalancé a mi habitación para vestirme. Pensaba ir a casa de la señora Marden y preguntarle cuál podía ser el motivo de mi desgracia.

Estaba tan nervioso que me costó abrocharme los botines. Nunca olvidaré aquellos horribles diez minutos.

Acababa de ponerme el abrigo cuando el reloj de péndulo de encima de la chimenea dio las diez.

¡Las diez! Asocié esa hora con la nota de la señorita Penelosa.

La nota estaba precisamente sobre mi mesa. La abrí apresuradamente. Estaba escrita a lápiz, con unos trazos notables por su angulosidad. Este era su texto:

Apreciado profesor Gilroy:

Disculpe el carácter personal del procedimiento de control que le presento.

El profesor Wilson me ha hablado incidentalmente de las relaciones entre usted y mi sujeto de esta noche, y me ha parecido que nada podría resultar más convincente que sugerir a la señorita Marden que vaya a visitarle a usted mañana por la mañana, a las nueve y media, y durante cosa de media hora, para romper su compromiso con usted.

La ciencia es tan exigente que resulta difícil ofrecer un control satisfactorio, pero estoy segura de que tal control le será proporcionado por el acto que, sin duda, sería el último que se le ocurriría llevar a cabo a la señorita Marden por su propia voluntad.

Sea lo que sea lo que le diga, olvídelo, porque ella no interviene en absoluto, y esté seguro de que no recordará nada.

Escribo esta nota para abreviar su rato de angustia y pedirle perdón por el sufrimiento pasajero que le habrá causado mi sugestión.

Y, desde luego, después de leer aquella nota me sentí demasiado aliviado para enfurecerme.

Había sido una libertad excesiva, sin duda; demostraba un gran descaro, tratándose de una dama a la que acababa de conocer. Pero, al fin y al cabo, yo la había provocado con mi escepticismo.

Era realmente difícil, como ella decía, imaginar un medio de control que pudiera satisfacerme.

Y había empleado aquel.

No era posible objetar nada en ese punto. La sugestión hipnótica se había convertido para mí en un hecho definitivamente establecido.

Parecía indudable que Agatha, la persona más equilibrada entre todas las que conozco del sexo femenino, había sido reducida a la condición de autómata.

Una persona, a gran distancia, la había hecho moverse, del mismo modo que un ingeniero dirige desde la costa un torpedo Brennan.

Una segunda alma se había introducido en ella, expulsando la suya propia, y se había apoderado de su sistema nervioso, diciendo: «Quiero disponer de ti durante media hora».

Agatha, sin duda, había actuado inconscientemente desde que vino a verme hasta que se marchó.

¿Había podido andar por las calles sin peligro, en semejante estado?

Me puse el sombrero y salí apresuradamente para asegurarme de que no le había ocurrido nada.

Sí, estaba en su casa.

Me hicieron pasar a la sala, y allí la encontré, con un libro en el regazo.

—Empiezas las visitas muy temprano, Austin —me dijo, sonriendo.

—Tú has sido aún más madrugadora —le contesté.

Pareció intrigada.

—¿Qué quieres decir? —me preguntó.

—¿No has salido hoy?

—No; desde luego, no.

—Agatha —dije, en tono serio—, ¿te importaría contarme exactamente todo lo que has hecho esta mañana?

Se rió de mi seriedad.

—Austin —me dijo—, hoy te has puesto tu aire profesional. ¡Esto es lo que comporta ser la novia de un científico! Pero voy a contártelo, de todos modos; aunque no logro imaginar qué interés puede tener esto para ti. Me he levantado a las ocho. He desayunado a las ocho y media. He venido a esta habitación a las nueve y diez y me he puesto a leer las *Mémoires* de Mme. de Rémusat; y, al cabo de unos pocos minutos, he incurrido con esta dama francesa en la descortesía de quedarme dormida sobre su libro; y a vos, caballero, os he otorgado la cortesía de soñar con vos, lo cual es de lo más halagador. Hace solo unos minutos que me he despertado.

—Y al despertar, ¿estabas exactamente en el mismo sitio?

—Pero ¿cómo habría podido estar en otra parte?

—¿Te molestaría, Agatha, contarme lo que has soñado sobre mí? Te aseguro que no te lo pregunto por simple curiosidad.

—Solo he tenido la vaga impresión de que aparecías en mi sueño. No recuerdo nada preciso.

—Si hoy no has salido, Agatha, ¿cómo es que tienes polvo en los zapatos?

Pareció molestarse.

—Austin, la verdad es que no sé qué te pasa esta mañana. Casi diría que dudas de lo que digo. Si mis zapatos tienen polvo, será seguramente porque me habré puesto un par que no ha sido limpiado por la criada.

Era a todas luces evidente que no sabía nada de nada; y me dije que, a fin de cuentas, quizá lo mejor sería dejarla en su ignorancia. Si la sacaba de ella, quizá Agatha se asustaría, y eso no podría conducir a nada bueno. De manera que, sin hablar del asunto, me despedí al cabo de poco rato para ir a dar mi clase.

Pero estoy profundamente impresionado.

Mi horizonte, en cuanto a las posibilidades científicas, se ha ensanchado de repente de un modo enorme.

Ya no me sorprenden la energía y el diabólico entusiasmo de Wilson. ¿Quién no trabajaría con un empeño invencible, percibiendo al alcance de la mano un ancho territorio virgen?

Sí; recuerdo que, viendo cómo un nucleolo adoptaba una forma nueva, o percibiendo un detalle nimio en una fibra muscular estriada vista a un aumento de trescientos diámetros, me sentía entusiasmado.

¡Qué míseras son esas investigaciones comparadas con aquellas que abordan las raíces mismas de la vida, la naturaleza del alma!

Siempre había considerado el espíritu como producto de la materia; el cerebro, según pensaba, segregaba la inteligencia, del mismo modo que el hígado segrega la bilis.

Pero ahora, ¿cómo dar esto por cierto, después de ver el modo en que el espíritu actúa a distancia, operando sobre la materia como un músico sobre su violín?

Si es así, el cuerpo no hace nacer el alma; es más bien el tosco instrumento mediante el cual se manifiesta el espíritu.

El molino de viento no genera el viento: no hace más que ponerlo de manifiesto.

Aquello estaba en contradicción con todos mis hábitos de pensamiento. Sin embargo, era posible, era sin ninguna duda posible; y merecía la pena estudiar el tema a fondo. ¿Por qué no estudiarlo?

Leo, con fecha de ayer, estas palabras:

«Si Wilson pudiera mostrarme algo positivo y objetivo, puede que me dejara tentar, y estudiaría el tema desde el ángulo de la fisiología».

¡Pues bien! Ahora sí cuento con ese medio de control. Me atendré a lo dicho. La investigación tendrá, estoy seguro, un enorme interés.

Algunos de mis colegas no verían la cosa con buenos ojos: la ciencia está repleta de prejuicios. Pero si a Wilson le dan valor sus convicciones, también yo puedo permitirme el lujo de ser valeroso.

Iré a visitarle mañana por la mañana. A él y a la señorita Penelosa.

Si ha podido mostrarnos tantas cosas, probablemente podrá mostrarnos todavía más.

26 de marzo

Tal como suponía, Wilson está entusiasmado por mi conversión, y, bajo la reticencia de la señorita Penelosa, se adivinaba el placer de haber triunfado con su experimento.

Es extraña esta mujer; silenciosa e incolora, salvo cuando hace uso de su poder.

Solo hablando, ya adquiere color, y se anima.

Se diría que se interesa por mí de un modo muy especial. No he podido dejar de observar que me sigue con la mirada por toda la habitación.

Hemos tenido una interesante conversación sobre su poder.

No es más que justicia tomar nota de su punto de vista, aunque, claro está, no puedo atribuirle ninguna validez científica.

—Se encuentra usted en el borde mismo del tema —me dijo cuando le hube manifestado mi sorpresa ante el extraordinario fenómeno de sugestión que me había mostrado—. Yo no tenía ninguna influencia directa sobre la señorita Marden cuando fue a verle a usted; ayer por la mañana ni siquiera pensaba en ella. Lo que hice se redujo a regular su espíritu, del mismo modo que regularía el carillón de un reloj para que sonara a la hora deseada. Si la sugestión se hubiera dispuesto para seis meses en vez de doce horas, todo habría ocurrido del mismo modo.

—¿Y si la sugestión hubiera sido asesinarme?

—Lo habría hecho, indefectiblemente.

—¡Pero ese poder es terrible! —exclamé.

—Es un poder terrible, como usted dice —contestó gravemente—; y, cuanto mejor lo conozca, tanto más terrible le parecerá.

—¿Puedo preguntarle —dije— a qué se refería usted exactamente al decir que este asunto de la sugestión no está más que al borde del tema? ¿Qué es lo que considera usted esencial?

—Preferiría no decírselo.

Me chocó la fuerza contenida en su respuesta.

—Como comprenderá —dije—, no pregunto esto por curiosidad, sino con la esperanza de encontrar alguna explicación científica a los hechos que usted me proporciona.

—Le confieso francamente, profesor Gilroy —dijo ella—, que la ciencia no me interesa en absoluto, y que no me importa en lo más mínimo que la ciencia pueda o no pueda clasificar estas facultades.

—Pero yo esperaba…

—¡Oh! Esto es otro asunto. Si me lo presenta como una cuestión personal —me dijo con su sonrisa más amable—, estaré realmente encantada de decirle todo lo que desee saber. Veamos, ¿qué me había preguntado? ¡Ah, sí! Sobre otros poderes. El profesor Wilson no admite creer en ellos, pero no por eso dejan de ser ciertos. Por ejemplo: el operante puede conseguir un dominio absoluto sobre su sujeto, siempre que el sujeto sea receptivo. Puede hacerle actuar como desee, sin que haya habido ninguna sugerencia previa.

—¿Contra la voluntad del sujeto?

—Depende. Si la fuerza se aplicara enérgicamente, el sujeto no se enteraría de nada, como la señorita Marden cuando fue a visitarle y le dio aquel susto. Si la influencia fuera menos poderosa, el sujeto podría saber lo que hace, pero sería incapaz de dejar de hacerlo.

—Entonces, ¿habría perdido su voluntad?

—Su voluntad estaría dominada por otra más fuerte.

—¿Ha ejercido usted esta facultad?

—Varias veces.

—Su voluntad es, pues, muy fuerte.

—Sí, pero no es esta la única condición necesaria. Muchos tienen una voluntad fuerte, pero no pueden proyectarla fuera de sí mismos. Lo esencial es poseer el don de proyectarla sobre otra persona, y de sustituir su voluntad con la propia. He podido observar que esta facultad, en mi caso, varía según mi salud y mis energías.

—En suma: usted envía su alma al cuerpo de otra persona.

—Puede expresarlo de este modo.

—Y su propio cuerpo, ¿qué hace entonces?

—Simplemente queda en una especie de letargo.

—Pero ¿esto no representa ningún peligro para su salud?

—Quizá podría haber algún peligro. Hay que estar muy atento a no dejar que la propia conciencia escape por completo, porque entonces podría haber alguna dificultad en volver al propio yo. Por decirlo de algún modo, hay que conservar siempre la conexión. Temo que me expreso con términos incorrectos, profesor Gilroy, pero no sé cómo dar a estos hechos un aspecto científico. Lo que le cuento son cosas experimentadas por mí, y las explico a mi modo.

¡Vaya! Ahora que releo todo esto con tranquilidad me sorprendo a mí mismo.

¿Es este el mismo Austin Gilroy que ha conquistado un puesto de primera fila gracias a la implacable firmeza de su razonamiento y a su fidelidad al hecho establecido?

Me veo ahora dedicado a anotar seriamente los parloteos de una mujer que me dice que puede proyectar su alma fuera de su cuerpo, y que, mientras permanece en estado letárgico, está en condiciones de dirigir a distancia actos ajenos.

¿Puedo admitir esto? Claro que no. Tendré que demostrarlo, demostrarlo indiscutiblemente antes de ceder una pulgada. De todos modos, aunque siga siendo un escéptico, he dejado de lado la burla.

Esta noche tendremos una sesión. La señorita Penelosa tratará de producir en mí algún efecto mesmérico.

Si lo consigue, será un magnífico punto de partida para mis investigaciones. Sea como sea, nadie podrá acusarme de complicidad. Si no consigue nada conmigo, intentaremos encontrar algún sujeto que sea como la mujer de César.

En cuanto a Wilson, está herméticamente cerrado.

10 de la noche

Me parece que estoy en vísperas de descubrimientos que harán época.

Tener el poder de examinar esos fenómenos desde su interior, poseer un organismo que reacciona y, al mismo tiempo, un cerebro que valora y que controla, constituye sin duda una ventaja incomparable.

Estoy seguro de que Wilson daría cinco años de vida para poseer la receptividad que la experiencia me ha llevado a admitir como cierta en mí mismo.

Solo estaban como testigos Wilson y su mujer.

Yo me había reclinado, con la cabeza echada hacia atrás. La señorita Penelosa, en pie delante de mí, ejecutaba los mismos pases lentos que con Agatha.

Con cada pase me parecía que me golpeaba una racha de aire cálido, expandiendo en mí un estremecimiento, un ardor que me invadía de pies a cabeza.

Tenía la mirada fija en la señorita Penelosa, pero, mientras la miraba, sus rasgos se hacían cada vez más indistintos; y, finalmente, se borraron.

Tuve conciencia de no ver otra cosa que sus ojos grises, cuya mirada se clavaba en mí, profunda, insondable. Aquellos ojos crecían, crecían… y acabaron convirtiéndose en dos lagos de montaña hacia los que me sentía caer con espantosa velocidad.

Me estremecí, y en aquel preciso instante una idea, surgida de las capas más resguardadas de la inteligencia, me dijo que aquel estremecimiento correspondía a la fase de rigidez que había observado en Agatha.

Al cabo de un instante había llegado a la superficie de los lagos, que ahora se habían fundido en uno solo; y me hundí en sus aguas, con una sensación de plenitud en la mente y notando un zumbido en los oídos. Me hundía, me hundía… Luego, con un súbito impulso, ascendí de nuevo, hasta ver otra vez la luz que se expandía en ondulaciones resplandecientes en el agua verde.

Estaba ya cerca de la superficie cuando resonó en mi cabeza la palabra:

—Despierte.

Con un sobresalto, me encontré de nuevo en el sillón, en compañía de la señorita Penelosa, apoyada en su muleta, y de Wilson, que, con un cuaderno de notas en la mano, me miraba por encima de los hombros de la dama.

No me quedaba ninguna sensación de pesadez o cansancio.

Al contrario. Solo ha pasado una hora desde el experimento y me siento tan despejado que me atrae más la idea de quedarme en mi gabinete que la de irme a dormir.

Se extiende ante mí un amplio panorama de experiencias. Espero con impaciencia el momento de iniciarlas.

27 de marzo

Día perdido. La señorita Penelosa ha ido con Wilson y su mujer a visitar a los Sutton.

He empezado a leer el *Magnétisme animal* de Binet y Féré.

¡Qué aguas tan extrañas! ¡Resultados, resultados! En cuanto a la causa… ¡completo misterio!

Esto estimula la imaginación; pero es un factor ante el cual debo estar en guardia. Hay que evitar las conclusiones, las deducciones, y permanecer en el sólido terreno de los hechos.

Sé que el trance mesmérico es real; sé que la sugestión mesmérica es real; sé que yo mismo soy receptivo a esa fuerza.

Esta es mi actual situación.

Tengo una gran libreta nueva para hacer mis anotaciones. La reservaré exclusivamente para los detalles científicos.

Larga charla, a últimas horas de la tarde, con Agatha y la señora Marden acerca de nuestra boda.

¿Por qué esperar más?

Me fastidian incluso estos pocos meses de espera, que se me harán tan largos; pero, como dice la señora Marden, hay que arreglar todavía muchas cosas.

28 de marzo

Magnetizado una vez más por la señorita Penelosa. La experiencia ha tenido muchas analogías con la anterior, con la diferencia de que la insensibilidad ha llegado antes. Véase la ficha «A» para la temperatura de la habitación, la presión barométrica, el pulso y la respiración, datos anotados por el profesor Wilson.

29 de marzo

Nueva sesión de magnetización. Detalles en la ficha «A».

30 de marzo

Domingo. Día perdido. Me pone de malhumor todo lo que interrumpe nuestros experimentos.

Por ahora, estos no van más allá de los signos físicos que se asocian con la insensibilidad, ya leve, ya completa, ya extrema.

Nuestra idea es pasar luego a los fenómenos de sugestión y de lucidez.

Hechos semejantes han sido establecidos por profesores en mujeres de Nancy y de la Salpêtrière.

La cosa será todavía más convincente cuando una mujer demuestre lo mismo con un profesor, ante un segundo profesor como testigo. ¡Y pensar que el sujeto seré yo! ¡Yo, el escéptico, el materialista! Al menos habré demostrado que mi dedicación a la ciencia es mayor que el deseo de seguir siendo como soy.

Tragarnos lo que hemos dicho es el mayor sacrificio que la ciencia puede exigir de nosotros.

Mi vecino, Charles Sadler, ese joven y simpático profesor de anatomía, ha venido esta noche a devolverme un ejemplar de los *Archivos de Virchow* que le había prestado. Le llamo joven, pero, de hecho, es un año mayor que yo.

—Me he enterado, Gilroy —me ha dicho—, de que se está usted sometiendo a los experimentos de la señorita Penelosa. ¿Es cierto? ¡Vaya! Yo, en su lugar, no iría ya más lejos en esto. Seguramente lo encontrará una gran impertinencia por mi parte, pero considero un deber instarle a que no siga relacionándose con ella.

Como es natural, le he preguntado por qué.

—Me encuentro en una posición que me impide entrar en detalles que me gustaría proporcionarle —me ha dicho—. La señorita Penelosa es amiga de un amigo mío, y mi situación es delicada. Todo lo que puedo decir es que yo mismo me he sometido a los experimentos de esa mujer, y que estos experimentos han dejado en mí impresiones desagradabilísimas.

He hecho toda clase de esfuerzos para sacarle algo más, pero sin conseguirlo.

¿Es acaso concebible que pueda estar celoso de que yo le haya suplantado? ¿O es uno de esos científicos que consideran como un insulto personal el descubrimiento de hechos que van en contra de sus ideas preconcebidas?

¡No se imaginará en serio que voy a abandonar una serie de experimentos que anuncian resultados tan fecundos, simplemente porque él tiene váyase a saber qué agravios!

Ha parecido molesto por la ligereza con que he acogido sus nebulosas advertencias y nos hemos separado con cierta frialdad.

31 de marzo

Magnetizado por la señorita Penelosa.

1 de abril

Magnetizado por la señorita Penelosa. (Ficha «A».)

2 de abril

Magnetizado por la señorita Penelosa. Registro esfigmográfico tomado por el profesor Wilson.

3 de abril

Es posible que esta serie de magnetizaciones produzcan algún efecto sobre el organismo.

Agatha dice que estoy más delgado y que tengo algo de ojeras.

Percibo en mí una tendencia a la irritabilidad que antes no conocía. Por ejemplo, me sobresalta el menor ruido y, si un estudiante dice alguna estupidez, me encolerizo en vez de reírme.

Agatha quiere que detenga la investigación, pero yo le digo que todo estudio continuado es fatigoso, y que no se puede obtener ningún resultado sin pagar su precio.

Cuando vea la sensación que causará mi artículo sobre las relaciones entre el espíritu y la materia, admitirá que merece la pena soportar un poco de tensión y de desgaste nervioso.

No me sorprendería que esta investigación me llevara a ser elegido miembro de la Royal Society.

A últimas horas de la tarde, magnetizado una vez más.

Ahora el efecto se produce con mayor rapidez, y las visiones subjetivas son menos acentuadas.

Tomo anotaciones minuciosas sobre cada sesión.

Wilson estará ausente de la ciudad durante ocho o diez días, pero no suspenderemos los experimentos, cuyo valor depende tanto de mis sensaciones como de sus observaciones.

4 de abril

He de mantenerme muy en guardia. Se ha introducido en nuestros experimentos una complicación que no había tenido en cuenta.

Mi ansia por obtener datos científicos me había cegado ante el hecho de que la señorita Penelosa y yo somos seres humanos.

Aquí puedo escribir cosas que no me atrevería a confiar a nadie en el mundo.

Esa desdichada parece haberse encaprichado de mí.

No afirmaría cosa semejante, ni siquiera en el secreto de un diario íntimo, si no se hubiera llegado a tal punto que me ha sido imposible no darme cuenta.

Durante algún tiempo, más exactamente durante la pasada semana, se habían dado indicios que yo había echado brutalmente a un lado, negándome a prestarles atención: su entusiasmo a mi llegada, su abatimiento cuando me marcho, su insistencia para que yo acuda con frecuencia, la expresión de sus ojos, el timbre de su voz...

He hecho cuanto he podido para convencerme de que todo eso no significaba nada, que simplemente podía atribuirse a la sociabilidad de la gente de las Indias Occidentales.

Pero anoche, al despertar del sueño magnético, tendí la mano, y, sin saberlo, sin quererlo, apreté sus manos.

Cuando hube vuelto enteramente en mí, seguíamos con las manos enlazadas, y ella me miraba con una sonrisa expectante.

Y lo horrible es que sentí en mí el impulso de decir lo que ella esperaba.

¡Qué miserable embustero habría sido, de haberlo hecho! ¡Qué asco sentiría ahora hacia mí mismo, si en aquel momento hubiera cedido a la tentación!

Pero, gracias a Dios, tuve fuerza suficiente para ponerme en pie de un salto y salir corriendo de la habitación.

Temo haber sido grosero. Pero no. No podía, no podía ser dueño de mí ni un instante más.

¡Yo, un caballero, un hombre de honor, prometido en matrimonio con una de las muchachas más encantadoras de Inglaterra, he estado a punto, en un instante de pasión que me privaba de todo raciocinio, de hacer una declaración de amor a esa mujer a la que apenas conozco!

Es bastante mayor que yo, y además cojea.

Es monstruoso, odioso… Y, sin embargo, el impulso era tan fuerte que de haber permanecido un momento más en su presencia me habría comprometido.

¿Cómo entender eso?

Tengo la misión de enseñar a otros cómo funciona nuestro organismo, ¿y qué sé yo de mi propio organismo?

¿Ha sido producto de la maduración repentina de determinados principios profundamente sepultados en lo más hondo de mí?, ¿ha sido un instinto animal primitivo que se ha manifestado repentinamente?

Tan fuerte era aquel sentimiento que estuve a punto de creer en las historias de posesión diabólica.

Sea como sea, este incidente me coloca en una posición sumamente embarazosa.

Por una parte me disgusta muchísimo renunciar a una serie de experimentos que han llegado ya tan lejos y que auguran resultados tan brillantes; por otra, si esa desdichada ha llegado a albergar una pasión hacia mí… ¡Pero no! Seguramente he vuelto a incurrir en algún error absurdo. ¡Ella! ¡A su edad, con su deformidad!

Además, conoce mis relaciones con Agatha. Sabe cuál es mi situación.

Si sonreía, era simplemente porque se sentía divertida; puede que por el hecho de haberle tomado la mano durante mi estado de vértigo.

Fue mi cerebro, aún medio magnetizado, el que entendió así la cosa, y el que, en un impulso brutal, me lanzó apresuradamente a esta línea de pensamiento.

Me gustaría ser capaz de convencerme de que realmente es así la cosa.

Pensándolo bien, creo que lo más juicioso sería aplazar todo nuevo experimento hasta después del regreso de Wilson.

De acuerdo con esto, he mandado una carta a la señorita Penelosa y, sin ninguna alusión a la pasada noche, le he comunicado que unas tareas urgentes me obligan a interrumpir nuestros experimentos durante algunos días.

Me ha mandado una respuesta, bastante seca, diciéndome que si cambio de idea la encontraré en su casa a la hora de costumbre.

10 de la noche

¡Vaya, vaya! ¡Qué poca cosa soy!

Desde hace algún tiempo voy conociéndome cada vez mejor; y, cuanto mejor me conozco, tanto más desciendo en mi propia estimación.

Desde luego, no siempre he sido tan débil como lo soy ahora.

A las cuatro de la tarde me habría reído si me hubiesen dicho que iría esta noche a ver a la señorita Penelosa. Sin embargo, a las ocho me encontraba como de costumbre ante la puerta de la casa de Wilson.

No sé cómo ha ocurrido. La fuerza de la costumbre, imagino. Puede que haya una adicción al magnetismo, del mismo modo que hay una adicción al opio, y que yo sea víctima de ella.

Lo cierto es que, mientras trabajaba en mi gabinete, me iba sintiendo cada vez más inquieto. Me movía sin motivo, me desplazaba sin objetivo, no conseguía concentrar la atención en los papeles que tenía delante. Finalmente, antes de darme siquiera cuenta de lo que hacía, me había puesto el sombrero y había salido para acudir a mi cita de costumbre.

Ha sido una velada interesante.

La señora Wilson estuvo presente durante la mayor parte de la sesión, y eso eliminó la turbación que por lo menos uno de los dos habría sentido.

La actitud de la señorita Penelosa fue ni más ni menos la misma que de costumbre. No manifestó ninguna sorpresa al verme acudir, a pesar de mi nota.

No había en su modo de comportarse nada que hiciera pensar que el incidente de ayer hubiera dejado en ella impresión alguna; así que, hasta cierto punto, pude suponer que había exagerado el asunto.

6 de abril. Noche

No, no había exagerado nada.

No puedo ya cerrar los ojos ante la evidencia. Esa mujer se ha enamorado de mí.

Es monstruoso, pero cierto.

Esta noche, al despertar una vez más del trance mesmérico, me he encontrado con mi mano enlazada en la suya, y con la mente invadida por esa sensación repugnante que me impulsa a pisotear mi honor, mi futuro… A pisotearlo todo, todo, y arrojarlo a los pies de esa persona que, según me doy cuenta cuando estoy fuera de su influencia, no posee ningún encanto físico.

Pero cuando estoy a su lado no me siento así.

Esa mujer despierta en mí algo… Algo perverso… Algo en lo que no quisiera pensar. Paraliza lo mejor que hay en mi modo de ser, y al mismo tiempo estimula lo peor que hay en él.

Decididamente, no es conveniente que permanezca cerca de ella.

La pasada velada fue más peligrosa que la otra.

En vez de huir, me quedé allí, con la mano entre las suyas, charlando con ella sobre los temas más íntimos. Entre otras cosas, hablamos de Agatha.

¿Qué fue lo que me pasó por la cabeza?

La señorita Penelosa dijo que Agatha era trivial, y yo le di la razón. Volvió a hablarme de Agatha una o dos veces más de modo poco halagador, y yo no protesté. ¡Qué bruto he sido!

Sin embargo, a pesar de la debilidad que he mostrado, me quedan fuerzas para acabar con todo esto. No volverán a suceder cosas como estas. Seré lo bastante juicioso para huir cuando no esté en condiciones de luchar. Hoy mismo, esta noche de domingo, doy por terminadas mis sesiones con la señorita Penelosa. Para siempre.

Renunciaré a los experimentos, abandonaré la investigación. ¡Cualquier cosa antes que tener que enfrentarme a esa tentación que me hace caer tan bajo!

No le he dicho nada a la señorita Penelosa. Simplemente me mantendré alejado de ella.

Ya entenderá el motivo, sin necesidad de que yo le diga nada.

7 *de abril*

Me he quedado en casa, según lo dicho.

¡Qué lástima, perder un estudio tan interesante! ¡Pero qué lástima, por otra parte, arruinar mi vida! Y sé que delante de esa mujer ya no soy dueño de mí.

11 *de la noche*

¡Que Dios me ayude! ¿Qué es lo que me ocurre?

¿Me estoy volviendo loco?

A ver si me calmo y consigo razonar un poco. Ante todo, anotaré exactamente lo ocurrido.

Eran más o menos las ocho cuando escribí las líneas con las que empecé la entrada de hoy en mi diario.

Experimentaba una inquietud, una agitación extraña, y salí a pasar la velada con Agatha y su madre.

Ambas hicieron la observación de que estaba pálido y de que tenía un aire como asustado.

Hacia las nueve llegó el profesor Pratt-Haldane y nos pusimos a jugar al whist.

Hice un enorme esfuerzo para mantener mi atención fija en el juego, pero aquella sensación de febril agitación no dejaba de crecer, y llegó a tal extremo que no me consideré en condiciones de poder superarla.

Sencillamente, me resultaba imposible.

Finalmente, mientras se estaban repartiendo las cartas, tiré las mías sobre la mesa. Farfullé unas disculpas incoherentes relativas a una cita y salí apresuradamente de la habitación.

Recuerdo vagamente, como en un sueño, haber cruzado el vestíbulo a la carrera, arrancado, por así decirlo, mi sombrero de la percha, y cerrado violentamente la puerta detrás de mí.

También veo de nuevo como en un sueño las hileras de farolas, y mis zapatos, cubiertos de fango, me demuestran que sin duda corrí por el medio de la calzada.

Todo tenía un aire borroso, extraño, irreal.

Fui a casa de los Wilson.

Vi a la señora Wilson, vi a la señorita Penelosa.

Apenas recuerdo de qué hablamos. Solo recuerdo que la señorita Penelosa, bromeando, me amenazó con su muleta, acusándome de llegar con retraso y de no interesarme como antes en nuestros experimentos.

No hubo magnetización, pero me quedé un rato allí. Acabo de volver.

Mi mente ha recobrado toda su claridad. Puedo reflexionar sobre lo sucedido.

Es absurdo atribuirlo todo a la debilidad y a la fuerza de la costumbre.

La otra noche traté de explicar así la cosa, pero esta explicación ya no es suficiente.

Se trata de algo más profundo, y también más terrible.

En casa de las Marden, en la mesa de juego, me sentí arrastrado como con un nudo corredizo en el cuello.

Ya no puedo ocultarme esto a mí mismo.

Esa mujer ha puesto sus garras en mí. Me sujeta. Pero debo conservar la serenidad, y encontrar, por medio de la razón, una forma de salir del paso.

¡Qué loco y qué ciego he sido! Embebido de entusiasmo por mi investigación, he ido derecho al abismo abierto ahí, delante de mí.

¿Acaso ella misma no me advirtió? ¿No me había dicho, según leo en mi propio diario, que cuando ha adquirido poder sobre un sujeto puede obligarle a hacer lo que quiere?

Y ese poder lo ha adquirido sobre mí. Ahora estoy a sus órdenes; estoy bajo el arbitrio de la mujer de la muleta. Cuando desea que acuda, allá he de ir yo. Tengo que hacer lo que ella quiere. Y, aún peor: ¡debo experimentar los sentimientos que ella quiere! La aborrezco y la temo; y, sin embargo, cuando estoy bajo su influencia mágica, puede obligarme a amarla; estoy seguro.

Lo único que me consuela un tanto es el hecho de que estos impulsos aborrecibles que me echo en cara no proceden de mí, de ningún modo.

Todo se transmite de ella a mí, aunque yo no tuviera ni la menor conciencia de ello durante los primeros tiempos.

Esta idea me inspira una sensación de mayor limpieza y ligereza.

8 de abril

Sí. Ahora, en pleno día, perfectamente sereno, con todo el margen para meditar, me veo obligado a dar por cierto todo lo que escribí en mi diario la otra noche.

Mi posición es horrenda; pero, ocurra lo que ocurra, no debo perder la cabeza. Tengo que tensar mi inteligencia contra su poder.

Al fin y al cabo, no soy un estúpido títere al que se pueda hacer bailar tirando de unos hilos.

Poseo energía, inteligencia y valor. A pesar de todos sus trucos diabólicos, aún puedo vencerla.

¡Puedo! No, no... Debo. Si no, ¿qué será de mí?

Tratemos de encontrar la salida lógica.

De acuerdo con sus propias explicaciones, esa mujer puede dominar mi sistema nervioso. Puede proyectarse a sí misma dentro de mi cuerpo y mandar en él. Tiene un alma de parásito; sí, un alma de parásito, de monstruoso parásito. Se introduce en mi organismo como el ermitaño en la concha del caracol.

¿Qué puedo hacer contra ella? Tengo que vérmelas con fuerzas de las que no sé nada.

Y no puedo contar a nadie mis sufrimientos. Me tomarían por loco. Si esto saliera a la luz pública, no cabe duda de que la universidad consideraría que no necesita los servicios de un profesor poseído por el diablo.

¡Y Agatha!

No, no. Tengo que enfrentarme solo al peligro.

Releo mis anotaciones acerca de las afirmaciones de esa mujer cuando habló de sus poderes.

Hay una cosa que me desconcierta por completo: acabó diciendo que, cuando la influencia es leve, el sujeto sabe lo que hace, pero no puede gobernarse a sí mismo; mientras que, cuando la voluntad se ejerce con energía, el sujeto es absolutamente inconsciente.

Ahora bien: yo siempre he sabido lo que hacía; la noche pasada, sin embargo, no tanto como en las ocasiones anteriores.

Esto parece significar que no ha ejercido todavía sobre mí toda la fuerza de su poder.

¿Ha habido jamás un hombre en mi misma situación?

Sí, puede que uno... y que está muy cerca. Charles Sadler debe saber algo de esto.

Sus difusos consejos de mantenerme vigilante cobran hoy sentido.

¡Ah! Si le hubiera escuchado no habría contribuido, a través de esas reiteradas sesiones, a fortalecer los eslabones de la cadena que me aprisiona.

Iré a verle hoy.

Me disculparé ante él por haber tomado tan a la ligera sus advertencias.

Veré si puede darme algunos consejos.

4 de la tarde

No, no puede.

He hablado con él, y se ha mostrado tan sorprendido en cuanto he empezado a aludir a mi horrendo secreto que no he podido seguir.

Hasta donde alcanzo a entender, en base a vagos signos y a deducciones más que a afirmaciones claras, lo que él experimentó se redujo a palabras o miradas parecidas a las que me han sido dirigidas.

El hecho mismo de que se haya apartado de la señorita Penelosa es suficiente para demostrar que él no ha sido nunca verdaderamente prisionero suyo.

¡Ah! ¡Si él supiera lo que habría podido ocurrirle!

Charles Sadler debería sentir gratitud por su flemático temperamento anglosajón. Yo soy moreno; soy un celta, y las garras de esa bruja penetran profundamente en mis nervios.

¿Conseguiré algún día liberarme de ella?

¿Volveré alguna vez a ser el mismo hombre que era hace tan solo dos semanas?

Veamos. Estudiemos qué es lo mejor que puedo hacer.

No puedo ni pensar en alejarme de la universidad en pleno semestre.

Si fuera libre, mi plan estaría ya trazado.

Me marcharía inmediatamente. Viajaría a Persia. Pero ¿dejaría ella que me fuera? ¿Y no sería su influencia lo bastante fuerte para seguirme a Persia, obligándome a volver hasta quedar al alcance de su muleta?

Solo mediante una amarga experiencia personal conoceré los límites de su poder infernal.

Lucharé; lucharé, lucharé.

¿Qué otra cosa puedo hacer?

Sé perfectamente que, hacia las ocho, se apoderará de mí esa necesidad invencible de su compañía y esa agitación angustiosa.

¿Cómo conseguiré superarlo? ¿Qué he de hacer?

He de conseguir que me sea imposible salir de mi habitación.

Cerraré la puerta con llave y tiraré la llave por la ventana. Sí; pero ¿cómo me las arreglaré por la mañana?

No pensemos en mañana. Es preciso, de todas todas, que rompa esta cadena que me aprisiona.

9 de abril

¡Victoria! Ayer, a las siete, después de una cena ligera, me encerré en mi habitación y tiré la llave al jardín.

Tomé una novela divertida y estuve tres horas tratando de leer en la cama, pero en realidad pasé esas horas temblando espantosamente, esperando a cada momento ser visitado por la influencia. Pero no ocurrió nada de ese estilo, y esta mañana me he levantado con la sensación de haber escapado a una tremenda pesadilla.

Quizá esa mujer se dio cuenta de lo que yo había hecho y comprendió que de nada serviría tratar de actuar sobre mí.

De cualquier modo, la he vencido una vez; y, si he podido conseguirlo una vez, lo conseguiré también otras.

Lo más fastidioso, por la mañana, era el asunto de la llave.

Por suerte, ahí abajo estaba un ayudante del jardinero, y le dije que me la tirara.

Debió de creer que se me acababa de caer.

Haré clavar las puertas y las ventanas; encargaré a seis hombres fuertes que me retengan en la cama; todo antes que rendirme a discreción ante esa bruja.

Esta tarde recibí una nota de la señorita Marden pidiéndome que fuera a verla.

Pensaba hacerlo, fuera cual fuera el motivo, pero no esperaba encontrarme con malas noticias. Según parece, los Amstrong, de quienes Agatha tiene posibilidades de heredar, han embarcado en Adelaida en el *Aurora* y han escrito a la señora Marden para que les vaya a esperar a la ciudad.

Esto significará una ausencia de un mes o mes y medio. Como la llegada del *Aurora* se espera para el miércoles, tienen que partir de inmediato para llegar a tiempo.

Me consuela pensar que cuando volvamos a encontrarnos ya no habrá separación entre Agatha y yo.

—Quiero pedirte una cosa, Agatha —le dije cuando estuvimos solos—. Si por casualidad te encuentras con la señorita Penelosa, en la ciudad o aquí, prométeme que no te dejarás magnetizar por ella.

Agatha me miró con asombro.

—Pero si hace solo unos pocos días decías que todo esto era interesantísimo y que estabas decidido a llevar tus experimentos hasta el final…

—Ya lo sé, pero he cambiado de opinión.

—¿Y has renunciado por completo a los experimentos?

—Sí.

—¡Oh! ¡Cuánto me alegro, Austin! No te imaginas el aspecto que tenías estos últimos días, pálido, cansado. Lo cierto es que esa era la principal razón que nos impedía viajar ahora a Londres. No queríamos dejarte solo en un momento en que parecías tan abatido. Y tu comportamiento ha cambiado también, a veces de una manera tan extraña… Sobre todo esa noche en que dejaste al profesor Pratt-Haldane sin pareja de juego. Me convencí de que esos experimentos actuaban muy negativamente sobre tus nervios.

—Lo mismo pienso yo, querida.

—Y también sobre los nervios de la señorita Penelosa. ¿No te has enterado de que está enferma?

—No.

—Nos lo ha dicho la señora Wilson. Nos ha descrito su estado como una fiebre nerviosa. El profesor Wilson vuelve la semana próxima, y la señora Wilson quiere que para entonces la señorita Penelosa se haya recobrado, porque al señor Wilson le espera todo un programa de experimentos que piensa llevar a buen fin.

Quedé tranquilo al obtener la promesa de Agatha.

Era más que suficiente que aquella mujer tuviera entre sus garras a uno de los dos.

Por otra parte, me turbó enterarme de la enfermedad de la señorita Penelosa.

Eso disminuye en mucho la importancia de la victoria que pensé haber conseguido anoche.

Recuerdo haberle oído decir que el desmejoramiento de su salud afectaba negativamente su poder.

Tal vez por eso pude resistir tan fácilmente.

¡Bueno! De todos modos, esta noche he de tomar las mismas precauciones, y a ver qué ocurre.

Siento un terror pueril al pensar en ella.

10 de abril

Anoche funcionó todo perfectamente.

Ha sido divertido ver la cara que ha puesto el jardinero esta mañana, cuando he vuelto a llamarle para que me tirase la llave.

Me haré famoso entre la servidumbre si esto se repite. Pero lo que importa es que permanecí en casa, sin sentir ni la menor necesidad de salir.

Me parece que empiezo a liberarme de esa increíble servidumbre; a menos que, sencillamente, el poder de esa mujer esté neutralizado hasta que recobre las fuerzas. Ruego al cielo que se dé la alternativa más favorable.

Las Marden se irán esta mañana, y me parece que el sol primaveral ha perdido todo su resplandor. Sin embargo, es hermoso, ahí, brillando tras el castaño que veo desde mis ventanas y que proporciona un toque de alegría a los gruesos muros manchados de liquen de los viejos edificios universitarios.

¡Qué dulce y acariciadora es la naturaleza! ¡Qué tranquilizadora!

¿Cómo es posible que esa naturaleza oculte fuerzas tan impuras, posibilidades tan repugnantes?

Comprendo, desde luego, que esta cosa terrible que me ha ocurrido no se encuentra ni por encima de la naturaleza, ni fuera de ella.

No: es una fuerza natural la que puede emplear esa mujer, una fuerza que la sociedad ignora.

El mismo hecho de que esa fuerza varíe con la salud demuestra hasta qué punto está enteramente subordinada a las leyes físicas.

Si tuviera tiempo podría llegar hasta el fondo del asunto y descubrir el antídoto, pero cuando uno está entre las garras del tigre no es momento para pensar en domesticarlo: lo único que se puede hacer es liberarse a sacudidas.

¡Ah! Cuando me miro en el espejo y veo en él mis ojos negros y mi cara de español, de rasgos tan pronunciados, quisiera haber sido salpicado por vitriolo o haber quedado marcado de viruela.

Cualquiera de estas cosas me habría librado de todo esto.

Me inclino a pensar que esta noche tendré problemas.

Son dos las circunstancias que me lo hacen temer.

La primera es que me encontré en la calle con la señora Wilson y me dijo que la señorita Penelosa había mejorado, aunque sigue débil; la segunda es que el profesor Wilson vuelve dentro de uno o dos días, y su presencia será un freno para ella.

No tendría miedo de encontrarme con ella si estuviera presente un tercero.

Esas dos razones me hacen presentir que tendré problemas esta noche. Tomaré la precaución de las anteriores.

10 de abril

No. Gracias a Dios, anoche todo fue bien.

Habría sido excesivo volver a recurrir al jardinero, así que cerré la puerta y tiré la llave por encima, de modo que por la mañana tuve que pedirle a la criada que me abriera desde fuera. Pero la precaución no era en realidad necesaria, ya que en ningún momento sentí impulso alguno de salir.

¡Tres noches seguidas en casa! Sin duda están terminando mis sufrimientos: Wilson estará de vuelta hoy o mañana.

¿Le diré lo que he pasado? ¿Me callaré?

Estoy convencido de que no encontraría en él ni la menor simpatía. Me vería como un sujeto interesante y leería un comunicado sobre mi caso en la siguiente reunión de la Sociedad Psíquica. Allí enfocaría seriamente la posibilidad de que yo hubiera mentido descaradamente, y compararía esta posibilidad con la de que esté afectado por una incipiente locura.

No. No iré a pedir ayuda a Wilson.

Me siento extrañamente ágil y enérgico. Creo que nunca he dado mi clase con mayor empuje.

¡Ah, si pudiera apartar de mi vida esa sombra! ¡Qué feliz sería!

Soy joven, disfruto de cierta holgura, estoy en primera fila en mi profesión, estoy prometido a una muchacha hermosa y encantadora: ¿no tengo todo lo que un hombre puede desear?

Solo hay en el mundo una cosa que me atormenta; pero ¡qué cosa!

Medianoche

¡Acabaré loco!

Sí, así terminará todo esto. Acabaré loco. Ya no estoy muy lejos de estarlo.

Me hierve la cabeza; la tengo apoyada en una mano ardiente.

Se me estremece todo el cuerpo, como un caballo asustado.

¡Oh, qué noche he pasado!

Pese a todo, también tengo algún motivo para alegrarme. A riesgo de convertirme en objeto de risa para los criados, deslicé la llave por debajo de la puerta, convirtiéndome en un prisionero para toda la noche.

Después, como me parecía que era demasiado temprano para acostarme, me tendí vestido en la cama y me puse a leer una novela de Dumas.

De pronto fui arrebatado… Sí: arrebatado, arrastrado fuera de la cama.

Solo estos términos son capaces de describir la fuerza irresistible que hizo presa en mí.

Me así de la manta, me sujeté en la madera de la cama. Incluso me parece que grité, frenético.

Todo inútil. No pude resistir. Tuve que obedecer. No podía sustraerme a esa fuerza.

Solo en los primeros momentos opuse alguna resistencia. La influencia no tardó en ser demasiado abrumadora para luchar contra ella.

Doy gracias a Dios de que no hubiera allí gente para guardarme, porque, de haberla habido, no habría podido responder de mí mismo.

A esa determinación de salir iba unida una idea muy clara y viva sobre los medios a emplear para conseguirlo.

Encendí una vela, me puse de rodillas delante de la puerta y traté de atraer la llave hacia mí usando una pluma de oca, pero era demasiado corta y solo conseguí alejar un poco más la llave.

Entonces, con sosegada obstinación, saqué de un cajón un abrecartas y con él pude conseguir la llave.

Abrí la puerta.

Entré en mi gabinete y cogí de encima del escritorio una fotografía mía. Escribí en ella unas palabras y me la puse en el bolsillo interior del abrigo.

Luego me encaminé a casa de los Wilson.

Lo veía todo dentro de una claridad extraordinaria y, sin embargo, todo me parecía ajeno al resto de mi propia vida, ajeno como podrían serlo las incidencias del más vivo de los sueños.

Me poseía una especie de doble conciencia.

Estaba, en primer lugar, la voluntad ajena que predominaba y que tendía a arrastrarme junto a la propietaria de dicha voluntad; y estaba también otra personalidad, más débil, que se resistía, y reconocía en ella a mi propio yo, un yo que luchaba débilmente contra el impulso todopoderoso, como un perro que lucha contra la correa que lo sujeta.

Recuerdo también haberme dado cuenta del conflicto suscitado entre esas fuerzas; en cambio, no recuerdo nada de lo que sucedió mientras andaba, ni de cómo entré en la casa.

Sin embargo, conservo una imagen sumamente nítida de mi encuentro con la señorita Penelosa.

Estaba tendida en el diván, en el saloncito donde habitualmente se realizaban nuestros experimentos. Tenía la cabeza apoyada en la mano y estaba parcialmente tapada con una piel de tigre.

Cuando entré, alzó la mirada, con la expresión de quien está esperando. La luz de la lámpara daba de lleno en su rostro y pude ver que estaba muy pálida y desmejorada, y que tenía unos surcos oscuros bajo los ojos.

Me sonrió y me indicó con la mano una silla a su lado.

Empleó la mano izquierda para ese ademán. Yo avancé velozmente, cogí aquella mano y… y… me doy asco a mí mismo al pensarlo, pero me la llevé a los labios apasionadamente.

Luego me senté en la silla, sin soltarle la mano, y le entregué la fotografía que había llevado.

Hablé y hablé; le conté mi amor por ella, el dolor que me había causado su enfermedad, la alegría que me daba su restablecimiento, y le dije hasta qué punto me sentía desgraciado cuando pasaba una sola velada sin verla.

Ella permanecía inmóvil, manteniendo su mirada imperiosa fija en mí, con una sonrisa provocadora.

Recuerdo que en un momento dado me pasó la mano por el cabello, como quien acaricia a un perro, y aquella caricia me causó placer.

Eso me hizo estremecer.

Me convertí en su esclavo en cuerpo y alma, y en aquel momento me alegré de mi esclavitud.

Y entonces tuvo lugar el feliz cambio. Que nadie me diga que no existe la Providencia. Me encontraba en el borde mismo de la perdición, mis pies rozaban el precipicio.

¿Fue acaso por simple coincidencia que me llegó el socorro, justo en aquel momento?

No, no: existe la Providencia, y fue su mano la que me hizo retroceder.

Hay en el universo algo más poderoso que esa diablesa, pese a todas sus artimañas.

¡Ah! ¡Qué alivio para mi espíritu pensar esto!

Al alzar la mirada hacia ella percibí un cambio. Su cara, pálida hasta entonces, se había puesto lívida. Tenía los ojos nublados y se le estaban cerrando los párpados; y, por encima de todo, había desaparecido de su fisonomía aquel aire de tranquila confianza. Su boca había perdido firmeza, y era como si su frente se hubiera estrechado.

Parecía asustada y titubeante.

Y, mientras observaba este cambio en ella, sentí en mi ánimo una especie de vacilación. Mi espíritu se puso a luchar, como si intentara escapar violentamente a la tenaza que lo aprisionaba, tenaza que apretaba menos a cada instante.

—Austin —dijo con voz débil—, he confiado demasiado en mí. No estaba aún lo bastante fuerte. No me he recuperado de la enfermedad. Pero no podía seguir viviendo sin verte. ¡No me dejes, Austin! Es una debilidad momentánea. Espera cinco minutos y volveré a ser yo misma. Acércame ese frasco que está en la mesa, junto a la ventana.

Pero yo había recobrado el dominio de mi alma.

Mientras sus fuerzas se extinguían, la influencia sobre mí se disipaba. Me sentí liberado.

Me puse agresivo. La ataqué con amargura, con furia.

Por lo menos en una ocasión he podido contarle a esa mujer cuáles eran mis auténticos sentimientos hacia ella.

Mi espíritu rebosaba de un odio que era tan brutal como el amor contra el que reaccionaba. Era el mío el furor desenfrenado, asesino, del esclavo rebelde.

Habría sido capaz de asir la muleta que tenía a su lado y machacarle la cara con ella.

Extendió las manos hacia delante, como para protegerse de un golpe y, retrocediendo ante mí, se parapetó en un extremo del diván.

—¡El aguardiente! ¡El aguardiente! —dijo con voz cambiada.

Cogí el frasco y lo vacié en las raíces de una palma que estaba en la ventana. Luego le arrebaté la fotografía y la desgarré en mil pedazos.

—¡Mujer miserable! —dije—. ¡Si yo cumpliera con mi deber para con la sociedad, no saldrías viva de esta habitación!

—Te quiero, Austin, te quiero —gimió.

—¡Sí! —grité—. ¡Como has querido a Charles Sadler! ¿Y a cuántos antes que a él?

—Charles Sadler —dijo ella, jadeante— … ¿Te ha hablado? ¡Ah! ¡Charles Sadler, Charles Sadler!

Su voz pasaba entre sus labios como el silbido de una serpiente.

—Te conozco, sí —dije—; y otros te conocerán también, bestia impúdica. Conoces mi posición y, a pesar de todo, has empleado tu espantoso poder para atraerme hacia ti. Podrás hacerlo de nuevo, pero al menos te acordarás de haberme oído decir que amo a la señorita Marden apasionadamente, y que tú me inspiras asco y espanto. Solo el verte, solo el oír tu voz, ya basta para llenarme de odio y repugnancia. Siento náuseas solo de pensar en ti. Esto es lo que siento por ti; y, si quieres volver a atraerme con tus mañas, como esta noche, imagino que no sentirás demasiado placer al convertir en tu enamorado a un hombre que te ha dicho lo que realmente piensa de ti. Podrás poner en mi boca las palabras que tú quieras, pero no podrás olvidar…

Me detuve, porque aquella mujer se había caído hacia atrás, desmayada.

No era capaz de escuchar hasta el final lo que tenía que decirle.

¡Qué ardiente sensación de victoria experimento al pensar que, ocurra lo que ocurra a partir de ahora, esa mujer no puede ya engañarme en cuanto a mis verdaderos sentimientos hacia ella!

Pero ¿qué ocurrirá a partir de ahora?

No me atrevo a pensarlo.

¡Oh! ¡Si pudiera tener la esperanza de que me dejará en paz! Pero cuando pienso en lo que le he dicho…

Da igual. Una vez, por lo menos, habré sido más fuerte que ella.

11 de abril

Esta noche apenas he dormido, y por la mañana me he sentido tan destemplado, nervioso y febril que he tenido que rogar a Pratt-Haldane que diera mi clase.

Será la primera vez que me he ausentado.

Me levanté a mediodía, pero con dolor de cabeza, las manos temblorosas y los nervios en un estado lamentable.

Esta noche he recibido una visita.

¿Será posible? Wilson en persona. Acaba de volver de Londres, donde ha dado conferencias, ha desenmascarado a un médico, ha dirigido una serie de experimentos sobre la transmisión de pensamiento, se ha entrevistado con el profesor Richet, de París, ha pasado horas y horas mirando en un cristal, y ha obtenido algunos resultados relativos a la penetración de la materia por el espíritu.

Me contó todo esto de un tirón.

—Pero ¿y usted? —exclamó finalmente—. No tiene buen aspecto. Y la señorita Penelosa está sumida en una total postración. ¿Y los experimentos? ¿Qué tal van?

—Los he abandonado.

—¿Por qué?

—Esos estudios me parecían peligrosos.

Acto seguido sacó su cuaderno de notas marrón.

—Esto es muy interesante —dijo—. ¿Qué razones tiene para decir que estos estudios son peligrosos? Le ruego que me enumere los hechos por orden cronológico, con las fechas aproximadas y nombres de testigos fidedignos, junto con sus direcciones.

—Antes de nada —le pregunté—, ¿querrá decirme si le constan casos en que un magnetizador haya adquirido poder sobre su objeto y lo haya empleado con fines culpables?

—¡Docenas y docenas! —exclamó, exaltado—. Crimen por sugestión.

—No hablo de sugestión. Me refiero a lo que ocurre cuando de una persona alejada llega un impulso repentino... un impulso irresistible.

—¡Obsesión! Es el fenómeno menos frecuente... Tenemos ochos casos, cinco de ellos demostrados. No irá usted a decirme...

Estaba tan exaltado que apenas podía articular las palabras.

—No, no quiero decirle... —le contesté—. Sabrá disculparme, pero esta noche no me siento demasiado bien. Adiós.

Así conseguí librarme de él.

Se marchó blandiendo su cuaderno y su lápiz.

Sin duda me cuesta aguantar mis problemas, pero será mejor que me los guarde para mí y que no los exhiba ante Wilson como un fenómeno de feria.

Wilson ha perdido de vista a los seres humanos. Para él todo se reduce a casos, a fenómenos.

Ni aunque me maten volveré a hablarle de este asunto.

12 de abril

Ayer fue un día de tranquilidad. La velada ha transcurrido sin ningún incidente.

¿Qué puede hacer ahora esa mujer?

Sin duda, después de oírme decir lo que le dije, debe de sentir por mí tanta antipatía como yo por ella.

No; no puede, no puede querer por amante a alguien que le ha insultado tanto.

No. Creo que me he librado de su amor…

Pero ¿qué puede esperarse de su odio?

¿No empleará acaso su poder para vengarse?

¡Bah! ¿Por qué asustarme a mí mismo con fantasías?

Ella me olvidará, yo la olvidaré, y todo irá bien.

13 de abril

Mis nervios han recobrado toda su compostura.

Creo de veras haber vencido a ese ser; pero debo admitir que no vivo sin aprensiones. Se ha restablecido; me he enterado de que esta tarde ha ido a dar un paseo en coche con los Wilson por la avenida principal.

14 de abril

Me gustaría alejarme para siempre.

Huiré, iré a encontrarme con Agatha en cuanto termine el semestre.

Reconozco que es una lamentable debilidad por mi parte, pero esa mujer me afecta los nervios de mala manera.

He vuelto a verla, y he vuelto a hablar con ella.

Fue justo después de la comida. Estaba fumándome un pitillo en mi gabinete. Oí en el pasillo los pasos de mi criado, Murray.

Me pareció oír vagamente otros pasos detrás.

No me preocupaba demasiado quién pudiera ser, pero un ligero ruido me hizo saltar de la silla, temblando de temor.

Nunca me había fijado especialmente en qué clase de ruido puede provocar una muleta, pero mis nervios conmocionados me dijeron que a eso correspondían los ruidos secos de madera alternándose con el sonido sordo de los pies en el suelo.

Y, al cabo de un instante, mi criado la hizo pasar.

Ni siquiera traté de cumplir con las formas convencionales de la cortesía.

Tampoco ella lo intentó.

Me quedé mirándola fijamente, con la colilla del cigarrillo entre los dedos.

Ella, por su parte, me miró en silencio, y, ante la expresión de su mirada, recordé las páginas en las que había tratado de describir esa expresión, preguntándome si era burlona o cruel.

Aquel día era una expresión de crueldad, de una crueldad fría e implacable.

—Muy bien —dijo por fin—. ¿Sigue usted con la misma disposición de ánimo que la última vez que le vi?

—Mi disposición de ánimo ha sido siempre la misma.

—Entendámonos, profesor Gilroy —dijo ella lentamente—. No soy persona de la que se pueda uno burlar fácilmente, y ahora mismo podría dejárselo claro. Fue usted quien me rogó participar en una serie de experimentos; fue usted quien conquistó mi afecto; usted quien declaró su amor por mí; usted quien me trajo su fotografía, con unas palabras de afecto escritas en ella; y fue usted quien, aquella misma noche, consideró oportuno cubrirme de insultos y dirigirse a mí en unos términos que ningún hombre se había atrevido jamás a emplear conmigo. Dígame que esas palabras se le escaparon en un momento de ofuscación. Estoy dispuesta a olvidar y perdonar. Usted no quería decir lo que dijo, ¿no es cierto, Austin? No me odia usted realmente…

Habría podido apiadarme de aquella mujer deforme; tanto ardor, tanta súplica amorosa había detrás de su mirada amenazadora.

Pero, pensando en los sufrimientos por los que había pasado, mi corazón fue duro como el pedernal.

—Si me ha oído hablarle de amor —dije—, sabe usted muy bien que era su voz la que hablaba, no la mía. Lo único sincero que he podido decirle son las palabras que oyó usted en nuestra última entrevista.

—Ya sé. Alguien le ha hablado mal de mí. ¿Ha sido él?

Golpeó el suelo con su muleta.

—¡Pues bien! —prosiguió—. Sabe usted perfectamente que podría obligarle ahora mismo a tumbarse a mis pies como un perrito. Ya no volverá a encontrarme en momentos de debilidad en los que pueda insultarme impunemente. Cuidado con lo que hace, profesor Gilroy. Está usted en una situación terrible. Todavía no se ha dado cuenta de todo el poder que tengo sobre usted.

Me encogí de hombros y aparté la mirada.

—Muy bien —prosiguió ella después de una pausa—. Si desprecia mi amor, veré qué puede hacer el miedo. Ahora sonríe, pero llegará el día en que me pida perdón a voz en grito. Sí; con todo su orgullo, se arrastrará usted a mis pies y maldecirá el día en que hizo de mí, su mejor amiga, su enemiga más cruel. Cuidado, profesor Gilroy.

Vi agitarse en el aire una mano blanca; su rostro casi no era ya humano, hasta tal punto lo desfiguraba la pasión.

Al cabo de un momento se había ido. La oí alejarse por el pasillo, cojeando y dando golpes con la muleta.

Pero me ha dejado un peso en el corazón.

Me abruman vagos presentimientos sobre desgracias futuras.

Me esfuerzo inútilmente para convencerme de que sus palabras eran solo producto de la ira. Recuerdo demasiado bien esos ojos despiadados para creer que es así.

¿Qué hacer? ¡Ay! ¿Qué hacer?

Ya no soy dueño de mi espíritu.

En cualquier momento puede penetrar en él ese infame parásito, y entonces…

Tengo que contarle a alguien mi espantoso secreto… Tengo
que contarlo, o me volveré loco.

¡Si tuviera a alguien que simpatizara conmigo, alguien que me
aconsejara…!

¿Wilson? Ni pensarlo.

Charles Sadler solo me comprendería dentro de los límites de
su propia experiencia.

¡Pratt-Haldane! Es un hombre muy equilibrado, abundante-
mente provisto de sentido común y de capacidad práctica.

Iré a verle y se lo contaré todo. ¡Quiera Dios que sea capaz de
aconsejarme!

6.45 de la tarde

No, no hay socorro humano que me valga. He de luchar solo.

Tengo ante mí dos soluciones: convertirme en amante de esa
mujer, o ser víctima de las persecuciones a las que quiera some-
terme.

Aunque no me sometiera a ninguna, viviría en un infierno de
temores. Pero ¡que me atormente, que me lleve a la locura, que me
mate! ¡No cederé! ¡Nunca, nunca!

¿Puede acaso infligirme algo peor que perder a Agatha, que la
certidumbre de ser un embustero, un perjuro, un hombre que ha
perdido todo derecho al título de caballero?

Pratt-Haldane ha sido la amabilidad personificada y ha escuchado mi historia con toda la cortesía posible; pero solo viendo la
solidez de sus facciones, la tranquilidad de su mirada, el mobiliario macizo de su gabinete, ya me ha costado decirle lo que había
ido a exponerle.

15 de abril

Es la primavera más hermosa que jamás haya visto; ¡tan verde, tan suave, tan bella!

¡Ah! ¡Qué contraste entre la naturaleza exterior y mi espíritu, tan devastado por la duda y el terror!

El día ha transcurrido sin ningún incidente, pero sé que estoy al borde del abismo. Lo sé y, sin embargo, sigo avanzando, siguiendo los carriles habituales de mi vida.

El único rayo de luz que llega hasta mí es el hecho de que Agatha sea feliz, se encuentre bien y esté fuera de todo peligro.

¡Todo, en aquel entorno, era tan sustancial, tan material!

Luego, ¿qué habría podido decirle, yo mismo, no hace ni siquiera un mes, a un colega que hubiera venido a contarme una historia de posesión diabólica?

Quizá yo no habría mostrado tanta paciencia como Pratt-Haldane.

De cualquier modo, anotó todo lo que le dije, me preguntó cuánto té bebía, si había trabajado con exceso, si tenía dolores de cabeza repentinos, si sufría de pesadillas, de zumbidos en los oídos, si veía destellos… Preguntas todas que me demostraban que no veía en mis sufrimientos nada más que una congestión cerebral.

En suma: se despidió de mí después de haberme soltado una sarta de trivialidades acerca de la necesidad de ejercicio al aire libre y de evitar cualquier sobreexcitación nerviosa.

Me extendió una receta en la que figuraban el cloral y el bromuro. La arrugué y la tiré en la cuneta.

No, no encontraré ayuda en ningún ser humano.

Si acudo a otras personas, puede que se comuniquen entre ellas, y acabaré en un manicomio.

Lo único que está a mi alcance es hacer acopio de todo mi valor y rezar para que un hombre honesto no quede abandonado.

Si ese ser pudiera echarnos mano a todos, ¿qué no estaría a su alcance?

16 de abril

Esa mujer es ingeniosa en sus persecuciones. Sabe hasta qué punto amo mi trabajo, y lo bien considerada que está mi enseñanza. Así que ha orientado sus ataques en esa dirección.

Todo esto acabará, me doy perfecta cuenta, en que perderé la cátedra; pero lucharé hasta recibir el golpe de gracia. No me privará de mi cátedra sin luchar.

Esta mañana, durante mi clase, no noté ningún cambio en mí; solo por uno o dos minutos sentí un vértigo, una náusea, que desaparecieron rápidamente. Más bien me felicité por haber sabido exponer mi tema con amenidad y claridad. Se trataba de las funciones de los glóbulos rojos. Así que me quedé sorprendido cuando uno de los estudiantes entró en mi laboratorio, inmediatamente después de la clase, y me dijo lo asombrado que estaba al constatar tanta diferencia entre mis afirmaciones y las de los libros.

Me enseñó su libreta de notas, y en ella pude ver que, durante parte de la clase, había expuesto herejías absolutamente indignantes y anticientíficas.

Protesté, naturalmente. Le aseguré que me había entendido mal; pero cuando comparé sus anotaciones con las que habían tomado sus compañeros tuve que admitir que tenía razón y que yo había emitido varias afirmaciones absurdas. Saldré del paso atribuyendo el hecho a un despiste pasajero, pero me doy cuenta de que es el comienzo de una cadena.

Solo falta un mes para que termine el semestre. Quiera Dios que pueda aguantar hasta entonces.

Han pasado diez días sin que haya tenido el valor suficiente para mantener mi diario al día.

¿Para qué consignar cosas que me humillan y me degradan?

Me había jurado no volver a abrir mi diario.

Sin embargo, la fuerza de la costumbre puede tanto que aquí estoy una vez más, anotando mis espantosas experiencias; de idéntico modo se han dado casos de suicidas que han tomado notas sobre el veneno que les iba matando.

¡Pues bien! El estallido que ya había previsto se ha producido; ayer, sin ir más lejos. Las autoridades académicas me han separado de mi cátedra.

Lo han hecho del modo más delicado, explicando que se trata de una medida temporal basada en el deseo de aliviarme de los efectos del exceso de trabajo, hasta que pueda restablecerme. Pero el hecho está ahí: he dejado de ser el profesor Gilroy.

La dirección del laboratorio sigue en mis manos, pero supongo que no tardarán en quitármela también.

Lo cierto es que mis clases se habían convertido en motivo de burla para la universidad.

Mi aula se llenaba de estudiantes que acudían para ver y oír lo que iba a hacer o decir el profesor chiflado.

No me siento capaz de anotar los detalles de mi humillación.

¡Oh! ¡Esa mujer diabólica! No hay bufonada o estupidez, por tremenda que sea, que no me haya obligado a cometer.

Empezaba cada clase de modo claro y pertinente, pero tenía siempre la sensación de que mi inteligencia iba a sufrir un eclipse.

Entonces, al sentir la influencia, luchaba contra ella; apretaba los puños, sudaba tratando de vencerla; y, mientras tanto, los estudiantes escuchaban mis frases incoherentes y contemplaban mis contorsiones, riéndose a carcajadas de los disparates de su profesor.

Luego, cuando se había apoderado por entero de mí, esa mujer me obligaba a decir las cosas más absurdas. Incluso contaba chistes tontos, soltaba frases sensibleras como si hiciera un brindis, tarareaba canciones populares y arremetía groseramente contra tal o cual de los presentes.

Luego, de repente, mi mente recobraba toda su claridad, reanudaba la lección y la terminaba correctamente.

¿Es de extrañar, pues, que mi comportamiento se convirtiera en objeto de charla en toda la universidad? ¿Es de extrañar que el consejo de la universidad se haya visto obligado a responder oficialmente a semejante escándalo?

Lo más terrible en todo esto es mi soledad.

Aquí estoy, apoyado en la repisa de una banal ventana inglesa que da a una banal calle inglesa, con sus policías paseando; y ahí, detrás de mí, se yergue una sombra que nada tiene en común con este siglo, con este ambiente.

En pleno corazón del país de la ciencia, estoy aplastado y atormentado por un poder del que nada sabe la ciencia.

Ningún juez accedería a prestarme oído, ningún periódico querría debatir mi caso, ningún médico admitiría los síntomas de mi estado.

Mis amigos más íntimos no verían en todo esto otra cosa que una señal de un desquiciamiento de mi razón.

He perdido todo contacto con mis congéneres.

¡Ah! ¡Maldita mujer! Que se ande con ojo. Muy bien podría empujarme demasiado lejos. Cuando la ley no puede hacer nada por uno, entonces uno se puede forjar una ley propia.

Me la encontré ayer por la noche en la avenida principal y me dirigió la palabra. Fue quizá una suerte para ella que ese encuentro no se produjera entre los setos de un solitario camino vecinal.

Me preguntó, con su gélida sonrisa, si me había ablandado un poco.

No me digné contestarle.

—Habrá que dar otra vuelta de tuerca —dijo ella.

¡Ah! ¡Cuidado, señora! ¡Cuidado!

Ya la tuve una vez a mi discreción. Puede que se presente otra oportunidad.

28 de abril

La suspensión de mis clases ha tenido como resultado positivo, por lo menos, el privarla de los medios de acosarme; de modo que he disfrutado de dos días felices y tranquilos.

Al fin y al cabo, no tengo motivos para desesperarme.

Me llegan de todos lados testimonios de simpatía; todo el mundo admite que han sido mi dedicación a la ciencia y el arduo carácter de mis investigaciones las que han desquiciado mi sistema nervioso.

El consejo me ha mandado una carta, redactada en los términos más amables, sugiriéndome que haga un largo viaje, y expresando la seguridad y la esperanza de que me encuentre en condiciones de reincorporarme a comienzos del semestre de verano.

No pueden ser más halagadores los términos en que se alude a mi pasado, a los servicios que he prestado a la universidad.

Solo en la desgracia se puede comprobar la propia popularidad.

Quizá ese ser dejará de torturarme, y entonces se arreglará todo. Dios lo quiera.

29 de abril

Nuestra pequeña y somnolienta ciudad ha conocido un pequeño acontecimiento sensacional.

La única forma que aquí adopta el crimen consiste en que un subgraduado alborotador rompa algunas farolas o se pelee con un policía.

Pero anoche hubo un intento de robo con fractura en la sucursal del Banco de Inglaterra, y todo el mundo está muy excitado.

Parkurson, el director de la sucursal, es íntimo amigo mío. Lo encontré muy nervioso al pasar por allí, dando un paseo.

Aunque los ladrones hubieran conseguido entrar en el banco, habrían tenido que vérselas todavía con las cajas fuertes; de modo que la defensa estaba mucho mejor armada que el ataque. A decir verdad, ese ataque no parece haber sido demasiado impetuoso.

Dos de las ventanas de la planta baja tienen señales de un intento de forzarlas por medio de unas tijeras o cualquier otro objeto introducido en las ranuras.

La policía debe de disponer de una buena pista, ya que los marcos de las ventanas habían sido pintados de verde durante el día; así que tiene que haber manchas de pintura verde en las manos o en la ropa del culpable.

4 de la tarde

¡Ah! ¡Maldita mujer! ¡Mil veces maldita! ¡No importa! ¡No podrá conmigo; no, no podrá!

Pero ¡qué monstruo!

Ya me ha hecho perder la cátedra; ahora ataca mi honor.

¿No hay nada, entonces, que pueda hacer contra ella?, ¿como no sea…? Pero, por muy acosado que esté, no puedo admitir esa idea.

Entré hace una hora en mi dormitorio, y me estaba peinando ante el espejo cuando mi mirada tropezó con algo que me dejó tan anonadado y helado de miedo que tuve que sentarme al borde de la cama; me eché a llorar.

No sé cuántos años hace que no lloraba, pero esta vez me había abandonado toda mi energía nerviosa.

No pude hacer otra cosa que sollozar, en un ataque de impotencia, de dolor y de ira.

La chaqueta de andar por casa, que me pongo habitualmente después de cenar, estaba colgada de una percha, junto al armario, ¡y la manga derecha estaba cubierta por una espesa capa de pintura verde, desde el puño hasta el codo!

¡A eso se refería al hablar de «dar otra vuelta de tuerca»!

Me ha convertido públicamente en un imbécil, y ahora quiere infamarme como un criminal.

Esta vez ha fracasado; pero ¿qué pasará la próxima…? No me atrevo a pensarlo.

¡Agatha! ¡Y mi pobre y anciana madre!

Quisiera estar muerto.

Sí, esa es la segunda vuelta de tuerca, y sin duda aludía a esto cuando me advirtió que yo no sospechaba todavía la magnitud de su poder sobre mí.

Releo las notas que tomé de mi conversación con ella; leo que, con un esfuerzo leve por su parte, el sujeto conservaría la conciencia, pero que, con un esfuerzo mayor, actuaría inconscientemente.

Anoche, yo era inconsciente.

Habría jurado que había pasado la noche durmiendo profundamente en mi casa, sin ni siquiera haber soñado.

Sin embargo, ahí están esas manchas que demuestran que me vestí, salí, traté de forzar las ventanas del banco, y regresé.

¿Me habrán visto?

Quizá alguien me viera actuando y me siguiera hasta mi casa.

¡Ah! ¡Mi vida se ha convertido en un infierno! Ya no tengo paz ni descanso. Pero mi paciencia está llegando a su límite.

10 de la noche

He limpiado la chaqueta con trementina. No creo que me viera nadie.

Fue mi destornillador el que dejó las señales. Lo he encontrado manchado de pintura y lo he limpiado.

La cabeza me duele como si estuviera a punto de estallar.

He tomado cinco pastillas de antipirina. De no ser por Agatha, habría tomado cincuenta y habría acabado con todo.

3 de mayo

Tres días de tranquilidad.

Esa diablesa infernal juega como el gato con el ratón. Me suelta para volver a saltar sobre mí.

Mi miedo es mayor cuando todo está tranquilo.

Mi condición física es lamentable: tengo un hipo que no para, y me cae el párpado izquierdo.

He oído decir que las Marden vuelven pasado mañana.

No sé si esto me alegra o me disgusta. En Londres estaban seguras; aquí pueden quedar atrapadas en la telaraña de desdicha en que me debato. Tengo que hablarles del asunto.

No puedo casarme con Agatha mientras no esté seguro de ser responsable de mis actos.

Sí, tengo que hablárles del asunto, aunque esto signifique una ruptura.

Esta noche se celebra el baile de la universidad y tengo que ir. Dios sabe que jamás me he sentido tan poco inclinado a las diversiones, pero no quiero que digan que no estoy en condiciones de mostrarme en público.

11.30 de la noche

He ido al baile.

Charles Sadler y yo fuimos juntos, pero yo me he ido antes.

De todos modos le esperaré en casa, porque estas noches me da miedo abandonarme al sueño.

Charles es un muchacho alegre, práctico; su conversación revitalizará mis nervios.

La velada, en suma, ha sido excelente.

He hablado con todas las personas que tienen alguna influencia y creo haberles demostrado que mi cátedra no está todavía vacante.

Esa miserable estaba en el baile. No podía bailar, pero estaba allí, sentada con la señora Wilson.

Muchas veces su mirada se dirigió hacia mí.

Fue prácticamente lo último que vi al examinar el salón.

En un momento dado, mientras estaba sentado de lado respecto a ella, la miré a hurtadillas y vi que seguía a alguien con la vista.

Seguía a Sadler, que estaba entonces bailando con la señorita Thurston, la menor.

A juzgar por la expresión de la muchacha, es una suerte para Sadler no encontrarse tan atrapado como yo en las garras de esa miserable. No sabe de qué se ha librado.

Me parece oír sus pasos en la calle. Bajaré para que entre en casa… si quiere.

4 de mayo

¿Por qué salí la pasada noche? No bajé; al menos, no recuerdo haberlo hecho. Claro que, por otra parte, tampoco recuerdo haberme acostado.

Tengo una mano muy hinchada esta mañana, pero no recuerdo en absoluto habérmela dañado.

Por lo demás me siento estupendamente después de la fiesta de ayer.

Pero no logro comprender cómo es posible que no viera a Charles Sadler, cuando tenía tantos deseos de hablar con él.

¿Será posible…? Dios mío, es más que probable… ¿No me habrá llevado otra vez esa mujer a cometer algún disparate?

Bajaré a ver a Sadler y le interrogaré.

Las cosas han llegado a un punto crítico. Mi vida no merece ya la pena de ser vivida. Pero si debo morir, morirá también ella. No permitiré que me sobreviva y que lleve a otro a la locura, como ha hecho conmigo. No. Mi paciencia ha alcanzado su límite.

Me ha convertido en el ser más desesperado y peligroso que hay en la tierra. Dios sabe que no le haría daño a una mosca, pero si le echase la mano encima a esa mujer, no saldría viva.

Hoy la veré. Se enterará de lo que puede esperar de mí.

Fui a ver a Sadler y me sorprendió mucho encontrarlo en cama.

Cuando entré se incorporó, y me miró con una cara que me sobresaltó.

—¡Vaya, Sadler! ¿Qué ha ocurrido? —le pregunté.

Pero mientras hablaba se me heló el espíritu.

—Gilroy —me contestó, musitando entre sus labios tumefactos—, hace semanas, varias semanas que me pregunto si está usted loco. Ahora estoy seguro; y estoy seguro, además, de que es usted un loco peligroso. Si no me hubiera contenido el miedo a provocar un escándalo perjudicial para la universidad, ahora estaría usted en manos de la policía.

—¿Qué quiere decir? —exclamé.

—Pues que ayer por la noche, en cuanto abrí la puerta, se abalanzó usted sobre mí, me golpeó en la cara con los puños, luego me tiró al suelo, me dio puntapiés en las costillas y me dejó en la calle, casi sin sentido. ¡Fíjese en su mano! Es una prueba contra usted.

Sí. Era cierto. Mi mano, desde la muñeca, tenía la clase de hinchazón que produce el haber asestado un golpe terrorífico.

¿Qué hacer? Aunque Sadler estuviera convencido de que yo estaba loco, tenía que contárselo todo.

Me senté junto a su cama y le narré todos mis suplicios, desde el comienzo. Se lo conté todo, con manos temblorosas, con palabras cuyo ardor habría logrado convencer hasta al más escéptico.

—¡Me odia, y le odia también a usted! —grité—. Se vengó de ambos al mismo tiempo, anoche. Me vio salir del baile y debió verle salir a usted también. Sabía el tiempo que le llevaría llegar hasta la casa, y entonces puso en marcha su voluntad criminal. ¡Ah! Su cara, con sus contusiones, es muy poca cosa comparada con las heridas que tengo yo en el alma.

—Sí, sí —musitó él—; me vio salir del baile. Esa mujer es capaz de eso... Pero ¿será posible que realmente le haya llevado a usted hasta este estado? ¿Qué piensa hacer?

—¡Acabar con esto! —grité—. Me ha empujado hasta el límite. Hoy la avisaré noblemente, y la próxima vez será la última.

—No sea imprudente —me dijo Sadler.

—¡Que no sea imprudente! —exclamé—. La única imprudencia que podría cometer sería permitir que esto durara una hora más.

Dicho esto, me precipité fuera de la habitación.

Y he aquí que me encuentro en vísperas de un acontecimiento que puede ser el punto crítico de mi vida.

Voy a actuar de inmediato.

Hoy he obtenido un gran logro; hay por lo menos un hombre que admite la realidad de esta monstruosa aventura mía.

Si ocurriera lo peor, aquí está este diario para testimoniar hasta dónde me he visto arrastrado.

Noche

Cuando llegué a casa de los Wilson me hicieron subir inmediatamente y me encontré frente a la señorita Penelosa.

Tuve que escuchar durante media hora el parloteo entusiasta de Wilson acerca de sus recientes investigaciones sobre la precisa naturaleza de los trances espiritistas, mientras aquel ser y yo permanecíamos en silencio, mirándonos sesgadamente.

Yo leía en su mirada un regocijo siniestro. Ella debió de leer en la mía el odio y la amenaza.

Casi había abandonado la esperanza de hablar con ella a solas cuando llamaron a Wilson, que tuvo que salir de la habitación. Nos quedamos cara a cara algunos minutos.

—¡Bueno, profesor Gilroy! —me dijo, con esa sonrisa acre propia de ella—. Mejor dicho, señor Gilroy, ¿qué tal le va a su amigo, el señor Sadler, después del baile?

—¡Se han acabado tus artimañas, diablesa! —grité—. Ya basta. Escucha lo que voy a decirte.

Atravesé la habitación a zancadas y la sacudí brutalmente por los hombros.

—¡Tan cierto como que hay un Dios en el cielo, te juro que si vuelves a cometer contra mí alguna de tus maldades infernales te lo haré pagar con la vida! ¡Pase lo que pase, te mataré! He llegado al límite de lo que un hombre puede soportar.

—Todavía no hemos acabado de saldar nuestras cuentas —dijo ella con una vehemencia igual a la mía—. Sé amar, y sé odiar. Podías elegir, y preferiste rechazar mi amor a puntapiés. Ahora tienes que saborear mi odio. Será necesario un pequeño esfuerzo para acabar con tu testarudez, pero se conseguirá… La señorita Marden vuelve mañana, según tengo entendido.

—¡¿Y eso a ti qué te importa?! —grité—. La insultas solo con pensar en ella. Si te creyera capaz de hacerle el menor daño…

Estaba asustada: me daba cuenta. Aunque trataba de mostrarse segura, leía en mi pensamiento y retrocedía ante mí.

—La señorita Marden es afortunada al tener un campeón como usted —me dijo—. ¡Un hombre que se atreve a amenazar a una mujer sola! Desde luego, he de felicitar a la señorita Marden por tener a semejante protector.

Lo que decía era amargo; su tono y su expresión eran todavía más acres.

—Sobran las palabras —dije—. Solo he venido a advertirle, del modo más solemne, que la próxima villanía que haga conmigo será la última.

Tras decir esto, oí los pasos de Wilson subiendo las escaleras y salí de la habitación.

Sí. Por muy venenosa y terrible que sea su expresión, ahora debe de empezar a darse cuenta de que tiene tanto que temer de mí como yo de ella.

¡Asesinato! Es una palabra horrenda, pero cuando se mata a un tigre o a una serpiente no se habla de asesinato.

Que se ande con cuidado de ahora en adelante.

5 de mayo

Fui a recibir a Agatha y a su madre a las once a la estación.

¡Tiene un aire tan vital, tan feliz! ¡Es tan hermosa!

¡Y qué placer ha mostrado al volver a verme! ¿Qué he hecho yo para merecer ese amor?

Las acompañé hasta su casa y almorzamos juntos.

Me pareció como si en un instante un velo me ocultara todos los suplicios de mi vida.

Agatha me dijo que tengo mal aspecto, que estoy pálido y parezco enfermo. ¡La pobre niña atribuye esto a mi soledad y a los pocos cuidados de un ama de llaves a sueldo! ¡Dios quiera que jamás conozca la verdad!

¡Que la sombra, si es que sombra ha de haber, caiga para siempre sobre mi propia vida y la deje a ella a pleno sol!

Acabo de volver de su casa. Me siento como nuevo.

Con Agatha junto a mí creo que podría enfrentarme con todo lo que la vida pudiera infligirme.

5 de la tarde

Intentaré ser preciso.

Intentaré anotar con exactitud lo ocurrido.

El recuerdo está todavía en mi mente. Puedo contar lo sucedido con exactitud, aunque es poco probable que jamás olvide lo ocurrido hoy.

Volví de casa de las Marden después de comer, y estaba preparando muestras microscópicas en estado de congelación para mi micrótomo, cuando percibí de pronto esa pérdida de la conciencia que tanto me aterra y que tan bien conozco desde hace poco.

Al recobrar el sentido, me encontré sentado en una habitación muy distinta de aquella en la que había estado trabajando.

Era una habitación cómoda y luminosa, con sillones de cotonada estampados; las cortinas eran multicolores, y junto a las paredes había numerosos objetos decorativos.

Un primoroso reloj de péndulo, frente a mí, marcaba su tictac, y sus agujas indicaban las tres y media.

Todo me parecía muy familiar; pese a ello, lo contemplé todo con asombro, hasta que mi mirada se detuvo en una fotografía: la mía, enmarcada y colocada sobre el piano. Junto a ella había otra fotografía, la de la señorita Marden.

Entonces, claro está, supe dónde estaba.

Era el saloncito de Agatha.

Pero ¿cómo explicar mi presencia allí? ¿Había sido enviado allí con algún fin diabólico?

¿Habría llevado ya a cabo ese fin? Sin duda; de no ser así no se me habría permitido recobrar la conciencia.

¡Oh, cuánto sufrí entonces! ¿Qué habría hecho?

Me puse en pie bruscamente, desesperado… Y entonces cayó en la alfombra un pequeño frasco que tenía sobre las rodillas.

No se había roto. Lo recogí.

Su etiqueta decía: «Ácido sulfúrico concentrado».

Cuando le quité el tapón de vidrio, salió del frasco un humo denso, acompañado de un olor acre, asfixiante, que se extendió por la habitación.

Reconocí el frasco que tenía en mi laboratorio como reactivo químico.

Pero ¿por qué habría traído un frasco de vitriolo a la habitación de Agatha? ¿No será ese el líquido viscoso y humeante que muchas mujeres celosas han utilizado para destruir la belleza de sus rivales?

Se me paró el corazón cuando puse el frasco a contraluz para examinarlo. ¡Gracias a Dios! Estaba lleno.

Hasta aquel momento, pues, no se había perpetrado ninguna atrocidad.

Pero si Agatha hubiese entrado un minuto antes, ¿no era seguro que el infernal parásito que había entrado en mí me habría obligado a tirarle aquel líquido a la cara? Indudablemente, así habría sido, ya que, de lo contrario, ¿por qué lo habría traído?

Al pensar en lo que había estado a punto de hacer, mis nervios, ya debilitados, llegaron a su punto de ruptura. Me dejé caer en un asiento, temblando, convulso, convertido en un pingajo humano.

La voz de Agatha y el susurro de su vestido me devolvieron la conciencia.

Alcé la mirada y vi que me observaban sus ojos azules, rebosantes de ternura y de piedad.

—Tendremos que llevarte al campo, Austin. Necesitas descanso y tranquilidad. Pareces horriblemente cansado.

—¡Oh, nada, no es nada! —dije, tratando de sonreír—. Ha sido un desmayo pasajero. Ahora estoy perfectamente.

—Siento mucho haberte dejado aquí esperando. ¡Pobre amigo mío! Debe de hacer al menos media hora que estás aquí. El párroco estaba en la sala, y como sé que no te entusiasma hablar con él, me ha parecido mejor que Jane te trajera aquí. ¡Me parecía que ese hombre no iba a marcharse nunca!

—¡Gracias a Dios por su demora! ¡Gracias a Dios que se haya quedado! —grité, enloquecido.

—Pero ¿qué te ocurre, Austin? —me preguntó ella, tomándome del brazo mientras yo me levantaba, tambaleante—. ¿Por qué te alegra que el párroco se haya quedado tanto rato? ¿Y qué es ese frasquito que llevas en la mano?

—¡Nada! —exclamé, introduciendo rápidamente el frasco en el bolsillo—. Pero he de irme; tengo algo importante que hacer.

—¡Qué aspecto tan terrible tienes, Austin! Nunca te había visto así. ¿Estás enfadado?

—Sí, lo estoy.

—Pero ¿conmigo?

—Claro que no, querida mía. Pero no entenderías…

—Todavía no me has dicho para qué has venido.

—He venido para preguntarte si me querrás siempre… haga lo que haga… sea cual sea la sombra que caiga sobre mi nombre. ¿Confiarías en mí, por tremendas que fueran las apariencias en mi contra?

—Sabes que te seré fiel, Austin.

—Sí. Sé que lo serás. Haga lo que haga, lo haré por ti. Estoy obligado a hacerlo. No hay otro modo de salir de esta situación, querida mía.

La besé y salí dando zancadas.

Había quedado atrás el tiempo de la indecisión.

Mientras aquel monstruo había amenazado solo mis intereses y mi honor, había podido preguntarme qué hacer.

Pero ahora, cuando Agatha… mi inocente Agatha… estaba en peligro, mi deber quedaba tan claramente trazado como una carretera.

No iba armado, pero eso no me detuvo. ¿Qué arma necesitaba, si sentía en tensión todos mis músculos y percibía en ellos la fuerza de un loco furioso?

Corrí por las calles, tan obsesionado por lo que me proponía hacer que solo muy vagamente vi a los conocidos con los que me cruzaba, y apenas me di cuenta de que el profesor Wilson corría, tan precipitadamente como yo, en dirección contraria a la mía.

Llegué a la casa, jadeante, pero resuelto. Llamé.

Me abrió una criada. Estaba turbada, y su turbación aumentó al ver al hombre que tenía delante.

—Lléveme inmediatamente ante la señorita Penelosa —exigí.

—Señor —me contestó con voz balbuceante—, la señorita Penelosa ha muerto esta tarde, a las tres y media.

LA DAMA PÁLIDA

Alejandro Dumas

—Escuchad —dijo la dama pálida con una extraña solemnidad—, puesto que todos los aquí presentes han contado una historia, también yo quisiera contar una. No me diga, doctor, que la historia no es verdadera, pues es la mía... Va a saber lo que la ciencia no ha podido explicarle hasta ahora, doctor; va a saber por qué estoy tan pálida.

En aquel momento, un rayo de luna se filtró por la ventana entre las cortinas y, yendo a travesear sobre el canapé donde ella estaba tendida, la envolvió con una luz azulada que parecía hacer de ella una estatua de mármol negro echada sobre una tumba.

Ninguna voz acogió la propuesta, pero el profundo silencio que de pronto reinó en el salón anunció que todos esperaban con ansiedad.

I. Los montes Cárpatos

Soy polaca, nacida en Sandomir, es decir, en un país donde las leyendas se convierten en artículos de fe, donde creemos en nuestras tradiciones de familia tanto, y acaso más, que en el Evangelio. No hay uno solo de nuestros castillos que no tenga su espectro, ni cabaña que no tenga su genio familiar. Tanto en la casa del rico como en la del pobre, tanto en el castillo como en la cabaña, se reconoce el principio amigo y el principio enemigo. A veces estos dos principios entran en conflicto entre sí y pugnan. Entonces se oyen ruidos tan misteriosos en los corredores, rugidos tan espantosos en las antiguas torres, temblores tan aterradores en las murallas, que la gente sale huyendo tanto de la cabaña como del castillo, y aldeanos o nobles corren a la iglesia en busca de la cruz bendecida o de las santas reliquias, únicos protectores contra los demonios que nos atormentan.

Pero otros dos principios más terribles, más encarnizados e implacables, se encuentran también allí presentes: la tiranía y la libertad.

El año 1825 vio librar entre Rusia y Polonia una de esas luchas en las que se creería agotada toda la sangre de un pueblo, como a menudo se agota toda la sangre de una familia.

Mi padre y mis dos hermanos, alzados contra el nuevo zar, habían ido a alistarse bajo la bandera de la independencia polaca, siempre abatida, siempre levantada de nuevo.

Un día tuve conocimiento de que mi hermano menor había caído en la lucha; otro día me anunciaron que mi hermano mayor estaba herido de muerte; y, por último, tras una jornada durante la cual yo había oído con terror el tronar cada vez más próximo del cañón, vi llegar a mi padre con un centenar de hombres a caballo, resto de los tres mil hombres que mandaba.

Venía a encerrarse en nuestro castillo con la intención de enterrarse bajo sus ruinas.

Mi padre, que no temía nada por él, temblaba por mí. En efecto, el único riesgo para mi padre era la muerte, pues estaba segurísimo de no caer vivo en manos de sus enemigos, pero ¡a mí me amenazaba la esclavitud, la deshonra, la vergüenza!

Mi padre escogió a diez hombres entre los cien que le quedaban, llamó al intendente, le hizo entrega de todo el oro y de las joyas que poseíamos y, recordando que, con ocasión del segundo reparto de Polonia, mi madre, siendo casi niña, había encontrado un refugio inaccesible en el convento de Sahastru, situado en medio de los montes Cárpatos, le ordenó llevarme a aquel convento que, hospitalario como había sido con la madre, no lo sería menos con su hija.

A pesar del gran amor que mi padre me profesaba, la despedida no se prolongó mucho. Todo parecía indicar que los rusos llegarían al día siguiente a la vista del castillo, por lo que no había tiempo que perder.

Me puse apresuradamente un vestido de amazona con el que solía acompañar a mis hermanos en las cacerías. Me ensillaron el mejor caballo de las caballerizas; mi padre metió en las fundas del arzón sus propias pistolas, unas obras maestras de las fábricas de Tula, me besó y dio la orden de partida.

Durante aquella noche y la jornada siguiente recorrimos veinte leguas siguiendo la orilla de uno de esos ríos sin nombre que acaban vertiendo sus aguas en el Vístula. Esta primera doble etapa nos había puesto fuera del alcance de los rusos.

A los últimos rayos del sol, habíamos visto resplandecer las cimas nevadas de los montes Cárpatos.

Hacia el atardecer del día siguiente, alcanzamos su base: al fin, la mañana del tercer día, nos internábamos ya por una de sus gargantas.

Nuestros montes Cárpatos no se parecen en nada a las montañas civilizadas de Occidente. Cuanto la naturaleza tiene de extraordinario y de grandioso se presenta allí a las miradas en toda su majestad. Sus cumbres tempestuosas se pierden en las nubes, cubiertas de nieves eternas; sus bosques inmensos de abetos se inclinan sobre el terso espejo de unos lagos que semejan mares; y nunca navecilla alguna ha surcado estos lagos, nunca red alguna de pescador ha turbado su cristal, profundo como el azul del cielo; apenas, de tiempo en tiempo, resuena allí la voz humana, haciendo oír un canto moldavo al que responden los gritos de los animales salvajes: canto y gritos van a despertar algún eco solitario, atónito de que un ruido cualquiera le haya hecho tomar conciencia de su propia existencia. Durante millas y millas se viaja por debajo de las sombrías bóvedas de bosques interrumpidos por esas inesperadas maravillas que la soledad nos revela a cada instante, y que hacen pasar nuestro ánimo del asombro a la admiración. Allí el peligro está por todas partes, y se compone de mil peligros diferentes; pero uno no tiene tiempo para sentir temor, de tan sublimes como son estos peligros. Unas veces son cascadas improvisadas por el derretirse de los hielos y que, saltando de peña en peña, invaden de pronto el angosto sendero que recorréis, sendero trazado por el paso de la bestia feroz y del cazador que la persigue; otras hay árboles carcomidos por el tiempo que se desprenden del suelo y caen con un horrendo estruendo semejante al de un terremoto; otras, por último, son los huracanes los que os envuelven de nubes en medio de las cuales se ve fulgurar, proyectarse y zigzaguear el relámpago, como una serpiente de fuego.

Luego, tras haber superado estos picos alpestres, estos bosques primitivos, después de pasar por en medio de gigantescas montañas y bosques sin límites, nos vemos ante inmensas estepas sin fin, verdadero mar con sus olas y sus tempestades, sabanas áridas y gibosas, donde la vista se pierde en un horizonte infinito. Entonces ya no es terror lo que se apodera de vosotros, sino una triste y profunda melancolía, de la que nada puede distraeros, porque el aspecto de la región, por lejos que llegue nuestra vista, es siempre el mismo. Ya ascendáis o descendáis veinte veces unas pendientes semejantes, buscando en vano un camino trazado, al veros así perdidos en vuestro aislamiento, en medio de desiertos, os creéis solos en la naturaleza, y vuestra melancolía se trueca en desolación. En efecto, os parece inútil seguir adelante, porque ello no os conducirá a nada; no encontráis ni una aldea, ni un castillo, ni una cabaña, ningún rastro de habitáculo humano. Solo de vez en cuando, como una tristeza más en este mortecino paisaje, un pequeño lago sin cañaverales, sin arbustos, dormido en el fondo de un barranco, como si fuera otro mar Muerto, os cierra el camino con sus verdes aguas, sobre las que se alzan, al acercaros, algunas aves acuáticas de prolongados y estridentes gritos. Luego bordeáis aquel lago, trepáis a la colina que tenéis delante de vosotros, descendéis a otro valle, subís a otra colina, y así hasta haber recorrido la entera cadena montañosa que va disminuyendo cada vez más.

Pero, si al acabarse esa cadena, os volvéis hacia el mediodía, el paisaje recobra entonces toda su grandiosidad, percibís otra cadena de montañas más altas, de forma más pintoresca, de más rica vegetación; esta se halla toda empenachada de bosques, toda surcada de arroyos; con la sombra y el agua renace la vida en el paisaje; se oye la campana de una ermita y, en la ladera de alguna de aquellas montañas se ve serpentear una caravana. Por fin, a los últimos rayos del sol poniente, se perciben, como una bandada de aves blancas, apoyándose las unas en las otras, las casas de una aldea, que parece que se hubieran agrupado para defenderse de un asalto nocturno; pues con la vida ha vuelto el peligro, y ya no son, como en los primeros montes que se ha atravesado, las manadas de osos y de lobos lo que hay que temer, sino las hordas de bandidos moldavos lo que hay que combatir.

Mientras tanto, nos íbamos acercando. Habían pasado diez días de marcha sin el menor incidente. Podíamos ya avistar la cumbre del monte Pion, que sobrepasaba a toda aquella familia de gigantes, y en cuya vertiente meridional se halla el convento de Sahastru, al que me dirigía. Tres días más, y habríamos llegado.

Estábamos a finales de julio; habíamos tenido una jornada muy calurosa y empezábamos a respirar hacia las cuatro con incomparable deleite el primer fresco del atardecer. Habíamos dejado atrás hacía poco las torres en ruinas de Niantzo. Descendíamos hacia una llanura que empezábamos a vislumbrar a través de una abertura de las montañas. Desde donde nos encontrábamos, podíamos seguir ya con la vista el curso del Bistriza, de riberas esmaltadas de rojas *affrines* y de altas campánulas de flores blancas. Bordeábamos un precipicio por cuyo fondo corría el río, que no era allí todavía más que un torrente. Nuestras monturas apenas si tenían espacio para andar dos de frente.

Nos precedía nuestro guía, que, ladeado sobre su caballo, cantaba una canción morlaca, de modulaciones monótonas, y cuyas palabras yo seguía con singular interés.

El cantor era al mismo tiempo el poeta. En cuanto a la melodía, habría que ser uno de esos montañeses para poder transmitiros toda su salvaje tristeza, toda su profunda sencillez. He aquí lo que decía:

En el marjal de Stavila,
donde tanta sangre
guerrera se derramara,
¿no veis ese cadáver?
No es un hijo de Iliria, no;
sino un feroz bandido
que, tras engañar a la dulce María,
se entregó a matar, saquear e incendiar.

Una bala, rauda como el huracán,
ha atravesado el corazón del truhán,
clavado en la garganta tiene un yatagán.
Pero desde hace tres días, ¡oh misterio!,
bajo el pino triste y solitario,
su tibia sangre empapa la tierra
y ennegrece el pálido Ovigan.

Sus azules ojos han brillado por última vez,
huyamos todos, malhaya
quien pase por su lado hacia el marjal.
¡Es un vampiro! El lobo feroz
del impuro cadáver se aleja,
y el fúnebre buitre ha huido
sobre la montaña de pelada cima.

De pronto se oyó la detonación de un arma de fuego, silbó una bala. La canción se interrumpió, y el guía, herido de muerte, fue a parar al fondo del precipicio, mientras su caballo se detenía temblando y alargando la inteligente testa hacia el fondo del abismo, donde había desaparecido su amo.

Al mismo tiempo se alzó un gran grito, y vimos, por la ladera de la montaña, aparecer a una treintena de bandidos: estábamos completamente rodeados.

Todos los nuestros empuñaron su arma, y aunque cogidos por sorpresa, como los que me acompañaban eran viejos soldados habituados al fuego, no se dejaron intimidar y respondieron; yo misma, dando ejemplo, empuñé una pistola y, consciente de lo desventajosa que era nuestra situación, grité:

—¡Adelante!

Y piqué espuelas a mi caballo, que se lanzó a toda carrera hacia la llanura.

Pero teníamos que vérnoslas con unos montañeses que saltaban de peña en peña como verdaderos demonios de los abismos, que hacían fuego incluso saltando, y manteniendo siempre en nuestra ladera la posición que habían tomado.

Por lo demás, nuestra maniobra había sido prevista. En un lugar donde el camino se ensanchaba y la montaña formaba una meseta, aguardaba nuestro paso un joven a la cabeza de diez hombres a caballo; cuando nos vieron pusieron sus cabalgaduras al galope y nos atacaron frontalmente, mientras que los que nos perseguían corrían laderas abajo de la montaña y, tras cortarnos la retirada, nos rodeaban por todos lados.

La situación era grave y, sin embargo, acostumbrada como estaba desde niña a las escenas de guerra, pude afrontarla sin perderme ni un detalle.

Todos aquellos hombres, ataviados con pieles de carnero, llevaban unos enormes sombreros redondos coronados de flores naturales como los de los húngaros. Cada uno de ellos empuñaba un largo fusil turco, que agitaban acto seguido de haber disparado, lanzando unos gritos salvajes, y al cinto llevaban un alfanje y un par de pistolas.

En cuanto a su jefe, era un joven de apenas veintidós años, de tez pálida, grandes ojos negros y cabellos ensortijados que le caían sobre los hombros. Su atuendo se componía de la casaca moldava guarnecida de piel y ceñida al talle con un fajín a franjas de oro y de seda. En su mano resplandecía un alfanje, y al cinto relucían cuatro pistolas. Durante la lucha lanzaba gritos broncos e inarticulados que no parecían un lenguaje humano, y que sin embargo expresaban lo que era su voluntad, pues a aquellos gritos sus hombres obedecían, ya echándose a tierra boca abajo para esquivar las descargas de nuestros soldados, ya alzándose para hacer fuego a su vez, abatiendo a aquellos de nosotros que seguían en pie, rematando a los heridos, y convirtiendo, en definitiva, la lucha en una carnicería.

Yo había visto caer uno tras otro a las dos terceras partes de mis defensores. Quedaban cuatro todavía en pie y se apretaban a mi alrededor, sin pedir una gracia que estaban seguros de no obtener, y únicamente pensando en vender su vida lo más cara posible.

Entonces el joven jefe dio un grito más expresivo que los otros, tendiendo la punta de su alfanje hacia nosotros. Aquella orden significaba sin duda que debía rodearse a nuestro último grupo de un cerco de fuego y fusilarnos a todos juntos, pues de repente vimos que nos apuntaban todos aquellos largos mosquetes moldavos. Comprendí que había llegado nuestra última hora. Alcé los ojos y las manos al cielo, murmurando una última oración, y esperé la muerte.

En ese instante vi, no descender, sino precipitarse, saltando de peña en peña, a un joven que se detuvo, erguido, sobre una roca que dominaba toda la escena, semejante a una estatua sobre un pedestal, y que, extendiendo la mano hacia el campo de batalla, pronunció esta sola palabra:

—¡Basta!

Todos los ojos se alzaron a esta voz, y todos parecieron obedecer a ese nuevo amo. Solo un bandido se llevó de nuevo el fusil al hombro e hizo un disparo.

Uno de nuestros hombres pegó un grito, pues la bala le había roto el brazo izquierdo.

Se volvió enseguida para abalanzarse sobre el que le había herido, pero no había dado su caballo todavía cuatro pasos cuando un fogonazo brilló por encima de nosotros y el bandido rebelde cayó herido con la cabeza destrozada por una bala.

Tantas emociones distintas habían acabado con mis fuerzas; me desmayé.

Cuando volví en mí, estaba tendida sobre la hierba, con la cabeza apoyada sobre las rodillas de un hombre, del que no veía más que la blanca mano cubierta de anillos rodeando mi talle, mientras que ante mí estaba parado, de brazos cruzados y la espada bajo un brazo, el joven jefe moldavo que había dirigido el asalto contra nosotros.

—Kostaki —decía en francés y con un tono de autoridad el que me sostenía—, que tus hombres se retiren de inmediato, y deja que yo me ocupe de esta joven.

—Hermano, hermano —respondió aquel a quien iban dirigidas estas palabras, y que parecía dominarse a duras penas—, procurad no hacerme perder la paciencia; yo os dejo a vos el castillo, pero vos dejadme a mí el bosque. En el castillo sois vos quien manda, pero aquí el todopoderoso soy yo. Aquí me bastaría una sola palabra para obligaros a obedecerme.

—Kostaki, el primogénito soy yo, lo que quiere decir que soy el amo en todas partes, tanto en el bosque como en el castillo, tanto allí como aquí. Por mis venas corre la sangre de los Brancovan, como también por las vuestras, sangre real acostumbrada a mandar, y yo mando.

—Mandáis sobre vuestros servidores, Gregoriska; pero no sobre mis soldados.

—Vuestros soldados no son más que unos bandidos. Kostaki…, bandidos a los que haré ahorcar de las almenas si no me obedecen al instante.

—Bien, tratad, pues, de darles una orden.

Entonces sentí que quien me sostenía retiraba su rodilla, y colocaba suavemente mi cabeza sobre una piedra. Le seguí ansiosa con la mirada y pude ver al mismo joven que había caído, por así decir, del cielo en medio de la refriega, y al que yo había podido entrever nada más, al haberme desmayado justo en el momento en que él había hablado.

Era un joven de veinticuatro años, alto y con unos grandes ojos azules en los que se leía una resolución y una firmeza singulares. Sus largos cabellos rubios, indicio de la raza eslava, caían sobre sus hombros como los del arcángel san Miguel, enmarcando unas mejillas jóvenes y lozanas; sus labios, realzados por una sonrisa desdeñosa, dejaban ver una doble hilera de perlas. Su mirada era la que cruza el águila con el relámpago. Vestía una especie de túnica de terciopelo negro; iba tocado con un gorrito parecido al de Rafael, adornado con una pluma de águila; vestía unos calzones muy ajustados y calzaba unas botas bordadas. Ceñía su talle un cinturón del que pendía un cuchillo de caza; llevaba terciada una pequeña carabina de doble cañón, cuya precisión había podido comprobar uno de los bandidos.

Extendió una mano y con aquel gesto imperioso pareció imponerse hasta a su hermano.

Pronunció unas palabras en lengua moldava, palabras que parecieron causar una profunda impresión en los bandidos.

Entonces, en la misma lengua, habló a su vez el joven jefe, y tuve la impresión de que sus palabras eran una mezcla de amenazas y de imprecaciones.

A aquel largo y ardiente discurso respondió el hermano mayor con una sola palabra.

Los bandidos hicieron una inclinación.

A un gesto suyo, los bandidos se colocaron detrás de nosotros.

—¡Bien! Sea, pues, Gregoriska —dijo Kostaki volviendo a hablar en francés—. Esta mujer no irá a la cueva, pero no por eso dejará de ser mía. La encuentro hermosa, la he conquistado y la quiero para mí.

Tras decir esto, se arrojó sobre mí y se me llevó en volandas.

—Esta mujer será llevada al castillo y puesta en manos de mi madre; yo no la abandonaré desde ahora hasta ese momento —dijo mi protector.

—¡Mi caballo! —gritó Kokaski en lengua moldava.

Varios bandidos se apresuraron a obedecer, y le trajeron a su señor la cabalgadura que pedía.

Gregoriska miró en torno suyo, aferró las bridas de un caballo sin dueño y saltó sobre él sin tocar los estribos.

Kostaki, aunque me tenía todavía apretada entre sus brazos, montó en la silla casi con tanta ligereza como su hermano, y partió al galope. El caballo de Gregoriska pareció haber recibido el mismo impulso y fue a pegar su cabeza y el flanco contra los del caballo de Kostaki.

Era curioso ver a aquellos dos jinetes volando uno al lado del otro, taciturnos, silenciosos, sin perderse un solo instante de vista, por más que aparentasen no mirarse, y abandonándose a sus cabalgaduras, cuya impetuosa carrera los llevaba a través de bosques, peñas y precipicios. Yo tenía la cabeza echada hacia atrás, lo que me permitía ver los bonitos ojos de Gregoriska fijos en los míos. Como Kostaki se percató de ello, me levantó la cabeza y ya no vi más que su sombría mirada que me devoraba. Bajé los párpados, pero fue en vano; seguía viendo, a través de su velo, aquella mirada obsesiva que me penetraba hasta el fondo del pecho y hería mi corazón. Entonces me dominó una extraña alucinación, me pareció ser la Lenore de la balada de Bürger, llevada por el caballo y el caballero fantasmas, y cuando sentí que nos deteníamos abrí los ojos con terror, tan convencida estaba de ver en torno a mí solo cruces rotas y tumbas abiertas. Lo que vi no era algo mucho más alegre: era el patio interior de un castillo moldavo, construido en el siglo XIV.

II. El castillo de los Brancovan

Kostaki me dejó resbalar de sus brazos a tierra, bajando casi inmediatamente después que yo; pero, por rápido que hubiera sido su movimiento, no había hecho más que seguir al de Gregoriska.

Como había dicho este, en el castillo era él el amo.

Al ver llegar a los dos jóvenes y a aquella extranjera que traían con ellos, los criados acudieron; pero, aunque repartieron sus cuidados entre Kostaki y Gregoriska, se notaba que los mayores miramientos y el respeto más profundo eran para este último.

Se acercaron dos mujeres: Gregoriska les dio una orden en lengua moldava, y con una señal me indicó que las siguiera.

La mirada que acompañaba aquel gesto era tan respetuosa que no vacilé. Cinco minutos después, me encontraba en un aposento que, por más desnudo y totalmente inhabitable que hubiera parecido a la persona menos difícil de contentar, era evidentemente el más hermoso del castillo.

Una gran estancia cuadrada, con una especie de diván de sarga verde; asiento de día, lecho de noche. Asimismo había allí cinco o seis grandes sillones de roble, un arcón enorme y, en un rincón, un dosel semejante a una gran silla de coro.

Ni sombra de cortinas en las ventanas ni en el lecho.

Se subía a este aposento por una escalera, en la que, en unas hornacinas, se erguían tres estatuas de los Brancovan de un tamaño superior al natural.

Al cabo de unos instantes trajeron los equipajes, entre los que se encontraban también mis baúles. Las mujeres me ofrecieron sus servicios. Pero, pese a subsanar el desorden que lo sucedido había causado en mi vestimenta, conservé mi traje de amazona, más en armonía con el de mis anfitriones que ningún otro de los que hubiera podido adoptar.

Apenas había hecho estos pequeños cambios, cuando oí llamar suavemente a la puerta.

—Adelante —dije naturalmente en francés, al ser esta lengua para nosotros los polacos, como sabéis, poco menos que una lengua materna.

Entró Gregoriska.

—¡Ah!, señora, cuánto me complace que habléis francés.

—También a mí —respondí yo— me alegra saber esta lengua, pues así he podido, merced a este feliz azar, apreciar vuestra generosa conducta para conmigo. Es en esta lengua en la que me habéis defendido de las intenciones de vuestro hermano, y es en esa lengua en la que quiero expresaros mi sincero agradecimiento.

—Gracias, señora. Era la cosa más normal del mundo que me interesara por una mujer que se hallaba en vuestra situación. Me encontraba cazando en la montaña cuando oí unas detonaciones anómalas y continuas; comprendí que se trataba de un asalto a mano armada, y fui al encuentro del fuego, como se dice en términos militares. A Dios gracias, llegué a tiempo, pero permitidme que os pregunte, señora, por qué azares una mujer distinguida, como sois vos, se ha aventurado en nuestras montañas.

—Soy polaca, señor —le respondí—. Mis dos hermanos cayeron, hace poco, en la guerra contra Rusia; mi padre, al que dejé mientras se preparaba para defender nuestro castillo contra el enemigo, sin duda se ha reunido ya con ellos a estas horas, y yo, huyendo por orden de mi padre de todas aquellas matanzas, venía en busca de refugio en el convento de Sahastru, donde mi madre, en su juventud y en circunstancias parecidas, encontró un asilo seguro.

—¿Sois enemiga de los rusos? Tanto mejor —dijo el joven—; esto os será de gran ayuda en el castillo, y nosotros necesitaremos de todas nuestras fuerzas para sostener la lucha que se prepara. Pero ante todo, señora, puesto que ya sé quién sois, debéis saber también quiénes somos nosotros; el nombre de los Brancovan no os es desconocido, ¿verdad, señora?

Yo hice una inclinación.

—Mi madre es la última princesa de este nombre, la última descendiente de ese ilustre jefe al que hicieron matar los Cantimir, esos viles cortesanos de Pedro I. Se casó en primeras nupcias con mi padre, Serban Waivady, príncipe también él, pero de estirpe menos ilustre.

»Mi padre había sido educado en Viena, y allí pudo apreciar las ventajas de la civilización. Decidió hacer de mí un europeo. Partimos para Francia, Italia, España y Alemania.

»Mi madre (ya sé que no corresponde a un hijo contaros lo que voy a deciros, pero ya que, para nuestra salvación, es necesario que nos conozcáis bien, reconoceréis acertados los motivos de esta revelación), mi madre, que durante los primeros viajes de mi padre, cuando yo estaba todavía en mi tierna infancia, había tenido unos amores culpables con un jefe de los guerrilleros, que así es como llaman en este país —agregó con una sonrisa Gregoriska— a los hombres por los que fuisteis agredida, mi madre, como decía, que había tenido unos amores culpables con un tal conde Giordaki Koproli, medio griego, medio moldavo, le escribió a mi padre confesándole todo y pidiéndole el divorcio, apoyándose, para esta petición, en que ella, una Brancovan, no quería seguir siendo por más tiempo la mujer de un hombre que se volvía cada día más ajeno a su patria. ¡Ay! Mi padre no tuvo necesidad de dar su consentimiento a esa petición, que puede pareceros extraña, pero que entre nosotros es algo de lo más común y natural. Mi padre acababa de morir de un aneurisma que desde hacía mucho tiempo padecía, y la carta de mi madre la recibí yo.

»A mí no me quedaba ya otra cosa que hacer votos muy sinceros por la felicidad de mi madre, votos que llegaron a través de una carta mía junto con la noticia de que era viuda.

»En dicha carta le pedía también permiso para continuar mis viajes, permiso que me fue concedido.

»Tenía yo la firme intención de establecerme en Francia o en Alemania para no encontrarme cara a cara con un hombre que me detestaba, y al que no podía amar, es decir, al marido de mi madre; cuando he aquí que, de improviso, me enteré de que el conde Giordaki Koproli acababa de ser asesinado, según se decía, por los viejos cosacos de mi padre.

»Me apresuré a regresar porque quería a mi madre; comprendía su aislamiento y la necesidad en que debía de encontrarse de tener a su lado en tales circunstancias a sus seres queridos. Aunque ella nunca se había mostrado muy afectuosa conmigo, yo era su hijo. Llegué inesperadamente una mañana al castillo de nuestros padres.

»Allí encontré a un joven, a quien al principio tomé por un extraño, pero luego supe que era mi hermano.

»Se trataba de Kostaki, el hijo del adulterio, legitimado por un segundo matrimonio; Kostaki, es decir, la indomable criatura que visteis, para quien sus pasiones son la única ley, para quien no hay nada sagrado en este mundo excepto su madre, que me obedece como el tigre obedece al brazo que lo ha domado, pero rugiendo siempre, en la vaga esperanza de poder devorarme un día. En el interior del castillo, en la morada de los Brancovan y de los Waivady, el amo soy todavía yo; pero fuera de este recinto, en campo abierto, él se convierte en el hijo salvaje de los bosques y de los montes, que quiere doblegarlo todo bajo su férrea voluntad. Cómo es que ha cedido hoy, cómo es que han cedido sus hombres, no lo sé; acaso por una antigua costumbre, o por un resto de respeto. Pero no quisiera pasar por una nueva prueba. Quedaos aquí, no salgáis de este aposento, del patio, del recinto amurallado, en suma, y yo respondo de todo; si dais un paso fuera del castillo, no puedo prometeros otra cosa que dar mi vida por defenderos.

—¿No podré, pues —dije yo—, siguiendo el deseo de mi padre, proseguir el viaje hacia el convento de Sahastru?

—Hacedlo, intentadlo, mandad, que yo os acompañaré, pero me quedaré a mitad del camino, y vos…, vos sin duda no alcanzaréis la meta de vuestro viaje.

—Pero ¿qué puedo hacer, pues?

—Quedaos aquí, esperad, dejad que sean los hechos los que aconsejen qué hacer y aprovechad las circunstancias. Suponed que habéis caído en una guarida de bandidos, y que solo vuestro valor podrá sacaros del apuro y vuestra sangre fría salvaros. Mi madre, pese a la preferencia que otorga a Kostaki, hijo de su amor, es buena y generosa. Por otra parte, es una Brancovan, es decir, una verdadera princesa. Ya lo veréis: ella os defenderá de las brutales pasiones de Kostaki. Poneos bajo su protección: sois hermosa y os amará. Y por otra parte —me miró con una expresión indefinible—, ¿hay alguien que pueda veros y no amaros? Venid ahora al comedor donde mi madre nos espera. No mostréis embarazo ni desconfianza: hablad polaco; aquí nadie conoce esta lengua; yo le traduciré a mi madre vuestras palabras, y estad tranquila, que solo diré lo que sea preciso decir. Y sobre todo ni una palabra de cuanto os acabo de revelar. Nadie debe sospechar que existe un acuerdo entre nosotros. No sabéis aún de cuánta astucia y disimulo es capaz el más sincero de nosotros. Venid.

Yo lo seguí por la escalera, iluminada por unas antorchas de resina colocadas en unas manos de hierro que sobresalían del muro.

Era evidente que aquella desacostumbrada iluminación había sido dispuesta para mí.

Llegamos al comedor.

Apenas Gregoriska hubo abierto la puerta y pronunciado una palabra en lengua moldava, que posteriormente supe que quería decir «la extranjera», avanzó hacia nosotros una mujer alta.

Era la princesa Brancovan.

Llevaba sus blancos cabellos trenzados en torno a la cabeza, que estaba cubierta de un gorrito de marta cibelina, que remataba un penacho, signo de su origen principesco. Vestía una especie de túnica de tisú de oro, el corpiño recubierto de pedrería, sobrepuesta a una larga hopalanda de tela turca, adornada con una piel semejante a la del gorrito.

Llevaba en la mano un rosario de cuentas de ámbar que desgranaba muy rápido entre sus dedos.

A su lado estaba Kostaki, ataviado con el espléndido y majestuoso traje magiar, bajo el cual me pareció todavía más extraño.

Era un ropón de terciopelo verde, de mangas anchas, que le caían hasta debajo de la rodilla, calzones de casimir rojo, babuchas de marroquín bordadas de oro; con su cabeza destocada, sus largos cabellos, de color negro tirando a azulado, le caían sobre su cuello desnudo, rodeado tan solo por la cenefa blanca de una camisa de seda.

Me saludó torpemente, y pronunció en moldavo algunas palabras ininteligibles para mí.

—Podéis hablar en francés, hermano mío —dijo Gregoriska—; la señora es polaca y comprende esta lengua.

Entonces, Kostaki dijo en francés algunas palabras casi tan ininteligibles para mí como las que había pronunciado en moldavo; pero la madre, extendiendo gravemente el brazo, interrumpió a los dos hermanos. Era evidente para mí que les decía a sus hijos que era ella quien debía recibirme.

Comenzó entonces en lengua moldava un discurso de bienvenida, al que su fisonomía daba un sentido fácil de explicar. Me indicó la mesa, me ofreció una silla cerca de ella, señaló con un gesto toda la casa, como diciéndome que estaba a mi disposición, y, sentándose antes que los demás con benévola dignidad, se persignó y dijo una oración.

Entonces cada uno ocupó el sitio que le correspondía, de acuerdo con la etiqueta, con Gregoriska a mi lado. Como yo era la extranjera, ello hacía que a Kostaki le tocara el puesto de honor junto a su madre Smeranda.

Así se llamaba la princesa.

También Gregoriska se había cambiado de indumentaria. Llevaba la túnica magiar como su hermano, solo que la suya era de terciopelo granate y sus calzones de casimir azul. Tenía colgada del cuello una espléndida condecoración, el Nisciam del sultán Mahmud.

Los restantes comensales del castillo cenaban en la misma mesa, cada cual en el rango que le correspondía según el grado que ocupaba entre los amigos o entre los servidores.

La cena fue triste: Kostaki no me dirigió la palabra una sola vez, aunque su hermano tuvo en todo momento la atención de hablarme en francés. En cuanto a la madre, me ofreció de todo ella misma con ese aire solemne que no le abandonaba jamás. Gregoriska había dicho la verdad: era una auténtica princesa.

Después de la cena, Gregoriska se acercó a su madre. Le explicó en lengua moldava la necesidad que yo debía de tener de estar sola, y lo muy necesario que me sería el descanso tras las emociones de una jornada como aquella. Smeranda hizo con la cabeza un signo de aprobación, me tendió la mano, me besó en la frente, como hubiera hecho con una hija suya, y me deseó que pasara una buena noche en su castillo.

Gregoriska no se había equivocado: deseaba ardientemente aquel momento de soledad. Di las gracias por ello a la princesa, que me condujo hasta la puerta, donde me esperaban las dos mujeres que me habían conducido ya a mi aposento.

Me despedí a mi vez de ella, así como de sus dos hijos, volví a ese mismo aposento, de donde había salido una hora antes.

El diván se había convertido en un lecho. Era el único cambio que se había producido.

Di las gracias a las mujeres. Les hice comprender mediante gestos que me desvestiría sola; y ellas salieron enseguida con mil muestras de respeto que indicaban que tenían órdenes de obedecerme en todo.

Me quedé sola en aquel inmenso aposento, del que mi candela solo alcanzaba a alumbrar, al desplazarse, aquellas partes que recorría, sin iluminar nunca el conjunto. Era un juego singular de luces, que establecía una especie de lucha entre el resplandor de mi vela y los rayos de la luna, que penetraban a través de la ventana sin cortinas.

Además de la puerta por la que había entrado, y que daba sobre la escalera, había otras dos en la habitación; pero unos enormes cerrojos, puestos en estas puertas, y que se cerraban por dentro, bastaban para tranquilizarme.

Fui a ver la puerta de entrada. También esta, como las otras, contaba con sus medios de defensa.

Abrí la ventana, que daba sobre un precipicio.

Comprendí que Gregoriska había elegido aquella habitación a conciencia.

De vuelta, por fin, a mi diván, encontré sobre una mesita puesta junto a la cabecera de mi cama una esquela doblada.

La abrí y leí en polaco:

> Dormid tranquila; no tenéis nada que temer mientras permanezcáis en el interior del castillo.
>
> *Gregoriska*

Seguí el consejo que me había dado y, como la fatiga era superior a mis preocupaciones, me acosté y no tardé en quedarme dormido.

III. Los dos hermanos

A partir de aquel momento, quedó establecida mi residencia en el castillo; y a partir de aquel momento también dio comienzo el drama que voy a contaros.

Los dos hermanos se enamoraron de mí, cada uno con sus propios matices de temperamento.

Kostaki me confesó, al día siguiente, que me amaba, y declaró que yo sería suya y de nadie más, y que me mataría antes de que yo perteneciera a cualquier otro.

Gregoriska no dijo nada de ello, pero me rodeó de cuidados y de atenciones. Para complacerme puso en práctica todos los medios de una refinada educación, todos los recuerdos de una juventud pasada en las más nobles cortes de Europa. Pero, ay, no era algo difícil, pues al primer sonido de su voz había sentido que esa voz acariciaba mi alma; y a la primera mirada de sus ojos había sentido que esa mirada penetraba hasta mi corazón.

Al cabo de tres meses, Kostaki me había repetido cien veces que me amaba, y yo lo odiaba; al cabo de tres meses, Gregoriska todavía no me había dicho ni una sola palabra de amor, y yo sentía que cuando él lo desease sería totalmente suya.

Kostaki había dejado sus correrías. No salía del castillo. Había cedido temporalmente el mando a una especie de lugarteniente que, de vez en cuando, venía a pedirle órdenes y desaparecía al punto.

También Smeranda me quería con una amistad apasionada, cuyas expresiones me atemorizaban. Protegía a todas luces a Kostaki, y parecía estar más celosa de mí de lo que lo estaba él. Pero como no entendía ni el polaco ni el francés, y yo no comprendía el moldavo, no tenía forma de abogar ante mí en favor de su hijo; pero había aprendido a decir en francés cuatro palabras, que me repetía siempre cuando posaba sus labios en mi frente:

—¡Kostaki ama a Jadwige!

Un día me enteré de una noticia terrible y que era el colmo de mis desdichas: los cuatro hombres que habían sobrevivido al combate habían sido puestos en libertad y regresado a Polonia, dando su palabra de que uno de ellos, antes de tres meses, regresaría para traerme noticias de mi padre.

Y, efectivamente, una mañana reapareció uno de ellos. Nuestro castillo había sido tomado, incendiado y arrasado, y mi padre había encontrado la muerte defendiéndolo.

En adelante estaba sola en el mundo.

Kostaki redobló sus insinuaciones, y Smeranda su afecto; pero esta vez aduje como pretexto mi luto por mi padre. Kostaki insistió diciendo que cuando más sola me encontraba tanto más necesidad tenía de apoyo, y su madre insistió como él y con él, más incluso que él.

Gregoriska me había hablado del dominio de sí mismos que tienen los moldavos cuando no quieren que otros lean en sus sentimientos. Él era un vivo ejemplo de ello. Era imposible estar más segura del amor de un hombre de lo que yo lo estaba del suyo, y sin embargo si alguien me hubiera preguntado en que basaba mi certeza, me habría sido imposible decirlo: nadie en el castillo había visto nunca que su mano tocara la mía, o que sus ojos buscaran los míos. Tan solo los celos podían hacer tomar conciencia a Kostaki acerca de esta rivalidad, como solo mi amor podía hacerme tomar conciencia de este amor.

Sin embargo, lo confieso, me inquietaba mucho ese dominio de sí de Gregoriska. Yo confiaba en él, pero no era suficiente; necesitaba estar convencida; cuando he aquí que una noche, justo cuando acababa de volver a mi aposento, oí llamar suavemente a una de las dos puertas que, como ya he indicado, cerraban por dentro. Por la manera de llamar adiviné que era una llamada amiga. Me acerqué y pregunté quién era.

—Gregoriska —contestó una voz cuyo acento no podía engañarme.

—¿Qué queréis de mí? —le pregunté temblando como una hoja.

—Si confiáis en mí —dijo Gregoriska—, si me creéis hombre de honor, aceptad una petición mía.

—¿Cuál?

—Apagad la luz como si os hubierais acostado y, de aquí a media hora, abridme esta puerta.

—Volved en media hora —me limité a responder.

Apagué la luz y esperé.

El corazón me palpitaba con violencia, pues comprendía que se trataba de un hecho importante.

Pasó la media hora. Oí llamar más suavemente aún que la primera vez. Durante el intervalo había descorrido el cerrojo; no me quedaba, pues, sino abrir la puerta.

Entró Gregoriska y, sin esperar a que me lo pidiera, cerré la puerta tras él y eché el cerrojo.

Él permaneció un momento mudo e inmóvil, imponiéndome silencio con una indicación. Luego, una vez que se hubo asegurado de que no nos amenazaba peligro alguno por el momento, me llevó al centro del amplio aposento, y sintiendo, por mi temblor, que no podría sostenerme en pie, fue a buscar una silla.

Me senté, mejor dicho, me dejé caer sobre el asiento.

—¡Dios mío! —le dije—, ¿qué sucede y por qué tantas precauciones?

—Porque mi vida, lo que no sería nada, y acaso también la vuestra, dependen de la conversación que vamos a tener.

Le tomé de una mano, toda asustada. Él se la llevó a los labios, mientras me miraba como si quisiera excusarse por semejante audacia.

Yo bajé los ojos, lo que era una forma de consentir.

—Os amo —me dijo con su voz melodiosa como un canto—. ¿Me amáis vos?

—Sí —le respondí.

—¿Y aceptaríais ser mi mujer?

—Sí.

Se llevó la mano a la frente con una profunda aspiración de felicidad.

—Entonces, ¿no os negaréis a seguirme?

—¡Os seguiré a donde sea!

—Así que comprendéis —continuó— que no podemos ser felices si no es huyendo de aquí.

—¡Oh, sí! —exclamé yo—, huyamos.

—¡Silencio! —dijo él estremeciéndose—. ¡Silencio!

—Tenéis razón.

Y yo me acerqué a él temblando.

—He aquí lo que he hecho —me dijo—, he aquí por qué he estado tanto tiempo sin confesaros que os amaba: es que quería, una vez que estuviera seguro de vuestro amor, que nada pudiera oponerse a nuestra unión. Yo soy rico, querida Jadwige, inmensamente rico, pero a la manera de los señores moldavos: rico en tierras, en rebaños, en siervos. Pues bien, he vendido, por un millón, tierras, rebaños y campesinos al monasterio de Hango. Me han dado por todo ello trescientos mil francos en muchas piedras preciosas, cien mil francos en oro y el resto en letras de cambio pagaderas en Viena. ¿Os bastará con un millón?

Le apreté la mano.

—Me hubiera bastado con vuestro amor, Gregoriska, así que juzgad vos mismo.

—Pues bien, escuchad. Mañana iré al monasterio de Hango para tomar mis últimas disposiciones con el superior. Este me tiene preparados unos caballos que nos esperarán a partir de las nueve de la mañana ocultos a cien pasos del castillo. Después de la cena, subiréis de nuevo igual que hoy a vuestro aposento; apagaréis la luz y, como hoy, yo entraré. Pero mañana, en lugar de salir solo de aquí, me seguiréis vos, saldremos por la puerta que da a los campos, iremos a por los caballos, montaremos en ellos y, pasado mañana por la mañana, habremos hecho treinta leguas.

—¡Oh! ¿Por qué no será ya pasado mañana?

—¡Querida Jadwige!

Gregoriska me estrechó contra su corazón; y nuestros labios se encontraron. ¡Oh! Bien que lo había dicho él: había abierto la puerta de mi aposento a un hombre de honor; pero él comprendió perfectamente que, si no le pertenecía de cuerpo, le pertenecía de alma.

Pasó la noche sin que pudiera pegar ojo ni un instante. ¡Me veía huyendo con Gregoriska, me sentía transportada por él como lo había sido ya por Kostaki! Solo que esa carrera terrible, espantosa, fúnebre, se trocaba ahora en un dulce y delicioso aprieto al que la velocidad añadía también su parte de goce, pues la velocidad es un placer en sí misma.

Despuntó el día. Bajé. Me pareció que había algo más sombrío aún que de ordinario en la manera en que Kostaki me saludó. Su sonrisa no era ya una ironía, sino una amenaza. En cuanto a Smeranda, me pareció la misma que de costumbre.

Durante el almuerzo, Gregoriska pidió sus caballos. Pareció que Kostaki no prestase la menor atención a aquella orden.

Hacia las once, Gregoriska se despidió, anunciando que no estaría de vuelta hasta el atardecer, y rogando a su madre que no le esperase para comer; luego se volvió hacia mí y me rogó que tuviera a bien admitir sus disculpas.

Salió. La mirada de su hermano le siguió hasta el momento en que dejó la estancia, y en ese instante sus ojos echaron tales chispas de odio que me estremecí.

Podéis imaginaros con qué inquietud pasé aquel día. No había confiado a nadie nuestros planes, a duras penas me atreví a hablarle a Dios de ellos en mis oraciones, y tenía la impresión de que todos estaban al tanto de ellos, que cada mirada que se ponía en mí podía penetrar y leer en el fondo de mi corazón.

La comida fue un suplicio: sombrío y taciturno, Kostaki hablaba raramente; esta vez se limitó a decir dos o tres palabras en moldavo a su madre, y cada vez el acento de su voz me provocó un estremecimiento.

Cuando me levanté para subir a mi aposento, Smeranda, como de costumbre, me abrazó, y, al hacerlo, repitió aquella frase que, desde hacía ya ocho días, no había vuelto a salir de su boca:

—¡Kostaki ama a Jadwige!

Esta frase me persiguió como una amenaza; una vez en mi aposento, me parecía que una voz fatal me susurrase al oído: «¡Kostaki ama a Jadwige!».

Ahora bien, el amor de Kostaki, me lo había dicho Gregoriska, equivalía a la muerte.

Hacia las siete de la tarde, y como el día comenzaba a declinar, vi a Kostaki atravesar el patio. Se volvió para mirar hacia mi lado, pero yo me eché hacia atrás, para que no pudiera verme.

Estaba inquieta, pues durante todo el tiempo en que la posición de mi ventana me había permitido seguirle, lo había visto dirigirse hacia las caballerizas. Me aventuré a descorrer el cerrojo de mi puerta, y deslizarme hacia la habitación contigua, desde donde podría ver todo lo que hiciese.

En efecto, se dirigía a las caballerizas. Entonces hizo salir él mismo a su caballo favorito, lo ensilló personalmente y con el esmero de un hombre que concede la mayor importancia a los menores detalles. Vestía el mismo traje con el que lo había conocido la primera vez. Solo que, por toda arma, llevaba su alfanje.

Cuando hubo ensillado el caballo, dirigió sus ojos una vez más a mi aposento. Luego, al no verme, saltó sobre la silla, mandó abrir la misma puerta por la que había salido y por la que debía regresar su hermano, y se alejó al galope, en dirección al monasterio de Hango.

Entonces mi corazón se encogió de una manera terrible; un presentimiento fatal me decía que Kostaki iba al encuentro de su hermano.

Me quedé en aquella ventana mientras pude distinguir aquel camino, que, a un cuarto de legua del castillo, hacía un recodo, y se perdía al comienzo de un bosque. Pero la noche se volvía cada momento más cerrada, y el camino no tardó en desaparecer totalmente de mi vista. Seguí en la ventana. Finalmente mi inquietud, por su propio exceso, me devolvió las fuerzas, y, como era, evidentemente, abajo en la sala donde debía recibir las primeras noticias de uno o del otro de los dos hermanos, bajé.

Mi primera mirada fue para Smeranda. Por la serenidad de su rostro comprendí que no sentía ningún recelo; daba sus órdenes para la cena como de costumbre, y los cubiertos de los dos hermanos estaban en su sitio.

Yo no me atrevía a preguntar a nadie. Por otra parte, ¿a quién hubiese podido preguntar? Nadie en el castillo, a excepción de Kostaki y de Gregoriska, hablaba ninguna de las dos únicas lenguas que yo sabía.

Al menor ruido me estremecía.

Normalmente era a las nueve cuando nos sentábamos a la mesa para cenar. Yo había bajado a las ocho y media; y seguía con la mirada el minutero, cuya marcha era casi visible en la amplia esfera del reloj.

La aguja viajera rebasó la distancia que la separaba del cuarto. Sonó el cuarto. La vibración resonó sombría y triste; luego la aguja retomó su marcha silenciosa, y la vi recorrer de nuevo la distancia con la regularidad y la lentitud de una punta de compás.

Unos minutos antes de las nueve, me pareció oír el galope de un caballo en el patio. Smeranda también lo oyó, pues volvió la cabeza del lado de la ventana; pero la noche era demasiado espesa para que ella pudiera ver.

¡Oh! ¡Si ella me hubiese mirado en aquel momento, seguro que habría podido adivinar lo que pasaba en mi corazón! No se había oído más que el trote de un único caballo, y era muy simple. Ya sabía perfectamente que no regresaría más que un solo jinete.

Pero ¿cuál?

Unos pasos resonaron en la antecámara. Estos pasos eran lentos y parecían muy titubeantes; cada uno de estos pasos parecía pesar sobre mi corazón.

Se abrió la puerta, y vi en la oscuridad dibujarse una sombra. La sombra se detuvo un momento en la puerta. Yo tenía el corazón en vilo.

La sombra avanzó, y, a medida que entraba dentro del círculo de luz, yo respiraba.

Reconocí a Gregoriska. Un instante de duda más y mi corazón se hubiera roto.

Reconocí a Gregoriska, pero pálido como un muerto. Nada más verle, se intuía que algo terrible acababa de pasar.

—¿Eres tú, Kostaki? —preguntó Smeranda.

—No, madre —respondió Gregoriska con una voz sorda.

—¡Ah!, aquí estáis —dijo ella—; ¿y desde cuándo vuestra madre debe esperaros?

—Madre mía —dijo Gregoriska echando una mirada al péndulo—, no son más que las nueve.

Y en ese momento, en efecto, dieron las nueve.

—Es cierto —dijo Smeranda—. ¿Dónde está vuestro hermano?

A mi pesar, pensé que era la misma pregunta que Dios había hecho a Caín.

Gregoriska no respondió.

—¿Nadie ha visto a Kostaki? —preguntó Smeranda.

El vatar, o mayordomo, se informó a su alrededor.

—A eso de las siete —dijo—, el conde ha ido a las caballerizas, ha ensillado su caballo él mismo y ha tomado el camino de Hango.

En ese momento, mi mirada se cruzó con la de Gregoriska. Yo no sabía si era una realidad o una alucinación, pero me pareció que había una gota de sangre en medio de su frente.

Llevé lentamente mi dedo a mi propia frente, indicando el lugar donde creía ver esta mancha.

Gregoriska comprendió; tomó su pañuelo y se secó.

—Sí, sí —murmuró Smeranda—, se habrá encontrado a algún oso, o a algún lobo, y se habrá divertido en perseguirlo. Por eso es por lo que un niño hace esperar a su madre. ¿Dónde lo habéis dejado, Gregoriska? Decid.

—Madre mía —respondió Gregoriska con una voz emocionada, pero firme—, mi hermano y yo no hemos partido juntos.

—¡Está bien! —dijo Smeranda—. Que sirvan, sentaos a la mesa y que cierren las puertas; el que se quede fuera pasará la noche fuera.

Las dos primeras partes de esta orden fueron ejecutadas al pie de la letra: Smeranda ocupó su lugar, Gregoriska se sentó a su derecha y yo a su izquierda.

Acto seguido los servidores salieron para cumplir la tercera, es decir, para cerrar las puertas del castillo.

En aquel momento se oyó un gran ruido en el patio, y un criado completamente trastornado entró en la sala diciendo:

—Princesa, el caballo del conde Kostaki acaba de entrar en el patio, solo, y todo cubierto de sangre.

—¡Oh! —murmuró Smeranda alzándose pálida y amenazadora—, así es como regresó un atardecer el caballo de su padre.

Dirigí mi mirada hacia Gregoriska: ya no estaba pálido, sino lívido.

En efecto, el caballo del conde Koproli había entrado un atardecer en el patio del castillo, totalmente cubierto de sangre, y, una hora después, los servidores habían encontrado y traído el cuerpo cubierto de heridas.

Smeranda tomó una antorcha de las manos de uno de los criados, avanzó hacia la puerta, la abrió y bajó al patio.

El caballo, totalmente espantado, era refrenado a su pesar por tres o cuatro servidores que unían sus esfuerzos para apaciguarlo.

Smeranda se adelantó hacia el animal, miró la sangre que manchaba su silla y reconoció una herida en la parte alta de su testuz.

—Kostaki ha muerto de frente —afirmó ella—, en duelo y por la mano de un solo enemigo. Buscad su cuerpo, hijos míos, más tarde buscaremos a su asesino.

Como el caballo había regresado por la puerta de Hango, todos los servidores se precipitaron por aquella puerta, y se vio perderse por los campos sus antorchas e internarse en el bosque, igual que en un bonito atardecer de verano se ve resplandecer las luciérnagas en las llanuras de Niza y de Pisa.

Smeranda, como si estuviese convencida de que la marcha no sería larga, esperó de pie en la puerta. Ni una lágrima corría de los ojos de esta madre desolada, y sin embargo se sentía rugir la desesperación en el fondo de su corazón.

Gregoriska permanecía detrás de ella, y yo estaba cerca de Gregoriska.

Al abandonar la sala, hizo un amago de ofrecerme el brazo, pero no se atrevió.

Al cabo de un cuarto de hora aproximadamente, se vio por un recodo del camino reaparecer una antorcha, luego dos, y acto seguido todas las demás.

Solo que esta vez, en lugar de dispersarse por los campos, estaban agrupadas en torno a un centro común.

Pronto pudo verse que este centro común se componía de unas parihuelas y de un hombre tendido sobre ellas.

El fúnebre cortejo avanzaba lentamente, pero avanzaba. Al cabo de diez minutos, estuvo ante la puerta. Al ver a la madre viva que esperaba al hijo muerto, los que lo portaban se descubrieron instintivamente, luego entraron silenciosos en el patio.

Smeranda echó a andar tras ellos, y nosotros seguimos a Smeranda. Se llegó así a la gran sala, en la que fue depositado el cuerpo.

Entonces, haciendo un gesto de suprema majestad, Smeranda mandó apartarse a todo el mundo y, acercándose al cadáver, hincó una rodilla en tierra delante de él, apartó los cabellos que velaban su rostro, lo contempló largamente, con los ojos secos en todo momento. Luego, abriendo la casaca moldava, apartó la camisa manchada de sangre.

La herida estaba en el lado derecho del pecho. Debía de haber sido hecha por una hoja recta y de doble filo.

Me acordé de que había visto ese mismo día, en el costado de Gregoriska, el largo cuchillo de caza que servía de bayoneta a su carabina.

Busqué esta arma en su costado, pero había desaparecido.

Smeranda pidió agua, empapó su pañuelo en ella y lavó la herida. Una sangre fresca y pura enrojeció los labios de la herida.

El espectáculo que tenía ante mis ojos presentaba un no sé qué de atroz y de sublime al mismo tiempo. Aquella amplia estancia, ahumada por las antorchas de resina, esos rostros bárbaros, esos ojos relucientes de ferocidad, esas costumbres extrañas, esa madre que calculaba, a la vista de la sangre todavía caliente, cuánto tiempo hacía que la muerte le había arrebatado a su hijo, ese gran silencio, solo interrumpido por los sollozos de esos bandidos, cuyo jefe era Kostaki, todo ello, repito, era atroz y sublime de ver.

Finalmente, Smeranda acercó sus labios a la frente de su hijo, y acto seguido, tras levantarse y echarse hacia atrás las largas trenzas de sus blancos cabellos que se habían desprendido, dijo:

—¿Gregoriska?

Gregoriska se estremeció, meneó la cabeza y, abandonando su atonía, repuso:

—¿Sí, madre?

—Venid aquí, hijo mío, y escuchadme.

Gregoriska obedeció estremeciéndose, pero obedeció.

A medida que se acercaba al cuerpo, la sangre brotaba de la herida, más copiosa y más bermeja. Por fortuna, Smeranda no miraba ya de ese lado, pues, a la vista de aquella sangre acusadora, no hubiera tenido ya necesidad de buscar quién era el asesino.

—Gregoriska —dijo—, bien sabes que Kostaki y tú no os tenéis ningún aprecio. Sé perfectamente que tú eres Waibady por parte de padre, y él Koproli por parte del suyo; pero, por parte de vuestra madre, sois los dos Brancovan. Sé que tú eres un hombre de las ciudades de Occidente, y él un hijo de las montañas orientales; pero, por el seno que os trajo al mundo a ambos, sois hermanos. Pues bien, Gregoriska, quiero saber si vamos a llevar a mi hijo al lado de su padre sin que el juramento haya sido pronunciado, si puedo llorar tranquila por fin, como una mujer, pudiendo confiar en vos, es decir, en un hombre, para el castigo.

—Decidme el nombre del asesino de mi hermano, señora, y solo tenéis que darme una orden; os juro que antes de una hora, si así lo exigís, habrá dejado de vivir.

—Jurad, Gregoriska, jurad, so pena de mi maldición, ¿entendido, hijo mío?, jurad que el asesino morirá, que no dejaréis piedra sobre piedra de su casa; que su madre, sus hijos, sus hermanos, su mujer o su prometida perecerán por vuestra mano. Jurad, y, al hacerlo, que la ira del cielo caiga sobre vos si faltáis a este sagrado juramento. ¡Si faltáis a este sagrado juramento, someteos a la miseria, a la execración de vuestros amigos, a la maldición de vuestra madre!

Gregoriska extendió la mano sobre el cadáver.

—¡Juro que el asesino morirá! —dijo.

A este extraño juramento y cuyo verdadero sentido solo el muerto y yo, tal vez, podíamos comprender, vi o creí ver producirse un prodigio espantoso. Los ojos del cadáver se volvieron a abrir y se clavaron en mí más vivos de lo que los había visto jamás, y sentí, como si ese doble rayo hubiese sido palpable, penetrar un hierro candente hasta mi corazón.

Era más de lo que podía soportar y me desvanecí.

IV. El monasterio de Hango

Cuando me desperté, estaba en mi aposento, acostada en mi cama; una de las dos mujeres velaba cerca de mí.

Yo pregunté dónde estaba Smeranda; se me respondió que velaba cerca del cuerpo de su hijo.

Yo pregunté dónde estaba Gregoriska; se me respondió que estaba en el monasterio de Hango.

Ni hablar de una huida. Pues, ¿acaso Kostaki no estaba muerto? Ni tampoco de casarme con él. Pues, ¿acaso podía desposarse el fratricida?

Pasaron tres días y tres noches en medio de unos sueños extraños. En mi vigilia o en mi sueño, veía en todo momento esos dos ojos vivos en medio de aquel rostro muerto: era una visión horrible.

Era al tercer día cuando debía tener lugar el enterramiento de Kostaki. Por la mañana de aquel día me trajeron de parte de Smeranda un vestido completo de viuda. Me lo puse y bajé.

La casa parecía vacía; todo el mundo estaba en la capilla.

Me encaminé hacia el lugar de la ceremonia. En el momento en que franqueé el umbral, Smeranda, a la que llevaba tres días sin ver, vino hacia mí.

Parecía una efigie encarnada del Dolor. Con un movimiento lento como el de una estatua, posó sus labios gélidos en mi frente, y, con una voz que parecía salir ya de la tumba, pronunció estas palabras habituales:

—Kostaki os ama.

No podéis haceros una idea del efecto que produjeron en mí tales palabras. Esta declaración de amor hecha en tiempo presente, en lugar de hacerla en tiempo pasado; ese «os ama», en lugar de «os amaba»; ese amor de ultratumba que venía a buscar en la vida me produjo una terrible impresión.

Al mismo tiempo un extraño sentimiento se apoderaba de mí, como si yo hubiera sido, en efecto, la mujer de aquel que estaba muerto, y no la prometida del que estaba vivo. Ese féretro me atraía hacia él, a mi pesar, dolorosamente, como se dice que la serpiente atrae al pájaro que fascina. Busqué los ojos de Gregoriska; lo vi, pálido y erguido contra una columna; sus ojos miraban al cielo. No puedo asegurar que él me viera.

Los monjes del convento de Hango rodeaban el cuerpo cantando unas salmodias del rito griego, algunas veces muy armoniosas, pero las más muy monótonas. También yo quería rezar, pero la oración moría en mis labios; tenía el espíritu tan trastornado que me parecía más bien estar asistiendo a una junta de diablos que a una reunión de sacerdotes.

En el momento en que levantaron el cuerpo, yo quise seguirlo, pero mis fuerzas se negaron a ello. Sentí que me flaqueaban las piernas, y me apoyé en la puerta. Entonces Smeranda vino hacia mí, e hizo una señal a Gregoriska.

Gregoriska obedeció y se acercó.

Smeranda me dirigió la palabra en lengua moldava.

—Mi madre me ordena que os repita palabra por palabra lo que ella va a decir —dijo Gregoriska.

Entonces Smeranda habló de nuevo; y, cuando hubo terminado, dijo:

—He aquí las palabras de mi madre: «Lloráis a mi hijo, Jadwige, pues lo amabais, ¿no es así? Os agradezco vuestras lágrimas y vuestro amor; de ahora en adelante vos seréis mi hija como si Kostaki hubiera sido vuestro esposo; tenéis de ahora en adelante una patria, una madre, una familia. Derramemos la suma de lágrimas debidas a los muertos, luego volvamos a ser de nuevo dignas las dos de aquel que no está…, ¡yo su madre, y vos su mujer! Adiós, volved a vuestro aposento; yo voy a seguir a mi hijo hasta su última morada; a mi vuelta, me encerraré con mi dolor, y vos no me veréis hasta que lo haya vencido; estad tranquila, lo venceré, pues no quiero que sea él el que me venza a mí».

No pude responder a estas palabras de Smeranda, traducidas por Gregoriska, más que con un gemido.

Volví a subir a mi aposento, el cortejo se alejó. Lo vi desaparecer por un recodo del camino. El convento de Hango no estaba más que a una media legua del castillo en línea recta; pero los obstáculos del suelo obligaban a que el camino se desviara, por lo que se tardaba cerca de dos horas en recorrerlo.

Estábamos en el mes de noviembre. Los días se habían vuelto fríos y cortos. A las cinco de la tarde era ya noche cerrada.

Hacia las siete, vi reaparecer unas antorchas. Era el cortejo fúnebre que venía de regreso. El cadáver reposaba en la tumba de sus padres. Estaba todo dicho.

Ya os he confesado presa de qué extraña obsesión vivía desde el fatal suceso que nos había vestido a todos de luto, y sobre todo desde que yo había visto reabrir y clavarse en mí los ojos que la muerte había cerrado. Aquella tarde, abrumada por las emociones de la jornada, estaba más triste aún. Escuchaba dar las diferentes horas en el reloj del castillo, y me entristecía conforme el tiempo que volaba me acercaba al instante en que Kostaki debía de haber muerto.

Oía sonar las nueve menos cuarto.

Entonces una extraña sensación se apoderó de mí. Era un terror estremecedor que corría por todo mi cuerpo y lo helaba; luego con este terror, algo como un sueño invencible que entorpecía mis sentidos; sentí una opresión en el pecho, mis ojos se velaron, extendí los brazos y, retrocediendo, fui a caer sobre mi cama.

Sin embargo, no había perdido a tal punto mis sentidos para no poder oír cómo unos pasos se acercaban a mi puerta; luego me pareció que mi puerta se abría. Luego no vi y no oí ya nada.

Únicamente sentí un vivo dolor en el cuello.

Tras lo cual, caí en un completo letargo.

Me desperté a medianoche, mi lámpara todavía ardía; quise levantarme, pero estaba tan débil que tuve que intentarlo dos veces. Sin embargo, vencí esta debilidad, y como, despierta, sentía en el cuello el mismo dolor que había experimentado en mi sueño, me arrastré, apoyándome contra la pared, hasta el espejo y miré.

Algo parecido a un pinchazo de alfiler señalaba la arteria de mi cuello.

Pensé que algún insecto me habría mordido mientras dormía, y, como estaba muerta de cansancio, me acosté y me dormí.

Al día siguiente, me desperté como de costumbre. Y como de costumbre quise levantarme en cuanto mis ojos se hubieron abierto; pero sentí una debilidad que no había experimentado todavía más que una sola vez en mi vida, al día siguiente de un día en que me habían aplicado una sangría.

Me acerqué al espejo y me quedé sorprendida de mi palidez.

La jornada pasó triste y sombría; experimentaba una cosa extraña; sentía la necesidad de quedarme allí donde estaba, pues todo desplazamiento suponía una fatiga.

Cuando llegó la noche, me trajeron mi lámpara; mis mujeres, al menos eso comprendía por sus gestos, se ofrecían a quedarse a mi lado. Yo les di las gracias; ellas salieron.

A la misma hora que la víspera, experimenté los mismos síntomas. Entonces quise levantarme y pedir socorro; pero no pude ir hasta la puerta. Oí vagamente el carillón del reloj que daba las nueve menos cuarto, resonaron los pasos, la puerta se abrió; pero yo no veía, no oía ya nada; al igual que la víspera, había ido a caer desplomada sobre mi cama.

Al igual que la víspera, sentí un dolor agudo en el mismo sitio.

Al igual que la víspera, me desperté a medianoche; solo que me desperté más débil y más pálida que la víspera.

Al día siguiente se repitió también la horrible obsesión.

Estaba decidida a bajar para estar al lado de Smeranda, por más débil que estuviese, cuando una de mis mujeres entró en mi aposento y pronunció el nombre de Gregoriska.

Gregoriska venía detrás de ella.

Quise levantarme para recibirle; pero volví a caer en mi sillón.

Él lanzó un grito al verme, y quiso abalanzarse hacia mí; pero yo tuve fuerzas para extender el brazo hacia él.

—¿Qué venís a hacer aquí? —le pregunté.

—¡Ay! —dijo él—, ¡venía a deciros adiós! Venía a deciros que abandono este mundo que me es insoportable sin vuestro amor y sin vuestra presencia; venía a deciros que me retiro al convento de Hango.

—Os veis privado de mi presencia, Gregoriska —le respondí—, pero no de mi amor. Lamentablemente, os sigo amando, y mi gran dolor es que de ahora en adelante este amor sea poco menos que un crimen.

—Entonces, ¿puedo esperar que rezaréis por mí, Jadwige?

—Sí, solo que no rezaré por largo tiempo —añadí con una sonrisa.

—¿Qué os ocurre, en efecto, y por qué estáis tan pálida?

—¡Que… Dios se apiada de mí, sin duda, y me llama con Él!

Gregoriska se acercó a mí, me tomó de una mano que yo no tuve fuerzas de retirar y, mirándome con fijeza, dijo:

—Esta palidez no es natural, Jadwige; ¿de qué os viene? Hablad.

—Si os lo dijera, Gregoriska, creeríais que estoy loca.

—No, no, hablad, Jadwige, os lo suplico; nos encontramos en un país que no se parece a ningún otro, en una familia que no se parece a ninguna otra familia. Hablad, decidlo todo, os lo suplico.

Le conté todo: esa extraña alucinación que me dominaba a la misma hora en que debía de haber muerto Kostaki; ese terror, ese amodorramiento, ese frío gélido, esa postración que me obligaba a acostarme, ese ruido de pasos que creía oír, esa puerta que creía ver abrirse y, por último, ese dolor agudo seguido de una palidez y de una debilidad que no hacían sino ir en aumento.

Yo había creído que mi relato le parecería a Gregoriska un principio de locura, y lo concluí no sin una cierta timidez, cuando por el contrario vi que prestaba a este relato una profunda atención.

Cuando hube dejado de hablar, él reflexionó unos instantes.

—¿Así que —preguntó— os dormís todas las noches a las nueve menos cuarto?

—Sí, por más esfuerzos que haga por resistir al sueño.

—¿Así que que creéis ver abrirse vuestra puerta?

—Sí, aunque echo el cerrojo.

—¿Así que sentís un dolor agudo en el cuello?

—Sí, aunque apenas mi cuello conserva la señal de una herida.

—¿Me permitiríais que la viera? —preguntó.

Eché mi cabeza sobre un hombro.

Él examinó esa cicatriz.

—Jadwige —dijo, al cabo de un instantes—, ¿tenéis confianza en mí?

—¿Y me lo preguntáis? —repuse yo.

—¿Creéis en mi palabra?

—Como si fuera el Evangelio.

—Pues bien, Jadwige, a fe mía, os juro que no os quedan ocho días de vida si no aceptáis hacer, hoy mismo, lo que voy a deciros.

—¿Y si acepto?

—Si aceptáis, tal vez podréis salvaros.

—¿Tal vez?

Guardó silencio.

—Sea lo que sea lo que haya de pasar, Gregoriska —proseguí—, haré lo que me mandéis hacer.

—Pues bien, escuchad —dijo—, y sobre todo no os asustéis. En vuestro país, como en Hungría, como en nuestra Rumanía, existe una tradición.

Me estremecí, pues me había vuelto esta tradición a la memoria.

—¡Ah! —dijo él—, ¿sabéis a lo que me refiero?

—Sí —respondí—, he visto en Polonia personas sometidas a esta horrible fatalidad.

—Os referís a los vampiros, ¿no es cierto?

—Sí, en mi infancia vi cómo desenterraban en el cementerio de un pueblo que pertenecía a mi padre a cuarenta personas, muertas en quince días, sin que hubiera podido adivinarse la causa de su fallecimiento. Entre estos muertos, diecisiete mostraban señales de vampirismo, es decir, fueron encontrados lozanos, bermejos, y parecidos a seres vivos, los otros eran sus víctimas.

—¿Y qué se hizo para liberar a la región de ellos?

—Se les clavó una estaca en el corazón, y a continuación se los quemó.

—Sí, así es como se actúa de ordinario; pero eso para nosotros no basta. Para liberaros del fantasma, primero quiero conocerlo, y, vive Dios que lo conoceré. Sí, y si es preciso lucharé cuerpo a cuerpo con él, sea quien sea.

—¡Oh! Gregoriska —exclamé yo aterrada.

—Ya lo he dicho: quienquiera que sea, repito. Pero para llevar a buen fin esta terrible aventura, es preciso que aceptéis todo lo que voy a exigir de vos.

—Hablad.

—Estad preparada a las siete, bajad a la capilla, y hacedlo sola; tenéis que vencer vuestra debilidad, Jadwige, tenéis que hacerlo. Allí recibiremos la bendición nupcial. Consentid a ello, querida mía; es preciso, para defenderos, que ante Dios y ante los hombres tenga yo derecho a velar por vos. Volveremos a subir aquí, y entonces veremos.

—¡Oh, Gregoriska! —exclamé yo—, ¡si es él, os matará!

—No temáis nada, mi querida Jadwige. Limitaos a dar vuestro consentimiento.

—Sabéis muy bien que haré cuanto queráis, Gregoriska.

—Hasta el atardecer, pues.

—Sí, haced por vuestra parte lo que se os antoje, y yo os secundaré del mejor modo, podéis iros.

Salió. Un cuarto de hora después, vi a un jinete correr precipitadamente por el camino del convento, ¡era él!

Apenas lo hube perdido de vista, cuando caí de rodillas y recé, como no se reza ya en vuestros países incrédulos, y esperé a las siete, ofreciendo a Dios y a los santos el sacrificio de mis pensamientos: no volví a levantarme hasta el momento en que dieron las siete.

Estaba débil como una moribunda, pálida como una muerta. Me toqué con un gran velo negro, bajé la escalera, sosteniéndome contra las paredes, y me dirigí a la capilla sin haberme encontrado con nadie.

Gregoriska me esperaba con el padre Basilio, superior del convento de Hango. Llevaba a un costado una espada santa, reliquia de un viejo cruzado que había tomado Constantinopla con Villehardouin y Balduino de Flandes.

—Jadwige —dijo dando un golpe en su espada con una mano—, con la ayuda de Dios, esto es lo que romperá el hechizo que amenaza vuestra vida. Acercaos, pues, resueltamente, he aquí un santo varón que, tras haber recibido mi confesión, va a recibir nuestros juramentos.

Dio comienzo la ceremonia; tal vez nunca ha habido algo más sencillo y más solemne a la vez. Nadie ayudaba al pope; él mismo nos colocó sobre la cabeza las coronas nupciales. Vestidos de luto los dos, dimos la vuelta al altar con un cirio en la mano; luego el religioso, tras haber pronunciado las palabras santas, añadió:

—Ahora podéis iros, hijos míos, y que Dios os infunda la fuerza y el valor de luchar contra el enemigo del género humano. Estáis armados de vuestra inocencia y de su justicia; venceréis al demonio. Id y benditos seáis.

Nosotros besamos los libros sagrados y salimos de la capilla.

Entonces, por primera vez, me apoyé en el brazo de Gregoriska, y me pareció que, al tocar aquel valeroso brazo, que al contacto con aquel noble corazón, la vida retornaba a mis venas. Me creía segura de triunfar, puesto que Gregoriska estaba conmigo; volvimos a subir a mi aposento.

Dieron las ocho y media.

—Jadwige —me dijo entonces Gregoriska—, no tenemos tiempo que perder. ¿Quieres dormirte como de costumbre, y que todo suceda durante tu sueño? ¿O quieres permanecer despierta y verlo todo?

—A tu lado no temo nada, por lo que quiero permanecer despierta, quiero verlo todo.

Gregoriska extrajo de su pecho una ramita de boj bendecido, completamente húmeda aún de agua bendita, y me la entregó.

—Coge, pues, esta ramita —dijo—, acuéstate en tu cama, di las oraciones a la Virgen y espera sin temor. Dios está con nosotros. Sobre todo, no dejes caer tu ramita; con ella podrás mandar hasta en el mismísimo infierno. No me llames, no grites; reza, ten esperanza y aguarda.

Yo me acosté en la cama. Crucé mis manos sobre mi pecho, sobre el cual apoyé la ramita bendecida.

En cuanto a Gregoriska, se escondió detrás del dosel al que ya me he referido y que ocultaba el rincón de mi aposento.

Yo contaba los minutos, y sin duda Gregoriska los contaba también por su parte.

Dieron los tres cuartos.

El resonar del martillo vibraba aún cuando sentí ese mismo amodorramiento, ese mismo terror, ese mismo frío glacial; pero acerqué la ramita bendecida a mis labios, y esta primera sensación se disipó.

Entonces oí muy claramente el ruido de esos pasos lentos y mesurados que resonaban en la escalera y que se acercaban a mi puerta.

Luego mi puerta se abrió lentamente, sin ruido, como empujada por una fuerza sobrehumana, y entonces…

La voz se detuvo como ahogada en la garganta de la narradora.

Y entonces —continuó no sin esfuerzo—, vi a Kostaki, pálido como lo había visto sobre las parihuelas; sus largos cabellos, esparcidos sobre sus hombros, goteaban sangre: llevaba su traje habitual, solo que abierto a la altura del pecho, y dejaba ver su herida sangrante.

Todo estaba muerto, todo era cadáver, carne, ropa, andares…, únicamente los ojos, esos ojos terribles estaban vivos.

Al ver esto, ¡cosa extraña!, en lugar de sentir redoblarse mi espanto, sentí aumentar mi valor. Me lo infundía Dios, sin duda, para que pudiera juzgar yo mi situación y defenderme contra el infierno. Al primer paso que el fantasma dio hacia mi cama, crucé osadamente mi mirada con esa mirada plomiza y le presenté la ramita bendecida.

El espectro trató de avanzar; pero un poder más fuerte que el suyo lo mantenía en su sitio. Se detuvo.

—¡Oh! —murmuró—, no duerme; lo sabe todo.

Hablaba en moldavo, y sin embargo yo entendía como si sus palabras hubiesen sido pronunciadas en una lengua que yo comprendiera.

Estábamos así enfrente el uno del otro, el fantasma y yo, sin que mis ojos pudieran desviarse de los suyos, cuando vi, sin necesitar volver la cabeza hacia su lado, a Gregoriska salir de detrás de la silla de coro de madera, parecido al ángel exterminador y empuñando la espada. Se santiguó con la mano izquierda y avanzó lentamente con la espada tendida hacia el fantasma; este, al reconocer a su hermano, había sacado a su vez su alfanje con una carcajada terrible; pero apenas el alfanje hubo tocado el acero bendito cuando el brazo del fantasma volvió a caer inerme al lado de su cuerpo.

Kostaki dejó escapar un suspiro lleno de lucha y desesperación.

—¿Qué quieres? —preguntó a su hermano.

—En el nombre de Dios vivo —dijo Gregoriska—, te suplico que respondas.

—Habla —dijo el fantasma con un rechinar de dientes.

—¿Fui yo quien te esperó?

—No.

—¿Fui yo quien te atacó?

—No.

—¿Fui yo quien te hirió?

—No.

—Fuiste tú quien se arrojó sobre mi espada, eso es todo. Por tanto, a los ojos de Dios y de los hombres, no soy culpable del crimen de fratricidio; por tanto, no has recibido ninguna misión divina, sino infernal; por eso has salido de la tumba no como una sombra santa, sino como un espectro maldito, y volverás a tu tumba.

—Con ella, sí —exclamó Kostaki haciendo un esfuerzo supremo para apoderarse de mí.

—Solo —exclamó a su vez Gregoriska—; esta mujer es mía.

Y al pronunciar estas palabras, con la punta del acero bendecido tocó la herida viva.

Kostaki lanzó un grito como si una espada flamígera le hubiese tocado, y llevándose la mano izquierda a su pecho dio un paso hacia atrás.

Al mismo tiempo, y con un movimiento que parecía acompasado con el suyo, Gregoriska dio un paso hacia delante; entonces, con los ojos fijos en los ojos del muerto, la espada contra el pecho de su hermano, comenzó una marcha lenta, terrible, solemne; algo parecido al paso de Don Juan y del Comendador; el espectro retrocediendo ante la espada sagrada, ante la voluntad irresistible del campeón de Dios; este siguiéndole paso a paso sin pronunciar una palabra, los dos jadeando, los dos lívidos, el vivo empujando al muerto delante de él y obligándole a abandonar aquel castillo, que fuera su morada en el pasado, por la tumba, que era su morada en el futuro.

¡Oh! Era un espectáculo horrible, os lo juro.

Y sin embargo, movida yo misma por una fuerza superior a mí, invisible, desconocida, sin darme cuenta de lo que hacía, me levanté y les seguí. Bajamos la escalera, alumbrados tan solo por las pupilas ardientes de Kostaki. Atravesamos así la galería y también el patio. Franqueamos la puerta con esos mismos pasos mesurados: el espectro retrocediendo, Gregoriska con el brazo tendido, yo siguiéndolos.

Este recorrido fantástico se prolongó por espacio de una hora: era preciso llevar de nuevo al muerto a su tumba; solo que, en lugar de seguir el camino habitual, Kostaki y Gregoriska atajaron yendo en línea recta, sin preocuparse por unos obstáculos que habían dejado de existir: bajo sus pies, el suelo se allanaba, los torrentes se secaban, los árboles retrocedían, las rocas se apartaban; por lo que hace a mí se operaba el mismo milagro que se operaba para con ellos; solo que todo el cielo me parecía cubierto de un crespón negro, la luna y las estrellas habían desaparecido, y yo no veía brillar en la noche en todo momento más que los ojos llameantes del vampiro.

Llegamos así a Hango, pasamos así a través del seto de arbustos que servía de cerca al cementerio. Apenas en su interior, distinguí en la sombra la tumba de Kostaki situada al lado de la de su padre; ignoraba que estuviese allí, y sin embargo la reconocí.

Esa noche lo sabía todo.

Al borde de la fosa abierta, Gregoriska se detuvo.

—Kostaki —dijo—, no ha terminado todo aún para ti, y una voz del cielo me dice que serás perdonado si te arrepientes: ¿prometes, pues, volver a entrar en tu tumba, prometes no volver a salir de ella, prometes consagrar, por último, a Dios el culto que has consagrado al infierno?

—¡No! —respondió Kostaki.

—¿Te arrepientes? —preguntó Gregoriska.

—¡No!

—Por ultima vez, ¿te arrepientes, Kostaki?

—¡No!

—¡Pues bien, invoca en tu ayuda a Satanás, que yo invoco a Dios en la mía, y veamos una vez más de parte de quién se decantará la victoria!

Dos gritos resonaron al mismo tiempo; los aceros se cruzaron despidiendo chispas, y el combate se prolongó por espacio de un minuto que me pareció un siglo.

Kostaki se desplomó; vi alzarse la espada terrible, la vi hundirse en su cuerpo y clavar ese cuerpo en la tierra recién removida.

Un grito supremo, y que nada tenía de humano, recorrió los aires.

Yo acudí.

Gregoriska se había quedado de pie, pero tambaleándose.

Yo acudí y lo sostuve en mis brazos.

—¿Estáis herido? —le pregunté con ansiedad.

—No —me dijo—; pero en un duelo semejante, querida Jadwige, no es la herida la que mata, sino la lucha. Yo he luchado con la muerte, y pertenezco a la muerte.

—¡Amigo, amigo! —exclamé yo—, aléjate, aléjate de aquí, y la vida tal vez retorne.

—No —dijo él—, esta es mi tumba, Jadwige: pero no perdamos tiempo; coge una poca de esta tierra impregnada de su sangre y aplícala sobre la mordedura que él te ha hecho; es el único medio para preservarte en el futuro de su horrible amor.

Yo obedecí temblando. Me agaché para recoger aquella tierra ensangrentada y, al hacerlo, vi el cadáver clavado en el suelo; la espada bendecida le atravesaba el corazón, y una sangre negra y copiosa brotaba de su herida, como si acabara de morir en ese mismo instante.

Amasé un poco de tierra con la sangre y apliqué el horrible talismán en mi herida.

—Ahora, mi adorada Jadwige —dijo Gregoriska con una voz debilitada—, escucha bien mis últimas instrucciones: abandona el país en cuanto puedas. La distancia es la única seguridad para ti. El padre Basilio ha recibido hoy mis últimas voluntades, y las cumplirá. ¡Jadwige! ¡Un beso! ¡El último, el único, Jadwige! Me muero.

Y, diciendo estas palabras, Gregoriska se desplomó cerca de su hermano.

En cualquier otra circunstancia, en medio de aquel cementerio, cerca de aquella tumba abierta, con aquellos dos cadáveres tendidos uno al lado del otro, me hubiese vuelto loca; pero, ya lo he dicho, Dios me había infundido unas fuerzas parejas a los sucesos de los que Él me hacía no solo testigo, sino también protagonista.

En el momento en que miré en torno mío, buscando alguna ayuda, vi abrirse la puerta del claustro, y los monjes, conducidos por el padre Basilio, avanzaron de a dos, llevando unas antorchas encendidas y cantando las preces por los difuntos.

El padre Basilio acababa de llegar al convento; había previsto lo sucedido, y, a la cabeza de toda la comunidad, se dirigía al cementerio.

Me encontró viva cerca de los dos muertos.

Kostaki tenía el rostro trastornado por una última convulsión.

Gregoriska, por el contrario, estaba sereno y casi sonriente.

Tal como había pedido Gregoriska, lo enterraron cerca de su hermano, el cristiano guardando al condenado.

Smeranda, al tener conocimiento de esa nueva desgracia y la parte que había tenido yo en ella, quiso verme; vino a visitarme al convento de Hango, y supo por mi boca todo lo sucedido en aquella terrible noche.

Yo le conté con todo pormenor la fantástica historia, pero ella me escuchó como me había escuchado Gregoriska, sin asombro ni espanto.

—Jadwige —respondió tras unos momentos de silencio—, por más extraño que resulte lo que acabáis de contar, no habéis dicho sin embargo más que la pura verdad. La raza de los Brancovan es una raza maldita, hasta la tercera y la cuarta generación, y ello porque un Brancovan dio muerte a un sacerdote. Pero la maldición ha tocado a su fin; pues, aunque esposa, sois virgen, y conmigo se acaba la raza. Si mi hijo os ha legado un millón, tomadlo. Después de mí, aparte de los legados piadosos que pienso hacer, el resto de mi fortuna será para vos. Ahora seguid el consejo de vuestro esposo, regresad cuanto antes a los países donde Dios no permite que ocurran estos terribles prodigios. Yo no tengo necesidad de nadie conmigo para llorar a mis hijos. Mi dolor exige soledad. Adiós, no preguntéis más por mí. Mi suerte futura pertenece solo a mí y a Dios.

Y tras besarme en la frente como de costumbre, me dejó y fue a encerrarse en el castillo de Brancovan.

Ocho días después, partí para Francia. Tal como había esperado Gregoriska, mis noches dejaron de verse hostigadas por el terrible fantasma. Restablecida mi salud, no he guardado de este acontecimiento más que esa palidez mortal que acompaña hasta la tumba a toda criatura humana que ha sufrido el beso de un vampiro.

La dama se calló, dieron las doce de la noche, y casi me atrevería a decir que el más valiente de nosotros se estremeció al oír el carillón del reloj de péndulo.

LA MUERTA ENAMORADA

Théophile Gautier

Me preguntáis, hermano, si he amado. Sí. Es una historia singular y terrible, y, aunque tengo ahora sesenta y seis años, apenas me atrevo a remover las cenizas de ese recuerdo. No quiero negaros nada, pero no explicaría a un alma menos experimentada que la vuestra un relato semejante. Se trata de acontecimientos tan extraños que casi no puedo creer que me hayan sucedido. Durante más de tres años fui el juguete de una ilusión singular y diabólica. Yo, un pobre cura de pueblo, he llevado en sueños todas las noches (¡quiera Dios que fuera un sueño!) una vida de condenado, una vida mundana y de Sardanápalo. Una única mirada demasiado complaciente dirigida a una mujer pudo causar la pérdida de mi alma; pero, finalmente, con la ayuda de Dios y de mi santo patrón, he podido ahuyentar al malvado espíritu que se había apoderado de mí. Mi existencia se había complicado con una vida nocturna completamente diferente. De día, yo era un sacerdote del Señor, casto, dedicado a la oración y a las cosas santas; de noche, en cuanto cerraba los ojos, me convertía en un joven caballero, buen conocedor de mujeres, perros y caballos, jugador, bebedor y blasfemo; y, cuando al rayar el alba despertaba, me parecía, por el contrario, que me dormía y que soñaba que era sacerdote. De esa vida sonámbula me han quedado recuerdos de objetos y palabras de los que no puedo librarme, y, aunque no he traspasado nunca los muros de mi parroquia, se diría, al oírme, que soy un hombre que lo ha probado todo y que, desengañado del mundo, ha entrado en religión para finalizar sus días en el seno de Dios, y no un humilde seminarista que ha envejecido en una ignorada casa de cura, perdida en medio de un bosque y sin ninguna relación con las cosas de su época.

Sí, he amado como no ha amado nadie en el mundo, con un amor impetuoso e insensato, tan violento que me extraña que no haya hecho estallar mi corazón. ¡Ah! ¡Qué noches! ¡Qué noches!

Desde mi más tierna infancia, había sentido la vocación del estado sacerdotal; por eso todos mis estudios fueron dirigidos en ese sentido, y mi vida, hasta los veinticuatro años, no fue sino un largo noviciado. Acabados los estudios de teología, pasé sucesivamente por todas las órdenes menores, y mis superiores me juzgaron digno, a pesar de mi juventud, de superar el último y temible grado. El día de mi ordenación fue fijado para la semana de Pascua.

Jamás había corrido mundo; el mundo era para mí el recinto del colegio y del seminario. Sabía vagamente que existía algo que se llamaba mujer, pero no me detenía a pensarlo. Era de una inocencia perfecta. Solo veía a mi madre, anciana y enferma, dos veces al año; esa era toda mi relación con el exterior.

No echaba nada de menos, no sentía la más mínima duda ante ese compromiso irrevocable; me sentía lleno de dicha y de impaciencia. Jamás novio alguno contó las horas con tan febril ardor; no dormía, soñaba que cantaba misa; no veía en el mundo nada más hermoso que ser sacerdote: hubiera rechazado ser rey o poeta. Mi ambición no concebía nada más.

Os digo esto para mostraros cómo lo que me sucedió no debió sucederme, y que fui víctima de una fascinación inexplicable.

Llegado el gran día, caminaba hacia la iglesia con un paso tan ligero que parecía flotar o tener alas en los hombros. Me creía un ángel, y me sorprendía la fisonomía sombría y preocupada de mis compañeros, pues éramos varios. Había pasado la noche rezando y me sentía en un estado que casi llegaba al éxtasis. El obispo, venerable anciano, me parecía Dios Padre soñando en su eternidad, y veía el cielo a través de las bóvedas del templo.

Vos sabéis los detalles de esa ceremonia: la bendición, la comunión en las dos especies, la unción de las palmas de las manos con el crisma de los catecúmenos, y finalmente el santo sacrificio ofrendado juntamente con el obispo. No insistiré en eso. ¡Oh, qué razón tiene Job, y qué imprudente es aquel que no concierta un tratado con sus ojos! Levanté por casualidad la cabeza, que hasta entonces había mantenido inclinada, y vi ante mí, tan cerca que hubiera podido tocarla, aunque en realidad estuviera a bastante distancia y al otro lado de la balaustrada, una joven de excepcional belleza, vestida con una magnificencia real. Fue como si una venda me cayera de los ojos. Experimenté la sensación de un ciego que recobrara súbitamente la vista. El obispo, tan resplandeciente hacía un momento, se apagó de repente, los cirios palidecieron en sus candelabros de oro como las estrellas al alba, y en toda la iglesia se hizo una completa oscuridad. La encantadora criatura destacaba en ese fondo sombrío como una revelación angélica. Parecía brillar por sí misma, desprender luz, antes que recibirla.

Bajé los párpados, bien decidido a no levantarlos de nuevo para evitar la influencia de los objetos exteriores; dado que me distraía cada vez más, y apenas sabía lo que hacía.

Un minuto después, volví a abrir los ojos, pues a través de las pestañas la veía brillar con los colores del prisma y en una penumbra púrpura, como cuando se mira el sol.

¡Oh, qué hermosa era! Cuando los más grandes pintores, persiguiendo en el cielo la belleza ideal, trajeron a la tierra el divino retrato de la Madona, ni siquiera se han acercado a esa fabulosa realidad. Ni los versos del poeta ni la paleta del pintor pueden dar una idea. Era bastante alta, con un talle y un porte de diosa; sus cabellos, de un rubio suave, se separaban en la frente y caían sobre sus sienes como dos ríos de oro; parecía una reina con su diadema; la frente, de una blancura azulada y transparente, se extendía ancha y serena sobre los arcos de dos cejas casi morenas, singularidad que resaltaba aún más las pupilas verde mar, de una vivacidad y de un brillo insostenibles. ¡Qué ojos! Con un destello decidían el destino de un hombre; tenían una vida, una claridad, un ardor, una humanidad brillante que no he visto jamás en ojo humano alguno; despedían chispas como flechas, que veía distintamente llegar a mi corazón. No sé si la llama que los iluminaba venía del cielo o del infierno, pero sin duda venía de uno o de otro. Esa mujer era un ángel o un demonio, o quizá las dos cosas a la vez; ciertamente no procedía de Eva, la madre común. Sus dientes, bellas perlas, brillaban en su roja sonrisa, y a cada inflexión de su boca pequeños hoyuelos se formaban en el satén rosa de sus adorables mejillas. La nariz era de una finura y de una altivez mayestática y revelaba un muy noble origen. Brillos de ágata relucían en la piel uniforme y lustrosa de sus hombros semidesnudos, y vueltas de enormes perlas rubias, de un tono muy parecido al del cuello, descansaban sobre su pecho. De vez en cuando, levantaba la cabeza con un movimiento ondulante de culebra o de pavo real que se envanece, y entonces se estremecía ligeramente el cuello bordado en calado que la envolvía como un entramado de plata.

Llevaba un traje de terciopelo rojizo, de cuyas amplias mangas forradas de armiño salían unas manos patricias de una delicadeza infinita, con unos dedos largos y bien formados, de una transparencia tan ideal que dejaban pasar la luz como los de la aurora.

Todos esos detalles me son tan actuales como si dataran de ayer, y, aunque estaba extremadamente turbado, nada se me escapó: el más ligero matiz, el lunar en la barbilla, el imperceptible vello en las comisuras de los labios, la frente aterciopelada, la sombra temblorosa de las pestañas sobre las mejillas, lo captaba todo con una sorprendente lucidez.

Cuanto más la miraba, más sentía abrirse en mi interior unas puertas que hasta entonces habían permanecido cerradas; tragaluces obstruidos se desatascaban por completo y dejaban entrever perspectivas desconocidas; la vida me aparecía como muy cambiada; acababa de nacer a un nuevo orden de ideas. Una tremenda angustia me atenazaba el corazón; cada minuto transcurrido me parecía un segundo y un siglo. Sin embargo, la ceremonia avanzaba, y yo me veía arrastrado lejos del mundo justo cuando mis deseos nacientes asediaban furiosamente la entrada de ese mundo. A pesar de todo, dije sí cuando quería decir no, cuando todo mi ser se rebelaba y protestaba contra la violencia que mi lengua hacía a mi alma; una fuerza oculta me arrancaba contra mi voluntad las palabras de la garganta. Es eso quizá lo que motiva que tantas jóvenes avancen hacia el altar con el firme propósito de rechazar manifiestamente al esposo que les imponen, y ninguna ejecute su plan. Es eso sin duda lo que motiva que tantas pobres novicias tomen el velo, aunque estén decididas a rasgarlo en mil pedazos en el momento de pronunciar los votos. Nadie se atreve a provocar tal escándalo ni a decepcionar a tanta gente; todas esas voluntades, todas esas miradas pesan sobre uno como si fueran de plomo: y además está todo tan bien preparado, está todo tan bien regulado de antemano y de una manera tan evidentemente irrevocable, que el pensamiento cede ante el peso de las circunstancias y se desploma por completo.

La mirada de la bella desconocida cambiaba de expresión según avanzaba la ceremonia. De tierna y acariciadora al principio, pasó a un semblante desdeñoso y disgustado por no haber sido comprendida.

Hice un esfuerzo, que hubiera sido capaz de arrancar una montaña, para gritar que no quería ser sacerdote, pero no pude emitir sonido alguno. Mi lengua estaba pegada al paladar, y me fue imposible traducir mi voluntad en el más ligero gesto negativo. Aunque despierto, me encontraba en un estado semejante al de una pesadilla, en el que queremos gritar una palabra de la que nuestra vida depende, y somos incapaces de lograrlo.

Ella pareció darse cuenta del martirio que experimentaba y, como para animarme, me dirigió una mirada llena de divinas promesas. Sus ojos eran un poema en el que cada mirada formaba una estrofa.

Me decía:

«Si quieres ser mío, te haré más dichoso que el mismo Dios en su paraíso; los ángeles te envidiarán. Rasga esa fúnebre mortaja con la que vas a envolverte. Yo soy la belleza, la juventud; yo soy la vida. Ven a mí, seremos el amor. ¿Qué podría ofrecerte Yahvé en compensación? Nuestra existencia transcurrirá como un sueño y será como un beso eterno.

»Rechaza el vino de este cáliz, y serás libre. Te llevaré a islas desconocidas, dormirás sobre mi seno, en un lecho de oro macizo y bajo un palio de plata; porque te amo y quiero robarte a tu Dios, ante quien tantos nobles corazones derraman mares de amor que no llegan nunca hasta él».

Me parecía oír esas palabras con un ritmo de una dulzura infinita, pues su mirada era casi sonora, y las frases que sus ojos me enviaban resonaban en el fondo de mi corazón como si una boca invisible las hubiera murmurado en mi alma. Me sentía dispuesto a renunciar a Dios y, sin embargo, mi corazón ejecutaba maquinalmente las formalidades de la ceremonia. La bella me lanzó una segunda mirada tan suplicante, tan desesperada que fue como si espadas aceradas me atravesaran el corazón y sentí en el pecho más puñales que la Dolorosa.

Ya era un hecho, era sacerdote.

Nunca fisonomía humana alguna mostró una angustia tan desgarradora; la joven que ve morir a su prometido súbitamente ante ella, la madre junto a la cuna vacía de su hijo, Eva sentada en el umbral de la puerta del paraíso, el avaro que encuentra una piedra en lugar de su tesoro, el poeta que deja caer al fuego el único manuscrito de su más bella obra, no muestran un aspecto más abrumado ni más inconsolable. La sangre abandonó por completo su encantador rostro, que se volvió blanco como el mármol; sus hermosos brazos cayeron a lo largo de su cuerpo, como si los músculos se hubieran ablandado, y se apoyó en una columna, ya que sus piernas flaqueaban y desfallecían. Yo, lívido, la frente inundada de un sudor más sangrante que el del Calvario, me dirigí, vacilante, hacia la puerta de la iglesia. Me ahogaba; las bóvedas me aplastaban los hombros; era como si mi cabeza sostuviera todo el peso de la cúpula.

Al franquear el umbral, una mano se apoderó bruscamente de la mía. ¡Una mano de mujer! Nunca había tocado ninguna. Era fría como la piel de una serpiente, pero me dejó una impresión ardiente como la marca de un hierro al rojo vivo. Era ella.

—¡Infeliz, infeliz! ¿Qué has hecho? —me dijo en voz baja; después desapareció entre la muchedumbre.

El anciano obispo pasó; me miró severamente. Mi comportamiento era de lo más extraño; palidecía, enrojecía, estaba muy turbado. Uno de mis compañeros se apiadó de mí, me cogió de la mano y me llevó con él; hubiera sido incapaz de encontrar solo el camino del seminario. A la vuelta de una esquina, mientras el joven sacerdote miraba hacia otro lado, un paje negro, vestido de forma extraña, se me acercó y, sin pararse, me entregó una pequeña cartera, con grabados de oro, indicándome que la escondiera. La deslicé en mi manga y la mantuve guardada hasta que me quedé solo en mi celda. Hice saltar el cierre, solo contenía dos tarjetas con estas palabras: «Clarimonde, palacio Concini». Estaba entonces tan poco al corriente de las cosas de la vida que no conocía a Clarimonde, a pesar de su celebridad, e ignoraba por completo dónde estaba situado el palacio Concini. Hice mil conjeturas, a cual más extravagante; pero en verdad, con tal de volver a verla, me inquietaba muy poco que fuera gran dama o cortesana.

Ese amor nacido hacía un instante se había enraizado de forma indestructible. Ni tan solo pensaba en arrancarlo, pues sentía que era imposible. Esa mujer se había apoderado por completo de mí, una única mirada había bastado para transformarme; ella me había inspirado su voluntad; ya no vivía en mí, sino en ella y por ella. Hacía mil extravagancias, besaba mi mano en el lugar que ella había tocado y repetía su nombre horas enteras. Solo con cerrar los ojos la veía con tanta claridad como si estuviera realmente presente, y me repetía las palabras que me había dicho en el pórtico de la iglesia: «¡Infeliz, infeliz! ¿Qué has hecho?». Entendía todo el horror de mi situación, y la condición fúnebre y terrible del estado que acababa de abrazar se me revelaba nítidamente. ¡Ser sacerdote! Es decir, casto. No amar, no distinguir ni sexo ni edad, apartarse de la belleza, arrancarse los ojos, arrastrarse bajo las sombras glaciales de un claustro o de una iglesia, ver únicamente moribundos, velar cadáveres desconocidos y llevar sobre uno mismo el duelo de la sotana negra, de modo que se pudiera convertir el hábito en sudario para el propio féretro.

Y sentía la vida venir a mí como un lago interior que crece y se desborda. La sangre me latía con fuerza en las arterias; mi juventud, tanto tiempo reprimida, estallaba de golpe, como el áloe que necesita cien años para florecer y que se abre tan aprisa como un trueno.

¿Cómo actuar para volver a ver a Clarimonde? No tenía pretexto alguno para salir del seminario, pues no conocía a nadie en la ciudad; ni siquiera debía quedarme allí, esperaba únicamente que me designasen la parroquia que debía ocupar. Intenté arrancar los barrotes de la ventana, pero se encontraba a una altura tremenda y, como no tenía escalera, era mejor no abordarla. Por otra parte solo podía bajar de noche ¿cómo me habría guiado en el inextricable dédalo de las calles? Todas esas dificultades, que no hubieran sido nada para otros, eran inmensas para mí, pobre seminarista, bisoño enamorado, sin experiencia, sin dinero y sin traje de calle.

¡Ah! Si no hubiera sido sacerdote, habría podido verla todos los días, ser su amante, su esposo —me decía a mí mismo con obcecación—. En vez de estar envuelto en mi triste sudario, tendría trajes de seda y de terciopelo, cadenas de oro, una espada y plumas como los guapos y jóvenes caballeros. Mis cabellos, en lugar de estar deshonrados por una ancha tonsura, flotarían alrededor de mi cuello en ondulantes bucles. Tendría un hermoso y lustroso bigote, sería un valiente. Pero una hora ante el altar, unas palabras apenas articuladas, me apartaban para siempre del mundo de los vivos. ¡Y yo mismo había sellado la losa de mi tumba, yo mismo había corrido el cerrojo de mi prisión!

Me asomé a la ventana. El cielo estaba admirablemente azul, los árboles se habían puesto su traje de primavera. La naturaleza hacía alarde de una irónica alegría. La plaza estaba llena de gente; unos iban, otros venían; jóvenes galantes y jóvenes bellezas se dirigían, en pareja, hacia el jardín y los cenadores. Grupos de amigos pasaban cantando canciones báquicas; había un movimiento, una vida, un entusiasmo, una alegría que resaltaba penosamente mi duelo y mi soledad. Una joven madre, en el portal de su casa, jugaba con su hijo; le besaba su boquita rosa, aún perlada de gotas de leche, y le seducía con miles de esas divinas carantoñas que solo las madres saben prodigar. El padre, de pie, a cierta distancia, sonreía dulcemente ante esa encantadora escena, y sus brazos cruzados estrechaban su alegría contra el corazón. No pude soportar ese espectáculo. Cerré la ventana y me tiré sobre la cama, sintiendo en el corazón un odio y una envidia espantosos; me mordí los dedos y mordí la manta como un tigre que ha ayunado tres días.

No sé cuánto tiempo permanecí así; pero, al darme la vuelta en un arrebato espasmódico, vi al padre Sérapion, de pie, en el centro de la habitación, observándome atentamente. Me avergoncé de mí mismo y, hundiendo la cabeza en el pecho, me tapé los ojos con las manos.

—Romuald, amigo mío —me dijo Sérapion al cabo de unos minutos de silencio—, os sucede algo extraordinario. ¡Vuestra conducta es verdaderamente inexplicable! Vos, tan piadoso, tan calmoso y tan bondadoso, os agitáis en vuestra celda como una bestia salvaje. Cuidado, hermano, no escuchéis las sugestiones del diablo; el espíritu maligno, irritado porque os habéis consagrado para siempre al Señor, os merodea como un lobo rapaz y realiza un último esfuerzo para atraeros hacia él. En lugar de dejaros abatir, mi querido Romuald, haceos una coraza de plegarias, un escudo de mortificaciones, y combatid valientemente al enemigo. Le venceréis. La tentación es necesaria a la virtud y el oro sale más fino del crisol. No os espantéis ni os desaniméis; las almas mejor guardadas y las más firmes han sufrido momentos como estos. Rezad, ayunad, meditad y el malvado espíritu se retirará.

El discurso del padre Sérapion me hizo volver en mí, y me calmé un poco.

—Venía a anunciaros vuestro nombramiento al frente de la parroquia de C___. El sacerdote que la ocupaba acaba de morir, y el señor obispo me ha encargado que os instale allí. Estad preparado para mañana.

Respondí con un gesto de cabeza, para indicar que estaría a punto, y el padre se retiró. Abrí mi misal y empecé a leer plegarias; pero pronto las líneas se tornaron confusas para mis ojos; el hilo de las ideas se embrolló en mi cerebro, y el volumen me cayó de las manos sin que me diera cuenta.

¡Marchar al día siguiente sin haber vuelto a verla! ¡Añadir otro imposible a los que ya existían entre nosotros! ¡Perder para siempre la esperanza de conocerla, a menos que sucediera un milagro! ¿Escribirle? ¿Por medio de quién haría llegar mi carta? Dado el carácter sagrado del que estaba revestido, ¿a quién podría abrir mi corazón?, ¿de quién fiarme? Sentía una terrible ansiedad. Además, lo que el padre Sérapion había dicho de los artificios del diablo me volvía a la memoria; lo extraño de la aventura, la belleza sobrenatural de Clarimonde, el brillo fosfórico de sus ojos, la impresión ardiente de su mano, la turbación en la que me había sumido, el súbito cambio que se había operado en mí, mi piedad desvanecida en un instante, todo eso probaba claramente la presencia del diablo, y esa mano satinada era quizá únicamente el guante con el que había cubierto su garra. Estas especulaciones me abismaron en un gran espanto, recogí el misal, que de mis rodillas había caído al suelo, y volví a rezar.

Al día siguiente, Sérapion vino a buscarme. Dos mulas nos esperaban a la puerta, cargadas con nuestro escaso equipaje; él montó en una y yo, más o menos bien, en la otra. Mientras recorríamos las calles de la ciudad, miraba todas las ventanas y balcones por si veía a Clarimonde, pero era demasiado pronto y la ciudad aún no había abierto los ojos. Mi mirada intentaba ver más allá de los estores y cortinas de todos los palacios ante los que pasábamos. Sérapion atribuía sin ninguna duda esa curiosidad a la admiración que me causaba la belleza de la arquitectura, pues aminoraba el paso de su montura para darme tiempo a ver. Finalmente llegamos a la puerta de la ciudad y empezamos a subir la colina. Cuando llegué a la cúspide, me giré para ver una vez más los lugares donde vivía Clarimonde. La sombra de una nube cubría enteramente la ciudad; los tejados azules y rojos se confundían en una neblina general, en la que flotaban aquí y allá, como blancos copos de espuma, los vapores de la mañana. Por un singular efecto óptico, se perfilaba, rubio y dorado por un único rayo de luz, un edificio que sobrepasaba en altura a las construcciones vecinas, completamente bañadas por la bruma; aunque estaba a más de una legua, parecía muy cercano. Se distinguían sus más pequeños detalles, las torretas, las azoteas, las ventanas e incluso las veletas de cola de milano.

—¿Qué palacio es ese que veo allá a lo lejos iluminado por un rayo de sol? —pregunté a Sérapion.

Se puso la mano a modo de visera y, al verlo, me contestó:

—Es el antiguo palacio que el príncipe Concini regaló a la cortesana Clarimonde. Allí suceden cosas espantosas.

En ese instante, no sé todavía si fue realidad o ilusión, creí ver cómo se deslizaba por la terraza una forma esbelta y blanca, que brilló un segundo y se apagó. ¡Era Clarimonde!

¡Oh! ¿Sabía ella que en ese momento, desde lo alto de aquel áspero camino que me alejaba de ella y que no debía rehacer jamás, ardiente e inquieto, yo me comía con los ojos el palacio que ella habitaba y que una irrisoria ilusión óptica me acercaba, para invitarme quizá a entrar allí como amo y señor? Sin duda lo sabía, pues su alma estaba tan simpáticamente unida a la mía que debía de notar la más pequeña emoción, y era ese sentimiento el que la había llevado, aún cubierta con los velos nocturnos, a subir a la terraza, en el glacial rocío de la mañana.

La penumbra se adueñó del palacio, y ya no fue sino un océano inmóvil de tejados donde únicamente se distinguía una ondulación sinuosa. Sérapion espoleó su mula, cuyo paso siguió enseguida la mía, y un recodo del camino me robó para siempre la ciudad de S___, pues no debía nunca regresar. Al cabo de tres días de camino por tristes campiñas, vimos despuntar, a través de los árboles, el gallo del campanario de la parroquia donde yo debía servir; y, tras haber recorrido varias calles tortuosas, flanqueadas por chozas y pequeños jardines de pobres casas de campo, nos encontramos ante la fachada, que no era de gran magnificencia. Un porche adornado con algunas nervaduras y dos o tres pilares de gres burdamente tallados, un tejado con tejas y contrafuertes del mismo gres que los pilares, eso era todo: a la izquierda, el cementerio lleno de altos hierbajos, con una gran cruz de hierro en el centro; a la derecha y a la sombra de la iglesia, la casa parroquial. Era una casa de una simplicidad extrema y de una árida limpieza. Entramos. Algunas gallinas picoteaban en el suelo unos escasos granos de avena; aparentemente acostumbradas a la negra sotana de los eclesiásticos, no se espantaron con nuestra presencia y apenas se movieron para dejarnos pasar. Un cascado y ronco ladrido se dejó oír, y vimos aparecer un viejo perro.

Era el perro de mi predecesor. Tenía la mirada apagada, el pelo gris y todos los síntomas de la más profunda vejez que un perro pueda alcanzar. Lo acaricié suavemente con la mano y enseguida empezó a caminar a mi lado, mostrando una indecible satisfacción. Una mujer bastante mayor, y que había sido el ama de llaves del anciano párroco, vino también a nuestro encuentro y, tras haberme hecho entrar en una sala de la planta baja, me preguntó si tenía intención de mantenerla en su puesto. Le respondí que me quedaría con ella, con ella y con el perro, y también con las gallinas y con todo el mobiliario que su amo le había dejado al morir, cosa que la llenó de gozo pues el padre Sérapion le pagó en el acto el dinero que pedía a cambio.

Una vez yo instalado, el padre Sérapion volvió al seminario. Me quedé solo y sin otro apoyo que yo mismo. El recuerdo de Clarimonde volvió a obsesionarme y, aunque me esforzaba por alejarlo de mí, no siempre lo conseguía. Un anochecer, cuando me paseaba por las alamedas bordeadas de boj de mi pequeño jardín, me pareció ver a través de los arbustos una silueta femenina que seguía todos mis movimientos, y me pareció ver brillar entre las hojas las dos pupilas verde mar; pero era únicamente una ilusión y, al pasar por el otro lado del sendero, solo encontré una huella de pies en la arena, tan pequeña que debía de ser la de un niño. El jardín estaba rodeado por muros muy altos; inspeccioné todos los rincones y recovecos, no había nadie. Jamás he podido explicarme este hecho que, por lo demás, no fue nada en comparación con las extrañas cosas que me sucedieron después. Viví durante un año cumpliendo con exactitud todos los deberes de mi estado: rezaba, ayunaba, consolaba y socorría a los enfermos, daba limosnas hasta despojarme de las cosas más indispensables. Pero sentía en mi interior una extrema aridez, y las fuentes de la gracia estaban cerradas para mí. No disfrutaba de esa felicidad que llega con el cumplimiento de una santa misión; mi pensamiento estaba en otra parte, y las palabras de Clarimonde me volvían a menudo a los labios como un estribillo cantado involuntariamente. ¡Oh, hermano, meditad bien esto! Por haber dirigido una sola vez la mirada a una mujer, por una falta aparentemente tan liviana, he padecido durante años las más miserables perturbaciones: mi vida ha sido trastornada para siempre.

No os entretendré por más tiempo con esas derrotas y victorias interiores seguidas siempre de recaídas más profundas, y pasaré inmediatamente a un acontecimiento decisivo. Una noche llamaron violentamente a mi puerta. La anciana ama de llaves abrió, y un hombre de tez cobriza y ricamente vestido, aunque en una moda extranjera, con un gran puñal, se perfiló a la luz del farol de Bárbara. Su primer impulso fue de horror; pero el hombre la calmó, y le dijo que necesitaba verme enseguida para algo concerniente a mi ministerio. Bárbara le hizo subir. Yo iba a meterme en la cama. El hombre me dijo que su señora, una gran dama, estaba a punto de morir y deseaba un sacerdote. Respondí que estaba a punto para seguirle; cogí lo que necesitaba para la extremaunción y bajé a toda prisa. Junto a la puerta piafaban de impaciencia dos caballos negros como la noche, de cuyo pecho salían oleadas de vapor. Me sujetó el estribo y me ayudó a montar en uno de ellos, después saltó sobre el otro, apoyando solo una mano en la perilla de la silla. Apretó las rodillas y soltó las riendas de su caballo, que partió como una flecha. El mío, cuya brida él sujetaba, se puso también al galope y se mantuvo simétrico al suyo. Devorábamos el camino; la tierra gris estriada desaparecía volando a nuestros pies, y las siluetas negras de los árboles huían como un ejército derrotado. Atravesamos un lúgubre bosque, tan opaco y glacial que sentí un escalofrío de supersticioso terror recorrerme la piel. El brillo de chispas que las herraduras de nuestros caballos arrancaban a las piedras dejaban a nuestro paso una estela de fuego, y si alguien, a esa hora de la noche, nos hubiera visto a mi guía y a mí, nos hubiera tomado por dos espectros a caballo escapados de una pesadilla. Dos fuegos fatuos cruzaban de tanto en tanto el camino, y las chovas piaban lastimosamente en la espesura del bosque, donde brillaban de vez en cuando los ojos fosfóricos de algunos gatos salvajes. La crin de los caballos se desmelenaba cada vez más, el sudor chorreaba por sus flancos, y el aliento les salía ruidoso y agitado por las aletas de la nariz. Pero, cuando los veía desfallecer, el escudero, para reanimarlos, lanzaba un grito gutural que no tenía nada de humano, y la carrera recomenzaba con furia. Por fin el torbellino se paró. Una masa negra punteada por algunos puntos brillantes se erigió súbitamente ante nosotros;

los pasos de nuestras monturas resonaron más ruidosos sobre el suelo de hierro y entramos por una bóveda que abría su orificio sombrío entre dos enormes torres. Una gran agitación reinaba en el castillo; criados con antorchas en la mano cruzaban los patios en todas direcciones, y las luces subían y bajaban de rellano en rellano. Entreví confusamente inmensas estructuras arquitectónicas, columnas, arcadas, escalinatas y pendientes, todo un lujo de construcción regio y mágico. Un paje negro, el mismo que me había dado la tarjeta de Clarimonde, y al que reconocí enseguida, vino para ayudarme a descender del caballo, y un mayordomo, vestido de terciopelo negro con una cadena de oro en el cuello y un bastón de marfil en la mano, avanzó hacia mí. Gruesas lágrimas caían de sus ojos y rodaban por sus mejillas hasta la barba blanca.

—¡Demasiado tarde, señor sacerdote! —dijo moviendo la cabeza—. ¡Demasiado tarde! Pero, si no pudisteis salvar el alma, venid a velar el pobre cuerpo.

Me cogió por el brazo y me condujo a la sala fúnebre. Yo lloraba tanto y tan fuerte como él, pues había comprendido que la muerta no era otra sino Clarimonde, tan y tan locamente amada. Había un reclinatorio junto al lecho; una llama azulada, que revoloteaba sobre una pátera de bronce, iluminaba toda la habitación con una débil e incierta luz, y aquí y allí hacía parpadear en la sombra la arista saliente de un mueble o de una cornisa. Sobre la mesa, en un jarrón grabado, se hallaba una rosa blanca marchita, cuyos pétalos, a excepción de uno que se mantenía todavía, habían caído a los pies del vaso como lágrimas perfumadas; una máscara negra rota, un abanico, disfraces de todo tipo, estaban tirados sobre los sillones y dejaban entender que la muerte había llegado a esa suntuosa residencia de improviso y sin anunciarse. Me arrodillé, sin atreverme a mirar el lecho, y empecé a recitar los salmos con un gran fervor, dando gracias a Dios por haber interpuesto la tumba entre el pensamiento de esa mujer y yo, por poder incluir en mis plegarias su nombre desde ese momento santificado. Pero poco a poco ese impulso se moderó y me perdí en ensueños. Esa habitación no tenía nada de cámara mortuoria. En lugar del aire fétido y cadavérico que estaba acostumbrado a respirar en las veladas fúnebres, un lánguido perfume de esencias orientales, no sé qué amoroso olor de mujer, nadaba suavemente en el tibio ambiente. Ese pálido resplandor se parecía más a una media luz reservada para la voluptuosidad que al reflejo amarillo de la media luz que tiembla junto a los cadáveres. Pensaba en el singular azar que me había hecho reencontrar a Clarimonde en el momento en que la perdía para siempre, y un suspiro de pena se escapó de mi pecho. Me pareció que también habían suspirado a mi espalda, y me giré involuntariamente. Era el eco. A causa de ese movimiento, mis ojos se dirigieron hacia el lecho mortuorio que hasta entonces había evitado. Las cortinas de damasco rojo con dibujos de flores, recogidas con entorchados de oro, dejaban ver a la muerta, acostada y con las manos juntas sobre el pecho. Estaba cubierta por un velo de lino de una blancura deslumbrante, que el púrpura oscuro de la cortina resaltaba aún más, de una finura tal que no escondía en lo más mínimo la forma encantadora de su cuerpo y permitía seguir esas bellas líneas ondulantes como el cuello de un cisne, que ni la muerte había podido poner rígidas. Parecía una estatua de alabastro realizada por un experimentado escultor para la tumba de una reina, o bien una joven dormida sobre la que hubiera nevado.

No podía dominarme más. El ambiente de la alcoba me embriagaba, el olor febril de rosa medio marchita me subía a la cabeza, y empecé a caminar a grandes pasos por la habitación, parándome a cada ángulo de la tarima para observar a la hermosa mujer bajo la transparencia del sudario. Extraños pensamientos me atravesaban el espíritu; me imaginaba que no estaba realmente muerta, y que aquello no era sino un fingimiento empleado para atraerme a su castillo y expresarme su amor. Por un instante, incluso creí haber visto que movía un pie bajo la blancura de los velos, y que se descomponían los pliegues rectos del sudario.

Y me decía: «¿Es realmente Clarimonde? ¿Qué pruebas tengo? Ese paje negro puede haber pasado al servicio de otra mujer. Debo de estar verdaderamente loco para afligirme y turbarme de este modo». Pero mi corazón me contestaba con un latido: «Claro que es ella». Me acerqué al lecho y miré más atentamente todavía el objeto de mi incertidumbre. ¿Os lo confesaré? La perfección de las formas, aunque purificada y santificada por la sombra de la muerte, me turbaba más voluptuosamente de lo que sería normal, y ese reposo se parecía tanto a un sueño que cualquiera podría haberse confundido. Olvidaba que había ido allí para un oficio fúnebre, e imaginaba que era un joven esposo entrando en la habitación de la recién desposada, que esconde su rostro por pudor y no quiere dejarse ver. Roto de dolor, loco de alegría, temblando de miedo y de placer, me incliné sobre ella y cogí el borde del velo; lo levanté lentamente, conteniendo la respiración para no despertarla. Mis arterias palpitaban con tal fuerza que las sentía silbar en las sienes, y mi frente chorreaba de sudor como si hubiera movido una losa de mármol. Era en efecto Clarimonde tal como la había visto en la iglesia el día de mi ordenación; era tan encantadora como entonces, y la muerte parecía en ella una coquetería más. La palidez de sus mejillas, el rosa menos vivo de sus labios, sus largas pestañas unidas y dibujando una línea morena sobre toda esa blancura, le proporcionaban una expresión de castidad melancólica y de sufrimiento pensativo, de un inefable poder de seducción; sus largos cabellos sueltos, entre los que aún había algunas florecillas azules, formaban una almohada para su cabeza y protegían con sus rizos la desnudez de los hombros; sus bellas manos, más perfectas, más diáfanas que una hostia, estaban cruzadas en una actitud de piadoso reposo y de tácita plegaria, y así corregían lo que hubieran podido tener de demasiado seductor, incluso en la muerte, la exquisita redondez y el refinado marfil de sus brazos desnudos, que no habían sido despojados de sus brazaletes de perlas. Permanecí largo tiempo absorto en una muda contemplación, y, cuanto más la miraba, menos podía creer que la vida hubiera abandonado para siempre aquel hermoso cuerpo. No sé si fue una ilusión o un reflejo de la lámpara, pero parecía que la sangre volvía a circular bajo esa palidez mate. Sin embargo, ella se mantenía inmóvil. Toqué ligeramente su brazo; estaba frío, pero no más frío que su mano el día en que había rozado la mía bajo el pórtico de la iglesia. Volví a mi primera posición, inclinando mi rostro sobre el suyo y dejando caer sobre sus mejillas el tibio rocío de mis lágrimas. ¡Oh, qué amargo sentimiento de desesperación y de impotencia! ¡Qué agonía de velatorio! Hubiera querido condensar mi vida en un pedazo para dársela e infundir sobre sus helados restos mortales la llama que me devoraba. La noche avanzaba y, sintiendo que se acercaba el momento de la separación eterna, no pude negarme la triste y suprema dulzura de depositar un beso sobre los labios muertos de la que había poseído todo mi amor. ¡Oh prodigio! Una ligera respiración se confundió con la mía y la boca de Clarimonde respondió a la presión de la mía; sus ojos se abrieron y recobraron un cierto destello, suspiró y, descruzando los brazos, los pasó detrás de mi cuello con un semblante de inefable éxtasis.

—¡Ah, eres tú, Romuald! —dijo en un tono lánguido y suave como las últimas vibraciones de un arpa—. ¿Qué has estado haciendo? Te esperé tanto tiempo que he muerto; pero ahora estamos prometidos, podré verte e ir a tu casa. ¡Adiós, Romuald, adiós! Te amo. Es todo cuanto quería decirte, y te devuelvo la vida que me has insuflado un minuto con tu beso. Hasta pronto.

Su cabeza cayó hacia atrás, pero continuaba rodeándome con sus brazos, como para retenerme. Un torbellino de intenso viento abrió la ventana y entró en la habitación; el último pétalo de la rosa blanca palpitó unos instantes como un ala en la punta del tallo, después se desprendió y escapó por la ventana abierta, llevándose con ella el alma de Clarimonde. La lámpara se apagó y yo caí desvanecido sobre el seno de la bella muerta.

Cuando volví en mí, estaba acostado en mi cama, en mi pequeña habitación de la parroquia, y el viejo perro del anciano cura lamía mi mano, que sobresalía de la manta. Bárbara se movía por la habitación con un temblor senil; abría y cerraba los cajones, o removía los jarabes de los frascos.

Al verme abrir los ojos, la anciana gritó de alegría, el perro ladró y movió la cola; pero me sentía tan débil que no pude articular una palabra ni hacer el más mínimo movimiento. Supe después que había estado tres días así, sin dar otro signo de vida que una respiración casi imperceptible. Esos tres días no cuentan en mi vida, y no sé dónde estuvo mi espíritu durante ese tiempo; no guardo ningún recuerdo. Bárbara me contó que el mismo hombre de tez cobriza que había venido a buscarme durante la noche me había devuelto por la mañana en una litera cerrada y se había marchado inmediatamente. Tan pronto como recobré el sentido, repasé todas las circunstancias de aquella aciaga noche. Primero pensé que había sido el juguete de una ilusión mágica; pero circunstancias reales y palpables destruyeron muy pronto esa suposición. No podía creer que había soñado, puesto que Bárbara había visto como yo al hombre de los dos caballos negros y describía su compostura y porte con exactitud. Sin embargo, nadie conocía en los alrededores la existencia de un castillo que se correspondiera con la descripción de aquel en el que había encontrado a Clarimonde.

Una mañana vi aparecer al padre Sérapion. Bárbara le había comunicado que estaba enfermo, y acudió a toda prisa. Aunque ese apresuramiento demostraba afecto e interés por mi persona, su visita no me complació como hubiera debido hacerlo. El padre Sérapion tenía en la mirada un algo penetrante e inquisidor que me molestaba. Me sentía azorado y culpable en su presencia. Había sido el primero en descubrir mi turbación interior, y yo estaba resentido por su clarividencia.

Mientras se interesaba por mi salud con un tono hipócritamente meloso, clavaba sobre mí sus dos pupilas amarillas de león y sumergía como una sonda su mirada en mi alma. Después me hizo algunas preguntas sobre la forma en que dirigía la parroquia, sobre si me sentía a gusto, a qué dedicaba el tiempo que mi ministerio me dejaba libre, si había entablado amistades con las gentes del lugar, cuáles eran mis lecturas favoritas, y mil otros detalles parecidos. Yo respondía a todo eso con la mayor brevedad posible, y él, sin esperar que hubiera terminado, pasaba a otra cosa. Esa conversación no tenía evidentemente ninguna relación con lo que quería decirme. Así pues, sin preludio alguno, y como si se tratara de una noticia de la que se acordara de pronto y que temiera olvidar enseguida, me dijo con una voz clara y vibrante, que resonó en mis oídos como las trompetas del juicio final:

—La gran cortesana Clarimonde ha muerto recientemente, tras una orgía que duró ocho días y ocho noches. Fue algo infernalmente espléndido. Se repitieron las abominaciones de los festines de Baltasar y de Cleopatra. ¡En qué siglo vivimos, Dios mío! Los comensales fueron servidos por esclavos morenos, que hablaban una lengua desconocida y que debían ser verdaderos demonios; la librea del menos importante hubiera podido servir de vestido de gala a un emperador. Desde siempre han circulado sobre esa Clarimonde historias muy extrañas, y todos sus amantes murieron de una manera miserable o violenta. Se dijo que era un ser sobrenatural, una mujer vampiro; pero yo creo que se trataba de Belcebú en persona.

Se calló y me observó más atentamente que nunca, para ver el efecto que me producían sus palabras. No había podido evitar cambiar el gesto al oír nombrar a Clarimonde, y la noticia de su muerte, además del dolor que me causaba por su extraña coincidencia con la escena nocturna de la que había sido testigo, me sumió en una turbación y un espanto que se reflejaron en mi rostro, aunque hice lo posible para dominarme. Sérapion me dirigió una mirada inquieta y severa. Después me dijo:

—Hijo mío, debo advertiros, tenéis un pie al borde del abismo, procurad no caer en él. Satanás tiene las garras muy largas, y las tumbas son traicioneras. La losa de Clarimonde debería haber sido sellada tres veces; pues, por lo que se dice, no es la primera vez que muere. Que Dios os guarde, Romuald.

Después de decir estas palabras, Sérapion salió lentamente de la habitación, y no volví a verlo, pues se fue a S___ casi inmediatamente.

Yo estaba completamente restablecido y había retomado mis ocupaciones habituales. El recuerdo de Clarimonde y las palabras del padre Sérapion estaban siempre presentes en mi espíritu; sin embargo, ningún acontecimiento extraordinario había confirmado los fúnebres pronósticos de Sérapion y empezaba a creer que sus temores y mis miedos eran muy exagerados; pero una noche tuve un sueño. Apenas había bebido los primeros sorbos del sueño, cuando oí que se abrían las cortinas del dosel de mi cama y se deslizaban las anillas en las barras con un ruido estrepitoso. Me incorporé bruscamente sobre los codos y vi una sombra femenina, de pie, ante mí. Reconocí de inmediato a Clarimonde. Sostenía en la mano una lamparita como esas que se ponen en las tumbas, cuyo resplandor daba a sus dedos delgados una transparencia rosa que se prolongaba, en una degradación casi insensible, hasta la blancura opaca y lechosa de su brazo desnudo. Por toda indumentaria llevaba el sudario de lino que la cubría en su lecho mortuorio, y sujetaba sus pliegues sobre el pecho, como avergonzada de estar casi desnuda, pero su pequeña mano no bastaba, era tan blanca que el color de la ropa se confundía con el de la carne a la pálida luz de la lámpara. Envuelta en ese fino tejido que traicionaba todo el contorno de su cuerpo, se parecía más a la estatua de mármol de una bañista antigua que a una mujer viva. Muerta o viva, estatua o mujer, sombra o cuerpo, su belleza continuaba siendo la misma; únicamente el brillo verde de sus pupilas estaba un poco apagado, y su boca, tan roja antaño, solo tenía un matiz rosa pálido y suave, casi igual al de sus mejillas. Las florecillas azules que había visto en sus cabellos se habían secado por completo y casi habían perdido todos sus pétalos; pero eso no impedía que estuviera encantadora, tan encantadora que, a pesar de la singularidad de la aventura y de la manera inexplicable en que había entrado en la habitación, no sentí miedo ni por un instante.

Puso la lámpara sobre la mesa y se sentó a los pies de mi cama. Después me dijo, inclinándose sobre mí, con una voz argentina y aterciopelada a un tiempo, que solo he conocido en ella:

—Me he hecho esperar, mi querido Romuald, y sin duda debiste creer que te había olvidado. Pero es que vengo de muy lejos, de un lugar del que nadie todavía ha regresado: no hay ni luna ni sol en el país del que vuelvo; solo hay espacio y sombras; no hay ni caminos, ni senderos, ni suelo para los pies, ni aire para las alas, y, sin embargo, heme aquí, pues el amor es más fuerte que la muerte y acabará por vencerla. ¡Ah, cuántos rostros tristes y cuántas cosas terribles he visto en mi viaje! ¡Cuántos sufrimientos una vez devuelta al mundo por el poder de la voluntad, ha padecido mi alma, para reencontrar su cuerpo y gozarlo de nuevo! ¡Cuántos esfuerzos necesité para poder levantar la losa que me cubría! ¡Mira, las palmas de mis manos aún están magulladas! ¡Bésalas para curarlas, amor mío!

Me aproximó, la una después de la otra, las palmas frías de sus manos a la boca. Las besé efectivamente muchas veces, y ella me miraba hacer con una sonrisa de inefable complacencia.

Confieso para mi vergüenza que había olvidado por completo las advertencias del padre Sérapion y el carácter del que estaba revestido. Me había rendido sin resistencia y al primer asalto. Ni tan solo había intentado apartar de mí la tentación; el frescor de la piel de Clarimonde penetraba en la mía, y sentía estremecerse todo mi cuerpo voluptuosamente. ¡Mi pobre niña! A pesar de todo lo que vi, aún me cuesta creer que fuera un demonio; al menos no lo parecía, y nunca Satanás escondió mejor sus garras y sus cuernos. Se había sentado sobre las rodillas y acurrucado en el borde de la cama, en una postura llena de coquetería descuidada. De vez en cuando, pasaba sus manos por mis cabellos y los enrollaba en bucles como para probar nuevos peinados para mi cara. Yo me dejaba hacer con la más culpable complacencia, y ella acompañaba los gestos con la más adorable locuacidad. Una cosa observé, y es que no me sorprendía en absoluto una aventura tan extraordinaria, y admitía fácilmente como normales acontecimientos muy extraños.

—Te amaba mucho antes de haberte visto, querido Romuald, y te buscaba por todas partes. Eras mi ensueño, y te descubrí en la iglesia en el momento fatal. Me dije enseguida: ¡Es él! Te dirigí una mirada en la que puse todo el amor que había sentido, que sentía y que debía sentir por ti, una mirada capaz de condenar a un cardenal, poner de rodillas a mis pies un rey ante toda su corte.

»Permaneciste impasible y preferiste a tu Dios. ¡Ah, qué celosa estoy de Dios, al que has amado y amas aún más que a mí!

»¡Infeliz, infeliz de mí! Jamás tu corazón me pertenecerá únicamente a mí, a mí que he resucitado con tu beso, Clarimonde la muerta que supera por ti las puertas de la tumba y que acaba de consagrarte una vida recuperada para hacerte feliz.

Todas esas palabras se entrecortaban por caricias delirantes, que aturdieron mis sentidos y mi razón hasta tal punto que no temí, para consolarla, proferir una horrorosa blasfemia y decirle que la amaba tanto como a Dios.

Sus pupilas se reavivaron y brillaron como crisopacios.

—¡De verdad, de verdad! ¡Tanto como a Dios! —dijo, rodeándome con sus brazos—. Puesto que es así, vendrás conmigo, me seguirás donde yo quiera. Abandonarás ese ruin hábito negro. Serás el caballero más orgulloso y más envidiado, serás mi amante. Ser el amante reconocido de Clarimonde, que rechazó a un papa, ¡es hermoso! ¡Ah, seremos felices, viviremos una existencia dorada! ¿Cuándo marchamos, hidalgo mío?

—¡Mañana! ¡Mañana! —gritaba en mi delirio.

—De acuerdo, ¡mañana! —prosiguió—. Tendré tiempo de cambiar de vestido, pues este es demasiado sencillo y no sirve para el viaje. También tengo que avisar a mis criados, que me creen realmente muerta y están muy tristes. El dinero, los trajes, los coches, todo estará a punto, vendré a buscarte a esta misma hora. Adiós, corazón mío.

Y rozó mi frente con sus labios. La lámpara se apagó, las cortinas se cerraron y no vi nada más; un sueño de plomo, un sueño sin sueños se apoderó de mí y me mantuvo embotado hasta la mañana siguiente. Me desperté más tarde que de costumbre, y el recuerdo de esa singular aparición me preocupó todo el día. Acabé por persuadirme de que todo había sido producto de mi imaginación calenturienta. Sin embargo, las sensaciones habían sido tan vivas que era difícil creer que no eran reales, y me fui a la cama no sin ciertos temores por lo que podía suceder, después de haber rogado a Dios que alejara de mí los malos pensamientos y protegiera la castidad de mi sueño.

Me dormí enseguida y profundamente, y mi sueño continuó. Se corrieron las cortinas, y vi a Clarimonde, no como la primera vez, pálida en su blanco sudario y con las violetas de la muerte en las mejillas, sino alegre, decidida y saludable, con un espléndido traje de viaje en terciopelo verde, adornado con botones de oro y recogido hacia los lados para dejar ver una falda de satén. Sus rubios cabellos se escapaban en grandes rizos de un amplio sombrero de fieltro negro, adornado con plumas blancas distribuidas caprichosamente. Sujetaba con la mano una pequeña fusta rematada en oro, con la que me tocó suavemente mientras me decía:

—¡Y bien, guapo durmiente! ¿Es así como haces los preparativos? Esperaba encontrarte levantado. Levántate enseguida; no tenemos tiempo que perder.

Salté de la cama.

—Vamos, ¡vístete y marchemos! —dijo, señalándome un pequeño paquete que había traído—. Los caballos se aburren y tascan el freno en la puerta. Deberíamos estar ya a diez leguas de aquí.

Me vestí rápidamente. Ella me tendía la ropa, riéndose a carcajadas de mi torpeza e indicándome cómo debía hacerlo cuando me equivocaba. Me peinó y, cuando hubo acabado, me tendió un espejo de bolsillo de cristal de Venecia con filigranas de plata, y me dijo:

—¿Cómo te ves? ¿Quieres emplearme como ayuda de cámara?

No era el mismo, y no me reconocí. Era tan diferente a mi anterior yo como lo es una escultura acabada de un bloque de piedra. Mi antiguo rostro no parecía ser sino el torpe esbozo del que el espejo ahora reflejaba. Era guapo, y mi vanidad sentía una muy agradable sensación con esa metamorfosis. Aquellas elegantes ropas, el traje ricamente bordado, me convertían en una persona diferente, y admiré el poder que tenían unas varas de tela cortadas con estilo. La condición de mi traje me penetraba la piel, y al cabo de diez minutos ya era un poco fatuo.

Di unas cuantas vueltas por la habitación para sentirme cómodo. Clarimonde me miraba con un semblante de maternal complacencia y parecía muy contenta con su obra.

—Ya está bien de chiquilladas, ¡en marcha, querido Romuald! Vamos muy lejos y, si nos entretenemos, no llegaremos nunca.

Me cogió de la mano y me llevó con ella. Todas las puertas se abrían a su paso tan pronto como las tocaba, y pasamos junto al perro sin despertarlo.

En la puerta encontramos a Margheritone. Era el escudero que me había guiado la primera vez; sujetaba la brida de tres caballos negros como los primeros, uno para mí, otro para él, otro para Clarimonde. Esos caballos debían de ser berberiscos de España, nacidos de yeguas fecundadas por el céfiro, pues corrían tanto como el viento, y la luna, que había salido a nuestra partida como para iluminarnos, rodaba por el cielo cual una rueda desatada de su carro; la veíamos a nuestra derecha saltando de árbol en árbol y perdiendo el aliento por correr tras nosotros. Llegamos pronto a una llanura, donde, cerca de un bosquecillo, nos esperaba un coche con cuatro vigorosas bestias. Subimos, y el postillón las puso a galopar de una manera insensata. Mi brazo rodeaba la cintura de Clarimonde y una de sus manos estrechaba la mía; ella apoyaba la cabeza en mi hombro, y sentía su pecho medio desnudo rozar mi brazo. Nunca había experimentado un placer tan vivo. En aquel momento lo había olvidado todo, y no recordaba mejor haber sido sacerdote que lo que recordaba haber hecho en el vientre de mi madre; tal era la fascinación que el espíritu maligno ejercía sobre mí. A partir de esa noche, mi naturaleza, en cierta manera, se desdobló, y hubo en mí dos hombres que no se conocían el uno al otro. A veces creía ser un sacerdote que soñaba cada noche ser un caballero, y a veces creía ser un caballero que soñaba que era sacerdote. Ya no podía distinguir el sueño de la vigilia, y no sabía dónde empezaba la realidad ni dónde acababa la ilusión. El joven caballero fatuo y libertino se burlaba del sacerdote; el sacerdote detestaba las corrupciones del joven caballero. Dos espirales encabestradas una en la otra y unidas sin tocarse jamás representaban a la perfección esa vida bicéfala que llevaba.

A pesar de lo extraño de esa posición, no creo haber rozado la locura ni un solo instante. Siempre mantuve muy netamente distintas las percepciones de mis dos existencias. Solo había un hecho absurdo que no me podía explicar: era el sentimiento de que un mismo ego existiera en dos hombres tan diferentes. Era una anomalía de la que no era consciente, ya fuera que creyera ser el sacerdote del pueblecito de C___ o *il signor Romualdo*, amante titular de Clarimonde.

Lo cierto es que me encontraba, o creía encontrarme, en Venecia. Aún no he podido distinguir lo que había de ilusión y de realidad en esa extraña aventura. Vivíamos en un gran palacio de mármol en el Canaleio, adornado con frescos y estatuas, con dos Ticianos de la mejor época en el dormitorio de Clarimonde, un palacio digno de un rey. Teníamos cada uno una góndola y un barquero con nuestro escudo, teníamos nuestra sala de música y nuestro poeta. Clarimonde entendía la vida a lo grande, y tenía algo de Cleopatra en su manera de ser. Por lo que a mí respecta, llevaba un tren de vida digno del hijo de un príncipe, y me pavoneaba como si fuera de la familia de uno de los doce apóstoles o de los cuatro evangelistas de la serenísima república. No hubiera cedido el paso ni al mismísimo dux, y no creo que, desde que Satanás cayera del cielo, existiera nadie más orgulloso e insolente que yo. Iba al Ridotto, y jugaba de manera endiablada. Me codeaba con la alta sociedad mundana, hijos de familias arruinadas, actrices, estafadores, parásitos y espadachines. Sin embargo, a pesar de la corrupción de esa vida, permanecí fiel a Clarimonde. La amaba locamente. Ella habría espabilado a la mismísima saciedad y había vuelto inalterable la inconstancia. Poseer a Clarimonde era como tener mil amantes, era como poseer a todas las mujeres, pues era cambiante, mudable y diferente de ella misma. ¡Un verdadero camaleón! Me hacía cometer con ella la infidelidad que hubiera cometido con otras, adoptando el carácter, el aspecto y la belleza de la mujer que parecía gustarme. Me devolvía mi amor centuplicado, y fue en vano que los jóvenes patricios e incluso los ancianos del Consejo de los Diez le hicieran magníficas proposiciones. Hasta un Foscari llegó a proponerle matrimonio. Lo rechazó todo. Tenía riquezas suficientes; únicamente quería amor, un amor joven, puro, nacido para ella, y que debía ser el primero y el último. Yo hubiera sido completamente feliz, a no ser por una condenada pesadilla que tenía cada noche, en la que me creía un cura de pueblo que se mortificaba y hacía penitencia por mis excesos del día. Tranquilizado por la costumbre de estar con ella, ya casi no pensaba en la extraña forma en que había conocido a Clarimonde. Sin embargo, lo que había dicho el padre Sérapion me venía algunas veces a la memoria y no dejaba de inquietarme.

Desde hacía algún tiempo la salud de Clarimonde no era muy buena; su tez se apagaba día a día. Los médicos que hice acudir no entendieron nada de su enfermedad, y no supieron qué hacer. Prescribieron algunas medicinas insustanciales y no regresaron. Sin embargo, ella palidecía a ojos vistas y cada vez estaba más fría. Estaba casi tan blanca y tan muerta como la famosa noche en el castillo desconocido. Me afligía ver cómo languidecía lentamente. Conmovida por mi dolor, me sonreía dulce y tristemente, con la sonrisa fatal de los que saben que van a morir.

Una mañana, tomaba el desayuno sentado en una mesita junto a su cama para no separarme de ella ni un minuto. Al cortar la fruta, me hice por casualidad un corte bastante profundo en el dedo. La sangre corrió enseguida en hilillos color púrpura, y algunas gotas cayeron sobre Clarimonde. Sus ojos se iluminaron, su fisonomía adquirió una expresión de gozo feroz y salvaje que no le había visto nunca antes. Saltó de la cama con una agilidad animal, una agilidad de mono o de gato, y se precipitó sobre mi herida, que empezó a chupar con un semblante de inexpresable voluptuosidad. Tragaba la sangre a pequeños sorbos, lenta y amaneradamente, como un gourmet que saborea un vino de Jerez o de Siracusa; entrecerraba los ojos, y sus pupilas verdes, en vez de redondas, se habían alargado. De vez en cuando, paraba para besarme la mano, después volvía a apretar con sus labios los labios de la herida para sacar todavía algunas gotas rojas. Cuando vio que no salía más sangre, se levantó con una mirada húmeda y brillante, más rosada que una aurora de mayo, el rostro feliz, las manos tibias, incluso sudorosas, en fin, más bella que nunca y en perfecto estado de salud.

—¡No moriré! ¡No moriré! —decía loca de alegría y colgándose a mi cuello—. Podré amarte aún mucho tiempo. Mi vida está en la tuya, y todo mi yo emana de ti. Unas gotas de tu rica y noble sangre, más valiosa y eficaz que todos los elixires del mundo, me han devuelto la vida.

Esa escena me preocupó largo tiempo y me inspiró extrañas dudas respecto a Clarimonde, y aquella misma noche, cuando el sueño me devolvió a mi parroquia, vi al padre Sérapion más grave y preocupado que nunca. Me miró atentamente y me dijo:

—No contento con perder vuestra alma, queréis también perder vuestro cuerpo. ¡Desgraciado muchacho, en qué trampa habéis caído!

El tono en que me dijo esas pocas palabras me afectó profundamente; pero, a pesar de su viveza, esa impresión se disipó muy pronto, y mil otras solicitudes acabaron por borrarla de mi espíritu. Sin embargo, una noche vi en mi espejo, cuya pérfida posición Clarimonde no había observado, cómo ella vertía unos polvos en la copa de vino que tenía por costumbre preparar después de la comida. Cogí la copa y fingí llevármela a los labios; luego la coloqué sobre un mueble, como para acabarla más tarde con toda tranquilidad, y, aprovechando un instante en que la hermosa estaba de espaldas, derramé el contenido sobre la mesa. Después me retiré a mi habitación y me acosté, decidido a no dormirme y ver qué pasaba. No esperé mucho. Clarimonde entró en camisón y, después de desprenderse de sus velos, se estiró en la cama junto a mí. Cuando se hubo asegurado de que dormía, dejó al descubierto mi brazo y sacó un alfiler de oro de sus cabellos. Después murmuró en voz baja:

—¡Una gota, solo una gotita roja, un rubí en la punta de mi aguja…! Puesto que todavía me amas, es preciso que no muera… ¡Ah, pobre amor, voy a beber tu hermosa sangre, de un color púrpura tan brillante! ¡La beberé! Duerme, mi único bien; duerme, mi dios, mi niño. No te haré daño; solo cogeré de tu vida lo imprescindible para que la mía no se apague. Si no te amara tanto, podría decidirme a tener otros amantes cuyas venas secaría; pero desde que te conozco, todo el mundo me horroriza… ¡Ah, qué brazo tan bello, tan redondeado, tan blanco! No me atreveré nunca a pinchar esa bonita vena azul.

Y, al decir esto, lloraba, y yo sentía caer sus lágrimas sobre mi brazo, que tenía entre sus manos. Finalmente se decidió, me pinchó con su aguja y empezó a chupar la sangre que se derramaba. Aunque apenas había bebido algunas gotas, tuvo miedo de agotarme, y me colocó cuidadosamente un apósito, después de haber friccionado la herida con un ungüento que la cicatrizó de inmediato.

Ya no cabían dudas, el padre Sérapion tenía razón. Sin embargo, a pesar de la certeza, no podía dejar de amar a Clarimonde, y le hubiera dado gustoso toda la sangre que necesitaba para mantener su existencia ficticia. Por otra parte, no tenía miedo. La mujer me respondía del vampiro, y lo que había oído y visto me tranquilizaba por completo; tenía yo entonces unas venas fértiles que no se habrían agotado con facilidad, y no regateaba mi vida gota a gota. Yo mismo me habría abierto el brazo y le habría dicho:

—¡Bebe, y que mi amor se cuele en tu cuerpo con mi sangre!

Evitaba hacer la más mínima alusión al narcótico que me había dado y a la escena de la aguja, y vivíamos en perfecta armonía. Sin embargo, mis escrúpulos de sacerdote me atormentaban más que nunca, y ya no sabía qué nueva maceración inventar para meter en cintura y mortificar mi carne. Aunque todas esas visiones fueran involuntarias y sin la menor participación por mi parte, no osaba tocar a Cristo con unas manos tan impuras y un espíritu manchado por semejantes excesos reales o soñados. Para evitar caer en esas fatigosas alucinaciones, intentaba no dormir, me mantenía los párpados abiertos con los dedos, y permanecía de pie apoyado en la pared, luchando con todas mis fuerzas contra el sueño. Pero la arena de la somnolencia me cerraba muy pronto los ojos y, al ver que mi lucha era inútil, dejaba caer los brazos, cansado y desalentado, y el curso de las cosas me arrastraba hacia la pérfida orilla. Sérapion me hacía las más vehementes exhortaciones, y me reprochaba severamente mi desidia y mi falta de fervor. Un día que yo estaba más excitado que de costumbre, me dijo:

—Solo hay una manera de quitaros esa obsesión y, aunque es muy violenta, es preciso usarla: a grandes males, grandes remedios. Sé dónde fue enterrada Clarimonde. La desenterraremos y veréis en qué lastimoso estado se encuentra el objeto de vuestro amor; entonces ya no permitiréis ser tentado por un cadáver inmundo devorado por gusanos y a punto de convertirse en polvo. Eso os hará entrar en razón.

Por lo que a mí respecta, estaba tan cansado de esa doble vida, que acepté: deseaba saber de una vez por todas quién —el cura o el caballero— era víctima de una ilusión, estaba decidido a acabar con uno u otro o incluso con los dos hombres que vivían en mí, pues una vida como aquella no podía continuar. El padre Sérapion se armó de un pico, una palanca y una linterna, y a medianoche nos dirigimos al cementerio de S___, cuya disposición conocía perfectamente. Tras haber iluminado con la linterna sorda las inscripciones de varias tumbas, llegamos por fin ante una piedra medio escondida por grandes hierbas y devorada por el musgo y plantas parásitas, donde desciframos este inicio de inscripción:

Aquí yace Clarimonde,
que fue mientras vivió
la más bella del mundo.

—Es aquí —dijo Sérapion, y, dejando en el suelo su linterna, deslizó la palanca por el intersticio de la piedra y empezó a levantarla.

La piedra cedió, y entonces se puso a la obra con el pico. Yo le miraba hacer, más oscuro y silencioso que la noche misma; mientras él, encorvado sobre su fúnebre trabajo, chorreaba sudor, jadeaba, y su respiración entrecortada parecía el estertor de un agonizante. Era un espectáculo extraño y, si alguien nos hubiera visto desde fuera, nos hubiera tomado por profanadores y ladrones de sudarios, y no por sacerdotes del Señor. El celo de Sérapion tenía algo de duro y de salvaje que le hacía parecer más un demonio que un apóstol o un ángel, y su rostro de rasgos austeros, nítidamente perfilados por el reflejo de la linterna, no tenía nada de tranquilizador. Yo sentía mis miembros perlarse de un sudor glacial, y los cabellos se me erizaban dolorosamente; en lo más profundo de mí mismo, veía la acción del severo Sérapion como un abominable sacrilegio, y hubiera querido que del flanco de las sombrías nubes que avanzaban pesadamente sobre nosotros saliera un triángulo de fuego que le redujera a polvo. Los búhos encaramados en los cipreses, inquietos por el brillo de la linterna, venían a azotar pesadamente sus cristales con sus alas polvorientas y gemían lastimosos; los zorros aullaban a lo lejos, y mil ruidos siniestros germinaban en el silencio. Finalmente el pico de Sérapion tropezó con el ataúd, cuyas tablas resonaron con un ruido sordo y sonoro, ese terrible ruido que produce la nada cuando se la toca. Volcó la tapa, y vi a Clarimonde, pálida como el mármol, con las manos unidas; su blanco sudario formaba un único pliegue de la cabeza a los pies. Una gotita roja brillaba como una rosa en la comisura de su boca descolorida. Al verla, Sérapion se enfureció:

—¡Ah, aquí estás, demonio, cortesana impúdica, bebedora de sangre y de oro!

Y roció con agua bendita el cuerpo y el ataúd, sobre el que dibujó la señal de la cruz con su hisopo.

Tan pronto como el santo rocío tocó a la pobre Clarimonde, su bello cuerpo se convirtió en polvo; ya no fue sino una mezcolanza horrorosamente deforme de cenizas y huesos medio calcinados.

—He aquí a vuestra amante, señor Romuald —dijo el inexorable sacerdote, mostrándome los tristes restos mortales—. ¿Aún queréis ir a pasear al Lido y a Fusine con esta belleza?

Bajé la cabeza, sentía una profunda pérdida en mi interior. Volví a mi parroquia, y el caballero Romuald, amante de Clarimonde, se despidió del pobre cura, a quien durante tanto tiempo había estado tan extrañamente unido. Únicamente, a la noche siguiente, vi a Clarimonde. Me dijo, como la primera vez en el pórtico de la iglesia:

—¡Infeliz, infeliz! ¿Qué has hecho? ¿Por qué has escuchado a ese cura imbécil? ¿No eras feliz? ¿Y qué te había hecho yo, para que violaras mi pobre tumba y pusieras al desnudo las miserias de mi nada? Desde ahora se ha roto para siempre cualquier comunicación entre nuestras almas y nuestros cuerpos. Adiós, me echarás de menos.

Se disipó en el aire como el humo y no la he vuelto a ver.

Desgraciadamente, tenía razón: la he echado de menos más de una vez y aún la echo de menos. La paz de mi alma fue pagada a un precio muy caro; el amor de Dios no bastaba para sustituir el suyo. He aquí, hermano, la historia de mi juventud. No miréis nunca a una mujer, y caminad siempre con los ojos fijos en el suelo, pues, por más casto y prudente que seáis, un solo minuto basta para haceros perder la eternidad.

VI[1]

Nikolái V. Gógol

1. Vi es una creación colosal de la imaginación popular. Los ucranianos designan con ese nombre al jefe de los gnomos, cuyos párpados llegan hasta el suelo. Todo este relato es una leyenda popular. No he querido cambiar nada y la refiero casi con la misma sencillez con que la oí contar. *(N. del A.)*

En cuanto la campana del seminario, suspendida de la puerta del monasterio de Bratski, en la ciudad de Kiev, desgranaba al amanecer sus sonoros tañidos, de todos los rincones de la ciudad acudían tropeles de escolares y seminaristas. Gramáticos, retóricos, filósofos y teólogos se dirigían a clase con cuadernos debajo del brazo. Los gramáticos eran aún de muy corta edad; por el camino se empujaban unos a otros y se insultaban con voces atipladas; casi todos vestían ropas andrajosas o sucias y sus bolsillos estaban siempre llenos de porquerías de todo tipo, a saber, tabas, silbatos fabricados con plumas, restos de empanada y a veces incluso pequeños gorriones, cuyo repentino piar en medio del insólito silencio de la clase valía a su propietario unos buenos reglazos en ambas manos y a veces unos azotes con una vara de cerezo. Los retóricos marchaban con mayor gravedad: por lo común sus vestidos estaban completamente inmaculados, pero en cambio siempre lucían en la cara algún adorno a modo de tropo retórico: bien un ojo morado o una ampolla que ocupaba todo el labio o cualquier otra marca distintiva. Conversaban y blasfemaban con voz de tenor. Los filósofos hablaban en una octava más baja y solo llevaban en los bolsillos tabaco fuerte. Nunca guardaban provisiones y se comían en el acto cuanto caía en sus manos; el olor a pipa y a aguardiente que desprendían era a veces tan intenso que cuando un artesano pasaba a su lado se detenía largo rato y olfateaba el aire como un perro rastreador.

Por lo general, a esa temprana hora el mercado apenas acababa de abrir, y las vendedoras de roscas, panecillos, pepitas de sandía y tortas de semillas de amapola se agarraban de los faldones de aquellos estudiantes que lucían trajes de paño fino o de cualquier tela de algodón.

—¡Señoritos! ¡Señoritos! ¡Aquí! ¡Aquí! —decían por todas partes—. ¡Mirad qué roscas, qué tortas, qué trenzas, qué pasteles! ¡Ah, qué buenos! ¡Están hechos con miel! ¡Yo misma los he preparado!

Otra, levantando un dulce de pasta en forma de lazo, gritaba:

—¡Mirad qué golosina! ¡Compradla, señores!

—No le compréis nada a esa. Fijaos que pinta tan repugnante: tiene la nariz manchada y las manos sucias…

Pero las vendedoras no se atrevían a importunar a los filósofos y los teólogos, porque sabían que, aunque se servían a manos llenas, solo querían probar la mercancía.

Una vez en el seminario, todo ese tropel se distribuía por las distintas aulas, habilitadas en piezas espaciosas de techo bajo, con pequeñas ventanas, anchas puertas y bancos llenos de manchas. La clase se llenaba de pronto del zumbido de las distintas voces: los auditores tomaban la lección a los alumnos. La voz aguda de un gramático retumbaba en los cristales de las pequeñas ventanas, que le respondían casi con idéntico timbre; en un rincón zumbaba la voz de bajo de un retórico, cuya boca y gruesos labios, al menos, le hacían digno de pertenecer a la filosofía; de lejos ese zumbido se percibía como un bu, bu, bu, bu… Mientras tomaban la lección, los auditores miraban de reojo debajo de los bancos, donde del bolsillo de alguno de los estudiantes encomendados a su tutela asomaba un panecillo, una empanadilla o pepitas de calabaza.

Cuando toda esa docta procesión llegaba un poco antes o cuando sabía que los profesores se presentarían algo más tarde que de costumbre, organizaba de común acuerdo una batalla en la que todo el mundo debía tomar parte, hasta los censores, encargados de velar por el orden y las buenas costumbres de toda aquella población escolar. Por lo común, dos teólogos determinaban los términos del combate: si cada clase debía batirse con las demás o si todos tenían que dividirse en dos bandos: escolares y seminaristas. En cualquier caso, los gramáticos eran los primeros en empezar, pero en cuanto los retóricos entraban en liza se retiraban y tomaban posiciones en lugares elevados para contemplar el combate. Luego llegaba el turno de los filósofos de largos bigotes negros y por último el de los teólogos, con sus tremendos pantalones bombachos y sus anchísimos cuellos. Por lo general todo terminaba con la victoria de los teólogos, mientras los filósofos, rascándose los costados, se refugiaban en las clases y se desplomaban en los bancos para descansar. Al entrar el profesor, que en sus buenos tiempos también había participado en refriegas semejantes, no tardaba en adivinar, por los rostros acalorados de sus alumnos, que la pelea había sido encarnizada y, al tiempo que propinaba varazos en los dedos de los retóricos, en otra clase otro profesor prodigaba palmetazos en las manos de los filósofos. A los teólogos, por su parte, se los trataba de una manera muy diferente: cada uno de ellos recibía lo que los profesores llamaban «una medida de garbanzos», es decir, unos cuantos azotes.

En los días solemnes y festivos, escolares y seminaristas recorrían las casas acomodadas montando espectáculos de marionetas. A veces representaban una comedia, y en tales casos siempre se destacaba algún teólogo, casi tan alto como el campanario de Kiev, que interpretaba el papel de Herodías o de Pentefría, la esposa de un cortesano egipcio. Como recompensa se les ofrecía una pieza de tela, un saco de mijo, medio ganso asado o algo por el estilo.

Toda esa docta gente, tanto escolares como seminaristas, divididos por una animadversión hereditaria, padecía de una escasez de medios asombrosa, así como de una voracidad sin igual; en consecuencia, no había manera de calcular el número de *galushkas* que cada uno de ellos engullía en la cena; por ello, los donativos voluntarios de los propietarios ricos nunca eran suficientes. Entonces el senado, compuesto de filósofos y teólogos, enviaba a gramáticos y retóricos, bajo la tutela de un filósofo —que a veces se unía a las operaciones—, a que llenaran sus sacos en huertos de los alrededores. En esas ocasiones, en el pensionado se preparaba un puré de calabaza. Los senadores, por su parte, se daban tal atracón de melones y sandías que al día siguiente recitaban ante los auditores dos lecciones en lugar de una: la primera la pronunciaban sus labios, la segunda salía de sus estómagos en forma de gruñido. Tanto escolares como seminaristas llevaban unas levitas largas que se extendían «hasta nuestros días», término técnico que significaba «más allá de los talones».

El acontecimiento más solemne para los seminaristas eran las vacaciones, que comenzaban en el mes de junio, época en que los estudiantes solían regresar a sus hogares. Entonces el camino real se llenaba de gramáticos, filósofos y teólogos. El que no tenía lugar al que ir, se dirigía a casa de algún compañero. Los filósofos y los teólogos daban clases a los hijos de personas acomodadas y recibían a cambio unas botas nuevas y a veces dinero para comprarse una levita. Todo ese tropel se desplazaba como una especie de campamento, preparaba la comida en el campo y dormía al raso. Cada uno de ellos llevaba consigo un saco con una camisa y un par de vendas de paño. Los teólogos se mostraban especialmente cuidadosos y precavidos: para no gastar las botas, cuando había barro se las quitaban, las colgaban de un palo y las llevaban al hombro; en tales ocasiones, se remangaban los pantalones bombachos hasta las rodillas y chapoteaban sin miedo en los charcos. En cuanto divisaban un caserío, abandonaban el camino real, se acercaban a la *jata* de mejor aspecto, se alineaban delante de las ventanas y entonaban con todas sus fuerzas un cántico. El dueño de la *jata*, algún viejo labrador cosaco, les escuchaba un buen rato, con la cabeza apoyada en las dos manos, luego sollozaba con amargura y se volvía hacia su esposa.

—¡Mujer! Lo que cantan estos estudiantes debe de ser muy juicioso. Dales un poco de tocino y alguna otra cosa.

Y toda una fuente de empanadillas acababa en el saco, junto con un buen trozo de tocino, algunos panecillos y a veces una gallina con las patas atadas. Tras reponer fuerzas con esas provisiones, los gramáticos, los retóricos, los filósofos y los teólogos se ponían de nuevo en camino. No obstante, cuanto más avanzaban, más disminuía su número. Casi todos habían llegado ya a sus casas y solo quedaban aquellos cuyos hogares paternos estaban más alejados.

Una vez, durante un viaje de ese tipo, tres estudiantes abandonaron el camino real para abastecerse de provisiones en el primer caserío que encontraran, pues sus sacos llevaban mucho tiempo vacíos. Eran el teólogo Jaliava, el filósofo Jomá Brut y el retórico Tiberi Gorobets.

El teólogo era un hombre alto, ancho de hombros y tenía la costumbre bastante singular de robar cuanto caía en sus manos. En otros momentos tenía un humor bastante sombrío; cuando se emborrachaba se ocultaba entre los matorrales y a los seminaristas les costaba bastante trabajo encontrarlo.

El filósofo Jomá Brut era de natural alegre. Le gustaba mucho tumbarse y fumar en pipa. Cuando bebía, nunca dejaba de contratar músicos y de bailar el *trepak*. Había probado más de una vez «la medida de garbanzos», pero lo aceptaba con filosófica indiferencia: «No hay manera de escapar a lo inevitable», decía.

El retórico Tiberi Gorobets aún no tenía derecho a llevar bigote, a beber aguardiente y a fumar en pipa. Lucía en la cabeza un solo mechón, señal de que su carácter aún estaba poco desarrollado. No obstante, los grandes chichones en la frente con los que solía aparecer en clase dejaban entrever que acabaría convirtiéndose en un gran guerrero. El teólogo Jaliava y el filósofo Jomá le tiraban con frecuencia del mechón para testimoniarle su protección y se servían de él en calidad de mandadero.

Caía ya la tarde cuando se apartaron del camino real. El sol acababa de ponerse, pero el aire seguía conservando la tibieza del día. El teólogo y el filósofo caminaban en silencio, con la pipa entre los dientes. El retórico Tiberi Gorobets arrancaba con un palo las cabezas de las matas de bardana que crecían en los márgenes del camino, que discurría entre prados en los que despuntaban grupos dispersos de robles y avellanos. Las lomas y las pequeñas colinas, verdes y redondas como cúpulas, interrumpían a veces la monotonía de la llanura. La aparición de dos campos de trigo con las espigas maduras parecía anunciar la proximidad de alguna aldea. Pero hacía más de una hora que los habían dejado atrás y seguían sin divisar ninguna vivienda. Las tinieblas se habían adueñado ya del cielo; solo a occidente palidecía un último resplandor rojizo.

—¡Qué diablos! —dijo el filósofo Jomá Brut—. Tenía la impresión de que estábamos a punto de llegar a un caserío.

Sin pronunciar palabra, el teólogo contempló los alrededores; luego volvió a llevarse la pipa a la boca, y los tres siguieron caminando.

—¡A fe mía que no se ve ni el puño del diablo! —exclamó el filósofo, deteniéndose de nuevo.

—Puede que dentro de un rato lleguemos a alguna aldea —dijo el teólogo, sin quitarse la pipa de los labios.

Pero entretanto ya había caído la noche, una noche bastante sombría. Unas nubes ligeras aumentaban la oscuridad y, a juzgar por las apariencias, no cabía esperar la aparición de la luna ni de las estrellas. Los estudiantes se dieron cuenta de que se habían extraviado y de que desde hacía un buen rato no seguían el camino.

El filósofo, después de tantear con el pie a derecha e izquierda, dijo con voz entrecortada:

—Pero ¿dónde está el camino?

El teólogo guardó silencio y, al cabo de unos instantes de reflexión, comentó:

—Sí, una noche bastante sombría.

El retórico se alejó unos pasos y se puso a buscar el camino a gatas, pero sus manos solo se topaban con madrigueras de zorros. La estepa se extendía sin interrupción a un lado y a otro, y daba la impresión que por allí no había pasado nunca nadie. Los viajeros hicieron un esfuerzo y siguieron adelante, pero por todas partes se encontraron con el mismo cuadro desolado. El filósofo probó a gritar con todas sus fuerzas, pero su voz se perdió en el aire sin respuesta. Solo se oyó, algo más allá, un débil gemido, semejante a un aullido de lobo.

—Bueno, ¿qué hacemos? —preguntó el filósofo.

—¿Qué quieres que hagamos? Quedarnos aquí y pasar la noche al raso —respondió el teólogo, y metió la mano en el bolsillo para coger el eslabón y encender de nuevo su pipa.

Pero el filósofo no podía estar de acuerdo con esa proposición. Tenía por costumbre engullir todas las noches medio *pud* de pan y unas cuatro libras de tocino y en esos momentos sentía en su estómago un vacío insoportable. Además, a pesar de su carácter alegre, al filósofo le daban algo de miedo los lobos.

—No, Jaliava, de ninguna de las maneras —dijo—. ¿Cómo vamos a tumbarnos como perros, sin habernos llevado nada a la boca? Probemos un poco más; quizá encontremos alguna vivienda y tengamos la fortuna de beber al menos una copita de aguardiente antes de dormir.

Al oír la palabra «aguardiente», el teólogo escupió a un lado y comentó:

—Así es. No podemos pasar la noche a la intemperie.

Los estudiantes retomaron la marcha y, para gran regocijo de los tres, al poco rato creyeron oír un ladrido lejano. Tras cerciorarse del lado del que venía, se dirigieron en esa dirección, ya más animados, y no tardaron en divisar una lucecilla.

—¡Una aldea! ¡A fe mía que es una aldea! —dijo el filósofo.

Sus conjeturas resultaron ciertas. Al cabo de unos instantes, vieron un pequeño caserío, compuesto solo de dos *jatas* que daban a un mismo patio. Las ventanas estaban iluminadas. Una decena de ciruelos sobresalía por encima de la cerca. Mirando por las rendijas del portón, los seminaristas vieron que el patio estaba lleno de carros de arrieros. En ese momento surgieron en el cielo algunas estrellas.

—¡Adelante, muchachos! ¡Tenemos que conseguir albergue cueste lo que cueste!

Los tres doctos varones, todos a una, golpearon el portón y gritaron:

—¡Abrid!

La puerta de una *jata* chirrió y al cabo de un minuto los estudiantes vieron ante sí a una vieja con una pelliza de piel de cordero.

—¿Quién va? —gritó, con tos sorda.

—Déjanos pasar aquí la noche, abuelita. Nos hemos perdido. Y en el campo se siente uno tan mal como cuando tiene el estómago vacío.

—¿Quiénes sois?

—Gente de paz: el teólogo Jaliava, el filósofo Brut y el retórico Gorobets.

—No puedo —gruñó la vieja—. Tengo el patio lleno de gente y todos los rincones de la *jata* ocupados. ¿Dónde voy a meteros? ¡Además, sois unos mozos grandes y fuertes! ¡Si os meto dentro, la *jata* se vendrá abajo! Conozco a esos filósofos y teólogos. Si dejara entrar a borrachos de esa calaña, pronto no quedaría ni el patio. ¡Marchaos! ¡Marchaos! No tengo sitio para vosotros.

—¡Compadécete de nosotros, abuela! ¿Cómo vas a permitir que perezcan sin motivo unos cristianos? Alójanos donde quieras. Y si hacemos algo malo, que nuestras manos se sequen y nos suceda Dios sabe qué. ¡Palabra!

Al parecer, la vieja se ablandó.

—Está bien —dijo con aire meditabundo—. Os dejaré entrar. Pero os pondré en lugares diferentes. No dormiría tranquila sabiendo que estáis juntos.

—Como quieras. No tenemos nada que objetar —respondieron los seminaristas.

El portón chirrió y los tres caminantes entraron en el patio.

—Bueno, abuela —dijo el filósofo que iba tras ella—, qué te parece si, como suele decirse… Siento como si unas ruedas rodaran por mi estómago, palabra. Desde esta mañana no me he llevado nada a la boca.

—¡Mira lo que quiere! —dijo la vieja—. No tengo nada que ofreceros. No he encendido la lumbre en todo el día.

—Nosotros te habríamos pagado mañana como corresponde, en dinero contante y sonante —prosiguió el filósofo, y añadió en voz baja—. Que te crees tú que ibas a ver un céntimo.

—¡Vamos, vamos! Y contentaos con lo que os ofrecen. ¡No son delicados ni nada estos señoritos que me ha traído el diablo!

Al oír esas palabras, el filósofo Jomá cayó en un estado de completo abatimiento. Pero de pronto su nariz percibió un olor a pescado salado. Echó un vistazo a los pantalones del teólogo, que iba a su lado, y vio que de su bolsillo asomaba una enorme cola. Su compañero ya había tenido tiempo de sustraer de un carro una carpa entera. Y como era un hurto desinteresado, cometido por simple costumbre, se había olvidado de él y miraba a uno y otro lado para ver si podía robar alguna otra cosa, aunque fuera una rueda rota; en consecuencia, el filósofo Jomá pudo meter la mano en el bolsillo del teólogo como en el suyo propio y sacar la carpa.

La vieja asignó un lugar a cada uno de los estudiantes: al retórico lo metió en la *jata*, al teólogo lo encerró en un cuartucho vacío y al filósofo lo condujo a un establo igualmente vacío.

Una vez solo, el filósofo se comió la carpa en un abrir y cerrar de ojos, recorrió con la mirada las paredes, le pegó una patada a un cerdo curioso que asomaba el hocico desde un recinto contiguo y, tumbándose del otro lado, se dispuso a dormir el sueño de los justos. Pero en ese momento la portezuela se abrió y la vieja, agachándose, entró en el establo.

—¿Qué quieres, abuela? —dijo el filósofo.

Pero la vieja fue directamente hacia él con los brazos abiertos.

«¡Vaya! —pensó el filósofo—. ¡Pero no, palomita. Eres demasiado vieja!»

Retrocedió unos pasos, pero la vieja volvió a acercarse sin el menor recato.

—Escucha, abuela —dijo el filósofo—, estamos en cuaresma y yo soy un hombre que ni por mil monedas de oro quebrantaría sus preceptos.

Pero la vieja, sin pronunciar palabra, extendió los brazos con intención de cogerlo.

El filósofo se quedó aterrorizado, sobre todo cuando advirtió que los ojos de la mujer resplandecían con un fulgor extraño.

—¡Abuela! ¿Qué quieres? ¡Vete, vete con Dios! —gritó.

Pero la vieja, sin despegar los labios, le agarró las manos. El estudiante se puso de pie y trató de escapar, pero la vieja le cerró el paso, clavó en él sus ojos centelleantes y volvió a acercarse.

El filósofo quiso rechazarla a empellones, pero advirtió con sorpresa que no podía levantar los brazos ni mover los pies. Lleno de terror, comprobó que ni siquiera tenía voz: sus labios se estremecían sin emitir sonido alguno. Solo percibía el latido de su corazón. Vio que la vieja se acercaba a él, le doblaba los brazos, le inclinaba la cabeza, se subía sobre su espalda con la agilidad de un gato y le golpeaba el costado con una escoba; en ese momento el seminarista, dando saltos como un caballo de silla, salió al galope con la vieja a hombros. Todo sucedió con tanta presteza que el filósofo apenas tuvo tiempo de reaccionar. Se cogió las rodillas con ambas manos con intención de detener su carrera, pero, para su sorpresa, las piernas se levantaban contra su voluntad y cabalgaban más deprisa que un pura sangre circasiano. Solo cuando dejaron atrás el caserío y ante ellos apareció una vaguada, flanqueada a un lado por un bosque negro como el carbón, se dijo para sus adentros: «¡Vaya, pero si es una bruja!».

La luna, en cuarto menguante, brillaba en el firmamento. La tenue luz de medianoche flotaba suavemente sobre la tierra como un velo diáfano, cubriéndola de una suerte de vapor. Los bosques, las praderas, el cielo, los valles, todo parecía dormir con los ojos abiertos. Apenas soplaba una ráfaga de viento. En la frescura de la noche se percibía una mezcla de humedad y tibieza. Las sombras de los árboles y de los arbustos se proyectaban largas y agudas, como colas de cometas, sobre la suave pendiente de la llanura. Así era la noche en que el filósofo Jomá Brut cabalgaba con ese insólito jinete sobre los hombros. Una sensación de languidez, desagradable y al mismo tiempo dulce, se insinuaba en su corazón. Agachó la cabeza y tuvo la impresión de que la hierba, que casi le rozaba los pies, crecía muy lejos, a una gran distancia, y que por encima se extendía un espejo de agua clara, como un manantial de montaña; esa hierba formaba una especie de fondo marino límpido y transparente hasta sus profundidades más secretas; al menos distinguía con total nitidez el reflejo de su propia imagen, con la vieja a las espaldas. Vio que en lugar de la luna lucía un remedo de sol; oyó que las campanillas azules, inclinando sus cabecitas, tintineaban. Detrás de unos juncos surgió una ondina, mostrando por un instante su espalda y su pierna, su cuerpo turgente y torneado, todo destellos y estremecimientos. La ondina le miró con sus ojos claros, penetrantes y resplandecientes, y empezó a acercarse al tiempo que entonaba una canción insinuante, pero, al llegar a la superficie, se estremeció con una risa cristalina y se alejó; de pronto se tendió de espaldas, con sus senos nebulosos y mates como porcelana sin esmaltar, y sus formas blancas, suaves y elásticas brillaron a la luz de ese sol. Algunas gotitas semejantes a abalorios salpicaban sus miembros. La ondina temblaba y reía en el agua…

¿Veía todo eso o no lo veía? ¿Era sueño o realidad? ¿Y qué oía? ¿El murmullo del viento o alguna clase de música? Era una especie de tintineo que resonaba, serpenteaba, se acercaba y traspasaba el alma como un gorjeo irresistible.

«¿Qué es esto?», pensaba el filósofo Jomá Brut, mirando hacia abajo y corriendo con todas sus fuerzas. El sudor le caía a chorros.

Le dominaba una sensación diabólica y agradable, una suerte de goce lánguido y terrible. A veces le parecía que ya no tenía corazón y, aterrorizado, se llevaba la mano al pecho. Agotado, perplejo, trataba de recordar todas las oraciones que sabía. Pasó revista a los exorcismos contra los espíritus, y de pronto sintió un ligero alivio; su marcha se hizo más lenta, la bruja ya no se agarraba a sus hombros con tanta fuerza. La espesa hierba le rozaba los pies y ya no veía en ella nada extraordinario. La media luna resplandecía en el firmamento.

«Bien», se dijo el filósofo Jomá Brut y se puso a recitar sus exorcismos casi en voz alta. Por fin, con la presteza de un relámpago, se desembarazó de la vieja y saltó a su vez sobre su espalda. La vieja empezó a galopar con pasos menudos y tan rápidos que el jinete apenas podía respirar. La tierra pasaba rauda bajo sus pies. De no haber sido por la rapidez de la marcha, que le enturbiaba la vista y lo confundía todo, habría podido distinguir con nitidez la lisa llanura a la luz de la luna. Cogió un leño que había en el suelo y empezó a golpear a la vieja con todas sus fuerzas, arrancándole salvajes alaridos, primero coléricos y amenazadores, después más débiles, suaves y moderados, y por último completamente apagados, pues apenas sonaban como delicadas campanillas de plata, cuyo tintineo le traspasaba el alma, hasta el punto de que el filósofo llegó a pensar si de verdad se trataría de una vieja.

—¡Ah, no puedo más! —exclamó la mujer, agotada, y cayó al suelo.

El estudiante puso pie en tierra y la miró a los ojos. Empezaba a despuntar la aurora, iluminando en lontananza las cúpulas doradas de las iglesias de Kiev. En ese momento vio que tenía ante él a una hermosa joven, con cabellos alborotados y espesos y pestañas largas como flechas. Yacía con los brazos blancos y desnudos extendidos, gemía y miraba el cielo con ojos llenos de lágrimas.

Jomá se estremeció como una hoja. Un sentimiento de compasión, timidez y extraño desasosiego, hasta entonces desconocido, se apoderó de él, y echó a correr como un poseso. El corazón le latía con fuerza y no alcanzaba a entender esa extraña y nueva sensación que le dominaba. Ya no quería volver al caserío y se dirigía a toda prisa a Kiev, sin dejar de pensar un solo instante en ese incomprensible suceso.

En la ciudad casi no quedaban estudiantes: todos se habían desperdigado por las aldeas, ya tuvieran un puesto de profesor particular o no, pues en los caseríos ucranianos puede uno atiborrarse de *galushkas*, queso, nata agria y empanadillas del tamaño de un sombrero sin que haya que pagar ni un céntimo. El edificio grande y ruinoso en el que se alojaban los seminaristas estaba completamente vacío, y por más que el filósofo rebuscó en todos los rincones, palpando incluso los agujeros y escondrijos del tejado, no encontró ni un trozo de tocino, ni siquiera un mendrugo de pan duro, que eran los alimentos que los estudiantes solían esconder.

Sin embargo, no tardó en hallar remedio a sus males: se paseó tres veces por el mercado, silbando e intercambiando guiños con una joven viuda de cofia amarilla, que vendía cintas, perdigones y ruedas en una de las esquinas de la plaza; ese mismo día comió empanadillas de trigo, pollo... en definitiva, sería imposible enumerar todos los manjares que le sirvieron en esa pequeña casa de adobe rodeada de un jardín de cerezos. Por la tarde se le vio en una taberna, tumbado en un banco y con la pipa entre los dientes, como de costumbre, y a la vista de todos arrojó al tabernero judío medio ducado de oro. Contemplaba con mirada indiferente y satisfecha a los parroquianos que entraban y salían y parecía haber olvidado por completo su extraordinaria aventura.

Entretanto, por toda la ciudad corrió la especie de que la hija de uno de los centuriones más ricos, cuyo caserío se hallaba a unas cincuenta verstas de Kiev, había vuelto un día de su paseo llena de golpes, sin apenas fuerzas para caminar, al borde de la muerte. Viendo que había llegado su última hora, expresó el deseo de que un seminarista de Kiev llamado Jomá Brut leyese durante los tres días posteriores a su defunción las oraciones por su eterno descanso. El filósofo se enteró de la novedad por el propio rector, que le llamó expresamente a su despacho y le comunicó que se pusiera en camino, sirviéndose de los criados y del carro que el ilustre centurión había enviado a tal efecto.

El filósofo se estremeció, presa de una sensación indefinible que no acertaba a explicarse. Un oscuro presentimiento le anunciaba que le esperaba alguna desgracia. Sin saber por qué, declaró rotundamente que no iría.

—¡Escucha, *domine* Jomá! —le dijo el rector (en ciertas ocasiones empleaba una gran cortesía con sus alumnos)—. Nadie te pregunta si quieres ir o no. Solo te diré que si pones la menor objeción, ordenaré que te propinen tantos azotes en la espalda y en el resto del cuerpo con una vara verde de abedul que ya no tendrás que ir a los baños a que te den friegas.

El filósofo se rascó detrás de la oreja y salió sin pronunciar palabra, dispuesto a confiar la salvación a sus piernas en cuanto se presentara la menor oportunidad. Bajaba pensativo la empinada escalera que conducía al patio, circundado de álamos, cuando de pronto se detuvo, pues había oído con toda claridad la voz del rector, que daba órdenes a su ama de llaves y a otra persona, probablemente uno de los criados enviados por el centurión.

—Dale las gracias al señor por el grano y los huevos —decía el rector—, y dile también que en cuanto estén preparados los libros de los que me habla, se los enviaré. Se los he dado a un escribiente para que los copie. Y no olvides mencionarle a tu señor, mi querido amigo, que estoy al tanto de que en su propiedad hay un pescado excelente, sobre todo esturión. Que me mande algo, si tiene ocasión, pues el que se vende en los mercados de la ciudad es caro y de mala calidad. Y tú, Yavtuj, da a estos buenos mozos una copa de aguardiente. En cuanto al filósofo, no os olvidéis de atarlo, no vaya a poner tierra de por medio.

«¡Engendro del diablo! —pensó el filósofo—. Se lo ha olido todo esa anguila patilarga.»

Bajó al patio y vio una *kibitka* que en un principio había tomado por un cobertizo sobre ruedas. En realidad, tenía tanto fondo como un horno de cocer ladrillos. Era uno de aquellos vehículos típicos de Cracovia en el que los judíos, en número no inferior al medio centenar, se dirigían con sus mercancías por todas las ciudades en las que presumían que había feria. Le esperaban seis cosacos robustos y fuertes, ya entrados en años. Sus caftanes de paño fino, adornados con borlas, dejaban entrever que su amo era un hombre rico e importante. Las pequeñas cicatrices revelaban que habían participado en combates, y no sin gloria.

«¿Qué hacer? ¡Parece que no hay salida!», pensó el filósofo y, dirigiéndose a los cosacos, exclamó en voz alta:

—¡Buenos días, hermanos y compañeros!

—¡Buenos días, señor filósofo! —respondieron algunos de los cosacos.

—¿De modo que tengo que ir con vosotros? ¡Un coche estupendo! —añadió mientras subía—. Bastaría contratar a algunos músicos para que se pudiera bailar en su interior.

—¡Sí, es un carruaje muy espacioso! —dijo uno de los cosacos, sentándose en el pescante junto al cochero, que se envolvía la cabeza en un trapo, pues ya había tenido tiempo de empeñar su gorro en una taberna.

Los otros cinco se introdujeron con el filósofo en la parte posterior y se acomodaron sobre sacos llenos de toda clase de objetos comprados en la ciudad.

—Me gustaría saber —dijo el filósofo— cuántos caballos se necesitarían para tirar de este carruaje si se cargara de alguna mercancía, por ejemplo sal o llantas de hierro.

—Sí —dijo después de una pausa el cosaco que se había sentado en el pescante—, se necesitaría un número apropiado de caballos.

Después de una respuesta tan satisfactoria, el cosaco consideró que tenía derecho a guardar silencio durante el resto del camino.

El filósofo ardía en deseos de conocer todos los detalles: quién era ese centurión, qué carácter tenía, qué se decía de esa hija que había vuelto a casa de una manera tan extraña y se hallaba al borde de la muerte, y cuya historia se entrelazaba ahora a la suya propia; cómo era la vida en esa casa y de qué se ocupaban sus moradores. Les dirigió varias preguntas a los cosacos, pero estos probablemente también eran filósofos, pues ni una sola vez despegaron los labios y siguieron tumbados sobre los sacos sin inmutarse, fumando sus pipas. Tan solo una vez uno de ellos se dirigió al que iba sentado en el pescante con esta breve recomendación:

—Oye, Overko, viejo chiflado, no te olvides de parar cuando pases por la taberna de la carretera de Chujrailóvskoie. Y si nos hemos quedado dormidos, despiértanos.

A continuación empezó a lanzar ruidosos ronquidos. En cualquier caso, esas advertencias eran completamente superfluas, pues en cuanto el gigantesco carricoche se acercó a la taberna de la carretera de Chujrailóvskoie, todos a una gritaron:

—¡Alto!

Por lo demás, los caballos de Overko estaban acostumbrados a detenerse delante de cada taberna sin que nadie se lo indicara. A pesar del calor de esa jornada del mes de julio, todos se apearon del coche y se dirigieron a una habitación cochambrosa de techo bajo, donde un tabernero judío se aprestó a recibir a esos viejos conocidos con muestras de alegría. Poco después trajo en un faldón de su levita varios embutidos de cerdo, los puso sobre la mesa y se apartó al punto de esos manjares prohibidos por el Talmud. Todos se sentaron alrededor de la mesa. Ante cada uno de los comensales apareció una jarra de barro. El filósofo Jomá tuvo que participar en esa francachela general. Y como los ucranianos, cuando se emborrachan, siempre acaban abrazándose y llorando, la isba no tardó en llenarse de besuqueos.

—¡Besémonos, Spirid!

—¡Ven aquí que te abrace, Dorosh!

Un cosaco de bigote canoso, de mayor edad que el resto, apoyó la mejilla en el puño y empezó a sollozar con toda su alma, diciendo que no tenía padre ni madre y que estaba solo en el mundo. Otro, gran razonador, no paraba de consolarle con estas palabras:

—¡No llores! ¡Por favor, deja de llorar! No vale de nada… Dios sabe el cómo y el porqué de todo.

El que se llamaba Dorosh se volvió extremadamente curioso y, dirigiéndose al filósofo Jomá, no paraba de preguntarle:

—Me gustaría saber lo que os enseñan en el seminario. Si es lo mismo que el sacristán lee en la iglesia u otra cosa.

—¡No preguntes! —decía el razonador, arrastrando las palabras—. Deja que las cosas sigan su curso. Dios sabe lo que debe pasar. Dios lo sabe todo.

—No —insistía Dorosh—, quiero saber lo que está escrito en esos libros. Quizá sea algo muy distinto de lo que dice el sacristán.

—¡Ah, Dios mío, Dios mío! —decía ese digno preceptor—. ¿Por qué dices eso? Es la voluntad de Dios. Lo que Dios ha dispuesto no puede cambiarse.

—Quiero saber todo lo que está escrito. ¡Iré a estudiar al seminario, ya lo creo que sí! ¿Es que no me crees capaz de aprender? ¡Lo aprenderé todo, todo!

—¡Oh, Dios mío, Dios mío…! —dijo el consolador, apoyando la cabeza en la mesa porque ya no tenía fuerzas para mantenerla erguida.

Los demás cosacos hablaban de diversos señores o se preguntaban por qué brillaba la luna en el cielo.

El filósofo Jomá, viendo cómo estaban los ánimos, decidió aprovechar la ocasión para escapar. Primero se dirigió al cosaco canoso que se lamentaba porque no tenía padre ni madre.

—¿Por qué lloras así, padrecito? —preguntó—. ¡Yo también soy huérfano! ¡Dejadme partir, muchachos! ¿Para qué me necesitáis?

—¡Soltémosle! —replicaron algunos—. ¡Es un huérfano! ¡Que se vaya donde quiera!

—¡Oh, Dios mío, Dios mío! —exclamó el consolador, levantando la cabeza—. ¡Soltadle! ¡Dejad que se vaya!

Los cosacos ya se disponían a liberarlo cuando el que se había mostrado tan curioso los detuvo y dijo:

—¡Alto! Quiero hablar con él del seminario. Yo también quiero ir al seminario…

Por lo demás, el filósofo habría sido incapaz de emprender la huida, pues cuando trató de levantarse de la mesa las piernas le parecieron de madera y empezó a ver tantas puertas en la habitación que difícilmente habría podido encontrar la verdadera.

Ya caía la noche cuando la comitiva se acordó de que tenía que proseguir la marcha. Después de subir al carruaje se pusieron en camino, azuzando a los caballos y entonando una canción, cuya letra y sentido no había manera de entender. Prosiguieron el viaje durante la mayor parte de la noche, perdiendo una y otra vez el camino, aunque lo conocían de memoria; finalmente descendieron por una escarpada pendiente y llegaron a un valle; el filósofo advirtió que a ambos lados se extendía una empalizada o cerca, flanqueada de árboles bajos, detrás de los cuales asomaban los tejados de una aldea de gran tamaño que pertenecía al centurión. Era más de medianoche; algunas estrellas diminutas brillaban aquí y allá en el cielo oscuro. No había luz en ninguna *jata*. Acompañados del ladrido de los perros, entraron en un patio, alrededor del cual se disponían graneros y casitas con techumbre de paja. Una de ellas, más grande que las demás, se alzaba enfrente del portón: probablemente era la morada del centurión. El carruaje se detuvo delante de una especie de cobertizo pequeño y nuestros viajeros se fueron a dormir. Al filósofo le apetecía echar un vistazo al exterior de la residencia señorial; pero, por mucho que abría los ojos, no conseguía distinguir nada con claridad: en lugar de la casa le parecía ver un oso y la chimenea se le antojaba el rector. Hizo un gesto de despecho con la mano y se fue a dormir.

Cuando se despertó, en toda la casa reinaba una gran agitación: la señorita había muerto por la noche. Los criados corrían apresurados de un lado para otro. Algunas ancianas lloraban. Una muchedumbre de curiosos miraba a través de la cerca del patio, como si hubiese algo que ver.

El filósofo se dedicó a examinar los lugares que no había podido distinguir por la noche. La casa señorial era una construcción pequeña y baja, con techumbre de paja, como era habitual en Ucrania en los viejos tiempos. Un pequeño frontón, alto y saliente, con un ventanuco semejante a un ojo levantado al cielo, estaba todo pintarrajeado de flores azules y amarillas y medias lunas rojas. Descansaba sobre columnas de roble, redondeadas hasta la parte superior y hexagonales en la inferior, con capiteles de un torneado extravagante. Bajo ese frontón había una pequeña escalinata con bancos a ambos lados. La casa estaba flanqueada por dos cobertizos, también sostenidos por columnas de roble talladas. Un peral de gran tamaño, de copa piramidal y hojas temblorosas, se alzaba delante de la casa. En el centro del patio se disponían dos filas de graneros, formando una especie de ancha calle que conducía a la casa. Detrás de los graneros, muy cerca ya del portón, había dos bodegas triangulares, cubiertas asimismo de paja. En cada una de ellas se abría una puerta baja, coronada de diversas figuras. En una pared había un cosaco sentado sobre un tonel, que levantaba una jarra con la siguiente inscripción: «Me lo beberé todo». En la otra se veían una cantimplora y varias garrafas, circundadas, a modo de adorno, por un caballo patas arriba, una pipa, varias panderetas y esta leyenda: «El vino es la alegría del cosaco». En el desván de uno de los cobertizos se abría un enorme tragaluz, por el que asomaban un tambor y unas trompetas de cobre. Junto al portón había dos cañones. Todo dejaba entrever que al dueño de la casa le gustaba divertirse y que los clamores de la francachela debían resonar con harta frecuencia en el patio. Más allá del portón había dos molinos de viento. Detrás de la casa se extendía un jardín, y a través de las copas de los árboles solo se veían las oscuras caperuzas de las chimeneas de las *jatas*, ocultas entre la verde espesura. Toda la aldea se disponía en la amplia y regular terraza de una colina. El lado norte lo tapaba una escarpada montaña cuyas estribaciones llegaban casi hasta el mismo portón. Vista desde abajo, parecía aún más abrupta; en su alta cima despuntaban aquí y allá los tallos retorcidos de los desmedrados arbustos, que ponían un punto de negrura en el cielo claro. Sus laderas desnudas y arcillosas producían cierta melancolía. Toda su superficie estaba surcada de grietas y torrenteras excavadas por las lluvias. En la pronunciada pendiente destacaban dos *jatas*; por encima de una de ellas extendía sus ramas un frondoso manzano, apuntalado al terreno en declive mediante pequeñas estacas clavadas junto a las raíces. Los frutos arrancados por el viento rodaban hasta el mismo patio señorial. Serpenteando por la ladera de la montaña, una carretera descendía desde la cumbre, pasaba junto a la propiedad y llegaba hasta la aldea. Cuando el filósofo ponderó el tremendo desnivel de la ladera y recordó el viaje de la víspera, llegó a la conclusión de que, o bien los caballos del amo eran muy inteligentes o los cosacos tenían un enorme aguante, pues a pesar de lo mucho que habían bebido no se habían despeñado junto con el enorme carruaje y la carga. El filósofo se encontraba en el punto más alto del patio; cuando se volvió, contempló un panorama muy distinto. La aldea descendía en suave pendiente hasta la llanura. Prados inmensos se extendían hasta donde alcanzaba la vista; su intenso verdor se iba oscureciendo a medida que se alejaban; en la distancia se columbraban filas enteras de aldeas, que se distinguían como puntos azules a pesar de que se hallarían a más de veinte verstas de distancia. A la derecha de esas praderas se sucedía una cadena de montañas y en lontananza, entre resplandores y sombras, se deslizaba la cinta apenas perceptible del Dniéper.

—¡Ah, un lugar maravilloso! —dijo el filósofo—. ¡Aquí sí que se puede vivir bien, pescando en el Dniéper y en los estanques, cazando sisones y zarapitos con red o con escopeta! Además, apuesto a que en estos prados abundan las avutardas. También podría poner a secar una gran cantidad de fruta y venderla en la ciudad; o, mejor aún, utilizarla para fabricar vodka, pues ningún vodka de cereales puede compararse con el de fruta. En cualquier caso, no estaría de más que empezara a pensar en la manera de escapar.

Se fijó en que por detrás de la cerca discurría un pequeño sendero, totalmente cubierto por hierbas de gran tamaño. Maquinalmente adelantó el pie con intención de dar un paseo y después, deslizándose a hurtadillas entre las *jatas*, salir a campo abierto, pero de pronto sintió en su hombro una mano bastante poderosa. Detrás de él estaba el mismo viejo cosaco que la víspera había lamentado con tanta amargura la muerte de su padre y de su madre y su propia soledad.

—¡Es inútil que trates de escapar del caserío, señor filósofo! —dijo—. No es fácil salir de este lugar; además, los caminos no son buenos. Será mejor que vayas a ver al señor; hace tiempo que te espera en su habitación.

—¡Vamos! Yo… con mucho gusto —dijo el filósofo, siguiendo al cosaco.

El centurión, un hombre ya viejo, con bigote canoso y una expresión de sombría tristeza, estaba sentado junto a una mesa, con la cabeza apoyada en ambas manos. Frisaba los cincuenta, pero el profundo abatimiento de su rostro y su palidez cadavérica testimoniaban que su alma había quedado deshecha y aniquilada en un instante, que su alegría de antaño y su ruidosa vida habían desaparecido para siempre. Cuando Jomá entró acompañado del viejo cosaco, apartó una mano y respondió con una inclinación de cabeza apenas perceptible a la profunda reverencia de ambos.

Jomá y el cosaco se detuvieron respetuosamente en el umbral.

—¿Quién eres, de dónde vienes y a qué te dedicas, buen hombre? —preguntó el centurión con una voz que no era amable ni severa.

—Soy el filósofo Jomá Brut, seminarista.

—¿Y quién era tu padre?

—No lo sé, noble señor.

—¿Y tu madre?

—Tampoco lo sé. Es evidente que tuve una; pero le juro, señor, que no sé quién era, de dónde venía ni cuándo vivió.

El centurión guardó silencio y durante un rato pareció sumirse en sus propias reflexiones.

—¿Cómo es que conocías a mi hija?

—No la conocía, estimado señor, se lo juro. No he tenido relación con señoritas en toda mi vida. Que se queden con Dios, dicho sea con todo respeto.

—¿Y por qué te eligió precisamente a ti para que leyeras las oraciones?

El filósofo se encogió de hombros.

—Sabe Dios cuáles serían sus motivos. Como es bien sabido, los señores tienen a veces tales caprichos que ni el hombre más sabio del mundo acertaría a explicarlos. No en vano dice el proverbio: «Hay que bailar al son que toque el señor».

—¿No me estarás mintiendo, señor filósofo?

—Que me parta un rayo aquí mismo si miento.

—Si hubiera vivido un minuto más —dijo con tristeza el centurión—, probablemente me habría enterado de todo. «No permitas que nadie rece las oraciones, papá; manda enseguida a alguien a Kiev en busca del seminarista Jomá Brut. Que rece tres noches seguidas por la salvación de mi alma pecadora. Él sabe...» Pero no llegué a oír el resto: mi querida hijita murió sin poder decir nada más. Seguramente, buen hombre, eres conocido por la santidad de tu vida y por tus buenas acciones; es posible que tu nombre llegara a sus oídos.

—¿Quién? ¿Yo? —dijo el seminarista y, lleno de asombro, retrocedió unos pasos—. ¿Conocido por la santidad de mi vida? —exclamó mirando fijamente a los ojos al centurión—. ¡Por Dios, señor! Pero ¡qué dice usted! Aunque debería callarlo, la víspera del Jueves Santo estuve en casa de una panadera.

—Bueno... Alguna razón habrá para esa elección. Tienes que empezar a cumplir tu cometido hoy mismo.

—Me gustaría decir algo a su señoría... No cabe duda de que cualquier hombre versado en las Sagradas Escrituras puede en justa medida... pero sería más adecuado llamar a un diácono o al menos a un sacristán. Son personas sensatas y saben lo que hay que hacer en tales casos, mientras que yo... Carezco de la voz apropiada y el diablo sabe la pinta que tengo. Fíjese qué facha.

—Di lo que quieras, pero cumpliré todo lo que me pidió mi palomita. Si a partir de hoy y durante tres noches seguidas rezas sobre su ataúd todas las oraciones pertinentes, te recompensaré; y si no lo haces... ¡ni al mismo diablo le aconsejaría enfurecerme!

El centurión pronunció esas últimas palabras con tanta vehemencia que el filósofo comprendió perfectamente su significado.

—¡Sígueme! —dijo el centurión.

Salieron al zaguán. El centurión abrió la puerta de una habitación situada enfrente de la primera. El filósofo se detuvo un instante para sonarse la nariz y a continuación atravesó el umbral con un miedo indefinido. Todo el suelo estaba tapizado de indiana roja. En un rincón, al pie de los iconos, sobre una mesa alta cubierta de una manta de terciopelo azul, adornada de flecos de oro y borlas, yacía la difunta. A los pies y a la cabecera se alzaban largos cirios adornados de mundillo, cuya turbia luz se perdía en la claridad del día. El filósofo no podía ver el rostro de la muerta, pues se lo tapaba el inconsolable padre, que se había sentado junto a ella, de espaldas a la puerta, y pronunciaba unas palabras que lo llenaron de asombro:

—No lamento, mi queridísima hija, que hayas abandonado la tierra prematuramente, en la flor de la edad, dejándome sumido en la pena y el desconsuelo; lo que me duele, palomita mía, es que desconozco el nombre del responsable de tu muerte, mi más encarnizado enemigo. Si supiera quién ha podido atreverse a ofenderte o a pronunciar algún comentario contrario a tu buen nombre, te juro por Dios que no vería más a sus hijos, si es viejo como yo, o a su padre y a su madre, si aún no ha alcanzado mi edad. ¡Su cuerpo serviría de pasto a las aves de rapiña y a las fieras de la estepa! Pero para mi desgracia, mi florecilla, mi pajarito, mi tesoro, tendré que pasar el resto de mi vida sin alegría, enjugando con el faldón las gruesas lágrimas que fluyan de mis viejos ojos, mientras mi enemigo se regocijará y se reirá a escondidas de este pobre anciano…

En ese punto se detuvo, pues el insoportable dolor que le embargaba le hizo prorrumpir en un torrente de lágrimas.

El filósofo se sintió conmovido ante una aflicción tan inconsolable y carraspeó.

El centurión se volvió hacia él y le señaló un lugar a la cabecera de la muerta, donde había un pequeño atril con libros.

«Tendré que pasar aquí tres noches —pensó el filósofo—, pero luego el señor me llenará los bolsillos de ducados.»

Se acercó al atril, carraspeó una vez más y se puso a leer sin prestar atención a cuanto le rodeaba y sin decidirse a mirar el rostro de la muerta. Reinaba un profundo silencio. El filósofo adivinó que el centurión se había marchado. Volvió lentamente la cabeza hacia la difunta y…

Un estremecimiento recorrió sus venas; ante él yacía una beldad como jamás se había visto en el mundo. Probablemente nunca los rasgos de un rostro se habían perfilado con tanta intensidad y a la vez con tan armónica belleza. Se diría que estuviera viva. Su espléndida frente, delicada como la nieve o como la plata, parecía pensar; sus cejas finas y regulares, negras como una sombra en medio de un día radiante, se alzaban orgullosas sobre los ojos cerrados, cuyas pestañas caían como flechas sobre las mejillas, encendidas por el rubor de deseos ocultos; sus labios eran rubíes a punto de sonreír… Pero en esas facciones veía algo que le llenaba de terror. Sentía que en su alma empezaba a insinuarse una angustia imparable, como cuando, en medio del torbellino de alegría de una muchedumbre entusiasmada, se alza de pronto un canto sobre los padecimientos del pueblo. Esos labios de rubí parecían chuparle la sangre del corazón. De pronto descubrió con espanto que ese rostro le resultaba conocido.

—¡La bruja! —gritó con la voz demudada.

Apartó los ojos, se puso pálido y prosiguió la lectura.

Era la misma bruja que él había matado.

A la caída de la tarde, llevaron el cadáver a la iglesia. El filósofo, que cargaba con uno de los extremos del negro ataúd, sentía en su hombro algo frío como el hielo. El centurión encabezaba la comitiva, sujetando con una mano la esquina derecha de la angosta morada de la muerta. En el borde mismo de la aldea se alzaba tristemente una iglesia de madera ennegrecida, cubierta de musgo verdoso, con tres cúpulas cónicas. Era evidente que hacía mucho tiempo que no se celebraba en ella ningún oficio. Delante de casi todos los iconos había cirios encendidos. Colocaron el ataúd en medio del templo, enfrente mismo del altar. El viejo centurión besó una vez más a la difunta, se prosternó y salió acompañado de los porteadores, a los que encomendó que dieran bien de comer al filósofo y a continuación lo llevaran de vuelta a la iglesia. Cuando llegaron a la cocina, los que habían cargado el ataúd acercaron las manos a la estufa, como suelen hacer los ucranianos cuando han visto a un muerto.

El hambre que en esos momentos empezó a acuciar al filósofo hizo que por unos instantes se olvidara por completo de la difunta. Pronto toda la servidumbre empezó a congregarse en la cocina, que en esa casa constituía una especie de club, en el que se reunían cuantos seres vivos deambulaban por el patio, incluidos los perros, que, moviendo la cola, se acercaban hasta la puerta en busca de huesos y desperdicios. Cuando se enviaba a un criado a cualquier parte para cumplir alguna tarea, antes de partir entraba en la cocina para reposar unos instantes en el banco y fumar una pipa. Todos los solteros de la casa, luciendo sus caftanes cosacos, se pasaban allí casi el día entero, tumbados en el banco, debajo de este, o en el poyo de la estufa; en una palabra, en cualquier sitio apropiado para echarse. Además, todos ellos olvidaban siempre en la cocina el gorro, el látigo para ahuyentar a los perros ajenos o algún otro objeto del mismo jaez. Pero la reunión más concurrida se producía a la hora de la cena, cuando llegaban el yegüero, que ya había encerrado los caballos en el aprisco; el mayoral, que había traído las vacas para ordeñarlas, y todos aquellos a los que no se veía en el transcurso del día. Durante la cena hasta los más reservados sentían ganas de participar en la charla. Por lo general, se hablaba de todo: de que uno se había hecho un pantalón nuevo, de que otro había visto un lobo, de lo que se ocultaba en el interior de la tierra. No faltaban los bromistas, especie muy común en Ucrania.

El filósofo tomó asiento junto a los otros, que se habían instalado delante de la puerta de la cocina, al aire libre, formando un corro. Una campesina de cofia roja no tardó en aparecer en el umbral, sosteniendo con ambas manos un puchero humeante lleno de *galushkas*, que depositó en medio de los que se disponían a cenar. Cada uno de los comensales sacó del bolsillo una cuchara de madera o, en su defecto, un simple palo. En cuanto las mandíbulas empezaron a moverse más despacio y se aplacó un tanto el hambre de lobo de todos los presentes, muchos se pusieron a charlar. Como no podía ser de otra manera, la conversación versó sobre la difunta.

—¿Es cierto —decía un pastor joven, que tenía en la correa de cuero de la pipa tantos botones y placas de cobre que parecía una chatarrería—, es cierto que la señorita, que Dios la perdone, tenía tratos con el diablo?

—¿Quién? ¿La señorita? —dijo Dorosh, ya conocido de nuestro filósofo—. ¡Era una auténtica bruja! ¡Ya lo creo!

—¡Basta, basta, Dorosh! —dijo otro, aquel que por el camino se había mostrado tan dispuesto a consolar a sus compañeros—. Ese asunto no nos concierne. Déjalo. Más vale que no hablemos de él.

Pero Dorosh no tenía intención de callarse. Acababa de bajar a la bodega en compañía del ama de llaves para un asunto muy importante y, después de inclinarse un par de veces sobre dos o tres toneles, había salido de allí muy alegre y con muchas ganas de hablar.

—¿Qué quieres? ¿Que me calle? —dijo—. Pero si cabalgó sobre mí. Te lo juro.

—Y dime, padrecito —dijo el joven pastor de los botones—, ¿hay alguna señal que permita reconocer a una bruja?

—No —respondió Dorosh—. No la hay. Aunque leas todo el Salterio, no podrás reconocer a una bruja

—Eso no es verdad, Dorosh. No digas eso —exclamó el consolador—. No en vano Dios ha dado a cada persona una marca particular. Las gentes versadas en las ciencias dicen que las brujas tienen siempre un pequeño rabo.

—Todas las viejas son brujas —sentenció impasible el cosaco canoso.

—¡Vosotros sí que sois buenos! —terció la campesina, que en ese momento llenaba el puchero vacío de *galushkas* recién hechas—. ¡Auténticos verracos, y además gordos!

El cosaco viejo, cuyo nombre era Yavtuj y su apodo Plica, esbozó una sonrisa de satisfacción cuando advirtió que sus palabras habían herido en lo vivo a la anciana; en cuanto al mayoral, estalló en una risa tan estruendosa que parecía como si dos de sus bueyes, detenidos uno al lado del otro, se hubieran puesto a mugir a la vez.

Aquel diálogo había despertado la curiosidad del filósofo, que sentía un ardiente deseo de conocer en detalle la vida de la difunta hija del centurión. Por eso, tratando de llevar de nuevo la conversación a su punto de partida, se dirigió a su vecino con las siguientes palabras:

—Me gustaría saber por qué la distinguida compañía que se ha reunido aquí para cenar considera que la señorita era una bruja. ¿Acaso hizo mal a la gente o causó la perdición de alguien?

—Hubo de todo —respondió uno de los comensales, cuyo rostro liso guardaba un sorprendente parecido con una pala.

—¿Y quién no recuerda la historia del montero Mikita o de…?

—¿Qué paso con el montero Mikita? —preguntó el filósofo.

—¡Esperad! Yo contaré la historia de Mikita —dijo Dorosh.

—La contaré yo —exclamó el yegüero—. Era mi compadre.

—La contaré yo —dijo a su vez Spirid.

—¡Sí! ¡Dejad que la cuente Spirid! —gritaron los presentes.

Spirid comenzó:

—Tú, señor filósofo Jomá, no conociste a Mikita. ¡Ah, era un hombre como hay pocos! Conocía a cada perro como si fuera su propio padre. El montero actual, Mola, que está sentado tres sillas más allá de la mía, no le llega a la suela de los zapatos. También conoce su cometido, pero en comparación con el otro es una piltrafa, una porquería.

—¡Bien dicho, bien dicho! —comentó Dorosh con un gesto aprobatorio de la cabeza.

Spirid continuó:

—Descubría una liebre en menos tiempo del que emplea uno en limpiarse la nariz después de tomar rapé. Cuando silbaba: «¡Aquí Rasboi! ¡Aquí, Bistraia!», al tiempo que se lanzaba a todo galope, no había manera de saber quién tomaría la delantera, si él o el perro. Y vaciaba un cuartillo de vodka en un abrir y cerrar de ojos. ¡Era un montero excelente! Pero en los últimos tiempos solo tenía ojos para la señorita. No se sabe si se encaprichó de ella o si ella le hechizó de algún modo; el caso es que se echó a perder, se convirtió en una mujeruca. ¡El diablo sabe lo que pasó con él! ¡Uf, hasta da vergüenza hablar de ello!

—Bien dicho —exclamó Dorosh.

—En cuanto la señorita le miraba, las riendas se le caían de las manos. A Rasboi lo llamaba Brovk, tropezaba y no sabía lo que hacía. Un día la señorita fue a la cuadra en la que él limpiaba el caballo y le dijo: «Mikita, deja que ponga el pie sobre ti». El muy tonto se alegró mucho y le respondió que no solo podía poner el pie, sino montar sobre sus hombros. La señorita levantó el pie y, cuando él vio su pierna blanca y torneada, se quedó entusiasmado y como embobado. El muy tonto agachó la espalda y, sujetando con ambas manos los pies de la señorita, se puso a galopar como un caballo por todo el campo. Él mismo no fue capaz de decir adónde habían ido; el caso es que volvió medio muerto y desde entonces se quedó tan seco como una astilla. Un día, cuando entramos en la cuadra, solo encontramos un montón de cenizas y un cubo vacío: había ardido por completo, sin intervención de nadie. ¡Era un montero excelente, como no hay otro en el mundo!

Cuando Spirid terminó su relato, por todas partes se oyeron comentarios sobre las cualidades del difunto montero.

—¿Y no conoces la historia de Shepchija? —preguntó Dorosh, dirigiéndose a Jomá.

—No.

—¡Ay, ay, ay! Parece que en el seminario no os enseñan gran cosa. ¡Bueno, escucha! En nuestra aldea vive un cosaco llamado Sheptún. ¡Un buen cosaco! A veces le gusta robar y mentir sin ninguna necesidad, pero es un buen cosaco. Su *jata* no queda lejos. Un día, a la hora en que estamos ahora, Sheptún y su mujer terminaron de cenar y se fueron a dormir; como hacía buen tiempo, Shepchija se tumbó en el patio y Sheptún en un banco de la *jata*. No, al revés… Fue Shepchija quien se tumbó en un banco de la *jata* y Sheptún en el patio…

—Shepchija no se tumbó en un banco, sino en el suelo —terció la campesina, que estaba de pie en el umbral, con la mejilla apoyada en la mano.

Dorosh la miró, luego bajó los ojos, volvió a mirarla y, después de una pausa, dijo:

—Como te levante la falda delante de todo el mundo, vas a ver lo que es bueno.

La advertencia surtió efecto. La vieja se calló y ya no le interrumpió más.

Dorosh continuó:

—En la cuna que colgaba en medio de la *jata* había una criatura de un año, no recuerdo si niño o niña. Shepchija, que estaba tumbada, oyó de pronto que un perro arañaba la puerta y emitía tales ladridos que daban ganas de salir corriendo. Como es natural, se asustó, pues las mujeres son tan tontas que basta con sacarles la lengua por detrás de la puerta al anochecer para que se mueran de miedo. No obstante, pensó que si le daba un golpe en el hocico, el maldito perro dejaría de ladrar. Cogió el atizador y fue a abrir la puerta. Pero apenas tuvo tiempo de entreabrirla, cuando el perro se deslizó entre sus piernas y se dirigió directamente a la cuna del niño. Shepchija vio que el perro se había transformado en la señorita. Nada de eso habría tenido la menor importancia si su aspecto hubiera sido el habitual. Pero el caso es que estaba toda azulada y sus ojos brillaban como carbones ardientes. Cogió al niño, le mordió en el cuello y empezó a beberse su sangre. Shepchija solo acertó a gritar: «¡Ah, qué desgracia!», y quiso escapar. Pero vio que la puerta del zaguán estaba cerrada. Entonces se subió al desván y se sentó allí, la muy tonta, temblando de pies a cabeza; la señorita la siguió, se abalanzó sobre ella y empezó a morderla. Ya por la mañana Sheptún la sacó de allí, llena de mordiscos y de moratones. Al día siguiente la muy tonta se murió. ¡Para que vea qué cosas pasan en el mundo! Aunque una mujer proceda de una estirpe señorial, cuando es bruja, no hay nada que hacer.

Una vez concluida la narración, Dorosh paseó a su alrededor una mirada satisfecha, metió un dedo en la pipa y se dispuso a llenarla de tabaco. La cuestión de la bruja no se había agotado, ni mucho menos. Todos querían contar su historia. A uno se le había aparecido en forma de hacina de heno a la puerta misma de su casa; a otro le había robado el gorro o la pipa; a muchas muchachas de la aldea les había cortado la trenza; a otros les había chupado varios cubos de sangre.

Por último los presentes se dieron cuenta de que había caído ya la noche y se echaron a dormir, unos en la cocina, otros en el granero y algunos incluso en medio del patio.

—¡Bueno, señor Jomá! Es hora de reunirnos con la difunta —dijo el cosaco de pelo gris, dirigiéndose al filósofo, y ambos, en compañía de Spirid y Dorosh, se encaminaron a la iglesia, ahuyentando con el látigo a los perros, que vagaban en gran número por la calle y mordían con rabia los palos con los que la gente se defendía.

A pesar de que el filósofo se había cuidado de beber una buena jarra de vodka para darse ánimos, a medida que se acercaba a la iglesia iluminada le iba ganando una inquietud secreta. Los relatos y extrañas historias que acababa de oír habían contribuido a exacerbar aún más su imaginación. La oscuridad que rodeaba la empalizada y los árboles se iba haciendo menos espesa y la vegetación cada vez era más escasa. Finalmente atravesaron la vetusta cerca de la iglesia y entraron en un pequeño patio. Más allá no se veía ningún árbol y solo se divisaban campos pelados y praderas sumidas en la oscuridad de la noche. Los tres cosacos y Jomá subieron por la empinada escalera del atrio y penetraron en la iglesia. Tras desear al filósofo un feliz cumplimiento de su cometido, cerraron la puerta, siguiendo las órdenes del señor, y lo dejaron allí.

El filósofo se quedó solo. Bostezó, luego se estiró, se sopló las dos manos y por último examinó el lugar. En medio de la iglesia se alzaba el negro ataúd. Los cirios parpadeaban delante de las oscuras imágenes, pero su luz solo iluminaba el iconostasio y apenas llegaba al centro de la iglesia. Los lejanos rincones del pórtico estaban envueltos en sombras. El iconostasio, alto y antiguo, daba muestras de una notable vetustez; solo algunos destellos brillaban en los relieves de las tallas recubiertas de oro. En algunos puntos la doradura se había desprendido, en otros se había oscurecido del todo;

los rostros de los santos, completamente ennegrecidos, tenían un aire sombrío. El filósofo volvió a mirar en derredor.

—¿Y qué? —dijo—. ¿Por qué tener miedo? Los vivos no pueden entrar aquí y conozco oraciones tan efectivas contra los muertos y los aparecidos que no se atreverán a tocarme ni un dedo. ¡No hay que preocuparse! —dijo, sacudiendo la mano con resolución—. Vamos a leer.

Al acercarse al coro descubrió varios paquetes de cirios.

«Muy bien —pensó el filósofo—. Hay que iluminar la iglesia de manera que todo se vea como si fuera de día. ¡Ah, qué pena que en la casa del Señor no se pueda fumar en pipa!»

Se puso a colocar cirios delante de todas las cornisas, atriles e iconos, sin escatimar ninguno, de modo que la iglesia no tardó en llenarse de luz. Solo en las partes más altas pareció que la oscuridad se espesaba y las sombrías imágenes miraban con mayor severidad desde sus antiguos marcos tallados, que en algunos puntos conservaban su pátina dorada. Se acercó al ataúd, contempló con prevención el rostro de la difunta y un ligero estremecimiento le obligó a cerrar los ojos. ¡Qué belleza tan terrible y deslumbrante!

Volvió la cabeza y quiso alejarse, pero una extraña curiosidad, ese sentimiento singular y contradictorio que no abandona nunca al hombre, y menos aún en los momentos de terror, le obligó a contemplarla una segunda vez mientras se alejaba, y luego, tras sentir otro estremecimiento, una tercera. En realidad, la soberbia belleza de la difunta tenía algo de pavoroso. Quizá no le habría causado ese pánico si hubiera sido más fea. Pero en sus rasgos no se advertía nada turbio, opaco, muerto. Estaba viva, y el filósofo tenía la impresión de que le miraba a través de los ojos cerrados. Hasta se figuró que una lágrima brotaba bajo las pestañas del ojo derecho; pero cuando esa lágrima se detuvo en la mejilla, distinguió claramente que era una gota de sangre.

El filósofo se dirigió con premura al coro, abrió el libro y, para darse ánimos, se puso a leer en el tono más alto que pudo alcanzar.

Su voz retumbaba en los muros de madera de la iglesia, callados y sordos desde hacía mucho tiempo. Su profunda voz de bajo resonaba solitaria, sin eco, en ese silencio de muerte, y el propio recitador la encontraba extraña. «¿Por qué tener miedo? —pensaba entre tanto para sus adentros—. No va a levantarse del ataúd, pues teme la palabra de Dios. ¡Que siga tumbada! ¿Qué cosaco sería yo si me asustara? A lo que parece, he bebido de más, por eso todo se me antoja terrible. Tomaré una pulgarada de rapé. ¡Ah, qué tabaco tan bueno! ¡Un tabaco excelente, extraordinario!»

Sin embargo, cada vez que pasaba una página, dirigía una mirada de soslayo al ataúd y sin querer se decía: «¡Va a levantarse! ¡Va a incorporarse! ¡Va a asomarse desde el ataúd!».

Pero el silencio era sepulcral. El ataúd no se movía. Los cirios derramaban torrentes de luz. ¡Qué terrible es una iglesia iluminada por la noche, con un cadáver en su interior y sin un alma alrededor!

Alzó la voz y se puso a cantar en distintos tonos, tratando de ahogar sus últimos temores. Pero a cada instante volvía los ojos hacia el ataúd, como acuciado por una cuestión involuntaria: «¿Y si se levantara, y si se incorporara?».

Pero el ataúd seguía inmóvil. Si al menos hubiera percibido algún sonido que delatara la presencia de un ser vivo, aunque fuera un grillo en un rincón... Pero solo se oía el leve chisporroteo de algún cirio lejano o el débil sonido, apenas audible, de una gota de cera cayendo al suelo.

«¿Y si se levantara...?»

En ese momento la difunta irguió la cabeza.

El filósofo se frotó los ojos con espanto. Pero era cierto: ya no estaba tumbada, sino sentada en el ataúd. Jomá apartó la mirada y al cabo de un instante se volvió aterrado hacia la difunta. Esta se había levantado... Andaba por la iglesia con los ojos cerrados y los brazos extendidos, como si quisiera atrapar a alguien.

Se dirigía directamente hacia él. Presa del miedo, el filósofo trazó un círculo a su alrededor. Haciendo un esfuerzo, se puso a rezar oraciones y a pronunciar exorcismos que le había enseñado un monje a quien durante toda su vida se le habían aparecido brujas y espíritus impuros.

La difunta llegó casi hasta la misma raya, pero era evidente que carecía de poder para traspasarla; todo su cuerpo adquirió una tonalidad morada, como la de un cadáver de días. Jomá no se atrevió a mirarla. La difunta, que tenía un aspecto terrible, castañeteó los dientes y abrió sus ojos muertos. Pero no vio nada y, con una expresión de furor en su rostro tembloroso, se dirigió en otra dirección, extendió los brazos y tanteó cada columna y cada rincón tratando de atrapar a Jomá. Por último se detuvo, lo amenazó con el dedo y se tendió en el ataúd.

El filósofo, incapaz de serenarse, miraba con pavor la angosta morada de la muerta. De pronto, el ataúd se levantó de su lugar y empezó a volar con un silbido por todo el templo, cruzando el aire en todas direcciones. El filósofo lo veía casi sobre su cabeza, pero al mismo tiempo se daba cuenta de que no podía traspasar el círculo que había trazado, de modo que redobló sus exorcismos. El ataúd se desplomó en el centro de la iglesia y se quedó inmóvil. El cadáver volvió a levantarse, azulado, verdoso. Pero en ese momento se oyó el lejano canto del gallo. El cadáver se dejó caer en el ataúd y la tapa se cerró con estrépito.

El corazón del filósofo latía con fuerza y el sudor le corría a chorros; pero, confortado por el canto del gallo, se puso a leer a toda prisa las páginas que debería haber leído antes. Con la primera luz del día el sacristán vino a reemplazarle, acompañado del canoso Yavtuj, en esta ocasión en calidad de mayordomo de la iglesia.

Una vez en la casa, el filósofo estuvo largo rato sin poder conciliar el sueño; no obstante, la fatiga acabó venciéndole y durmió hasta la hora de la comida. Cuando se despertó, tuvo la impresión de que todos los acontecimientos de la noche anterior le habían sucedido en sueños. Para que recuperara las fuerzas, le dieron un cuartillo de aguardiente. Durante la comida no tardó en animarse, participó en la conversación y se comió un cochinillo casi entero; pero, por alguna razón que a él mismo se le escapaba, no se decidió a hablar de lo que le había sucedido en la iglesia y a las preguntas de los curiosos respondía:

—Sí, pasaron cosas muy extrañas.

El filósofo pertenecía a esa clase de personas a las que la buena mesa llena de sentimientos filantrópicos. Tumbado con la pipa entre los dientes, miraba a los presentes con singular ternura y no paraba de escupir.

Después de comer se sintió en una excelente disposición de ánimo. Salió a recorrer la aldea, conoció a casi todos los vecinos; en dos *jatas* tuvieron que echarlo; una bonita muchacha le dio un golpe en la espalda con una pala cuando, llevado por la curiosidad, quiso comprobar la calidad de la tela de su falda y de su blusa. Pero a medida que se aproximaba la noche, se fue volviendo más pensativo. Una hora antes de la cena casi toda la servidumbre se reunió para jugar al *kragli*, especie de juego de bolos en el que en lugar de estos se emplean unos palos largos. Como el ganador tenía derecho a cabalgar sobre el perdedor, ese juego tenía mucho interés para los espectadores, pues no era raro que el mayoral, ancho como una torta, se subiera a lomos de un porquero esmirriado y canijo, con el rostro lleno de arrugas; en otras ocasiones era el mayoral el que presentaba la espalda a Dorosh, que al subirse siempre comentaba:

—¡Qué toro más fuerte!

Las personas más ponderadas se sentaban en el umbral de la cocina, contemplaban el espectáculo con aire grave, fumando su pipa, y ni siquiera se inmutaban cuando los jóvenes se reían a mandíbula batiente de alguna broma del mayoral o de Spirid. Jomá trataba en vano de participar en el juego: un pensamiento sombrío parecía hincado en su cabeza como un clavo. Durante la cena se esforzó por compartir la alegría general, pero a medida que la oscuridad se extendía por el cielo, su corazón se iba llenando de terror.

—¡Bueno, señor seminarista, ha llegado la hora! —dijo el cosaco del pelo blanco, levantándose de la mesa con Dorosh—. Vamos a trabajar.

Llevaron a Jomá a la iglesia de la misma manera que la víspera, lo metieron dentro y cerraron la puerta. Nada más quedarse solo, la inquietud volvió a adueñarse de su pecho. De nuevo vio las oscuras imágenes, los brillantes marcos y el negro ataúd, que seguía inmóvil en medio de la iglesia, envuelto en un silencio amenazador.

—Bueno —exclamó—. Ahora ya estoy al tanto de todos esos prodigios. Solo la primera vez se asusta uno. ¡Sí! Solo la primera vez, luego ya no resulta tan terrible, no da ningún miedo.

Se acercó rápidamente al coro, trazó un círculo a su alrededor, pronunció varios exorcismos y se puso a leer en voz alta, decidido a no levantar la vista del libro y a no prestar atención a nada. Llevaba ya casi una hora leyendo, cuando empezó a toser y a sentir cierta fatiga. Sacó su tabaquera del bolsillo y, antes de llevarse el rapé a la nariz, dirigió una tímida mirada al ataúd. El corazón le dio un vuelco.

El cadáver estaba junto a él, ante la misma raya, y le miraba con sus ojos muertos y verdosos. El seminarista se estremeció y la sangre se le heló en las venas. Bajó los ojos al libro y se puso a recitar en voz aún más alta sus oraciones y sus exorcismos, mientras oía cómo la muerta rechinaba los dientes y agitaba los brazos, tratando de cogerlo. Pero una mirada de reojo le bastó para comprender que no podía verlo, pues lo estaba buscando en otro lugar. La difunta empezó a gruñir con voz sorda y pronunció con sus labios muertos palabras horribles, cuyo sonido ronco recordaba el borboteo de la pez hirviente. El filósofo no sabía lo que querían decir, pero entendía que encerraban algún significado terrible. De pronto, lleno de miedo, comprendió que estaba pronunciando conjuros.

Al poco tiempo se levantó viento en la iglesia y se oyó un rumor semejante a un vuelo tumultuoso. El filósofo oyó cómo unas alas golpeaban los cristales de las ventanas y los marcos de hierro, cómo unas garras arañaban las rejas y cómo una fuerza formidable sacudía la puerta y trataba de forzarla. Su corazón latía desbocado; con los ojos cerrados, el filósofo seguía recitando rezos y exorcismos. Por fin se oyó un grito en lontananza: era el canto lejano del gallo. El filósofo se detuvo extenuado y exhaló un suspiro de alivio.

Las personas que fueron a relevarlo lo encontraron más muerto que vivo. Apoyado contra la pared y con los ojos desorbitados, dirigía una mirada ausente a los cosacos que le sacudían. Tuvieron que sacarlo casi a rastras y sostenerlo durante todo el camino. Cuando llegaron al patio de la casa señorial, se estremeció y ordenó que le dieran un cuartillo de aguardiente. Una vez que lo bebió, se pasó la mano por los cabellos y comentó:

—Cuánta basura hay en este mundo. Suceden casos tan espeluznantes… Pero dejémoslo —añadió con un gesto de desaliento.

Las personas que se habían reunido a su alrededor agacharon la cabeza al oír esas palabras. Hasta un muchachuelo, al que todos los criados se creían con derecho a encomendar sus propios menesteres, como limpiar la cuadra o traer agua, hasta ese pobre muchacho se quedó boquiabierto.

En ese momento acertó a pasar por allí una mujer aún joven, cuyo vestido, muy ceñido, marcaba sus formas torneadas y fuertes; era la ayudante de la vieja cocinera, una coqueta incorregible que siempre encontraba alguna fruslería para adornar su cofia: un trozo de cinta, un clavel e incluso un papelito, a falta de algo mejor.

—¡Buenos días, Jomá! —dijo al ver al filósofo—. ¡Ay, ay, ay! ¿Qué te ha pasado? —gritó, juntando las manos.

—¿Qué te sucede, estúpida mujer?

—¡Ay, Dios mío! ¡Tienes el pelo completamente blanco!

—¡Vaya! ¡Pues es verdad! —exclamó Spirid, tras examinar al filósofo con atención—. ¡Te han salido tantas canas como al viejo Yavtuj!

Al oír ese comentario, el filósofo entró corriendo en la cocina, donde había visto un pedazo triangular de espejo sujeto a la pared, maculado por las moscas y adornado de nomeolvides, de pervincas y hasta de una guirnalda de caléndulas, señal de que la presumida coqueta lo empleaba para su arreglo personal. Allí comprobó con espanto la veracidad de esas palabras: la mitad de sus cabellos, en efecto, se habían vuelto blancos.

Jomá Brut agachó la cabeza y se quedó pensativo.

—Iré a ver al señor —dijo por fin—. Se lo contaré todo y le anunciaré que no estoy dispuesto a seguir rezando. Que me mande ahora mismo a Kiev.

Con esa determinación se dirigió a la escalinata de la casa señorial.

El centurión estaba en su habitación, casi completamente inmóvil; su rostro seguía expresando la misma tristeza desesperanzada que la primera vez que lo vio. Solo sus mejillas estaban mucho más hundidas. Era evidente que tomaba muy pocos alimentos o acaso ninguno. Su extraordinaria palidez le daba cierto aire de estatua de piedra.

—Buenos días, desdichado —exclamó cuando vio a Jomá, que se había detenido en el umbral con el gorro en la mano—. ¿Qué? ¿Cómo van tus asuntos? ¿Todo bien?

—No pueden ir mejor. Suceden allí tales diabluras que dan ganas de coger la gorra y salir pitando.

—¿Cómo es eso?

—Su hija, señor… No cabe duda de que es de origen noble; eso nadie se atreverá a negarlo; solo que… y no se lo digo con ánimo de ofender… que Dios se apiade de su alma…

—¿Qué pasa con mi hija?

—Se ha unido a Satanás y me da tales sustos que no soy capaz de leer las oraciones.

—¡Sigue leyendo! Por algo te eligió a ti. Mi palomita se preocupaba por su alma y quería expulsar con las oraciones cualquier pensamiento impuro.

—Como usted diga, señor, pero le juro que no puedo.

—¡Sigue leyendo! —insistió el centurión con la misma voz perentoria—. Solo te queda una noche. Harás una labor piadosa y yo te recompensaré.

—¡Por grande que sea la recompensa, señor, no seguiré leyendo! —exclamó Jomá con determinación.

—¡Escucha, filósofo! —dijo el centurión, y su voz se volvió más firme y amenazadora—. No me gustan los caprichos. Guárdate esas tretas para el seminario, aquí no te valdrán de nada. Si te doy una tunda, será muy distinta de las del rector. ¿Sabes lo que son unas buenas disciplinas de cuero?

—¡Pues claro! —dijo el filósofo bajando la voz—. Todo el mundo sabe lo que son: en grandes cantidades resultan intolerables.

—Sí. ¡Pero lo que no sabes es cómo sacuden mis muchachos! —dijo el centurión con aire intimidatorio, poniéndose en pie; su rostro adoptó una expresión altiva y hosca, que revelaba toda la fiereza de su carácter, aplacado tan solo por el peso del dolor—. Primero azotan, luego rocían la espalda con aguardiente y a continuación siguen golpeando. ¡Vamos, vamos! ¡Cumple con tu cometido! Si lo haces, recibirás mil ducados; y si no, puedes darte por muerto.

«¡Vaya! Menudo tipo —pensó el filósofo mientras salía—. Con él no valen bromas. Espera un poco, amigo, echaré a correr como alma que lleva el diablo y ni tus perros ni tú podréis darme alcance.»

Y Jomá tomó el firme propósito de escapar. Aguardó la hora de la sobremesa, cuando todos los criados tenían por costumbre meterse en los graneros, tumbarse en la paja y dormir con la boca abierta, dejando escapar tales ronquidos y silbidos que el patio parecía una fábrica. Por fin llegó ese momento. Hasta Yavtuj cerró los ojos y se tumbó al sol. El filósofo, asustado y tembloroso, se dirigió a hurtadillas al jardín, desde donde le parecía que podría ganar los campos con mayor facilidad y sin que nadie se diera cuenta. Aquel jardín se encontraba en el más completo abandono y, en consecuencia, parecía muy apropiado para cualquier empresa secreta. Salvo un pequeño sendero, abierto por necesidades de la casa, todo lo demás estaba cubierto de frondosos cerezos, saúcos y matas de bardana, cuyos espigados tallos destacaban en lo alto con sus rugosas y rosadas cabezuelas. El lúpulo se extendía como una red por la cima de esa abigarrada masa arbórea y arbustiva, formando una suerte de techumbre que llegaba hasta el seto y caía del otro lado en forma de retorcidas serpientes, que se entrelazaban con las campanillas silvestres. Al otro lado del seto, que servía de límite al jardín, crecía un auténtico bosque de maleza, en el que probablemente no se aventuraba nunca nadie; si una guadaña hubiera rozado con su filo sus tallos gruesos y leñosos, se habría roto en pedazos.

Cuando el filósofo se decidió a franquear el seto, los dientes le castañeteaban y el corazón le latía con tanta fuerza que hasta él mismo se asustó. Los faldones de su larga capa parecían pegados al suelo, como si alguien los hubiera sujetado con clavos. Cuando ya estaba del otro lado, creyó oír una voz semejante a un atronador silbido:

—¿Adónde vas?

El filósofo se sumergió en los matorrales y echó a correr, tropezando a cada momento en las viejas raíces y pisando un topo tras otro. Pensaba que, cuando saliera de esa maleza, solo tendría que atravesar un campo para llegar a unos endrinos frondosos y negros, donde podría considerarse fuera de peligro. Según sus conjeturas, en cuanto dejara atrás esos árboles, encontraría el camino que conducía directamente a Kiev. Atravesó el campo a todo correr y llegó hasta los endrinos, que a duras penas logró franquear, dejando, a modo de tributo, un trozo de levita en cada una de sus espinas; llegó así a una pequeña cañada. Un sauce desplegaba sus ramas, que en algunos lugares llegaban casi hasta el suelo. Un pequeño arroyo centelleaba límpido como la plata. Lo primero que hizo el filósofo fue agacharse para beber, pues sentía una sed insoportable.

—¡Qué agua tan buena! —dijo, secándose los labios—. Si pudiera descansar aquí un rato…

—No, es mejor que sigamos corriendo; seguro que ya nos persiguen.

Al oír esas palabras, pronunciadas por encima de su cabeza, se volvió: ante él estaba Yavtuj.

«¡Demonio de Yavtuj! —pensó el filósofo con irritación—. Con qué gusto te cogería por las piernas… y golpearía con una vara de roble tu asquerosa jeta y todo tu cuerpo.»

—Has hecho mal en dar semejante rodeo —continuó Yavtuj—. Habría sido mejor que tomaras, como yo, el camino que pasa por delante de la cuadra. ¡Qué pena de levita! El paño es bueno. ¿A cómo pagaste el *arshín*? En cualquier caso, ya hemos paseado bastante. Es hora de volver a casa.

El filósofo, rascándose detrás de la oreja, siguió a Yavtuj.

«¡Ahora esa maldita bruja me va a dar una buena! —pensaba—. Pero, en realidad, ¿por qué tener miedo? ¿Acaso no soy un cosaco? He leído ya dos noches y con la ayuda de Dios leeré la tercera. Para que el Maligno la proteja así, esa maldita bruja ha debido cometer no pocos pecados.»

Esas reflexiones le ocupaban cuando entraron en el patio. Animado por esas últimas consideraciones, le pidió a Dorosh, quien gracias a la protección del ama de llaves a veces podía entrar en las bodegas del señor, que le sacara un tonelillo de aguardiente; cuando los dos amigos, sentados a la entrada del cobertizo, se bebieron casi medio cubo, el filósofo se puso en pie de un salto y gritó:

—¡Músicos! ¡Que vengan músicos!

Y sin esperar a que llegaran, salió al centro del patio y se puso a bailar el *trepak*. Estuvo bailando hasta la hora de la comida, mientras los criados, que le habían rodeado, como suele suceder en tales casos, acabaron por escupir y marcharse, diciendo:

—¡Cuánto baila este hombre!

Por último el filósofo se tumbó allí mismo y se quedó dormido. Cuando llegó la hora de cenar, solo lograron despertarle arrojándole un cubo de agua fría por la cabeza. Durante la cena habló de las cualidades del cosaco y afirmó que este no debía tener miedo de nada.

—Ya es hora —dijo Yavtuj—. Vamos.

«¡Ojalá se te seque la lengua, verraco del demonio!», pensó el filósofo y, poniéndose en pie, dijo:

—Vamos.

Por el camino el filósofo miraba a un lado y a otro y trataba de entablar conversación con sus acompañantes. Pero Yavtuj guardaba silencio y Dorosh no tenía ganas de hablar. La noche era infernal. Una manada de lobos aullaba en la lejanía. Hasta los ladridos de los perros tenían algo de terrible.

—Parece que no fueran lobos los que aúllan, sino alguna otra criatura —dijo Dorosh.

Yavtuj siguió callado y el filósofo no acertó a hacer ningún comentario.

Se acercaron a la iglesia y entraron; sus viejas bóvedas de madera testimoniaban lo poco que se preocupaba el dueño de la hacienda de Dios y de su alma. Lo mismo que las noches anteriores, Yavtuj y Dorosh se retiraron y el filósofo se quedó solo. Todo estaba como antes. El lugar tenía el mismo aspecto amenazador y conocido. Se detuvo un instante. El ataúd de la horrible bruja seguía inmóvil en el centro de la iglesia.

—No tendré miedo; palabra que no lo tendré —dijo, y, trazando un círculo a su alrededor, como las otras veces, empezó a recitar sus exorcismos.

El silencio era terrible; las llamas de los cirios temblaban e inundaban de luz toda la iglesia. El filósofo volvió una página, luego otra y advirtió que lo que leía no tenía nada que ver con lo que estaba escrito en el libro. Lleno de terror, se santiguó y se puso a cantar. Con ello cobró algún ánimo: prosiguió su lectura, las páginas pasaban una tras otra. De pronto… en medio del silencio… la tapa de hierro del ataúd se abrió con estrépito y la muerta se incorporó, aún más horrible que la primera vez. Sus dientes castañeteaban con furia, sus labios se agitaban convulsivamente y pronunciaban sus conjuros entre espantosos aullidos. En la iglesia se alzó un torbellino que tiró por el suelo los iconos y levantó por los aires los cristales rotos de las ventanas; las puertas saltaron de sus goznes; una horda infinita de monstruos entró volando en el templo de Dios, que se llenó del terrible rumor de sus alas y de los arañazos de sus garras. Todas esas criaturas volaban y se arrastraban, buscando por todas partes al filósofo.

Los últimos restos de la borrachera se disiparon de la cabeza de Jomá, que no paraba de santiguarse y recitaba las oraciones como buenamente podía, al tiempo que oía cómo esa turba inmunda se agitaba a su alrededor, rozándole casi con los extremos de sus alas y de sus repugnantes colas. No tuvo ánimos para mirarlos con detenimiento; solo vio que un monstruo enorme, cubierto de un bosque de cabellos revueltos, ocupaba toda la pared; a través de esa maraña miraban dos ojos horribles, con las cejas ligeramente arqueadas. Por encima de él flotaba en el aire una especie de enorme vejiga con miles de tentáculos y aguijones de escorpión, de los que colgaban jirones de tierra negra. Todos le miraban y le buscaban, pero no podían verlo porque estaba rodeado del círculo mágico.

—¡Traed a Vi! ¡Id a buscar a Vi! —retumbó la voz de la muerta.

De pronto la iglesia quedó en silencio; se oyó en lontananza el aullido de los lobos; pronto resonaron en todo el templo unos pasos trabajosos. Mirando de reojo, el filósofo vio que traían a un ser achaparrado, rechoncho, patizambo. Todo su cuerpo estaba cubierto de tierra negra, por entre la cual sus manos y sus pies sobresalían como nudosas y fuertes raíces. Andaba con dificultad, tropezando a cada paso. Sus largos párpados colgaban hasta el suelo. Jomá advirtió con espanto que su rostro era de hierro. Le llevaron por el brazo hasta el lugar donde se encontraba el filósofo.

—¡Levantadme los párpados! ¡No veo! —dijo Vi con voz cavernosa.

Y toda la horda se apresuró a cumplir su mandato.

«¡No mires!», le susurró al filósofo una voz interior.

Pero no pudo resistir la curiosidad y miró.

—¡Ahí está! —gritó Vi, señalándole con su dedo de hierro.

En ese momento todas las criaturas que allí había se abalanzaron sobre el filósofo, que, muerto de miedo, cayó al suelo sin respiración y falleció en el acto.

En ese momento resonó el canto del gallo. Era ya el segundo, pues el primero no lo habían oído los gnomos. Los espíritus, asustados, se abalanzaron sobre las ventanas y las puertas, para salir volando cuanto antes, pero no tuvieron tiempo de escapar y se quedaron allí para siempre, adheridos a las puertas y las ventanas. Cuando entró el sacerdote, se quedó horrorizado al ver esa profanación de la morada de Dios y no se atrevió a celebrar allí el oficio de difuntos. La iglesia quedó abandonada para siempre, con los monstruos petrificados junto a las puertas y las ventanas. Con el tiempo, el bosque, las raíces, la maleza y los endrinos silvestres la ocultaron de tal modo que hoy día nadie podría encontrar su camino.

Cuando los rumores de ese suceso llegaron a Kiev y el teólogo Jaliava supo la suerte que había corrido el filósofo Jomá, se pasó una hora entera reflexionando. Durante aquel tiempo se habían producido grandes cambios en su vida. La fortuna le había sonreído: al terminar sus estudios, le habían nombrado campanero del campanario más alto. Casi siempre aparecía con la nariz magullada, porque la escalera de madera que conducía al campanario había sido construida con el mayor descuido.

—¿Te has enterado de lo que le ha pasado a Jomá? —le preguntó, acercándose a él, Tiberi Gorobets, que a la sazón era ya filósofo y lucía un incipiente bigote.

—Tal fue la voluntad de Dios —respondió el campanero Jaliava—. ¡Vamos a la taberna y bebamos una copa en su recuerdo!

El joven filósofo, que disfrutaba de sus nuevas prerrogativas con tan ferviente entusiasmo que los pantalones bombachos, la levita y hasta el gorro apestaban a aguardiente y a tabaco, se aprestó a aceptar la proposición.

—¡Jomá era un tipo excelente! —dijo el campanero cuando el tabernero cojo le puso delante la tercera jarra—. ¡Un hombre notable! Y fíjate cómo ha acabado.

—Yo sé por qué murió: porque tuvo miedo. Si no lo hubiera tenido, la bruja no habría podido hacerle nada. Le habría bastado con santiguarse y escupirle en la cola para salir indemne. Sé lo que digo: en Kiev, todas las mujeres del mercado son brujas.

El campanero movió la cabeza en señal de asentimiento. Pero al darse cuenta de que su lengua no era capaz de articular palabra, se levantó no sin esfuerzo y, con paso vacilante, se internó en la maleza y se tumbó en el lugar más apartado. Fiel a su inveterada costumbre, no se olvidó de llevarse una vieja suela de bota que había tirada en un banco.

VAMPIRISMO

E. T. A. HOFFMANN

El conde Hippolyt acababa de llegar de un larguísimo viaje de lejanas tierras para hacerse cargo de la cuantiosa herencia de su padre, fallecido ya hacía algún tiempo. El castillo familiar estaba ubicado en una de las comarcas más bellas y agradables, y las rentas que producían sus tierras servían sobradamente para contribuir con cuanto fuera necesario a su embellecimiento. Todo aquello que el conde vio a lo largo de sus viajes, sobre todo en Inglaterra, y que le había parecido encantador, de buen gusto o suntuoso, deseaba que surgiera ahora, de nuevo, ante sus ojos. Los artesanos, obreros y artistas que consideró necesarios para realizar sus proyectos acudieron a su llamada y, al cabo, comenzó a construirse alrededor del castillo un parque inmenso de gran estilo, que también incluía en su entorno la iglesia, el camposanto y la casa parroquial, las cuales pasarían también a formar parte de aquel bosque artificial. El propio conde dirigía las obras, pues poseía suficientes conocimientos como para hacerlo. Tal empeño puso en la tarea que ya había pasado más de un año sin que se le ocurriese seguir el consejo que le diera un anciano tío suyo, de mostrar su luz en la corte y dejarse ver entre las damas casaderas del lugar para que pudiera elegir entre ellas como esposa a la que le pareciera más noble, buena y hermosa de todas. Precisamente, una mañana que se hallaba sentado a la mesa de dibujo esbozando el plano de un nuevo edificio, le anunciaron la visita de una anciana baronesa, una pariente lejana de su padre. En cuanto Hippolyt oyó el nombre de la baronesa, recordó que su padre había hablado siempre de aquella mujer con la más profunda indignación, e incluso con repugnancia, y que a veces también había advertido a personas que pretendían acercarse a ella que harían mucho mejor si se mantenían alejadas de la baronesa; sin embargo, el buen hombre jamás dio razón alguna que justificase su actitud. Si se le preguntaba expresamente acerca de estas razones, el conde solía contestar que existían ciertas cosas sobre las que más valía guardar silencio que hablar. Pero algo se sabía, pues en la corte corrían oscuros rumores sobre un extraño y secreto proceso criminal en el que estaba implicada la baronesa, la cual, separada de su marido y expulsada del lejano lugar donde residía, se había librado de la prisión solo gracias a la benevolencia del príncipe. Hippolyt se sintió muy molesto por la presencia de una persona a la que su padre aborrecía, a pesar de que no hubiera conocido las razones de dicho aborrecimiento. La ley de la hospitalidad que, sobre todo allí, en el campo, era algo prioritario, le obligaba a recibir a tan molesta visita. Jamás hubo persona alguna cuya apariencia exterior —y no porque fuera fea— hubiera provocado en el conde un rechazo tal como el que, precisamente, provocó en él la baronesa. Al entrar, traspasó al conde con una mirada de fuego, luego bajó los ojos y se disculpó por su visita con expresiones que rayaban en la humildad. Se quejó de que el padre del conde, poseído de un sinfín de extraños prejuicios sobre ella, a los que le habían inducido maliciosamente sus enemigos, la hubiera odiado hasta la muerte y que, sin consideración alguna, la hubiera arrojado a la más amarga miseria. Vivía, pues, avergonzándose de su estado y sin recibir ningún tipo de ayuda. Por fin, y de forma inesperada —siguió contando—, había entrado en posesión de una pequeña cantidad de dinero que le permitiera abandonar la corte y refugiarse en una alejada ciudad de provincias. No había resistido la tentación de realizar este viaje para conocer al hijo de un hombre al que, a pesar del odio injusto e irreconciliable del que la hacía objeto, sin embargo, ella nunca había dejado de respetar. Fue el emotivo tono de veracidad con que habló la baronesa lo que hizo que el conde se conmoviera, máxime cuando, en vez de contemplar la desagradable faz de aquella mujer, se hallaba inmerso en la contemplación de la adorable, maravillosa y encantadora criatura que la acompañaba. La baronesa guardó silencio; el conde pareció no advertirlo, permanecía mudo. Entonces la anciana se disculpó, ya que, dado lo que significaba para ella estar en aquel lugar, por lo que le imponía e impresionaba, no le había presentado al conde de inmediato, nada más entrar, a su hija Aurelie. Solo entonces recuperó el conde la palabra y, rojo como la grana a causa de la confusión que también advirtió en la encantadora jovencita, prometió a la baronesa que tuviera a bien concederle reparar aquello que su padre, solo como causa de un malentendido, pudiera adeudarle, y que él mismo la tomaría de la mano para que entrase en su castillo. Para confirmar solemnemente su voluntad, tomó la mano de la baronesa, pero de súbito, la palabra y el aliento se le cortaron: un frío glacial inundó todo su ser. Sintió que unos dedos rígidos como la muerte aferraban su mano, y la alta y huesuda figura de la baronesa, que lo miraba fijamente sin visión alguna en sus ojos, le pareció no ser más que un cadáver repugnante, muy acicalado y vestido con un traje multicolor.

—¡Oh, Dios mío, vaya una fatalidad, precisamente ahora! —exclamó Aurelie, quejándose con voz conmovedora y tiernísima de que su pobre madre se viera atacada repentinamente por una de sus parálisis, añadiendo que tal estado solía curarse en muy poco tiempo, sin necesidad de utilizar remedio alguno.

El conde se soltó con esfuerzo de la mano de la baronesa, pero recuperó todo el fuego de la vida y el deleite del amor en cuanto tomó la mano de Aurelie y, apasionadamente, la apretó contra sus labios.

Apenas llegado a la edad viril, Hippolyt sintió por primera vez toda la fuerza de la pasión, de tal modo que fue incapaz de ocultar sus sentimientos; la manera con que Aurelie parecía mirarle, con toda la gracia de su encantadora inocencia, hizo despertar en él la esperanza de conquistarla. Habían pasado algunos minutos cuando la baronesa volvió en sí tras su parálisis e, ignorante por completo del estado del que acababa de salir, aseguró al conde cuánto la honraba la propuesta de invitarla a permanecer una temporada en su castillo y, también, que olvidaba para siempre todas las injusticias que su padre le había hecho. Así, se transformó súbitamente la situación hogareña del conde y este tuvo que creer que, gracias a una bondadosa jugada del destino, se le otorgaba la dicha de conducir hasta él a la única persona en el mundo entero a quien más ardientemente podría haber deseado como esposa, la única que podría concederle a su espíritu la dicha más inmensa que cupiera en la existencia terrenal. El comportamiento de la anciana baronesa siguió siendo el mismo: se mostraba callada y seria, ensimismada, y cuando se presentaba el momento hacía gala de un carácter dulce y de alguna dicha inocente en su apagado corazón. El conde se acostumbró al rostro verdaderamente temible y cadavérico de la baronesa, así como a su figura fantasmal, rasgos que atribuía nada más que a la enfermedad que la afligía; también atribuía a su estado su tendencia al delirio nervioso y al desvarío, que la impulsaban —según había llegado a saber por sus servidores— a dar a menudo paseos nocturnos por el parque, y a encaminarse hasta el cementerio. El conde se avergonzaba de que también a él le hubiera afectado tanto el prejuicio de su padre, pero en cuanto a las insistentes advertencias de que le hacía objeto un anciano tío suyo instándole a que superara el sentimiento amoroso que lo embargaba y que rompiese una relación que, tarde o temprano, sería la causa de su desgracia, no llegaban a ejercer en él el más mínimo efecto. Convencido vivamente, a su vez, del intenso amor de Aurelie, pidió su mano. Podrá imaginarse con qué alegría aceptó la baronesa tal petición, ya que, al punto, se vio rescatada de la más profunda indigencia para ir a parar a los brazos de la fortuna. Tanto la palidez como ese aspecto característico que denota la existencia de una inquebrantable tristeza interior desaparecieron del semblante de Aurelie: la felicidad del amor resplandecía en su mirada y un fresco color rosado lucía en sus mejillas. La mañana del día en el que se iba a celebrar la boda, una estremecedora casualidad vino a contrariar los deseos del conde. Habían encontrado a la baronesa caída en el suelo, boca abajo e inerte, en las inmediaciones del cementerio. La habían llevado al palacio, precisamente cuando el conde acababa de despertarse y saboreaba ya las mieles de la felicidad que consideraba alcanzada. Creyó que la baronesa había tenido otro de sus acostumbrados ataques repentinos, pero todos los remedios que se utilizaron para intentar devolverla a la vida fueron inútiles: estaba muerta. Aurelie no desahogó su dolor de forma violenta, sino que, sin derramar una sola lágrima, pareció enmudecer y quedar paralizada interiormente a consecuencia del golpe recibido. El conde temía por su amada y, solo muy dulce y cautelosamente, se atrevió a recordarle su mutuo compromiso y su situación de criatura desamparada que exigía que se tomasen cuanto antes las medidas oportunas y se hiciera lo más conveniente, que habría de ser, a pesar de la muerte de la madre, acelerar todo lo posible el día de su boda. Aurelie, llorando desconsoladamente, cayó en brazos del conde, gritando con una voz desgarradora que partía el corazón:

—¡Sí, sí! ¡Por todos los santos! ¡Por la paz de mi alma! ¡Sí!

El conde atribuyó aquel repentino desahogo al amargo pensamiento de que, sola y sin patria, sin saber adónde ir, la joven pensaba que tampoco podía permanecer más tiempo en el castillo en aquella situación sin dañar las normas de la decencia. El conde se encargó, pues, de que una anciana y respetable matrona acompañara a Aurelie durante las escasas semanas que faltaban para que llegase la nueva fecha de la boda que, al fin, pudo celebrarse sin que ningún funesto suceso la interrumpiera y que coronó la felicidad de Hippolyt y Aurelie. Mientras tanto, Aurelie se hallaba en un estado perpetuo de gran excitación nerviosa. No era el dolor por la pérdida de la madre, no; más bien era una angustia mortal, íntima y sin nombre lo que parecía perseguirla sin cesar. En medio de los más dulces diálogos amorosos se sentía acometida de pronto por un terror repentino, empalidecía como un cadáver y, bañada en lágrimas, caía en brazos del conde aferrándose a él con violencia, como si quisiera impedir que un poder invisible y enemigo la arrebatara y la llevara a la perdición.

—¡No! ¡Nunca, nunca! —exclamaba.

Una vez casada con el conde, pareció desaparecer aquel estado de excitación, así como aquella angustia espantosa. Sin embargo, al conde no le pasaba inadvertido que Aurelie ocultaba algún lacerante secreto que la torturaba, mas le parecía una falta de tacto preguntarle sobre ello mientras durase aquel extraño nerviosismo y ella misma continuara guardando silencio al respecto. Pero ahora que su mujer parecía encontrarse un poco mejor, se atrevió a preguntarle con delicadeza cuál era la causa de sus extraños transportes anímicos, asegurándole que sería un gran remedio para ella confiarle a él, a su querido marido, los secretos de su corazón. Grande fue el asombro del conde cuando al fin descubrió que solo la infame conducta de la madre constituía la causa de todo aquel dolor que había caído sobre Aurelie.

—¿Hay algo más espantoso que tener que odiar y aborrecer a la propia madre? —exclamó Aurelie.

Por tanto, ni el padre ni el tío se hallaban obcecados por prejuicio alguno, mientras que la baronesa había sabido confundir al conde con su premeditada hipocresía. Hippolyt consideró, pues, un guiño muy favorable del destino para con su felicidad el hecho de que aquella madre malvada hubiera muerto justo el día en que él pensaba casarse. No tenía reparo alguno en decirlo; pero Aurelie le explicó que, justo al morir su madre, ella se había sentido de tal modo sobrecogida por oscuros y terribles presentimientos que había sido incapaz de superar la angustia que le provocaron: creía que la muerta volvería de su tumba para arrebatarla de los brazos de su amado y llevársela con ella al abismo. Aurelie recordaba —según refirió— muy oscuramente los tiempos de su primera infancia, en los que, una mañana —y sabía que era una mañana porque, justamente, acababa de despertarse— hubo un terrible tumulto en su casa. Las puertas se abrían y se cerraban con violencia y se oían gritos entremezclados de voces desconocidas. Al fin, cuando volvió a reinar el silencio en la casa, la niñera tomó a Aurelie de la mano y la condujo a una gran sala en la que había muchas personas reunidas; en el centro, sobre una larga mesa, yacía el cuerpo del hombre que jugaba con ella a menudo y le daba golosinas y al que ella llamaba «papá». Extendió los brazos hacia él y quiso besarlo. Aquellos labios, siempre tan cálidos, estaban ahora helados y, Aurelie, sin saber muy bien por qué, comenzó a sollozar violentamente. La niñera la condujo luego a una casa extraña, donde tuvo que permanecer mucho tiempo hasta que, al fin, apareció una mujer que se la llevó con ella en un coche. Era su madre, quien poco después viajó con ella a la corte. Aurelie debía de tener unos dieciséis años cuando apareció un hombre en casa de la baronesa al que esta pareció recibir con gran alegría y confianza, como si se tratara de un viejo y querido amigo. El desconocido comenzó a visitarlas cada vez más a menudo, a la par que enseguida comenzó a variar de forma evidente la situación en la que vivía la baronesa. En vez de habitar en una casa miserable y de vestirse con pobre ropa y alimentarse con mala comida, pudo trasladarse a una hermosa vivienda en la parte más bella de la ciudad y lucir valiosos vestidos; comía y bebía los más ricos manjares con aquel extraño, que era su invitado permanente, y podía permitirse el lujo de asistir a cuantas diversiones y espectáculos públicos ofrecía la corte. Aurelie permanecía ajena al influjo de todas esas mejoras de la situación de su madre, que, como era evidente para ella, solo se debían a la mediación del desconocido. La joven se recluía en su habitación mientras la baronesa y el desconocido se apresuraban a salir en busca de diversiones, por lo que se sentía más sola y desamparada que nunca. A pesar de que aquel hombre muy bien pudiera contar unos cuarenta años, poseía una apariencia fresca y juvenil, su figura era esbelta y hermosa y habría que añadir que su semblante era bello y masculino. Sin embargo, a Aurelie le desagradaba, pues por mucho que él tratara de comportarse con corrección, sus maneras eran torpes, groseras y vulgares. Las miradas que pronto comenzó a dirigir a Aurelie llenaban a esta de un temor inquietante, y le producían una repugnancia cuya causa ni ella misma acertaba a explicarse. Hasta el momento, la baronesa no se había molestado en decirle tan siquiera una palabra a Aurelie sobre el desconocido. Pero un día le dijo su nombre, añadiendo que el barón era muy rico y que, además, se trataba de un pariente lejano. Alabó su figura, sus cualidades, y concluyó preguntándole a Aurelie si le gustaba. Aurelie no ocultó el aborrecimiento que sentía por el desconocido; la baronesa le lanzó una mirada que le produjo un intenso pavor y le dijo que no era más que una pobre necia. Poco después, la baronesa comenzó a mostrarse demasiado amable con Aurelie, tanto como nunca lo había sido. Le regaló hermosos vestidos, toda clase de adornos y complementos de moda, y le permitió asistir a las diversiones sociales. El desconocido se esforzaba por hacerse agradable a Aurelie, pero de un modo que solo lograba que su presencia fuera más aborrecible ante los ojos de la muchacha. Mortal fue, sin embargo, el golpe que sufrió su tierna sensibilidad de doncella cuando, a causa de una simple casualidad, la muchacha fue secreto testigo de una indignante y aborrecible escena entre el desconocido y la depravada condesa. Cuando, finalmente, unos días después, el desconocido se atrevió, llevado de su ebriedad, a abrazar a Aurelie de una manera que no dejaba ya duda alguna sobre sus intenciones, la joven, en su desesperación, hizo acopio de un vigor casi varonil y lo apartó de sí dándole un empujón que le hizo retroceder mientras ella escapaba y se encerraba en su habitación. La baronesa le explicó entonces a Aurelie con toda crudeza y severidad que, como el desconocido era quien mantenía la casa, y como ella no tenía ninguna gana de volver a la miseria anterior, todos sus remilgos y reparos serían inútiles: Aurelie tendría que someterse a la voluntad del desconocido, quien, de lo contrario, había amenazado con abandonarlas a su suerte. En vez de conmoverse con las súplicas desgarradoras de Aurelie, en vez de compadecerse de sus ardientes lágrimas, la horrible mujer se deshizo en improperios a la vez que reía sarcásticamente y alababa una relación que le brindaría a la joven la posibilidad de disfrutar de todos los placeres de la vida; hablaba con tal desenfreno, mostrando su repugnancia y desprecio por todos los sentimientos de decencia y piedad, burlándose de todo lo que podía considerarse más noble y más sagrado, que provocó verdadero espanto en Aurelie. Esta se vio perdida y consideró que su único medio de salvación sería huir sin demora. Aurelie consiguió hacerse con la llave de la puerta principal; hizo un paquete con aquello que consideró de estricta necesidad y, a eso de la medianoche, cuando creyó que su madre ya dormía, se deslizó hasta el vestíbulo, que estaba escasamente iluminado. Ya se disponía a traspasarlo muy despacio y sin hacer el más mínimo ruido cuando, de súbito, la puerta de la casa se abrió violentamente y se oyó un ruido de pasos en la escalera. La baronesa se precipitó justo a los pies de Aurelie vestida con una bata pobrísima y sucia, con los brazos y el pecho desnudos, el grisáceo cabello desmadejado, revolviéndose desencajada. Y, tras ella, apareció el desconocido.

—¡Aguarda, infame Satanás, bruja del infierno! ¡Me las pagarás todas juntas! —gritaba.

La agarró del cabello y la arrastró hasta el centro de la estancia, y allí comenzó a azotarla de manera frenética con una gruesa fusta. La baronesa chillaba y gritaba de miedo de forma espantosa; Aurelie, a punto de perder la razón, corrió a la ventana y comenzó a gritar pidiendo ayuda. Dio la casualidad de que en aquellos momentos pasaba por allí una patrulla de policía que inmediatamente irrumpió en la casa.

—¡Cogedle! —gritó la baronesa, ebria de furia y dolor, a los soldados—. ¡Cogedle! ¡Sujetadle bien! ¡Mirad su espalda! Él es…

—¡Ajá! ¡Por fin te tenemos, Urian! —exclamó jubiloso el sargento de policía, al mando de la patrulla, en cuanto la baronesa hubo pronunciado aquel nombre.

Y sujetándolo entre todos fuertemente, y a pesar de los esfuerzos que el desconocido hacía por desasirse, terminaron por llevárselo. Las intenciones de fuga de Aurelie, sin embargo, no pasaron inadvertidas para la baronesa. Se apresuró, pues, a tomar bruscamente del brazo a Aurelie y a arrojarla dentro de su habitación, y luego, cerrando la puerta con llave, la dejó allí encerrada sin dirigirle una sola palabra. A la mañana siguiente la baronesa salió de la casa y no regresó hasta por la noche, mientras que Aurelie, encerrada en su cuarto como en una celda, sin ver ni hablar con nadie, tuvo que pasar allí el día entero sin comida ni bebida. Así transcurrieron varios días. La baronesa se asomaba a verla de vez en cuando; mirándola con ojos de furia, parecía que estuviese dudando sobre qué decisión tomar, hasta que una tarde recibió unas cartas cuyo contenido pareció agradarle.

—Estúpida criatura, tú tienes la culpa de todo, pero ya está bien; solo desearía que no cayera sobre ti el temible castigo que el malvado espíritu te ha destinado.

Así le habló la baronesa a Aurelie; más tarde, volvió a mostrarse amable con ella, y Aurelie, como el infame desconocido había desaparecido, ya no pensó más en fugarse y disfrutó de mayor libertad.

Había transcurrido ya algún tiempo cuando, una tarde en la que Aurelie se hallaba sentada a solas en su cuarto, oyó un gran alboroto en la calle. La doncella apareció corriendo y le contó que se trataba del traslado del hijo del verdugo, quien, ya una vez, tras haber sido marcado al fuego por robo y asesinato, al ser conducido a la cárcel había logrado escapar a sus guardianes. Aurelie vaciló y, acometida por una terrible sospecha, se dirigió a la ventana; en efecto, no se había equivocado: era el desconocido, que, rodeado por gran cantidad de guardias, pasaba por allí en aquellos instantes, bien encadenado, en un carro que le conducía al cadalso donde habría de cumplirse su sentencia. Aurelie se dejó caer medio desvanecida en una butaca después de que la furibunda mirada del aquel tipo se encontrara con la suya y este alzara un brazo con el puño apretado, en un gesto amenazador hacia la ventana donde ella se encontraba.

Todavía pasaba la baronesa mucho tiempo fuera de casa, pero nunca llevaba con ella a Aurelie; por eso, la vida de la muchacha, ensombrecida por todas aquellas consideraciones sobre el terrible destino que la aguardaba, sobre un peligro que se cernía sobre ella y que podía asaltarla en cualquier momento llevándola a la perdición, etcétera, se volvía cada vez más triste y aburrida. Por la doncella, quien precisamente había sido contratada tras lo ocurrido aquella noche terrible, supo Aurelie que la gente comentaba que la baronesa había sido amante de aquel villano, pero que también en la corte todo el mundo sentía compasión de ella por haber sido tan ingenua y haberse dejado engañar de una manera tan tonta. Sin embargo, Aurelie sabía demasiado bien cómo habían sido en realidad las cosas. Le parecía imposible que al menos los policías que habían detenido al desconocido en casa de la baronesa y que habían podido presenciar cómo ella le llamó por su nombre y les hizo observar la marca de fuego en la espalda como signo inequívoco de su crimen, no hubieran quedado convencidos de lo bien que aquella mujer conocía al hijo del verdugo. Ahora bien, la doncella refería además otro tipo de rumores en los que se aludía a una severa investigación de los tribunales que incluso había estado a punto de costarle el arresto a la baronesa, puesto que el infame criminal, el hijo del verdugo, había declarado unas cosas muy extrañas respecto a ella.

Enseguida comprendió Aurelie que, tras lo ocurrido a su madre, esta no podría permanecer ni un minuto más en la corte. Finalmente, la baronesa se vio obligada a abandonar aquel lugar en el que constantemente se veía asediada por sospechas aún no confirmadas y huyó a una comarca lejana. Aquel viaje la condujo al palacio del conde, donde sucedió lo que ya hemos relatado.

Aurelie debería, pues, sentirse muy feliz al librarse así de sus temores; sin embargo, se sintió profundamente aterrada al recordar las palabras que le había dirigido su madre, cuando la muchacha se creyó a salvo de ellos:

—¡Tú eres mi desgracia, maldito engendro del infierno! Pero ya te atrapará mi maldición cuando a mí me lleve una muerte súbita y tú estés disfrutando de tu añorada dicha. En las convulsiones que me costó tu nacimiento, la astucia de Satanás...

Aquí, Aurelie no pudo ya continuar. Se arrojó al pecho del conde y le pidió la absolviese de tener que repetir las palabras que había pronunciado la baronesa llevada de su furia demencial. Se sentía destrozada al recordar esas espantosas amenazas proferidas por aquella madre investida de poderes infernales, sobre todo porque preveía que podrían hacerse realidad. El conde consoló a su mujer lo mejor que pudo sin tener en cuenta el gélido terror que a él mismo le acometía. No tuvo más remedio que confesarse a sí mismo, cuando ya estuvo algo más calmado, que aquella profunda repugnancia que le producía la baronesa, aun estando ya muerta, había arrojado una negra sombra sobre su vida, velando así un tanto la claridad anterior que siempre la había caracterizado.

Poco tiempo después, Aurelie comenzó a cambiar de manera notable. Mientras que la palidez de su semblante y la mirada perdida y lánguida de sus ojos parecían denotar que estaba acometida por alguna enfermedad, su ser inquieto, inconstante y temeroso evidenciaba de nuevo la existencia interior de algún oscuro secreto que la trastornaba. Huía incluso de su marido, se encerraba en su gabinete o buscaba refugio en los lugares más recónditos del parque; cuando se la volvía a ver, sus ojos llorosos, los rasgos demacrados de su rostro, indicaban los espantosos sufrimientos de su interior torturado. En vano insistió el conde en buscar la causa del estado en que se hallaba su esposa; de la desesperación inconsolable en la que cayó solo pudo sacarle la sospecha de un famoso médico que atribuyó aquella hipersensibilidad de la condesa, aquellos amenazadores cambios de ánimo, a un supuesto estado de buena esperanza, que había de traer la felicidad al matrimonio. El propio médico, mientras comía con el conde y la condesa, no tuvo reparo alguno en gastar todo tipo de bromas sobre aquel estado de buena esperanza. La condesa las escuchaba sin hacer ningún caso, pero su atención se avivó cuando el médico se refirió a los extraordinarios caprichos por los que solían verse acometidas las mujeres embarazadas y a los cuales les era imposible resistirse a pesar del detrimento que pudiera sufrir su propia salud, e incluso la del niño que llevaban en su seno. La condesa hizo muchas preguntas al médico, y este no se cansó de hablarle de sus experiencias e incluso de narrarle algunos casos muy graciosos.

—Sin embargo —aseguró el médico—, se han dado ejemplos de caprichos anormales, a causa de los que alguna mujer se vio abocada a realizar hechos terribles. Así, la mujer de un herrero se sintió desbordada por un deseo tan grande de comer la carne de su marido que no paró hasta que, una noche en que el herrero llegó borracho a casa, cayó sobre él con un enorme cuchillo de cocina y lo hirió de tal manera que el pobre hombre expiró a las pocas horas.

Apenas pronunció el médico estas palabras, la condesa cayó desvanecida en el sillón, y solo con muchos cuidados pudo sobreponerse después al ataque de nervios que siguió al desvanecimiento. El médico comprendió que había obrado con suma inconsciencia al relatar aquel suceso horrible en presencia de una mujer tan extremadamente delicada e impresionable.

Sin embargo, aquella crisis pareció haber sido beneficiosa para el estado de la condesa, pues, tras ella, se tranquilizó un poco; ahora bien, la extraña rigidez de su ser, el tétrico brillo de sus ojos y aquella palidez cada vez más acusada de su piel, sembraron de nuevo la duda y la inquietud en el conde acerca del estado de su esposa. Lo más inexplicable de todo lo que le ocurría a la condesa era que no comía en absoluto y que, además, sentía repugnancia de las viandas que se le ofrecían, sobre todo de la carne; en tales circunstancias, tenía que abandonar la mesa cuando ya no podía contener los síntomas de su aborrecimiento. Toda la sabiduría del médico resultó inútil, y ni las más cariñosas admoniciones ni los lamentos del marido ni nada en el mundo pudo hacer que la condesa tomase ni una sola gota de medicina. Como transcurrieron semanas e incluso meses sin que la condesa ingiriese bocado alguno y resultaba por tanto un misterio cómo sustentaba su vida, el médico opinó finalmente que en aquel caso entraba en juego algo que se hallaba fuera del ámbito de acción del conocimiento de cualquier ciencia humana y abandonó el castillo pretextando una nimiedad. Perfectamente pudo notar el conde que la situación de su mujer le había parecido a aquel acreditado médico demasiado misteriosa e inquietante como para insistir más en hallarle una solución y quedarse para ser testigo de una enfermedad sin fundamento en la que él ya no podía ayudar a la paciente de ninguna manera. Podrá imaginarse el estado anímico en el que quedó Hippolyt. Sin embargo, aún le aguardaba algo más.

Precisamente en aquella época se le ocurrió a un viejo y fiel sirviente del conde descubrirle a su amo, en un momento en que lo encontró a solas, que la condesa abandonaba todas las noches el castillo y que no regresaba hasta el alba. El conde sintió un escalofrío. Solo entonces reparó en que aquel sueño tan antinatural, que desde hacía algún tiempo le sobrevenía diariamente a eso de la medianoche, podía deberse a cualquier tipo de narcótico que le administrara la condesa para, de ese modo, poder abandonar la habitación que, contrariando las costumbres elegantes, compartía con su esposo, sin que él lo notara. Los más negros presentimientos, las más terribles sospechas, se adueñaron del alma del conde. Pensó en aquella madre demoníaca, cuyas costumbres quizá se reprodujeran ahora en su hija; en algún repugnante adulterio; en aquel tipo infame, hijo del verdugo… A la noche siguiente, pues, tendría que desvelársele el espantoso secreto, único motivo del mal inexplicable de su esposa.

La condesa tenía la costumbre de preparar ella misma el té que su marido tomaba por las noches, retirándose una vez que se lo había servido. Aquella vez, el conde no ingirió ni una sola gota; según su costumbre, leyó en la cama antes de dormirse y, como esperaba, no le acometió hacia la medianoche esa terrible necesidad de dormir a la que ya se había acostumbrado; no obstante, hizo como si así fuera y se recostó sobre los almohadones fingiendo que se hallaba profundamente dormido. Muy despacio y sin hacer ningún ruido, la condesa abandonó su lecho, se acercó al de Hippolyt, le alumbró el rostro, y se deslizó fuera de la habitación. El corazón del conde latía con inusitada violencia; saltó de la cama, se echó un abrigo por encima y salió sigilosamente en pos de su mujer. Era una noche muy clara, de luna, de modo que aunque Aurelie caminaba muy deprisa y le llevaba una considerable ventaja, el conde podía distinguir muy bien desde lejos su figura, vestida con un camisón blanco. Atravesando el parque, la condesa llegó al cementerio; una vez allí, desapareció tras el muro. Hippolyt se apresuró a seguirla entrando por la puerta de aquel lugar, que se hallaba abierta. Allí pudo observar, a la luz de la luna, un círculo de espantosas figuras espectrales. Viejas medio desnudas, con los cabellos desmadejados y dispuestas en círculo, se agachaban en el suelo: en el centro yacía el cadáver de un ser humano que devoraban con ansias de lobo. ¡Aurelie estaba entre ellas! Instigado por un frenético terror, el conde huyó de allí, corriendo irreflexivamente, inflamado de un miedo mortal, anegado por todos los espantos del infierno a través de los senderos del parque, hasta que, ya al alba, bañado en sudor, se halló de nuevo ante la puerta del castillo. Sin voluntad alguna, incapaz de pensar de forma clara y racional, subió a gran velocidad la escalera y atravesó corriendo las habitaciones hasta llegar a la alcoba. Allí yacía la condesa, entregada, al parecer, a un sueño dulce y tranquilo. El conde quiso convencerse de que todo había sido una repugnante pesadilla —aunque no podía ignorar el paseo nocturno, del que daba prueba su abrigo, húmedo de rocío de la mañana— o, por lo menos, una burla de los sentidos que le había asustado mortalmente. Sin esperar a que despertara la condesa, abandonó la habitación, se vistió y montó a caballo. El paseo que dio aquella hermosa mañana a través de aromáticos arbustos, de entre los que parecía saludarle el canto matutino de los vivaces pajarillos, disipó las terribles imágenes nocturnas; consolado y mucho más tranquilo, regresó al castillo. Pero cuando ambos, el conde y la condesa, se hallaron sentados a la mesa y aquella diera grandes muestras de repugnancia al serle presentada la carne cocinada, pretendiendo por ello, como tantas veces, levantarse y abandonar el comedor, se hizo evidente con toda crudeza en el alma del conde la verdad de lo que había sucedido la noche anterior. Lleno de furia, saltó de su asiento y, con voz terrible, gritó:

—¡Maldito engendro del diablo! ¡Ya sé por qué te repugna la comida civilizada! ¡En las tumbas es donde pastas, mujer endemoniada!

Mas en cuanto el conde hubo pronunciado estas palabras, la condesa se abalanzó sobre él lanzando un terrible alarido y, con la furia de una hiena, le clavó sus dientes en el pecho. Hippolyt logró desasirse de aquella loca, que cayó al suelo y expiró entre horribles convulsiones.

Tras estos terribles sucesos, el conde enloqueció.

CARMILLA

Joseph Sheridan Le Fanu

I. El comienzo del horror

No somos gente acaudalada, pero aun así vivimos en un castillo, en Estiria, rincón del mundo donde unos ingresos reducidos permiten una existencia próspera. Aquí, ochocientas o novecientas libras anuales obran milagros. En nuestro país de origen, nuestras rentas difícilmente nos habrían permitido estar a la altura de los ricos. Mi padre es inglés y, por lo tanto, llevo un apellido inglés, pero nunca he estado en Inglaterra. En un lugar tan solitario y primitivo como este, donde todo es extraordinariamente barato, no veo cómo disponer de mucho más dinero podría contribuir a incrementar nuestro bienestar material, e incluso nuestros lujos.

Mi padre trabajó para el gobierno austríaco hasta su retiro, a partir del cual contó para subsistir con una pensión y su patrimonio. Gracias a ello adquirió, a un precio irrisorio, esta propiedad feudal y los terrenos, no muy extensos, en que se halla.

No imagino nada más peculiar o aislado. El castillo está enclavado en lo alto de una colina, rodeado de bosques. El camino, antiguo y estrecho, pasa por delante de su puente levadizo (que jamás vi levantado) y su foso, en el que nadan los cisnes y flotan los nenúfares.

Por encima de todo ello se alza el castillo, con sus ventanas, sus torres y su capilla gótica.

Frente al portal, se abre un claro tan irregular como pintoresco, y a la derecha un puente, gótico también, permite cruzar un arroyo que serpea entre la espesura.

Ya he dicho que se trata de un lugar muy aislado, lo que puede comprobarse con solo mirar desde la entrada principal en dirección al camino: el bosque se extiende hasta una distancia de unas quince millas hacia la derecha y de unas doce hacia la izquierda. La aldea habitada más cercana se encuentra a algo más de cinco millas (según las medidas inglesas), también hacia la izquierda. El castillo más próximo con algún interés histórico se halla a casi veinte millas hacia poniente, y es propiedad del anciano general Spielsdorf.

Si me he referido a «la aldea habitada más cercana» se debe a que a apenas tres millas, en dirección al castillo del general Spielsdorf, existe otra, reducida a escombros, en la nave de cuya iglesia, que ha perdido el techo, se encuentran las tumbas de la orgullosa familia Karnstein (ya extinguida), que en tiempos fue dueña también del desolado castillo que, en lo más profundo del bosque, domina los silenciosos restos del poblado.

Con respecto a las razones que provocaron el abandono de este misterioso y melancólico lugar, circula una leyenda que relataré más adelante.

Describiré a continuación al reducido grupo que habita nuestro castillo. No incluiré a la servidumbre ni a quienes ocupan las dependencias adosadas. Leed y asombraos: mi padre, que es el hombre más agradable que existe y que entonces ya empezaba a envejecer, y yo misma, que en el tiempo a que se refiere mi relato solo tenía diecinueve años. Han pasado ocho años desde entonces. Así pues, la familia que vivía en aquel castillo estaba formada por mi padre y por mí. Mi madre, originaria de Estiria, murió cuando yo era muy pequeña, y desde entonces contaba yo con una bondadosa ama de llaves, cuyo rostro, simpático y regordete, siempre estuvo presente en mi memoria. Se llamaba madame Perrodon, era oriunda de Berna, y su cariño y bondad suplieron, al menos en parte, la ausencia de mi madre, a quien en verdad ni siquiera recuerdo, tan niña era cuando la perdí. Con madame Perrodon éramos tres las personas que nos sentábamos a la reducida mesa familiar. Había una cuarta, sin embargo, mademoiselle de Lafontaine, una mujer a la que en Inglaterra, según creo, califican de «institutriz». Hablaba francés y alemán. Madame Perrodon se expresaba en francés y chapurreaba el inglés, idiomas estos que mi padre y yo empleábamos a diario, en especial el último, tanto para evitar perderlo como por motivos digamos patrióticos. La consecuencia de ello era una Babel que los visitantes encontraban sumamente divertida y que no intentaré reproducir en estas páginas. Había asimismo dos o tres muchachas, aproximadamente de mi edad, que nos visitaban durante períodos más o menos prolongados y cuyos servicios yo solía retribuir.

Esos eran nuestros contactos sociales habituales, y aunque en ocasiones recibíamos también la visita de vecinos, que vivían no demasiado lejos del castillo, yo llevaba una existencia más bien solitaria, y aunque estaba al cuidado de personas por demás prudentes, era una muchacha mimada a quien su padre complacía prácticamente en todo.

El primer incidente serio en mi vida, y uno de los más remotos que soy capaz de recordar, produjo en mí una impresión tremenda (que, de hecho, jamás me ha abandonado). Alguno dirá que es tan trivial que no merecería consignarse aquí. Sin embargo, a su debido tiempo se comprenderá el motivo por el que lo menciono.

La habitación de los niños, llamada así a pesar de que yo constituía su única ocupante, era una estancia amplia situada en la planta superior del castillo, que culminaba en una empinada techumbre de madera de roble. Una noche (yo no debía de tener más de seis años) desperté y, al mirar alrededor, no conseguí ver a la niñera. Tampoco estaba la institutriz, y deduje que me habían dejado sola. No tuve miedo, porque era una de esas niñas afortunadas a las que no se intenta entretener con historias de fantasmas, ni cuentos de hadas, ni leyendas de esas que las obligan a taparse la cabeza cuando una puerta rechina al abrirse o la llama de una vela tiembla proyectando sombras sobre las paredes. Al comprobar, como suponía, que me habían abandonado, me sentí furiosa, humillada, y comencé a gimotear como preludio a una explosión de llanto. En ese instante me llevé una sorpresa al ver que un rostro, de expresión solemne pero muy bello, me observaba junto al lecho. Era el rostro de una joven, que estaba arrodillada y tenía las manos debajo de la manta. La observé azorada y dejé de gimotear. Me acarició, se tendió a mi lado y me atrajo hacia sí con una sonrisa. De inmediato me invadió una deliciosa sensación de serenidad, y volví a dormirme. Desperté al notar que dos finísimas agujas penetraban profundamente en mi cuello, y empecé a gritar con todas mis fuerzas. La joven retrocedió sin apartar los ojos de mí y se deslizó debajo de la cama, o eso me pareció.

Entonces, por primera vez, el horror se apoderó verdaderamente de mí y solté otro grito desgarrador. La niñera, la institutriz y el ama de llaves acudieron a la habitación al instante, y al escuchar mi relato intentaron aclarar los hechos al tiempo que hacían lo posible por tranquilizarme. A pesar de que yo no era más que una niña, advertí una rara expresión de ansiedad en su pálido rostro, y vi que miraban debajo de la cama y dentro de los armarios y que registraban el cuarto.

—Pon la mano en esa depresión que hay en la cama —indicó el ama de llaves a la niñera—. Sin duda es ahí donde se tendió. Todavía está tibio.

Recuerdo que la institutriz me acariciaba y que las tres me examinaron el cuello allí donde, según les expliqué, había notado el pinchazo. Dictaminaron, sin embargo, que no había señal visible alguna.

Las tres pasaron el resto de la noche en vela, y desde ese día, y hasta que tuve catorce años, siempre hubo una criada en la habitación vigilando mi sueño.

Tras este episodio, y durante mucho tiempo, estuve muy nerviosa. Llamaron a un médico. Recuerdo que era pálido y viejo, que tenía un rostro largo, de expresión melancólica, con marcas de viruela, y llevaba una peluca de color castaño. Durante un largo período me visitó cada dos días y me administró medicamentos que, por supuesto, yo encontraba detestables.

El día siguiente a aquella aparición lo pasé aterrorizada, y no quería que me dejasen a solas ni un segundo, aun a pleno sol.

Mi padre fue a verme a mi habitación, se ubicó junto a la cama y, con tono incluso alegre, le formuló varias preguntas a la niñera y rió cordialmente ante una de las respuestas de esta. Después me dio una palmada en el hombro, me besó y me dijo que no tuviese miedo, porque solo se había tratado de un sueño y nadie iba a hacerme daño. Sin embargo, no consiguió tranquilizarme, porque yo sabía que la visita de aquella extraña mujer no había sido un sueño y por eso mismo estaba aterrorizada.

Me sentí un poco mejor cuando la niñera me aseguró que era ella quien había entrado en la habitación, me había mirado y se había tendido a mi lado en la cama. Añadió que sin duda yo debía de estar medio dormida y por esa razón no la había reconocido. No obstante, y a pesar de que la institutriz confirmó sus palabras, la explicación no me convenció del todo.

Ese mismo día llegó un anciano de aspecto venerable, vestido con una levita negra. Entró en la habitación acompañado por la institutriz y el ama de llaves y, tras intercambiar unas palabras con estas, se dirigió a mí en un tono sumamente amable. Su rostro era dulce y reflejaba una profunda bondad. Me explicó que iba a rezar y, luego de unir mis manos, me pidió que repitiera en voz baja:

—Señor, escucha nuestras plegarias, en nombre de Jesús…

Estoy segura de que esas fueron las palabras, porque a partir de ese día las pronuncié a menudo y durante muchos años la institutriz me indicó que las incluyera en mis plegarias.

No he olvidado la expresión pensativa de aquel anciano de cabello canoso, su levita negra ni su figura, de pie en medio de aquella estancia de techos elevados y muebles vetustos, cuya semipenumbra solo era rota por la luz que se filtraba por el enrejado ventanuco. Se arrodilló y, después de que las mujeres hicieran lo propio, procedió a rezar con voz profunda y temblorosa durante lo que me pareció un largo rato. No recuerdo qué ocurrió tras este episodio, pero las escenas que acabo de describir permanecen en mi memoria tan vívidas como imágenes de una fantasmagoría rodeada de sombras.

II. LA INVITADA

A continuación narraré algo tan insólito que, para que resulte creíble, será necesario tener una fe ciega en su veracidad. Sin embargo, mi relato no solo es veraz, sino que trata de hechos de los que yo misma fui testigo.

Una apacible tarde de verano, mi padre me pidió, como hacía en ocasiones, que lo acompañase a dar un breve paseo por el bosque, que, como he explicado, se extiende frente al castillo.

—Creía que el general Spielsdorf vendría a vernos antes de lo que lo hará —dijo mientras andábamos.

En efecto, se esperaba que el general llegara al día siguiente para pasar varias semanas con nosotros. Había anunciado que se presentaría con su joven sobrina, la señorita Rheinfeldt, a la que yo no conocía pero de quien me habían dicho que era una joven encantadora cuya compañía me resultaría por demás grata. Me sentí mucho más desilusionada de lo que sin duda imaginará una muchacha que vive en una ciudad o una población más animada que aquel castillo. La visita, y con ella la promesa de una nueva relación, había alimentado mis sueños durante semanas.

—¿Cuándo vendrá, entonces? —pregunté.

—No le será posible hasta el próximo otoño —contestó mi padre—, y no antes de un par de meses. Pero si quieres saberlo, querida, me alegro de que no hayas conocido a la señorita Rheinfeldt.

—¿Por qué? —inquirí, ansiosa y desilusionada al mismo tiempo.

—Porque la infortunada ha muerto —fue la respuesta—. Olvidé por completo que no te lo había dicho, pero esta tarde no estabas en la sala cuando recibí la carta del general anunciándomelo.

Me sentí profundamente impresionada. En su primera misiva, hacía de ello unas siete semanas, el general Spielsdorf había dicho que su sobrina no se encontraba todo lo bien que cabía desear; sin embargo, nada sugería, ni remotamente, que corriese un peligro serio.

—Esta es la carta del general —añadió mi padre, entregándomela—. Debe de estar desolado, me temo, y todo indica que, al escribirla, la desesperación lo hacía delirar.

Nos sentamos en un banco, a la sombra de un tilo. Detrás del horizonte boscoso el sol se ponía, y en las aguas del arroyo que serpeaba junto al castillo se reflejaba el melancólico resplandor del cielo.

El contenido de la carta del general Spielsdorf resultaba tan asombroso, apasionado y contradictorio que algunos pasajes hube de leerlos dos veces (la segunda en voz alta, dirigiéndome a mi padre), y aun así fui incapaz de encontrarle explicación, a menos que admitiese que la pena hacía desvariar a nuestro amigo. El texto era como sigue:

He perdido a mi querida sobrina, a la que en verdad amaba como a una hija. Durante los últimos días de la enfermedad de mi querida Bertha no encontré un instante para escribirle. De hecho, no imaginaba que se hallase en semejante peligro. La he perdido, y ahora, demasiado tarde ya, me he enterado de todo. Murió en paz, como inocente que era, y le aguarda la esperanza de un futuro bendito. El enemigo que traicionó nuestra hospitalidad fue el único responsable de la tragedia. Creí que acogía en mi casa la bondad y la alegría, una compañía encantadora para mi pobre Bertha. ¡Qué estúpido fui! Gracias a Dios mi querida sobrina murió sin sospechar la verdadera causa de su sufrimiento. Su vida se extinguió sin que llegara a vislumbrar la razón de su mal y las malditas intenciones de su causante. Consagraré los días que me quedan de vida a perseguir y eliminar al monstruo. Según me han informado, puedo abrigar la esperanza de conseguir lo que en justicia me propongo. En la actualidad no me guía más que un débil rayo de luz. Maldigo mi incredulidad obstinada, mi despreciable soberbia, mi ceguera, mi tozudez, pero ya es demasiado tarde. Soy incapaz de hablar o escribir de manera coherente. Me siento confuso. En cuanto me haya repuesto, siquiera un poco, me dedicaré a llevar a cabo ciertas pesquisas que, posiblemente, me obliguen a trasladarme a Viena. Dentro de dos meses, durante el otoño (o antes, si sigo con vida), lo visitaré, es decir, si me autoriza usted a ello. Le contaré entonces lo que ahora mismo apenas si me atrevo a poner por escrito. Hasta pronto, querido amigo, rece por mí.

Con estas palabras terminaba la inaudita misiva. Aunque no conocía a Bertha Rheinfeldt, se me llenaron los ojos de lágrimas al enterarme de su muerte. Me sentía desconcertada, y también decepcionada.

El sol se había puesto, y cuando devolví a mi padre la carta del general Spielsdorf, la penumbra nos rodeaba.

Era una noche clara y agradable, y seguimos andando despacio mientras reflexionábamos sobre los significados posibles de lo que acababa de leer. Recorrimos casi una milla antes de llegar al camino que pasa por delante del castillo, y en ese momento la luna brillaba en todo su esplendor. Junto al puente levadizo nos encontramos con madame Perrodon y mademoiselle de Lafontaine, que habían salido para admirar el claro de luna.

Mientras nos acercábamos, las oímos hablar animadamente. Nos unimos a ellas y disfrutamos en su compañía de la hermosa escena.

El claro que acabábamos de cruzar se extendía ante nosotros. A nuestra izquierda, el camino se internaba entre árboles añosos y desaparecía en la espesura. A la derecha, atravesaba el puente al lado del cual hay una torre en ruinas. Más allá se eleva una suave colina arbolada poblada de piedras cubiertas de hiedra. Una neblina tenue, semejante a humo, acentuaba con su velo transparente la distancia que nos separaba de aquella colina; la luz de la luna reverberaba en la superficie del arroyo.

Era imposible imaginar una escena más apacible, y aunque la noticia de que acababa de enterarme la tornaba melancólica, nada era capaz de perturbar su serenidad y la sensación de encantamiento que producía.

Mi padre y yo contemplábamos en silencio el bello paisaje. Detrás de nosotros, entretanto, las mujeres desplegaban toda su elocuencia para referirse a la luna.

Madame Perrodon era regordeta, de mediana edad y carácter romántico. Hablaba poéticamente entre suspiros. Mademoiselle de Lafontaine (que por tener un padre alemán se creía con derecho a ser psicóloga, metafísica y aun un poco mística) declaró que, según se había comprobado, el que la luna brillase intensamente era indicio de una particular actividad espiritual. En semejantes condiciones de resplandor, afirmó, la luna llena producía un efecto múltiple. Influía en los sueños, en los lunáticos, en las personas nerviosas. Su poderoso influjo estaba profundamente vinculado a la vida. Añadió que en una noche como esa, su primo, contramaestre de un barco mercante, se tendió a dormir de espaldas en cubierta y soñó que una vieja le clavaba las uñas en la mejilla. Al despertar, comprobó que tenía un lado de la cara horriblemente contraído, y sus facciones jamás volvieron a ser las de antes.

—Esta noche —afirmó—, la luna produce influjos tan magnéticos como extraños... Miren ustedes: si se observa el castillo y sus ventanas iluminadas se tiene la sensación de que unas manos invisibles han encendido esa luz para acoger huéspedes sobrenaturales...

En ocasiones hay estados de ánimo ciertamente indolentes en los cuales no tenemos ganas de hablar y la charla de los demás llega de un modo placentero hasta nuestros despreocupados oídos. Fue por eso por lo que continué admirando el paisaje y disfrutando del murmullo de la conversación de los demás.

—Esta noche ignoro por qué me siento tan melancólico —declaró mi padre, citando a Shakespeare, a quien solía leer en voz alta para conservar nuestro inglés, y añadió:

En verdad, ignoro por qué estoy melancólico.
Me inquieta, y decís que a vosotros también;
pero cómo he adquirido esta melancolía,
de qué modo he tropezado o me he encontrado con ella...

He olvidado el resto, pero no pude evitar sentir que alguna calamidad espantosa se cernía sobre nosotros. Imagino que la carta del pobre general debió de tener algo que ver en semejante estado de ánimo.

De pronto, el inusitado sonido de las ruedas de un carruaje y los cascos de varios caballos atrajo nuestra atención. Al parecer se acercaban desde lo alto del promontorio que se alza junto al puente, y muy pronto los tuvimos ante nuestros ojos. Primero cruzaron el puente dos jinetes, seguidos de un carruaje tirado por cuatro caballos y otros dos jinetes cerrando la marcha.

Debía de tratarse de alguien muy importante para que viajase de ese modo. Se trataba de un auténtico espectáculo, tan apasionante como insólito. Y lo fue mucho más cuando, tras cruzar el puente, uno de los caballos del tiro se encabritó y, espantado, contagió a sus compañeros el pánico de que era presa. Iniciaron una carrera desenfrenada, se abrieron paso entre los jinetes que los antecedían y se lanzaron derechos hacia nosotros. Entretanto, de la ventanilla del carruaje surgían unos gritos estridentes proferidos por una voz femenina.

Aguijoneados por la sorpresa y el temor, avanzamos hacia el vehículo, mi padre en silencio, las mujeres entre exclamaciones de alarma.

Nuestra expectación no se prolongó demasiado. A un lado del camino, antes de llegar al puente levadizo, hay un magnífico tilo y, enfrente, una antigua cruz de piedra. A la vista de esta, los caballos desviaron abruptamente su trayectoria y una de las ruedas del carruaje dio contra las protuberantes raíces del árbol.

Consciente de lo que sucedería a continuación, cerré los ojos y volví la cabeza para no mirar. Al mismo tiempo oí que una de las mujeres que nos acompañaban, y que se había adelantado unos metros, lanzaba un grito desgarrador. La curiosidad me impulsó a abrir los ojos, y lo que contemplé fue una escena caótica. El carruaje había volcado y dos de los caballos del tiro estaban en el suelo. El mayoral y su ayudante intentaban restablecer el orden. Una dama de expresión enérgica había salido del vehículo y permanecía de pie con un pañuelo en las manos, que de vez en cuando se llevaba hasta los ojos. En ese instante sacaban del carruaje a una muchacha al parecer desvanecida. Mi querido padre se acercó a la primera y, con el sombrero en la mano, le ofreció toda la ayuda que considerase necesaria y puso a su disposición el castillo. Por lo que pude observar, la dama no le prestaba atención; al parecer solo tenía ojos para la muchacha, a la que habían tendido sobre la hierba.

Me acerqué. La joven tenía todo el aspecto de estar desmayada, pero seguía con vida. Mi padre, que se enorgullecía de sus conocimientos de medicina, comprobó su pulso y dijo a la dama (quien afirmó ser su madre) que, aunque débil e irregular, todavía era perceptible. La mujer juntó las manos y elevó la vista al cielo, como si experimentase un momentáneo arrebato de gratitud. De inmediato, sin embargo, volvió a adoptar esa actitud teatral que, según he observado, es común a ciertas personas.

La dama, si se tenía en cuenta su edad, era lo que podía calificarse como una mujer bella, y no cabía duda de que en su juventud lo había sido todavía más. Alta, aunque no precisamente delgada, llevaba un vestido de terciopelo negro, y si bien sus facciones trasuntaban orgullo y energía, en ese momento se la veía pálida y claramente perturbada.

—¿Es posible que alguien haya nacido para soportar una tragedia semejante? —oí que decía, con las manos crispadas—. He emprendido un viaje de vida o muerte en el que perder una hora quizá signifique perderlo todo. No estaremos en situación de reanudarlo hasta que mi hija se recupere, y eso ocurrirá quién sabe cuándo. Debo separarme de ella, pues no me es posible demorarme. ¿Puede decirme, señor, a qué distancia de aquí se encuentra la aldea más cercana? No tengo más remedio que dejarla allí, y no la veré, ni sabré nada de ella, hasta mi regreso, dentro de tres meses.

Cogí a mi padre del brazo y le susurré al oído:

—Por favor, papá, ruégale que se quede con nosotros. Sería maravilloso, por favor...

—Señora —dijo mi padre dirigiéndose a la dama—, si se atreve a confiar a su hija al cuidado de la mía y de madame Perrodon, nuestra bondadosa ama de llaves, la consideraré mi invitada hasta que regrese usted por ella. Sería un honor para nosotros y le brindaríamos todos los cuidados que tan sagrada misión representa.

—Eso es imposible —repuso la mujer con aire ausente—, porque supondría poner desvergonzadamente a prueba su bondad y caballerosidad.

—Le aseguro que, por el contrario, significaría para nosotros un gran favor, del que ahora estamos muy necesitados. Mi hija acaba de sufrir una desilusión terrible, ya que una visita que esperaba desde hacía mucho tiempo, y que la hubiese hecho enormemente feliz, finalmente no se producirá. Representará un gran consuelo para ella el que la deje a nuestro cuidado. La aldea más cercana está demasiado lejos como para que cubra el trayecto sin peligro, y además carece de una posada adecuada. Si, como usted afirma, debe separarse de ella porque le resulta imposible demorar el viaje, en ningún lugar se encontrará más segura que con nosotros.

Había algo tan distinguido y aun imponente en el aspecto y los gestos de aquella mujer, y su actitud era tan cautivadora, que decidí que debía de tratarse de una persona de posición muy elevada.

Para entonces los hombres que iban con ella habían levantado el carruaje y colocado los arneses a los caballos, que habían recuperado la calma por completo.

La mujer dirigió a su hija una mirada menos afectuosa de lo que yo hubiese esperado dadas las circunstancias, e hizo un leve gesto de asentimiento con la cabeza. A continuación llevó aparte a mi padre y le habló con expresión sumamente seria y hasta apremiante, muy distinta de la que había adoptado hasta el momento. Me sorprendió que mi padre no diese muestras de advertir el cambio, y al mismo tiempo sentí gran curiosidad por saber qué estaría diciéndole casi al oído.

Estuvo hablando así unos tres minutos, al cabo de los cuales se volvió y se encaminó hacia el lugar donde yacía su hija, en brazos de madame Perrodon. Se arrodilló por un instante a su lado y susurró una bendición, o eso le pareció a nuestra ama de llaves. Acto seguido le dio un beso fugaz, se incorporó y subió al carruaje, que unos momentos después se alejaba por el camino custodiado por su escolta.

III. Comparando observaciones

Seguimos la comitiva con la mirada hasta que fue engullida por el bosque neblinoso. El sonido de los cascos y las ruedas no tardó en desvanecerse en el silencio de la noche.

Nada quedó que demostrase que aquel extraño incidente no había sido una alucinación, excepto la muchacha, que de pronto abrió los ojos. No lo advertí de inmediato, pues tenía vuelto el rostro, pero levantó la cabeza como si buscase algo, y oí que una voz muy dulce preguntaba:

—¿Dónde está mi madre?

Madame Perrodon respondió con ternura y añadió algunas palabras tranquilizadoras.

—¿Dónde estoy? —preguntó entonces la joven, y agregó de inmediato—: No veo el carruaje, y ¿dónde está Matska?

Nuestra ama de llaves intentó explicarle lo ocurrido. Poco a poco la muchacha comenzó a recordar cómo se había producido el accidente y se alegró de que nadie hubiese resultado herido. Sin embargo, al enterarse de que su madre la había dejado a nuestro cuidado y que no regresaría hasta pasados unos tres meses, se echó a llorar.

Me disponía a consolarla cuando mademoiselle de Lafontaine puso una mano en mi brazo y dijo:

—No se acerque usted. En este momento solo está en condiciones de hablar con una persona por vez. Cualquier excitación, por leve que fuese, podría provocar una recaída.

«En cuanto la hayan instalado cómodamente en una habitación —pensé—, iré a verla.»

Entretanto, mi padre había ordenado que un sirviente fuera en busca del médico, que vivía a un par de millas de distancia. Asimismo, dispuso que prepararan una habitación para nuestra invitada.

En ese momento la muchacha se puso de pie y, apoyándose en el brazo de nuestra ama de llaves, cruzó lentamente el puente levadizo y entró en el castillo. Dentro, los sirvientes la esperaban para darle la bienvenida y la condujeron hasta su dormitorio.

La estancia que solemos utilizar como salón es muy amplia; tiene cuatro ventanas que dan al foso, el puente y el bosque que se extiende más allá. Los muebles son muy antiguos, de roble tallado, y las sillas están tapizadas de terciopelo color púrpura. Unos grandes tapices con marcos dorados cubren las paredes, y las escenas que se representan en ellos, en su mayor parte de caza y cetrería, tienen un tono en general festivo. No es una habitación lo bastante formal para resultar incómoda, y en ella nos reuníamos para tomar el té, infusión que mi padre, con su patriotismo habitual, insistía en que debíamos compartir con el café y el chocolate.

Al llegar la noche nos instalamos allí y, una vez que hubieron encendido las velas de los candelabros, procedimos a comentar el incidente de esa tarde. Madame Perrodon y mademoiselle de Lafontaine se habían unido a mi padre y a mí. Nuestra invitada se sumió en un sueño profundo en cuanto fue instalada en el lecho, y en él la habían dejado, bajo la atenta vigilancia de una criada.

—¿Qué le parece nuestra invitada? —pregunté a madame Perrodon—. Dígame todo lo que sepa acerca de ella.

—La encuentro encantadora —respondió—. Jamás he visto muchacha más bella. Debe de tener su edad… ¡y es tan esbelta y elegante!

—Es hermosa —coincidió mi institutriz, que había estado espiando mientras la ayudaban a acostarse.

—¡Y qué voz tan dulce tiene! —añadió el ama de llaves.

—Cuando levantaron el carruaje —dijo mademoiselle de Lafontaine—, ¿no vieron ustedes que dentro iba una mujer? No salió de él, sino que se limitó a mirar por la ventanilla.

No, no la habíamos visto.

A continuación describió a una negra de aspecto repulsivo que llevaba la cabeza envuelta en una especie de turbante multicolor. Durante todo el tiempo había estado mirando por la ventanilla, sacudiendo la cabeza y haciendo gestos despectivos en dirección a la muchacha y su madre. Tenía unos ojos muy brillantes, de pupilas enormes, y hacía rechinar los dientes como si sufriese un ataque de rabia.

—Todos los criados tenían una traza siniestra —apuntó madame Perrodon.

—Sí —admitió mi padre—. Jamás he visto individuos con aspecto más desagradable. Espero que la pobre señora no corra peligro con semejante escolta. Sin embargo, hay que admitir que fueron muy hábiles a la hora de restablecer el orden.

—Debían de estar exhaustos después de cabalgar tanto —dijo nuestra ama de llaves—. Y en cuanto a su aspecto, era espantoso, con esas caras oscuras, lúgubres. Estoy segura de que mañana, si se ha recuperado, la muchacha podrá darnos una explicación.

—No creo que vaya a hacerlo —observó mi padre con una sonrisa misteriosa, y asintió para sí, como si supiera mucho más de lo que se había atrevido a decir.

Aquello hizo que me intrigase aún más la naturaleza de la conversación que había mantenido con la dama de negro instantes antes de que esta partiese.

En cuanto nos quedamos a solas, le pedí que me lo dijese. No tuve necesidad de insistir demasiado.

—No hay razón para que no debas saberlo. Le disgustaba el que las circunstancias la obligasen a confiarnos a su hija. Me explicó que su salud era frágil y el estado de sus nervios delicado, aunque no sufría ataques, aclaró sin que yo se lo pidiese, ni alucinaciones. De hecho, afirmó, es perfectamente normal.

—¡Qué extraño que haya dicho eso! —exclamé—. Me parece innecesario.

—Aun así, lo dijo —señaló mi padre con una sonrisa—. Y puesto que deseas saber todo lo que ocurrió, te lo explicaré. «El viaje que estoy haciendo es de importancia vital», agregó a continuación, enfatizando la última palabra, «y debe ser rápido y secreto. Regresaré por mi hija dentro de tres meses. Hasta entonces, ella no debe revelar nuestra identidad, nuestra procedencia ni nuestro destino.» Eso fue todo. Hablaba un francés impecable. Tras pronunciar la palabra «secreto» hizo una breve pausa y me miró a los ojos con expresión grave. Interpreté que para ella eso era de la mayor importancia. Ya viste la premura con que se marchó. Espero que no haya sido una idea descabellada la de hacerme cargo de la muchacha.

A pesar de ello, yo estaba encantada. Deseaba con toda el alma charlar con ella y solo esperaba que el médico me autorizase a hacerlo. Quienes viven en una ciudad no pueden imaginar lo importante que es entablar nuevas amistades para quienes estamos rodeados de soledad.

Cuando el médico llegó ya era casi la una, pero para mí habría sido tan imposible irme a la cama como alcanzar a la carrera el carruaje en que había partido la princesa vestida de negro. Tras examinar a la paciente, el médico entró en el salón y nos dijo que nuestra invitada se encontraba muy bien de salud. No había sufrido herida alguna y estaba recuperada de la conmoción que había afectado sus nervios. El que yo fuera a verla no representaba ningún riesgo para ella, siempre y cuando ambas estuviéramos de acuerdo. Feliz de contar con su autorización, envié un mensaje preguntándole si se sentía con ánimos para recibirme unos minutos. El criado regresó y me informó de que eso era precisamente lo que nuestra invitada más deseaba. Por supuesto, acepté la invitación de inmediato.

La joven estaba instalada en una de las más bellas, aunque quizá un tanto solemne, habitaciones del castillo. En la pared opuesta a la cama había un tapiz que representaba a Cleopatra con el áspid junto al pecho. Las otras paredes estaban cubiertas con tapices de parecida lobreguez, pero la decoración de la estancia, de colores vívidos y variados, contrarrestaba la sensación de melancolía que producían.

Las criadas habían colocado unos candelabros junto al lecho. La invitada se encontraba sentada, cubierta con la bata de seda bordada con flores que su madre había empleado para cubrirle los pies mientras yacía sobre la hierba.

Me acerqué y me dispuse a pronunciar un saludo, cuando algo que explicaré a continuación me dejó muda y me impulsó a retroceder un par de pasos. Vi el rostro que se me había aparecido aquella noche de mi infancia, el mismo que había permanecido grabado en mi memoria y que durante años tan a menudo recordaba con horror cuando nadie sospechaba en qué estaba pensando.

Era bonito, incluso bello, y tenía una expresión taciturna que al instante dio lugar a una sonrisa extraña, algo forzada. Pasó un minuto. Yo era incapaz de articular palabra.

—¡Qué asombroso! —exclamó al fin—. Hace trece años vi tu cara en un sueño, y desde entonces su recuerdo siempre me ha acompañado.

—Sí, es asombroso —admití, luchando contra el miedo que me había dejado sin habla—. Hace trece años yo también te vi. No sé si en un sueño o en la realidad, pero te vi. Tampoco he olvidado tu rostro.

Su sonrisa se dulcificó. Lo que me había extrañado en ella, fuera lo que fuese, se había esfumado. Más tranquila ya, le di la bienvenida y expresé el placer que nos proporcionaba su presencia. Mientras hablaba le tomé la mano con una audacia que me sorprendió, pues, como toda persona solitaria, yo era un tanto tímida. Oprimió mi mano, la cubrió con la otra y, mirándome a los ojos, volvió a sonreír y se ruborizó.

—Tengo que describirte la visión en que tú aparecías —dijo—. Es extraño que las dos hayamos tenido un sueño tan vívido, que tú aparecieras en el mío y yo en el tuyo con nuestro aspecto actual, cuando no éramos más que unas niñas. Yo debía de tener unos seis años. Desperté tras un sueño confuso y perturbador y descubrí que me encontraba en una habitación que no se parecía en nada a la mía, llena de armarios, camas, sillas… Las camas estaban vacías, y yo era la única en aquel lugar. Miré alrededor, reparé en un candelabro de hierro, con dos brazos, que sin duda reconocería si volviera a verlo. Me deslicé debajo de uno de los lechos para alcanzar la ventana, y cuando salí de debajo oí que alguien lloraba. Todavía de rodillas, miré hacia arriba y te vi. Eras tú, sin duda, y tal como te veo en este instante. Era una muchacha hermosa, rubia, con unos grandes ojos azules y unos labios… exactamente iguales a los tuyos. Me sentí fascinada, me tendí a tu lado en el lecho, te tomé entre mis brazos y creo que nos quedamos dormidas. Me despertó un grito. Abrí los ojos y te vi sentada, gritando. Aterrorizada, me deslicé al suelo y por un instante perdí la conciencia. Cuando la recobré, estaba de nuevo en mi dormitorio. Desde entonces nunca he olvidado tu rostro. Tu parecido no me engaña; eres la misma que vi esa noche.

Entonces me correspondió a mí narrar mi visión, ante el asombro de nuestra invitada.

—No sé cuál de las dos debe de temer más a la otra —dijo al cabo con una sonrisa—. Si fueras menos hermosa, creo que me sentiría aterrorizada, pero siendo como eres, y ambas tan jóvenes, no veo motivo para no disfrutar de tu amistad. En cualquier caso, todo indica que desde nuestra más tierna infancia estábamos destinadas a ser amigas. ¿Te sientes tan atraída hacia mí como yo hacia ti? Nunca tuve una amiga. Espero haberla encontrado al fin. —Suspiró y me miró con un brillo intenso en los ojos.

Por mi parte, he de admitir que me sentía más bien confusa con respecto a nuestra invitada. Sin duda, me sentía atraída hacia ella, pero también me producía un sentimiento de rechazo. La atracción, no obstante, era mucho más fuerte, y acabé por rendirme ante su belleza y encanto.

Advertí entonces que el agotamiento se apoderaba de ella, y procedí a desearle buenas noches.

—El médico ha dicho que esta noche una criada debe permanecer contigo —añadí—. La que se encargará de ello es una mujer muy servicial.

—¡Qué amables sois todos! Pero me resulta imposible dormir si hay otra persona en la misma habitación. No necesito que nadie vele mis sueños, y además… tengo terror a los asaltantes. En una ocasión asaltaron nuestra casa y mataron a dos criados. Desde entonces siempre cierro con llave la puerta de mi dormitorio. Se ha convertido en una costumbre que, estoy segura, sabrás disculpar. Veo que justamente hay una llave en la cerradura… —Me estrechó con fuerza entre sus brazos y susurró a mi oído—: Buenas noches, querida. No me resulta fácil separarme de ti, pero mañana, aunque no despierte pronto, volveré a verte. —Apoyó la cabeza en la almohada con un suspiro y, mirándome afectuosamente a los ojos, repitió en voz baja—: Buenas noches, querida.

Los jóvenes simpatizamos con otros, o incluso nos enamoramos, obedeciendo a nuestros impulsos, y me sentí halagada por el cariño, hasta el momento inmerecido, de nuestra invitada. Me complacía la confianza que me demostraba, y el modo en que había decidido que seríamos amigas inseparables.

A la mañana siguiente volvimos a reunirnos. Adoraba su compañía, y en más de un aspecto. A plena luz del día era incluso más bella, y la impresión desagradable que me había producido el reconocimiento de su rostro desapareció por completo.

Confesó que, al verme, también ella se había sobresaltado, sintiendo el mismo rechazo y la misma atracción que yo había experimentado. Nos reímos de nuestras pasajeras aprensiones.

IV. Sus hábitos. Un paseo

Ya he dicho que adoraba su compañía en más de un aspecto; pero también había algunas cosas de ella que no me complacían.

Procederé a describirla. Era esbelta y grácil, aunque excesivamente alta, y salvo por sus movimientos, muy lánguidos por cierto, no había nada en su aspecto propio de una persona enferma. Su tez era luminosa; sus rasgos, bellos y proporcionados; sus ojos, grandes, oscuros, brillantes; su cabello, magníficamente largo, fino y abundante, de color castaño oscuro con reflejos dorados. Cuando estaba en su habitación, sentada en una silla, me encantaba juguetear con él, acariciarlo y trenzarlo. ¡Dios mío! ¡Si hubiese estado al corriente de todo!

Acabo de mencionar que había cosas de ella que no me complacían. He dicho también que en cuanto la vi me conquistó con su confianza, pero advertí que mantenía una reserva absoluta en todo lo relacionado con ella misma, con su madre, de hecho, con cuanto estuviese relacionado con su vida, sus proyectos y la gente a la que conocía. Me atrevo a admitir que tal vez yo estuviese equivocada, que debería haber respetado la promesa que hizo mi padre a la dama de negro, pero la curiosidad es un defecto inclemente y no hay muchacha capaz de soportar verse frustrada. ¿Qué perjuicio habría causado el que me dijese lo que ardía en deseos de saber? ¿Acaso no confiaba ella en mi buen tino y en mi honor? ¿Por qué no me creía cuando le aseguraba que no diría a nadie ni una palabra de cuanto me confiase? Sin embargo, se negaba en redondo a proporcionarme el mínimo indicio, y lo hacía con una frialdad impropia de su edad.

Es cierto que no discutimos acerca del tema, más que nada porque ella no discutía acerca de nada. Por supuesto, no era justo que yo la presionase, pero no podía evitarlo, y en cualquier caso habría dado lo mismo.

Lo que me dijo equivalía, según mi inconsciente evaluación, a nada. Todo podía sintetizarse en tres afirmaciones por lo demás vagas.

La primera: se llamaba Carmilla.

La segunda: procedía de una familia muy noble y antigua.

La tercera: su hogar se hallaba hacia el oeste.

No quiso revelarme su apellido, ni describir su escudo de armas, ni mencionar el nombre de la propiedad familiar, ni siquiera el de la región en que vivían.

No debe suponerse que yo la atosigaba constantemente en relación con esos temas, pero a la menor oportunidad que se me presentaba los insinuaba, sin interrogarla abiertamente al respecto. Admito, no obstante, que en un par de ocasiones fui muy directa. El resultado, sin embargo, fue el mismo: un fracaso absoluto. Ni los reproches ni las caricias producían el menor efecto. Por lo demás, debo consignar que sus negativas estaban acompañadas de tan apasionadas declaraciones de afecto hacia mí, de tantas promesas de que finalmente lo sabría todo, que me resultaba imposible mostrarme ofendida mucho tiempo.

A veces me pasaba un brazo por los hombros y, mientras apoyaba su mejilla en la mía, susurraba junto a mi oído:

—No te sientas herida ni me consideres cruel, ya que obedezco tanto a mi fuerza como a mi debilidad. Y si te sientes herida, piensa que lo mismo me ocurre a mí. Vivo en tu vida, y tú has de morir, dulcemente, en la mía. No puedo evitarlo. Ese sentimiento me acerca a ti, y a ti, por tu parte, te acercará a otros, y comprenderás que no se trata de crueldad, sino de amor. Por eso, durante un tiempo intenta no averiguar más cosas sobre mí y cuanto conmigo está relacionado, y no me niegues tu confianza.

Tras pronunciar aquellas crípticas palabras, me estrechó en un abrazo tembloroso, que tampoco comprendí, y cubrió de besos mi mejilla.

Yo intentaba evitar esos abrazos, que de todos modos no eran frecuentes, aunque sin éxito. Sus palabras sonaban en mis oídos como un arrullo y vencían mi reticencia, sumiéndome en una especie de trance del que solo me recobraba cuando ella se apartaba.

Aquellos misteriosos estados de ánimo me desagradaban. Se apoderaba de mí una excitación tan incontrolable como placentera, que me producía miedo y disgusto. Durante esos episodios no tenía pensamientos claros acerca de ella, y solo era consciente de que, al mismo tiempo que me repugnaba, el amor que me inspiraba crecía hasta convertirse en adoración. Ya sé que resulta paradójico, pero no sé explicar de otro modo lo que me sucedía.

Han pasado ocho años de aquello y todavía me tiembla la mano al escribir, pues pervive el confuso y horrible recuerdo de ciertas situaciones que, a pesar de que no era totalmente consciente de ellas, no he conseguido olvidar. Imagino que en toda vida existen circunstancias, emotivas, tempestuosas incluso, que aun así se reviven de una manera más imprecisa que las demás.

En ocasiones, después de un período de apatía, mi misteriosa y bella compañera tomaba mi mano y, ruborizándose, me miraba a los ojos con expresión lánguida y una agitación que yo no atinaba a entender. Su actitud recordaba la pasión, el ardor, de un enamorado, y hacía que me sintiese turbada. Resultaba repulsivo y al mismo tiempo irresistible, y la estrechaba en mis brazos y me cubría de besos mientras susurraba:

—Eres mía y siempre lo serás. Nos convertiremos en una sola por los siglos de los siglos.

A continuación se sentaba en una silla, se cubría la cara con las manos y yo permanecía temblando a su lado.

—¿Qué quieres decir con todo esto? —le preguntaba—. ¿Qué clase de vínculo existe entre nosotras? ¿Acaso te recuerdo a alguien a quien quisiste? No puedes comportarte así, no lo soporto. Cuando te expresas como acabas de hacerlo no me reconozco a mí misma…

Ante mi vehemencia se limitaba a suspirar y a volver la cabeza. Por mi parte, no atinaba a explicarme su comportamiento, y en vano me esforzaba por formular una teoría más o menos satisfactoria. Me resultaba imposible atribuirle alguna intención oculta. Seguramente se debía a una quiebra momentánea de una tendencia o sentimiento reprimido. ¿Era posible, a pesar de lo que había asegurado su madre, que sufriese ataques producidos por un desequilibrio nervioso, o se trataba, en realidad, de mera simulación? Yo había leído viejas historias acerca de jóvenes enamorados que conseguían introducirse en la casa de sus amadas con la ayuda de alguna anciana astuta. Pero aun cuando esto halagara mi vanidad, había muchos detalles que contradecían esta hipótesis.

No podía vanagloriarme de recibir las atenciones de un joven galante. De hecho, a excepción de los mencionados episodios, yo no parecía tener un valor especial para mi amiga, salvo por las miradas, tristes y ardientes a un tiempo, que me dirigía. En esos intervalos se comportaba como una mujer algo infantil y profundamente melancólica. En algunos aspectos, no obstante, sus costumbres eran muy extrañas. Quizá no lo fuesen para una dama de la ciudad, pero a nosotros, que vivíamos en el campo, sí que nos lo parecían. Solía bajar al salón muy tarde, por lo general pasado el mediodía. Tomaba una taza de chocolate y a continuación, sin que hubiese probado bocado, salíamos a dar un paseo. Muy pronto daba muestras de cansancio, y entonces regresábamos al castillo o nos sentábamos en un banco, a la sombra de algún árbol. La fatiga de Carmilla, sin embargo, solo era física, pues ni por un instante dejaba de mostrarse como una conversadora vivaz e ingeniosa.

De vez en cuando hacía fugaces referencias a su hogar, mencionaba algún episodio aislado o evocaba recuerdos muy remotos que aludían a gente de costumbres que nosotros encontrábamos insólitas. Así fui haciéndome una idea de cómo era su país natal y llegué a la conclusión de que debía de encontrarse mucho más lejos de lo que había imaginado al principio.

Una de esas tardes en que estábamos sentadas a la sombra de un árbol, pasó por delante de nosotras un cortejo fúnebre. Iban a enterrar a la hija de uno de los guardabosques, una muchacha muy bonita a la que veía a menudo. El pobre hombre caminaba detrás del féretro, desconsolado por la muerte de su única hija. Lo seguían varios campesinos.

Me puse de pie en señal de respeto y uní mi voz al dulce cántico que entonaban. De pronto, para mi sorpresa, Carmilla me cogió del brazo y lo sacudió con rudeza al tiempo que decía:

—¿No te das cuenta de que todo esto es absurdo?

—Pues a mí no me lo parece —respondí, contrariada por la interrupción y temerosa de que los miembros del cortejo advirtieran lo que estaba ocurriendo y se sintieran ofendidos.

—Vas a dejarme sorda —protestó mientras se llevaba las manos a los oídos—. Además, ¿sabes acaso si tu religión y la mía son la misma? Vuestro formalismo me molesta, y aborrezco los funerales. ¿A qué viene tanto alboroto? Tú vas a morir… todos van a morir, y serán más felices una vez muertos. Regresemos —añadió, poniéndose de pie.

—Mi padre ha ido al cementerio. Creí que sabías que hoy enterrarían a la muchacha.

—Los campesinos no me interesan para nada. No tengo ni idea de quién era ella —contestó Carmilla con un súbito brillo en los ojos.

—Hace dos semanas la pobre imaginó que había visto un fantasma. Su agonía duró desde entonces, hasta que murió.

—No me hables de fantasmas, o esta noche no conseguiré dormir…

—Confío en que no sea el principio de una epidemia, aunque todo parece indicarlo —dije—. La joven esposa de un pastor murió hace apenas una semana. Según llegó a manifestar, mientras se hallaba en la cama alguien la cogió por el cuello y a punto estuvo de estrangularla. Mi padre dice que ciertas fiebres suelen producir esa clase de fantasías. El día anterior, la pobre estaba perfectamente bien, pero antes de que transcurriera una semana de ese episodio, murió.

—Espero que ya la hayan enterrado y le hayan cantado sus himnos religiosos, así al menos mis oídos no sufrirán. Me han puesto nerviosa. Ven, siéntate aquí, a mi lado. Más cerca. Tómame de la mano. Aprieta fuerte, fuerte… más.

Habíamos retrocedido unos metros en dirección a otro banco. En cuanto se sentó, su rostro experimentó un cambio que me alarmó y hasta por un instante me aterrorizó. Palideció de un modo horrible, tenía las manos crispadas y apretaba los dientes, mirando fijamente el suelo. Empezó a temblar de manera tan incontrolable como si tuviese escalofríos. Al parecer luchaba con todas sus fuerzas para contener un ataque. Por fin, soltó un grito profundo, desgarrador, y poco a poco fue tranquilizándose.

—Este es el resultado de agobiar a la gente con himnos religiosos —dijo la joven—. Abrázame, abrázame, ya se me está pasando…

Finalmente se recuperó y, tal vez para disipar la impresión que me había causado, se tornó sorprendentemente animada y locuaz. Al cabo de un rato regresamos a casa.

Esa fue la primera vez que vi en ella signos claros del frágil estado de salud a que se había referido su madre, y la primera, también, en que fui testigo de su mal carácter.

A partir de ese incidente nunca, salvo una vez, volvió a comportarse como lo había hecho aquella tarde. A continuación relataré las circunstancias de esa excepción.

Cierto día Carmilla y yo estábamos asomadas a una de las ventanas del salón cuando un vagabundo, al que todos conocíamos muy bien porque solía visitarnos un par de veces al año, entró en el patio del castillo.

Se trataba de un jorobado con el rostro enjuto, como generalmente ocurre con quienes padecen esa deformidad. Tenía una barba negra y puntiaguda, y sonreía revelando una dentadura muy blanca en la que destacaban unos colmillos muy afilados. Vestía un traje de cuero negro y rojo, y llevaba incontables correas y cinturones de los que colgaban los objetos más variopintos. A la espalda llevaba un linterna mágica y un par de cajas. Una de estas contenía una salamandra; la otra, una mandrágora. Mi padre no podía evitar reír al ver la variedad de trozos de monos, loros, ardillas, peces y erizos que pendían de aquellos correajes, los cuales, disecados y cosidos con extraordinaria minuciosidad, causaban un efecto ciertamente asombroso. El jorobado tenía también un violín, un par de floretes, varias máscaras prendidas de uno de los cinturones y muchas otras cajas que oscilaban en torno a su cuerpo. En la mano sostenía un bastón negro con empuñadura de cobre. Pisándole los talones iba un perro tan flaco como peludo, que al llegar al puente levadizo se detuvo con aire de desconfianza y al cabo de unos instantes se puso a aullar tristemente.

Entretanto, el charlatán, de pie en medio del patio, se quitó el grotesco sombrero, nos hizo una profunda reverencia y procedió a elogiarnos en un francés detestable y un alemán que no lo era menos. A continuación cogió el violín y procedió a interpretar una melodía alegre, mientras cantaba y bailaba con movimientos extravagantes que provocaron mi risa.

Después se acercó a la ventana, sonriendo y sin dejar de saludarnos, con el sombrero en la mano izquierda y el violín debajo del brazo. Empezó entonces a enumerar sus infinitas habilidades y recursos, que ponía a nuestra disposición en cuanto lo solicitáramos.

—Tal vez las damas quieran comprar algún amuleto contra los vampiros —dijo mientras dejaba el sombrero en el suelo—. Me he enterado de que en estos bosques abundan tanto como los lobos. Por eso se han producido tantas muertes últimamente. Pero tengo aquí un talismán infalible. Basta engancharlo en la almohada para que ningún vampiro nos moleste nunca.

Los amuletos en cuestión consistían en trozos de pergamino cubiertos de cifras y signos cabalísticos. Carmilla compró uno de inmediato, y yo la imité. El jorobado miraba hacia arriba mientras nosotras lo observábamos divertidas (o eso al menos es lo que puedo afirmar de mí), y de pronto algo pareció atraer su atención. Acto seguido destapó una caja de piel llena de toda clase de pequeños y extraños objetos de metal.

—Observad esto, señora —dijo mientras tendía la caja hacia mí—. Entre mis habilidades se encuentra la de ser dentista… ¡Maldito perro! —exclamó de pronto—. ¡Silencio! Aúllas tanto que apenas si puedo oír a estas damas. —Hizo una pausa y continuó—: Vuestra amiga, la joven dama que se encuentra a vuestra derecha, tiene unos dientes largos, finos y puntiagudos como agujas. Lo he advertido gracias a que poseo una vista excelente. Pues bien, si se da el caso de que esos dientes causan problemas a la joven dama, como sin duda debe de ocurrir, aquí estoy yo, con mis limas y mis pinzas. Los volveré romos y dejarán de ser afilados como los de un pez, y así se corresponderán con su belleza… Pero ¿qué sucede? ¿Acaso he disgustado a la joven dama? ¿He sido demasiado atrevido, quizá? ¿Le ha ofendido mi propuesta?

Advertí en ese instante que Carmilla se había apartado de la ventana, claramente enfadada.

—¿Cómo se atreve este charlatán a insultarme de ese modo? —dijo—. ¿Dónde está tu padre? Le pediré que tome cartas en el asunto. Mi padre habría mandado azotar a ese desgraciado y quemarlo hasta el hueso con la marca de nuestro castillo.

Se sentó en una silla y poco a poco recobró la calma, hasta el punto de que pareció olvidarse del jorobado y la furia que sus palabras habían producido en ella.

Ese día mi padre estaba desolado. Al regresar al castillo nos informó de otro caso fatal, similar a los que se habían producido recientemente. Se trataba de la joven hermana de un campesino que vivía en nuestra propiedad, a menos de una milla de distancia. Había sido atacada del mismo modo que las víctimas anteriores, y su estado de salud empeoraba por momentos.

—Todo esto debe atribuirse, sin duda, a causas naturales —añadió mi padre—. Las supersticiones son contagiosas, y esta pobre gente es víctima de las mismas fantasías que ya han afectado a sus vecinos.

—Aun así, la circunstancia, en sí misma, es horrible —dijo Carmilla.

—¿Por qué? —preguntó mi padre.

—Me da miedo solo de imaginar que yo también puedo ver esas cosas. Si fuesen reales, no resultarían menos espantosas —respondió Carmilla.

—Estamos en las manos de Dios —dijo mi padre—. Quienes lo aman no tienen nada que temer. Él es nuestro creador; nos ha dado la vida y se preocupa por nosotros…

—¡Pues vaya creador! —exclamó Carmilla—. De modo que la enfermedad que asuela la comarca es natural, ¿verdad? ¿Acaso todas las cosas que hay en el cielo, en la tierra y debajo de esta no obran de acuerdo con los designios de la naturaleza? Al menos yo, así lo creo.

—El médico dijo que hoy nos visitaría —anunció mi padre—. Quiero conocer su opinión y pedirle consejo sobre lo que hay que hacer.

—Los médicos jamás me han hecho ningún bien —dijo Carmilla.

—¿Has estado enferma muchas veces? —pregunté.

Más, y más gravemente, de lo que tú has estado nunca —respondió.

—¿Hace mucho tiempo de eso? —quise saber.

—Sí, mucho —respondió—. Padecí esta misma enfermedad, pero lo olvidé todo salvo los dolores y la debilidad que me produjo, aunque fueron menos penosos que cuando se sufren otros males.

—¿Eras muy pequeña cuando enfermaste?

—Sí. Pero no hablemos más de ello. No querrás importunar a una amiga, ¿verdad?

Me miró a los ojos con languidez, rodeó mi cintura con un brazo y me llevó fuera de la habitación. Mi padre permaneció cerca de la ventana, examinando unos documentos.

—¿Por qué nos asustó de esa manera tu padre? —preguntó Carmilla con un leve estremecimiento.

—Te aseguro que no fue su intención —dije amablemente.

—¿Tienes miedo?

—Lo tendría si supiese que existe un peligro real de ser atacada como lo fue esa pobre gente.

—¿Tienes miedo de morir?

—Como todo el mundo, supongo.

—Sin embargo, morir como deben de morir los enamorados… juntos, para pasar la eternidad en mutua compañía… Mientras viven, los jóvenes son como orugas, que al llegar el verano se transforman en mariposas… pero mientras tanto son orugas, gusanos, cada uno con sus necesidades, tendencias y actitudes. Eso al menos afirma Buffon, en ese libro tan grueso que hay en la habitación de al lado…

Por fin llegó el médico, que se encerró con mi padre en el salón. Era un hombre inteligente, de más de sesenta años. Se empolvaba el cabello y no usaba barba; tenía el rostro tan liso como una calabaza. Cuando salieron de la habitación, oí a mi padre reír y decir:

—Tratándose de un hombre tan sensato como usted, he de admitir que me asombra. ¿Y qué opina de los hipogrifos y los dragones?

El médico sonreía y sacudía la cabeza.

—Sin embargo —repuso—, la vida y la muerte son estados misteriosos de los que sabemos muy poco.

Se marcharon y no pude oír nada más. En ese instante yo ignoraba qué le había dicho el médico a mi padre, pero creo que ahora lo adivino perfectamente.

V. Un parecido asombroso

Esa tarde llegó, procedente de Gratz, el hijo del restaurador. Lo hizo en un carro tirado por un caballo, cargado con dos cajas que contenían gran número de cuadros. Era un viaje de diez millas, y siempre que llegaba al castillo un mensajero desde nuestra pequeña capital, nos apiñábamos en torno a él para enterarnos de las últimas noticias.

Su llegada produjo un gran alboroto en nuestro pequeño mundo. Los cajones fueron transportados hasta el vestíbulo, mientras las criadas ofrecían de comer al visitante. Después, en compañía de sus ayudantes y provisto de un martillo, se reunió con nosotros para proceder a abrir los cajones, junto a los cuales lo esperábamos.

Carmilla estaba sentada, observando la escena distraídamente, mientras los viejos cuadros eran sacados de las cajas. Se trataba en su mayor parte de retratos. Mi padre pertenecía a una antigua familia húngara, y los lienzos habían llegado hasta nosotros a través de esta.

A medida que el hijo del restaurador extraía los cuadros, mi padre consultaba una lista que sostenía en la mano. Ignoro si se trataba de telas de algún valor, pero sin duda eran muy antiguas y algunas incluso muy curiosas. Casi todos ellos puede decirse que eran nuevos para mí, ya que antes de que los restaurasen, el humo y el polvo del tiempo prácticamente los tapaban.

—Hay un cuadro que todavía no he visto —dijo mi padre—. El nombre está en un rincón, en la parte superior: Marcia Karnstein. Hasta donde me fue posible leer, la fecha era mil seiscientos noventa y ocho. Me intriga saber cómo ha quedado.

Yo recordaba perfectamente aquel lienzo. Era pequeño, cuadrado, y no tenía marco. Estaba tan oscurecido que jamás había distinguido qué se representaba en él.

Entonces el hijo del restaurador, con inocultable orgullo, lo extrajo del cajón. Era verdaderamente hermoso, sobrecogedor incluso, como si tuviese vida… ¡Era el retrato de Carmilla!

—Esto es un verdadero milagro —dije, dirigiéndome a ella—. Hete aquí, en este cuadro, sonriente, como si te dispusieras a hablar. ¿No te parece hermoso, padre? Mirad, si hasta aparece el pequeño lunar que Carmilla tiene en el cuello.

—El parecido es asombroso, sin duda —dijo mi padre entre risas.

Sin embargo, y para mi sorpresa, desvió la mirada al instante y siguió conversando con el hijo del restaurador, que tenía algo de artista y hacía comentarios muy inteligentes sobre los lienzos a los que la habilidad de su padre había devuelto la luz y el color.

Yo no salía de mi asombro al contemplar aquel lienzo.

—¿Puedo colgar este retrato en mi habitación? —pregunté a mi padre.

—Por supuesto, querida —respondió con una sonrisa—. Me complace que lo encuentres tan parecido a tu amiga. Debe de ser más hermoso de lo que había imaginado.

Carmilla no dio muestras de oírlo, o por lo menos esa impresión me dio. Me miraba en silencio, con expresión melancólica.

—Ahora se lee con absoluta claridad el nombre escrito en la parte superior —dije—. No es Marcia, sino Mircalla, condesa de Karnstein. Encima del nombre hay una pequeña corona, y debajo está la fecha: mil seiscientos noventa y ocho. ¿Sabes? Yo desciendo de los Karnstein; es decir, mi madre.

—Vaya —dijo con tono lánguido—, yo también desciendo de los Karnstein. Se trata de una familia muy extensa y antigua. ¿Sobrevive todavía algún miembro de ella?

—Por lo que sé, nadie que lleve el apellido —contesté—. Creo que desapareció hace mucho tiempo, durante una guerra civil. Las ruinas del castillo están a unas tres millas de aquí.

—¡Qué interesante! —Se volvió hacia la puerta principal, que estaba entreabierta, y añadió—: Mira qué hermosa noche de luna. ¿Qué te parece si damos un breve paseo por el patio y contemplamos el camino y el arroyo?

—Se parece a la noche en que llegaste a esta casa —dije.

Suspiró y, con una sonrisa, se puso de pie, pasó un brazo por mi cintura y salimos al patio. Caminamos sin hablar hasta el puente levadizo, y desde allí admiramos el paisaje que se extendía ante nuestros ojos.

—Entonces, ¿estás pensando en esa noche? —preguntó casi en un susurro—. ¿Te alegra mi presencia aquí?

—Mucho, querida.

—Y le has pedido a tu padre el retrato que encuentras tan parecido a mí…

Dejó escapar un suspiro mientras me ceñía con más fuerza por la cintura y apoyaba la cabeza en mi hombro.

—¡Qué romántica eres, Carmilla! Estoy segura de que, cuando me cuentes tu vida, esta estará marcada por algún extraordinario episodio amoroso.

Por toda respuesta me dio un beso.

—Estoy segura —añadí— de que has estado enamorada y todavía lo estás.

—Jamás estuve enamorada de nadie ni lo estaré —musitó—, a menos que sea de ti.

¡Qué bella se la veía a la luz de la luna!

Hundió el rostro en mi cuello y comenzó a soltar suspiros que semejaban sollozos, al tiempo que su mano temblorosa apretaba la mía.

—Querida, querida mía —musitó junto a mi oído—. Vivo por ti y tú deberías morir por mí. Tanto es lo que te quiero.

Sobresaltada ante aquellas palabras, me aparté de ella. Observé que me miraba. Estaba pálida y el brillo y la pasión habían desaparecido de sus ojos.

—Qué frío hace de pronto, ¿verdad? —dijo como adormilada—. ¿He estado soñando o me lo parece? Volvamos a casa, estoy temblando.

—Debió de ser un leve desvanecimiento —repuse—. Vamos, tienes que tomar algo caliente.

—Sí, me hará bien. Ya me siento mejor, y no tardaré en recuperarme por completo. Sí, pide que me sirvan algo caliente —añadió cuando nos acercábamos a la puerta—. Pero antes volvamos a admirar el paisaje. ¿Quién sabe?, quizá sea la última vez que lo contemplo en tu compañía…

—¿De verdad te encuentras mejor? —pregunté. Su estado empezaba a alarmarme, y temí que fuese víctima de la extraña epidemia que asolaba la región—. Si enfermaras y no se lo dijésemos de inmediato, mi padre se sentiría desolado. Cerca del castillo vive un médico muy bueno; se trata del mismo que hoy nos visitó.

—No me cabe duda de que debe de ser un médico excelente. Agradezco tu bondad, la de todos vosotros, pero te aseguro que ya estoy repuesta. Estoy perfectamente bien de salud; solo me siento un poco débil. Muchos me consideran enferma porque no puedo hacer grandes esfuerzos. De hecho, apenas si soy capaz de caminar sin cansarme la misma distancia que recorrería un niño de tres años, y de vez en cuando sufro un colapso y me sucede lo que acabas de presenciar. Pero me recupero fácilmente. Mira lo bien que estoy ahora.

En efecto, se había recobrado y se la veía muy animada. El resto del día no volvió a dar muestras de esa actitud demencial que tanto temor provocaba en mí.

Más tarde, sin embargo, ocurrió algo que me hizo pensar de otro modo acerca de lo acontecido y que convirtió la naturaleza taciturna de Carmilla en aparente y momentánea energía.

VI. Una agonía extraña

Cuando entramos en el salón para tomar nuestro café y nuestro chocolate (que mi amiga, como era costumbre en ella, no acompañó de ningún alimento sólido), Carmilla parecía repuesta por completo. Madame Perrodon y mademoiselle de Lafontaine se unieron a nosotras y decidimos jugar a cartas. En medio de la partida se presentó mi padre para dar cuenta de su consabido té.

Cuando terminó el juego, se sentó en el sofá junto a Carmilla y le preguntó, con cierto tono de intranquilidad, si había tenido alguna noticia de su madre.

—No —se limitó a contestar ella.

Mi padre le preguntó entonces si sabía adónde se le podía enviar una carta.

—Pues... no —fue la ambigua respuesta—. Pero he estado pensando en marcharme. Creo que ya he abusado lo suficiente de vuestra hospitalidad y no quisiera causar más molestias. Si mañana pudiese disponer un carruaje para mí, partiría en busca de mi madre. Sé dónde encontrarla, aunque de momento no me atrevo a informárselo a usted.

—¡Qué idea descabellada! —exclamó mi padre, y he de confesar que me sentí aliviada al oírlo—. No permitiré que nos abandone de esta manera. Solo se marchará de aquí cuando yo esté seguro de que queda al cuidado de su madre, quien confió en que permaneciera con nosotros hasta su regreso. Me gustaría saber si ha tenido noticias de ella —insistió—, pues esta noche los informes sobre la extraña enfermedad que se extiende por la región se han tornado todavía más alarmantes. Querida mía, me siento responsable de usted y no puedo echar mano de los consejos de su madre, así que, a menos que esta lo autorice de modo explícito, no puedo permitir que nos abandone. Nos sentiríamos muy preocupados si lo hiciese.

—Le agradezco su hospitalidad, señor —repitió Carmilla con una tímida sonrisa—. ¡Han sido tan bondadosos conmigo! Pocas veces me he sentido tan feliz como en este castillo, en compañía de usted y de su encantadora hija.

Mi padre, según su estilo anticuado, le dio un beso en la mano, sonrió y se mostró muy complacido por las palabras que mi amiga acababa de dirigirle.

A continuación acompañé a Carmilla hasta su dormitorio, donde charlamos mientras se preparaba para acostarse.

—¿Crees que llegará el día en que confiarás plenamente en mí? —pregunté por fin.

Se volvió hacia mí con una sonrisa, pero no respondió.

—¿No quieres contestar? —añadí—. Perdona, no debí preguntártelo.

—Tienes todo el derecho a preguntarme eso o lo que sea —dijo—. No imaginas hasta qué punto te quiero, pues de lo contrario no pensarías que no confío en ti. He hecho un juramento, y por lo tanto hay cosas que todavía no me atrevo a contarte, ni siquiera a ti. Pronto, sin embargo, lo sabrás. Quizá me consideres cruel y egoísta, pero el amor, cuanto más apasionado es, más egoísta se vuelve. No puedes imaginar lo celosa que soy. Debes estar a mi lado, amándome, hasta la muerte, u odiándome, pero hasta en la muerte, sin separarte de mí ni por un instante. A pesar de mi natural apatía, nunca he sabido lo que es la indiferencia.

—Creo que empiezas a desvariar de nuevo, Carmilla —dije.

—Te aseguro que estoy expresándome como una persona sensata —repuso—. ¿Has asistido a un baile alguna vez?

—No; por lo menos no a uno de esos a los que debes de estar acostumbrada.

—Casi los he olvidado. Han pasado tantos años…

Reí.

—No eres lo bastante vieja como para que hayas olvidado tu primer baile.

—Si me esfuerzo, puedo recordar lo que pasó en él, aunque es como si lo viese todo en medio de la neblina… Esa noche sucedió algo que hizo que los colores de cuanto me rodeaba desaparecieran. Me ocurrió de todo, menos que me asesinaran en el lecho. Me hirieron aquí —agregó tocándose el pecho—, y desde entonces nunca he vuelto a ser la misma.

—¿Estuviste a punto de morir?

—Sí. A causa de un amor inexplicable que a punto estuvo de arrebatarme la vida. El amor exige esa clase de sacrificios. Pero me siento agotada; durmamos. Ni siquiera me siento con fuerzas para levantarme y cerrar la puerta con llave.

Tenía la cabeza apoyada sobre la almohada y las manos, cubiertas por su espesa cabellera, debajo de la mejilla. Seguía cada uno de mis movimientos con un brillo intenso en los ojos, y en su rostro había una sonrisa enigmática cuyo significado yo no conseguía desentrañar. Me despedí de ella y salí de la habitación sintiéndome extrañamente incómoda.

A menudo me preguntaba si Carmilla rezaría antes de dormir. Jamás la había visto arrodillada, por las mañanas bajaba mucho después de que hubiésemos finalizado la oración familiar y por las noches jamás nos acompañaba en nuestras plegarias. Si no hubiese sido porque en una de nuestras charlas había mencionado su bautizo, habría dudado de que fuese cristiana. Nunca hablaba de religión. Es probable que si yo hubiese conocido más mundo, esa actitud negligente, y hasta hostil, no me hubiera sorprendido tanto.

La aprensión que suelen manifestar las personas aquejadas de los nervios resulta contagiosa, y al cabo de un tiempo la gente de temperamento similar acaba imitándolas. Llegué a copiar la costumbre que tenía Carmilla de cerrar con llave la puerta de la habitación, pues me había transmitido sus temores fantásticos hacia asesinos y delincuentes nocturnos. También había adoptado su costumbre de inspeccionar la estancia para asegurarme de que no había ningún criminal escondido en ella.

Esa noche, después de tomar tan prudentes medidas, me acosté y me quedé dormida. Siempre dejaba un candil encendido. Se trataba de una vieja costumbre que por nada del mundo habría abandonado. Los sueños, no obstante, son capaces de atravesar muros de piedra, iluminar habitaciones oscuras u oscurecer las que estén iluminadas, y los personajes que en ellos aparecen se burlan de llaves y pestillos.

El sueño que tuve en esa ocasión fue el comienzo de extrañas tribulaciones.

No puedo afirmar que se tratase de una pesadilla, y, aunque estaba dormida, era plenamente consciente de que me encontraba en mi habitación, acostada en mi cama. Vi, o imaginé, la estancia tal como era, y aunque se hallaba sumida en la penumbra, advertí que algo, que al principio fui incapaz de distinguir con claridad, se movía a los pies de la cama. No tardé en darme cuenta de que se trataba de una especie de gato monstruoso, tan enorme que cubría la longitud de la alfombra que se encontraba delante de la chimenea. El terror que se apoderó de mí me impidió gritar. La oscuridad que me rodeaba aumentaba por momentos, hasta que solo fueron visibles los ojos de aquel animal fabuloso, que iba de un lado a otro cual fiera enjaulada. Noté que subía de un salto al lecho. Sus enormes ojos se acercaron a mi cara y de pronto sentí un dolor punzante en el cuello, como si me clavaran dos grandes agujas apenas separadas entre sí. Desperté dando un grito. La habitación estaba iluminada por el candil, y distinguí una figura femenina a los pies de la cama. Vestía de negro y el cabello le caía sobre los hombros. Permanecía tan inmóvil como una piedra, al punto de que ni siquiera daba signos de respirar. De súbito pareció retroceder en dirección a la puerta, hasta que finalmente esta se abrió y la aparición salió del dormitorio.

Lo primero que pensé fue que Carmilla me había hecho una broma y que yo me había olvidado de echar la llave a la puerta. Me levanté y, sorprendida, comprobé que estaba cerrada por dentro. Tenía tanto miedo que no me atrevía a abrirla. Me metí de nuevo en la cama, me cubrí la cabeza con la manta y me quedé así, más muerta que viva, hasta el día siguiente.

VII. Descenso

Intentar explicar el terror que todavía me produce recordar aquel incidente sería inútil. No se trataba del miedo que una pesadilla deja tras sí, sino que se hacía más intenso con el paso de las horas. Cuando llegó la mañana no soporté estar sola ni un instante más. Debería haber corrido a contárselo a mi padre, pero dos motivos opuestos me disuadieron de ello. Por una parte pensé que se reiría de mí, y no estaba dispuesta a que considerase cómico el episodio. Por otra, temí que creyese que era víctima de la epidemia que asolaba la región, y, como él había tenido algunos problemas de salud, no quería alarmarlo.

La presencia de madame Perrodon y mademoiselle de Lafontaine me animó. Advirtieron que me encontraba en un desacostumbrado estado de nerviosismo, y no tardé en confesarles la causa del mismo.

Mademoiselle de Lafontaine lo encontró muy divertido, pero me pareció que madame Perrodon estaba preocupada.

—Si va a resultar que el sendero que pasa por debajo de la ventana de la señorita Carmilla está hechizado —dijo la primera entre risas.

—¡Qué disparate! —exclamó nuestra ama de llaves—. ¿Cómo se le ocurre semejante cosa?

—Martin asegura que, mientras estaban reparando el viejo portalón del patio, se levantó en un par de ocasiones antes del amanecer y vio a una mujer caminando por el sendero.

—Pues más le hubiera valido averiguar si había alguna vaca suelta —protestó madame Perrodon.

—Quizá; pero confesó estar muerto de miedo, y lo cierto es que nunca he visto a nadie más asustado.

—No deben decir ni una palabra de esto a Carmilla —intervine—, pues es todavía más impresionable que yo.

Ese día mi amiga bajó al salón más tarde de lo habitual en ella.

—¡Anoche me llevé un susto enorme! —exclamó—. Si no hubiese tenido conmigo el amuleto que le compré al jorobado, no sé lo que habría sido de mí. Soñé que algo negro se movía junto a mi cama. Desperté aterrorizada y por un instante me pareció ver una forma oscura junto a la chimenea. Pero metí la mano debajo de la almohada en busca del amuleto y en cuanto lo toqué la forma se desvaneció. Estoy segura de que sin él me habría atacado, como le ha ocurrido a esa pobre gente últimamente.

A continuación le conté mi experiencia de la noche anterior.

—¿No tenías el amuleto a mano? —preguntó, desconcertada.

—No. Lo había dejado dentro de un jarrón que hay en el salón. Pero esta noche no me separaré de él.

A pesar de los años transcurridos, todavía soy incapaz de explicarme cómo conseguí vencer el miedo y pasar esa noche sola en mi habitación. Recuerdo que metí el amuleto debajo de la almohada y que dormí más profundamente que de costumbre.

Lo mismo ocurrió la noche siguiente. No soñé con nada, y desperté en un estado de languidez que no dejaba de resultar placentero.

—Yo también dormí muy bien —me dijo Carmilla por la mañana—. Prendí el amuleto a la pechera de mi camisón. ¿Sabes?, estoy segura de que todo, a excepción de los sueños, fue producto de mi fantasía. Hubo un tiempo en que creía que los causantes de nuestras pesadillas eran los malos espíritus, pero nuestro médico me aseguró que estos no existen. A veces la causa es la fiebre alta o alguna dolencia por el estilo.

—¿Y para qué crees que sirve el amuleto? —pregunté.

—Deben de haberlo impregnado con algún antídoto contra la fiebre.

—Eso significa que solo actúa sobre el cuerpo…

—Sin duda. ¿O acaso imaginas que unas cuantas cintas pueden ahuyentar a los malos espíritus? Esas enfermedades se propagan por el aire y nos atacan los nervios, afectando el cerebro. El antídoto impide que lo haga. Estoy segura de que eso es lo que el talismán ha hecho por nosotras. No se trata de nada mágico, sino, sencillamente, natural.

Me habría gustado estar plenamente de acuerdo con Carmilla, pero aun así sus palabras me tranquilizaron en parte.

Durante algunas noches más mis sueños no se vieron perturbados. Por la mañana, sin embargo, despertaba cansada, y la sensación no me abandonaba en todo el día. Me sentía otra persona, y un extraño decaimiento se iba apoderando de mí. Empezaron a asaltarme sombríos pensamientos de muerte, así como la idea de que estaba debilitándome lentamente. No obstante, lejos de causarme inquietud, aceptaba el hecho con resignación no exenta de cierto placer.

Ni por un instante se me ocurrió pensar que estaba enferma, ni decírselo a mi padre o pedir la presencia del médico. Carmilla se mostraba cada vez más pendiente de mí, y sus arrebatos de adoración se hicieron más frecuentes. A medida que mis fuerzas se desvanecían, la pasión que le inspiraba crecía en intensidad, hasta el punto que temí que estuviera perdiendo la razón.

Sin saberlo, había llegado a una etapa muy avanzada de una enfermedad que ningún ser humano había padecido jamás. Sus síntomas tempranos consistían en experimentar una atracción fascinadora hacia ella. Cuando este sentimiento llegó a su paroxismo, dio paso a un terror que se fue acentuando, como explicaré, hasta convertirse en una auténtica tortura.

El primer cambio que se produjo en mí me resultó hasta agradable. Cuando tomé conciencia de él, ya me hallaba avanzando por el camino que conduce al infierno.

Por la noche, mientras dormía, tenía sensaciones confusas e inexplicables. La que predominaba se parecía a la que experimentamos cuando nadamos contra la corriente en un río. Al cabo de un tiempo fueron acompañadas por sueños tan imprecisos como largos de los que al día siguiente no recordaba nada. Pero dejaban en mí una impresión aciaga, y me sentía tan exhausta como si hubiese corrido un grave peligro y hecho grandes esfuerzos por evitarlo. Más adelante, al despertar tenía el vago recuerdo de haber hablado con gente a la que no podía ver, y en especial evocaba una voz profunda de mujer que me llegaba desde muy lejos y provocaba en mí un miedo indescriptible. A veces notaba que me besaban unos labios cálidos, y que los besos se volvían más ardientes y prolongados al llegar a la garganta. Otras, sentía que una mano me acariciaba suavemente el cuello y las mejillas. Se me aceleraba el pulso, mi respiración se tornaba agitada, hasta que de pronto se detenía, como si alguien intentara estrangularme, y entonces perdía la conciencia.

Los síntomas de la misteriosa enfermedad habían comenzado hacía tres semanas, y ya se hacían visibles en mi aspecto: estaba pálida y ojerosa, y tenía las pupilas dilatadas. Mi padre me preguntaba a menudo si me encontraba bien, y, con una obstinación que aún hoy me parece incomprensible, yo insistía en afirmar que me sentía perfectamente.

Y en cierto sentido era verdad. No me dolía nada ni experimentaba ningún malestar físico. Daba por supuesto que todo era producto de mi imaginación o de mis nervios, y mantenía en secreto mi sufrimiento. Era imposible que se tratase del mismo mal que los campesinos atribuían a los vampiros, ya que las víctimas de estos apenas sobrevivían tres días.

Carmilla se quejaba de pesadillas y fiebre, aunque su estado no parecía, en modo alguno, tan alarmante como el mío. Y es que en verdad el mío lo era. Si hubiese sido capaz de entender lo que me ocurría, habría pedido ayuda de inmediato, pero el mal que padecía obnubilaba mi pensamiento.

A continuación narraré un sueño que tuvo como consecuencia un descubrimiento inaudito.

Una noche, en lugar de la voz que solía oír en la oscuridad, percibí otra, dulce, tierna y a la vez terrible: «Tu madre te previene: cuídate del asesino», dijo. Acto seguido, y de forma inesperada, se encendió una luz y vi a Carmilla junto a mi lecho. Llevaba un camisón blanco y un reguero de sangre corría desde su boca hasta los pies.

Desperté gritando, convencida de que alguien intentaba matar a mi amiga. Recuerdo que me levanté, salí al pasillo y comencé a pedir socorro.

Madame Perrodon y mademoiselle de Lafontaine acudieron de inmediato. En el pasillo siempre había encendida una lámpara, y en cuanto las vi les expliqué el motivo de mi pánico. Insistí en que llamáramos a la puerta de Carmilla. Así lo hicimos, pero no obtuvimos respuesta. La llamamos a gritos por su nombre, también en vano. Empezamos a temer, pues la puerta estaba cerrada por dentro. Aterrorizadas, corrimos a mi dormitorio. Allí hicimos sonar la campanilla. Mi padre se habría presentado al instante si su habitación se hubiese encontrado en esa ala del castillo, pero se hallaba demasiado lejos para oírnos, y ninguna de las tres se animaba a ir en su busca.

Pronto, sin embargo, empezaron a llegar los sirvientes. Entretanto, yo me había puesto una bata y pantuflas, y lo mismo habían hecho nuestra ama de llaves y mi institutriz. Las tres salimos de nuevo al pasillo al reconocer las voces de los criados. Tras llamar de nuevo sin éxito a la puerta de Carmilla, ordené a aquellos que forzasen la cerradura. Así lo hicieron, y al abrir la puerta permanecimos en el vano, con las lámparas en alto, contemplando la habitación.

Volvimos a llamar a mi amiga, y otra vez no obtuvimos respuesta. Inspeccionamos la estancia. Todo parecía en orden. Pero Carmilla había desaparecido.

VIII. La búsqueda

Al entrar en el dormitorio, que como he dicho se hallaba en perfecto orden, nos tranquilizamos lo suficiente como para pedir a los criados que se marcharan. A mademoiselle de Lafontaine se le ocurrió que quizá Carmilla hubiera despertado a causa del alboroto que habíamos causado delante de su puerta y, asustada, se hubiese escondido en un armario o detrás de las cortinas. Así pues, volvimos a inspeccionar la habitación llamándola a viva voz. El resultado fue el mismo de antes. Nuestro temor iba en aumento. Echamos un vistazo a las ventanas y comprobamos que estaban cerradas por dentro. Rogué a Carmilla que saliese de donde se hubiera escondido y pusiese así fin a nuestra desazón. Estaba convencida, no obstante, de que mi amiga no se encontraba en el dormitorio ni en el cuarto de vestir, ya que este estaba cerrado por fuera y no había modo de salir por él. Desconcertada, me pregunté si habría descubierto uno de los pasadizos secretos que, según madame Perrodon, había en el castillo y cuya ubicación exacta desconocía. Perplejas, las tres intentábamos encontrar una explicación a aquel misterio.

Ya eran más de las cuatro de la mañana y decidí esperar a que amaneciese en la habitación de nuestra ama de llaves. La llegada del día, sin embargo, no resolvió el enigma.

Por la mañana, todos los habitantes del castillo, y en particular mi padre, estábamos conmocionados. Se ordenó una batida por los terrenos de la propiedad, pero no se halló ni rastro de Carmilla. Desesperado, mi padre no paraba de preguntarse qué le diría a la madre de la pobre muchacha. También yo estaba desolada, aunque por motivos distintos.

La mañana transcurrió en un clima de preocupación y angustia. A la una, seguíamos sin noticias de Carmilla. Entonces, sin saber por qué lo hacía, corrí a su habitación, y allí la encontré, delante de su tocador. Me saludó y se llevó un dedo a los labios para indicarme que guardara silencio. Por la expresión de su rostro supe que estaba aterrorizada.

Me acerqué a ella sin poder contener mi alegría y la besé y abracé una y otra vez. Cogí la campanilla y la hice sonar para que todos se enterasen de la noticia y tranquilizar así a mi padre.

—¿Qué te ha ocurrido, Carmilla? —pregunté—. Hemos padecido tanto por ti … ¿Dónde has estado? ¿Cuándo regresaste?

—La anterior fue una noche… prodigiosa —repuso.

—¡Explícate, por favor!

—Anoche, pasadas las dos —dijo—, me acosté, como de costumbre, tras cerrar con llave la puerta. Dormí profundamente, no recuerdo que soñase, y acabo de despertar en el sofá del cuarto de vestir. Observé que la puerta que comunica con la habitación estaba abierta y que la que da al pasillo había sido forzada. ¿Cómo pudo ocurrir sin que despertase? Debieron de hacer mucho ruido, y tengo un sueño muy ligero, así que ¿cómo es posible que me sacaran de la cama sin que me diese cuenta?

Para entonces ya habían llegado mi padre, madame Perrodon, mademoiselle de Lafontaine y varios sirvientes. Tras mostrarse felices por su regreso, la bombardearon a preguntas. Solo podía dar una explicación sobre lo ocurrido, dijo, y era la menos plausible que cabía imaginar.

Mi padre se puso a caminar por la habitación, pensativo. Advertí que Carmilla seguía todos sus movimientos con una mirada lúgubre y astuta.

Por fin mi padre hizo salir a los criados mientras mi institutriz iba en busca de un frasco de sales aromáticas. Cuando se hubieron marchado, se acercó a Carmilla, la cogió amablemente de la mano, la condujo hasta el sofá del cuarto de vestir y se sentó a su lado.

—¿Me permite que le haga una pregunta? —dijo.

—Está en su derecho —respondió Carmilla—. Pregunte lo que desee y contestaré cuanto sé, pero no creo que mi relato sirva para aclarar lo sucedido. Ignoro qué ocurrió y no tengo inconveniente en que me interrogue al respecto, siempre que no olvide los límites que me impuso mi madre.

—De acuerdo. De todos modos, no necesito mencionar los temas que ella pidió que se mantuviesen en silencio. Bien… lo asombroso de la noche anterior es que la sacaran a usted de la cama, y aun de la habitación, sin que lo advirtiese, y todo ello mientras las puertas y las ventanas permanecían cerradas. Le explicaré mi teoría, pero antes quiero que me diga algo.

Carmilla lo escuchaba con actitud negligente. Madame Perrodon y yo estábamos en vilo.

—Quiero que me diga —añadió mi padre— si tiene constancia de que alguna vez ha caminado en sueños.

—Desde que era muy pequeña, nunca.

—¿Significa eso que cuando era muy pequeña sí lo hizo?

—Estoy segura de que así fue, en efecto. Mi niñera solía decírmelo.

Mi padre sonrió y asintió con la cabeza.

—En ese caso, ocurrió lo siguiente: se levantó usted en sueños y abrió la puerta, sacó la llave de la cerradura, volvió a cerrar la puerta desde fuera y se llevó la llave consigo. A continuación recorrió las estancias de esta planta, o quizá de la de abajo, o de la de arriba. Hay tantas que necesitaría una semana para inspeccionarlas todas. ¿Entiende lo que quiero decir?

—Solo en parte —fue la respuesta.

—¿Cómo se explica, padre —intervine—, que Carmilla haya despertado en el cuarto de vestir, que inspeccionamos minuciosamente?

—Llegó ahí, todavía dormida, después de que vosotras hubierais estado en él. Por fin despertó, y se sintió tan sorprendida como cualquiera a quien le hubiese sucedido lo mismo. Ojalá todos los misterios de este mundo pudieran explicarse tan fácilmente. —Mi padre hizo una pausa, sonriendo, y añadió—: Alegrémonos, pues, de que en la elucidación del episodio no interviniesen drogas, ni ladrones, ni asesinos, ni hechiceros, nada que resulte alarmante para nuestra seguridad.

Carmilla parecía encantada. Los colores volvieron a su rostro, al que la languidez de su expresión aportaba aun más belleza. Mi padre debió de comparar su aspecto con el mío, porque agregó:

—Espero que mi pobre hija también recobre su lozanía habitual.

Así finalizó aquel alarmante incidente, tras el cual recuperamos a Carmilla.

IX. EL MÉDICO

Como Carmilla se negaba en redondo a que nadie durmiese con ella en la habitación, se dispuso que un sirviente pasara la noche junto a la puerta, a fin de detenerla si intentaba otra de sus excursiones en sueños.

Al día siguiente, después de una noche apacible, llegó el médico para comprobar mi estado de salud. Mi padre no me había dicho ni una palabra al respecto. Madame Perrodon me llevó al salón, donde aguardaba el médico de cabello empolvado y gafas del que ya he hablado. Le referí mi historia, que escuchó cada vez más serio a medida que avanzaba en mi relato. Estábamos junto a la ventana, el uno delante del otro.

Cuando terminé, se apoyó contra la pared y me miró fijamente a los ojos con un interés tras el que percibí cierto sentimiento de horror. Tras reflexionar un momento, le preguntó a nuestra ama de llaves si podía ver a mi padre. Fueron a buscarlo, y en cuanto entró en la estancia dijo con una sonrisa:

—Espero, doctor, que me considere un necio por solicitar sus servicios cuando no es necesario.

Su sonrisa se desvaneció cuando el médico, con expresión grave, le pidió que se acercara. Hablaron en voz baja durante un rato, al lado de la misma ventana junto a la que yo había estado hasta hacía un momento, mi padre de espaldas a donde yo me encontraba. Al parecer, el tema de la conversación era sumamente grave. Madame Perrodon y yo los observábamos desde el extremo opuesto de la estancia, llenas de curiosidad.

Finalmente, mi padre se volvió. Advertí que estaba pálido y pensativo, como si algo lo perturbara profundamente.

—Ven, Laura, acércate un momento —dijo—. Madame Perrodon —añadió mirando a nuestra ama de llaves—, por el momento puede retirarse.

Hice lo que me pedía, preocupada. Me sentía débil, pero no pensaba que pudiera estar enferma y, como todo el mundo, creía que recuperaría las fuerzas en cuanto lo deseara. Mi padre extendió la mano hacia mí, volvió la mirada hacia el médico y dijo:

—Sin duda, se trata de algo muy extraño que no acabo de entender. Laura, presta atención a las palabras del doctor Spielsberg y no te alarmes.

—Usted me dijo —comenzó el médico— que cuando tuvo esa primera pesadilla notó como si dos agujas la perforaran en un lugar próximo al cuello. ¿Siente alguna molestia todavía?

—No, para nada —contesté.

—¿Puede señalar el lugar donde lo sintió?

—Un poco por debajo de la garganta… aquí —indiqué bajándome el cuello del vestido.

—Ahora lo comprobará con sus propios ojos —dijo el médico—. No se preocupe si su padre le baja un poco más el vestido. Es necesario para descubrir el origen de la dolencia que padece.

Asentí. El sitio estaba ubicado a un par de pulgadas del borde del cuello del vestido.

—¡Dios mío! —exclamó mi padre, palideciendo aún más.

—Bien, lo ha comprobado —dijo el doctor Spielsberg en tono triunfal.

—¿De qué se trata? —pregunté atemorizada.

—Solo de una mancha azul, muy pequeña —respondió el médico, y volviéndose hacia mi padre añadió—: Lo más difícil ahora es decidir cómo actuar.

—¿Existe algún peligro? —inquirí sin poder ocultar el espanto que sentía.

—Espero que no —contestó el médico—. No hay razón para que no se recupere, y rápidamente, además. ¿En ese mismo lugar comenzaba la sensación de que estaban estrangulándola?

—Sí.

—Por favor, intente hacer memoria: ¿relaciona usted esa sensación con la de que estaba nadando contra la corriente de un río?

—Tal vez —respondí.

—¿Lo ve? —dijo el médico mirando a mi padre—. ¿Me permite hablar un momento con el ama de llaves?

—Por supuesto.

Mi padre mandó llamar a madame Perrodon. Cuando esta se hubo presentado, el doctor Spielsberg le dijo:

—Acabo de comprobar que Laura no se encuentra bien de salud. Confío en que no tenga consecuencias, pero habrá que disponer ciertas medidas que le detallaré a su debido tiempo. Mientras tanto, deberá usted ocuparse de que no se quede a solas ni un instante. Es de la mayor importancia. De momento es todo lo que necesita saber.

—Sé que podemos confiar ciegamente en usted —intervino mi padre dirigiéndose a madame Perrodon.

El ama de llaves asintió de inmediato.

—Por tu parte, querida Laura —prosiguió mi padre—, no me cabe duda de que harás cuanto te indique el doctor. —Se volvió hacia este—. Me gustaría saber su opinión sobre otra persona que sufre síntomas muy similares a los de mi hija, aunque menos intensos. Se trata de una joven huésped. Ya que, como usted me ha informado, hoy por la tarde pasará de nuevo por aquí, podría quedarse a cenar con nosotros y, aprovechando esa circunstancia, examinarla.

—Le agradezco la invitación —repuso el médico—. Vendré alrededor de las siete.

Después de reiterarnos sus instrucciones a madame Perrodon y a mí, mi padre y el doctor Spielsberg abandonaron la estancia. Los vi alejarse, hablando muy seriamente. El médico subió a lomos de su caballo, se despidió y se internó en el bosque en dirección al este. Casi al mismo tiempo llegó por el camino el criado que había ido a Dranfeld en busca del correo, se apeó y entregó a mi padre un paquete de cartas.

Madame Perrodon y yo empezamos a interrogarnos sobre las razones que habían impulsado al doctor Spielsberg y a mi padre a darnos instrucciones tan firmes y precisas. Nuestra ama de llaves, según me confirmó más tarde, temía que el médico considerase la posibilidad de que yo tuviese un ataque y acabase muriendo, o al menos sufriera graves heridas, si no se me socorría de inmediato. La interpretación no me convenció del todo; preferí pensar que las medidas se habían dispuesto para que quien me acompañase impidiera que hiciera un esfuerzo excesivo, comiese algo que pudiese caerme mal o cometiera alguna imprudencia propia de mi juventud.

Al cabo de media hora aproximadamente llegó mi padre, con una carta en la mano.

—Esta carta ha llegado con retraso —dijo—. La envía el general Spielsdorf. Su intención era estar aquí ayer, pero no podrá hacerlo hasta hoy, o quizá incluso hasta mañana.

Me la entregó. No parecía tan complacido como cuando esperábamos una visita, sobre todo si se trataba de alguien a quien apreciaba tanto como al general. De hecho, se comportaba como si prefiriese no tener que acogerlo como huésped. Estaba claro que había algo que prefería callar.

—Padre, ¿me contestarás si te hago una pregunta? —dije con tono de súplica, mirándolo a los ojos y apoyando una mano en su brazo.

—Tal vez —respondió acariciándome dulcemente la cabeza.

—El doctor Spielsberg cree que estoy muy enferma, ¿verdad?

—No, querida. Su opinión es que, si se adoptan las medidas adecuadas, en uno o dos días te recuperarás por completo, o por lo menos te encontrarás en vías de estarlo —dijo con cierta gravedad.

—Según él, ¿qué me ocurre? —insistí.

—Nada —contestó con aspereza—. Y deja de preguntar.

Nunca lo había visto tan irritado. Al parecer se dio cuenta de que su actitud me mortificaba, pues me dio un beso y añadió:

—En un par de días lo sabrás todo. Y ahora, deja de preocuparte.

Yo me sentía sorprendida e intrigada a un tiempo. De pronto, vi que regresaba sobre sus pasos. Anunció que iría a Karnstein, que pensaba partir en el carruaje a mediodía, y que madame Perrodon y yo lo acompañaríamos. Tenía que ver al sacerdote que vivía cerca de allí, por un asunto pendiente. Carmilla se reuniría con nosotros cuando abandonase su habitación, y mademoiselle de Lafontaine dispondría todo lo necesario para un almuerzo campestre, que tomaríamos en las ruinas del castillo.

A las doce en punto estuve lista, y al cabo de un rato mi padre, madame Perrodon y yo partimos. Tras cruzar el puente levadizo doblamos a la derecha y seguimos hacia el oeste en dirección al poblado abandonado y las ruinas del castillo de Karnstein. A medida que avanzábamos, rodeando hondonadas, colinas boscosas y campos de sembradío, el paisaje se hacía cada vez más cambiante. De pronto, vimos avanzar, en dirección a nosotros, a lomos de su caballo y en compañía de un criado y un carro que transportaba su equipaje, al general Spielsdorf.

Cuando nos detuvimos, desmontó y, después de los saludos de rigor, lo convencimos de que ocupara el asiento vacío que había en nuestro carruaje y que enviara al castillo a su criado con el caballo y el carro.

X. ANGUSTIA

Hacía diez meses que no veíamos al general, pero su aspecto había cambiado como si hubiesen pasado años. Estaba muy delgado y la serenidad de sus rasgos se había trocado en pesadumbre y ansiedad.

No se trataba de una transformación cuyo motivo fuera el mero pesar, sino de una provocada por pasiones mucho más profundas.

Poco después de reemprender la marcha, el general comenzó a hablar de la angustia, según la definió, en que lo había sumido la muerte de su sobrina. A continuación, con ira y amargura, se puso a denostar las «artes demoníacas» de las que la pobre había sido víctima, y manifestó que no entendía cómo Dios podía permitir la existencia de semejantes monstruos.

Mi padre le pidió que, si no era muy doloroso para él, le explicara las razones que lo impulsaban a expresarse en los términos que acababa de hacerlo.

—No tengo inconveniente —contestó el general—, pero dudo de que vaya a creerme.

—¿Por qué? —preguntó mi padre.

—Porque usted no cree en nada que no se ajuste a sus prejuicios y suposiciones —fue la áspera respuesta—. Recuerdo cuando yo tenía la misma actitud; pero he adquirido un conocimiento más cabal de las cosas.

—Haga la prueba —propuso mi padre—. Soy menos dogmático de lo que imagina. Le aseguro que respetaré sus conclusiones, pues lo conozco lo bastante para saber que usted no admite nada sin pruebas concluyentes.

—Es cierto que no me dejo engañar por hechos maravillosos, y lo que experimenté sin duda es esto último. Tengo evidencias que me obligan a desechar por completo mis teorías. Una conspiración sobrenatural me tendió una trampa, y caí en ella.

Advertí que mi padre lo miraba como si desconfiase de su cordura, o eso me pareció. Por fortuna, el general no lo advirtió.

—¿Se dirigen ustedes hacia las ruinas de Karnstein? —prosiguió—. Vaya coincidencia. Me disponía a pedirles que me llevaran hasta allí, y por razones de la mayor importancia. Tengo entendido que hay en ese lugar una capilla abandonada con numerosas tumbas de la extinguida familia.

—Así es, en efecto —repuso mi padre—. ¿Acaso ha pensado en reclamar el título y las propiedades de los Karnstein? —añadió en tono jocoso.

Lejos de festejar la broma, el general se mostró hosco y hasta irritado, como si un horror innombrable lo torturase.

—Se trata de algo de naturaleza muy distinta —replicó con gravedad—. Me propongo desenterrar a algunos miembros de tan distinguida familia. Los motivos de semejante sacrilegio son por demás piadosos, ya que libraré al mundo de ciertos monstruos y la gente ya no tendrá que temer el ser asesinada. Querido amigo, he de contarle cosas muy extrañas, que yo mismo, hasta hace muy poco, habría considerado increíbles.

Mi padre lo miró en silencio, pero esta vez con expresión de alarma.

—La familia Karnstein se extinguió hace por lo menos cien años —dijo—. Mi esposa descendía de ella, por la rama materna. Pero tanto el apellido como el título ya no existen. Del castillo solo quedan ruinas, y los últimos habitantes de la aldea la abandonaron hace cincuenta años.

—Eso es muy cierto —admitió el general—. Me he enterado de muchos detalles relacionados con ello, y estoy seguro de que le asombrarán. Sin embargo, lo mejor será que le exponga una cronología de los hechos. —Hizo una pausa y prosiguió—: Usted conoció a mi querida sobrina. Era la muchacha más bella del mundo y no padecía ningún problema de salud.

—Es verdad —dijo mi padre—, la última vez que la vi estaba perfectamente sana. Al enterarme de lo que le ocurrió me sentí tan apenado como desconcertado, y sé que para usted supuso un golpe terrible… —Cogió con fuerza la mano del general, a quien se le llenaron los ojos de lágrimas.

—Somos amigos desde hace mucho tiempo, y sabía lo mucho que lo lamentaría por mí. Ella alegraba mi hogar con su afecto y sus cuidados y me colmaba de felicidad. Nada de eso existe ya. Ahora confío, con la ayuda de Dios, que los pocos años que me quedan de vida me alcancen para llevar a cabo el servicio que me he propuesto brindar a la humanidad y exterminar a los demonios que asesinaron a mi sobrina, acabando así con su belleza y sus esperanzas.

—Ha afirmado usted que iba a hacer un relato cronológico de los hechos —le recordó mi padre—. Hágalo, por favor, y no crea que es solo la curiosidad lo que me impulsa a pedírselo.

Habíamos llegado al cruce de caminos en el cual el que conduce a Drunstall se aparta del que estábamos siguiendo para llegar al castillo de Karnstein.

—¿A qué distancia se encuentran las ruinas? —preguntó el general en tono de ansiedad.

—A media milla aproximadamente —contestó mi padre—. Por favor, tenga a bien relatarnos esa historia.

XI. El relato de los hechos

—Bien —dijo el general, y tras una pausa procedió a relatarnos una de las historias más extrañas que jamás he oído—. Mi querida sobrina se preparaba para visitar a su encantadora hija, aquí presente. —Me miró y, con expresión melancólica, inclinó la cabeza—. Recibimos entonces una invitación de un antiguo amigo, el conde de Carlsfeld, cuyo castillo se halla a unas seis millas del de Karnstein, para que asistiéramos a una fiesta que se celebraba, como recordará usted, en honor del gran duque Karl.

—Lo recuerdo, y, por lo que sé, fue magnífica.

—¡Extraordinaria, digna de un rey! El conde parece tener en su poder la lámpara de Aladino. La noche en que comenzó mi calvario se había organizado una mascarada. Tuvo lugar en los jardines del castillo, cuyos árboles se habían adornado con farolillos multicolores. Jamás presencié semejante espectáculo de fuegos artificiales, ni siquiera en París. La música (sabe usted que tengo debilidad por la música) era subyugante. Habían contratado a una orquesta que quizá fuese la más grande del mundo, y a las mejores cantantes de los teatros líricos más importantes. La luz de la luna bañaba el castillo y de las ventanas de este surgía un resplandor rosado. Mientras escuchaba y contemplaba aquella magnificencia, sentí que el sentimiento romántico de mi juventud se apoderaba nuevamente de mí.

»Cuando terminaron los fuegos artificiales y se anunció el comienzo del baile, volvimos a los salones donde el mismo tendría lugar. Un baile de máscaras siempre es hermoso, pero nunca había presenciado uno tan magnífico como aquel. Yo era prácticamente el único de los presentes que no pertenecía a la aristocracia.

»Mi amada sobrina estaba hermosísima. No llevaba antifaz, y la excitación y el placer del momento añadían aún más belleza a sus rasgos. Advertí que una muchacha, elegantemente vestida y, ella sí, con antifaz, miraba a mi sobrina con sumo interés. Yo ya la había visto. Primero, en el salón donde se había llevado a cabo la recepción, y, después, en el jardín, observando a mi sobrina. La acompañaba una dama, también enmascarada y muy elegante. Si la muchacha no hubiera llevado el rostro cubierto, me habría resultado sencillo comprobar si estaba vigilando a mi desdichada sobrina. Ahora sé que, en efecto, tal era el caso.

»En ese momento nos encontrábamos en uno de los salones. Mi sobrina había estado bailando y descansaba junto a la puerta, sentada en una silla. Yo me hallaba de pie, muy cerca de ella. Las dos mujeres que acabo de describir se aproximaron y la más joven se acomodó en la silla contigua a la que ocupaba mi sobrina. La dama que la acompañaba se detuvo a mi lado y dirigió unas palabras en voz baja a la muchacha. A continuación se volvió hacia mí y, como si nos conociéramos de toda la vida, me nombró por mi apellido y comenzó a hablar de cosas que suscitaron en mí una gran curiosidad. Procedió a mencionar todos los lugares en que me había visto, tanto en la corte como en mansiones aristocráticas. Aludió a incidentes que yo ya ni recordaba pero que de inmediato volvieron a mi memoria.

»Empecé a sentirme ansioso por conocer su identidad, pero eludía, con tanta astucia como placer, dar el menor indicio de ello. Me resultaba inexplicable cómo sabía tantas cosas sobre mí, y estaba claro que le divertía mi azoramiento. Mientras tanto, la muchacha, a quien la dama llamó en un par de ocasiones por el extraño nombre de Millarca, conversaba animadamente con mi sobrina. Le explicó que la dama era su madre y una muy antigua conocida mía. Elogió el vestido de mi pobre niña así como la belleza de esta. Hizo comentarios jocosos sobre los presentes en el salón y rió ante las respuestas de mi sobrina. Su ingenio y buen humor hizo que al cabo de pocos instantes las dos se comportasen como grandes amigas. Por fin, la muchacha se quitó el antifaz. Era francamente hermosa, pero jamás la habíamos visto. No obstante, su atractivo y simpatía, así como el que se mostrara tan generosa y apasionada, se ganaron el corazón de mi sobrina.

»Entretanto, aprovechando la osadía que permiten las mascaradas, formulé algunas preguntas a la dama.

»—Me desconcierta usted —dije entre risas—. ¿No cree que ya es hora de que se quite el antifaz?

»—¡Qué petición más insensata! —exclamó—. ¿Cómo puede pedirle semejante cosa a una dama? Si lo hiciera, usted tomaría ventaja. Además, ¿cómo está seguro de que si accediese a su petición me reconocería? Las personas cambian mucho con los años.

»—En ese caso, compruébelo con sus propios ojos —dije con una sonrisa, inclinando la cabeza.

»—¿Y cómo sabe que contemplando mi rostro resolverá el enigma?

»—Estoy dispuesto a correr el riesgo —contesté—. En cualquier caso, difícilmente sea una anciana; todo en usted la traiciona.

»—Pues han pasado muchos años desde la última vez que lo vi. O mejor, desde que usted me vio. Esa muchacha, Millarca, es mi hija. Así que no puedo ser joven, y no me gustaría que me comparase con el recuerdo que tiene de mí, por indulgente que se mostrase. Además, usted no lleva antifaz, de modo que no tiene nada que ofrecerme a cambio.

»—Por compasión, quítese la máscara —supliqué.

»—Y yo le ruego que dejemos las cosas como están —repuso.

»—Bien; pero al menos dígame si es usted francesa o alemana, ya que se expresa a la perfección en ambas lenguas.

»—No voy a decírselo, general. Está usted preparando un ataque por sorpresa, y espera el momento de desencadenarlo.

»—Aun así —dije—, hay algo que no puede negarme. Puesto que me ha dirigido la palabra, permítame saber qué tratamiento debo darle... Ya sé, la llamaré condesa.

»Se echó a reír.

»—En tal caso... —dijo, pero en ese instante se presentó ante nosotros un caballero vestido de negro, muy elegante y cortés.

»Su rostro tenía una palidez cadavérica. Sin sonreír, y con una inclinación de la cabeza, se dirigió a la dama.

»—Señora condesa —dijo—, ¿me permite que le dirija unas palabras que, estoy seguro, serán de su interés?

»La dama se volvió de inmediato hacia él y se llevó un dedo a los labios para indicarle que guardara silencio. A continuación, se dirigió a mí.

»—Aguarde un instante, general. Volveré después de hablar con este caballero —añadió en tono risueño.

»Se alejaron unos pasos de mí y conversaron durante unos minutos, con expresión muy seria ambos. A continuación, se marcharon entre los invitados.

»Mientras esperaba a que la dama regresase, me estrujé el cerebro intentando descubrir la identidad de la mujer que tanto parecía recordar acerca de mí, y decidí unirme a la charla que mantenían mi sobrina con la hija de la condesa. Me proponía sorprender a esta última diciéndole que ya había averiguado cuál era su apellido y qué propiedades poseía. Pero no me dio tiempo, pues en ese instante volvió acompañada por el caballero vestido de negro, que dijo:

»—Cuando el carruaje esté dispuesto, vendré a avisar a la señora condesa.

»Hizo una breve reverencia y se marchó.

XII. Una petición

»—Confío en que, si debemos separarnos de la señora condesa, sea por pocas horas —dije.

»—Solo será un rato —respondió ella—, o tal vez unas semanas. Es una lástima que tenga que marcharme justamente ahora. Por cierto, ¿ya conoce mi identidad?

»Contesté que no.

»—Lo hará en su debido momento —dijo—. Ambos somos amigos más antiguos e íntimos de lo que imagina, pero aún no puedo darme a conocer. Dentro de tres semanas iré a su castillo, del cual ya me he informado. Reviviremos entonces una amistad que siempre recuerdo con placer. Acaban de comunicarme una noticia que me ha impresionado mucho. Debo partir cuanto antes, y me aguardan cien millas de tortuoso camino. Me siento muy inquieta, y solo mi decisión de guardar mi identidad en secreto me impide hacerle un pedido muy especial. Mi querida hija tuvo un accidente y aún no se ha recuperado del todo. Cayó de un caballo en el transcurso de una cacería y el médico ha dicho que, al menos por un tiempo, no debe hacer ningún esfuerzo. Por eso para venir aquí lo hicimos en etapas cortas, de pocas millas por día. Ahora debo partir en una misión de vital importancia cuyos pormenores le referiré cuando volvamos a encontrarnos, como le he dicho dentro de pocas semanas. Entonces ya no tendré razón para ocultar nada.

»A continuación formuló su petición, con la actitud, que pasaba casi inadvertida, de quien considera que, al hacer un ruego semejante, está concediendo un favor inmenso. Se trataba, sencillamente, de que, mientras durara su ausencia, me hiciera cargo de su hija. Se trataba de una petición por demás audaz. La condesa admitió, y enumeró, todas las objeciones que yo pudiera poner y manifestó que, a pesar de ello, confiaba en mi caballerosidad. En ese instante, como si de una fatalidad se tratara, mi sobrina se acercó y me pidió en voz baja que invitase a su nueva amiga a pasar unos días con nosotros. Estaba claro que ya habían hablado del asunto, pues añadió que Millarca aceptaría encantada, siempre y cuando su madre la autorizase.

»En otras circunstancias habría respondido que esperara a que las conociéramos mejor, pero no me dio tiempo a reflexionar. La condesa y su hija se deshicieron en súplicas, y no pude por menos, seducido por la belleza extraordinaria de la última, que acceder. De pronto, y casi sin darme cuenta, me encontré al cuidado de la muchacha llamada Millarca.

»La condesa llevó a su hija aparte y comenzó a hablar con ella, explicándole los motivos por los que debía partir de forma tan perentoria. Oí que le informaba de que la había dejado a mi cargo, y añadió que yo era uno de sus amigos más antiguos y queridos.

»Por descontado, dije lo que se esperaba que dijese, aunque admito que la situación distaba mucho de agradarme. Vi entonces que el caballero de negro regresaba, y al cabo de un instante volvió a marcharse con la condesa. Por el modo en que la trataba, tuve la certeza de que esta ostentaba un rango muy superior al que correspondía a su título.

»Antes de partir, sin embargo, la dama me hizo prometerle que, hasta que volviéramos a vernos, no intentaría averiguar más acerca de ella de lo que ya hubiese adivinado. Nuestro anfitrión, de quien la condesa era huésped, estaba al corriente de las causas que la obligaban a ello.

»—Ni mi hija ni yo podemos permanecer más de un día aquí sin que nuestra seguridad se vea en peligro —agregó—. De forma irreflexiva, hace una hora me quité un instante el antifaz y me pareció que usted me veía, por eso me acerqué a hablarle, para comprobar si en efecto había sido así, pues en tal caso habría apelado a su elevadísimo sentido del honor y le habría pedido que no revelara mi identidad hasta dentro de unas semanas. Ahora estoy segura de que no me vio, pero si sospecha, o llegara a sospechar usted quién soy yo, le ruego que no lo diga a nadie. Mi hija guardará el secreto, y no me cabe duda de que usted se lo recordará para que no cometa el error de olvidarlo.

»Le susurró algo al oído a la muchacha, le dio un par de besos fugaces y se perdió entre la multitud que abarrotaba el salón, en compañía del pálido caballero de negro.

»—En el salón de al lado —dijo Millarca— hay una ventana que da a la entrada principal. Me gustaría ver partir a mi madre y enviarle un beso.

»La acompañamos hasta la mencionada estancia y nos acercamos a la ventana. Nos asomamos y vimos un carruaje tan magnífico como antiguo. También una escolta de jinetes y varios lacayos. El pálido caballero de negro puso un grueso abrigo de terciopelo sobre los hombros de la dama. A continuación ayudó a esta a subir al carruaje y, una vez que hubo cerrado la portezuela, hizo una profunda reverencia. El carruaje se puso en marcha.

»—Se ha ido —dijo Millarca, y suspiró.

»"Sí, se ha ido", pensé, y reflexioné sobre los hechos recientes, mi consentimiento a que la muchacha fuera nuestra invitada y la tontería que esto representaba.

»—No ha mirado hacia aquí ni por un instante —añadió Millarca.

»—Debió de quitarse el antifaz, y no quería que viéramos su rostro —observé—. Además, no tenía modo de saber que nos encontrábamos junto a la ventana.

»Millarca volvió a suspirar y me miró a los ojos. Era tan bella que me sentí arrobado. Lamenté haberme arrepentido por un momento de tomarla a mi cargo y resolví enmendar mi secreta descortesía.

»La muchacha se puso nuevamente el antifaz y, a petición de ella y de mi sobrina, y, pasando por debajo de las ventanas del castillo, regresamos al jardín donde estaba a punto de reanudarse el concierto. Millarca nos cautivó con sus comentarios, alegres y vivaces, sobre los importantes personajes allí presentes. Cuanto más hablaba, más encantadora la encontraba. Tras pasar tanto tiempo alejado del mundo, su charla me parecía no solo agradable sino divertida. Pensé en la alegría que introduciría en nuestra vida hogareña, a menudo tan solitaria.

»La fiesta acabó cuando el sol de la mañana se adivinaba en el horizonte. El gran duque era aficionado a que sus bailes duraran hasta el amanecer, de modo que sus invitados no podían marcharse antes de la llegada de este.

»Acabábamos de cruzar el salón lleno de gente cuando mi sobrina preguntó por Millarca. Caímos entonces en la cuenta de que la habíamos perdido de vista. Intenté dar con ella, pero en vano. Temí que hubiese entablado amistad con otras personas y que las siguiera, perdiéndose así en los vastos jardines que nos rodeaban.

»En ese instante me asaltó nuevamente la idea de que había cometido un error al responsabilizarme de la muchacha sin conocer al menos su apellido. Además, condicionado como estaba por las insólitas promesas que había hecho a su madre, ni siquiera podía preguntar por ella explicando que se trataba de la hija de la condesa que había partido pocas horas antes.

»Cuando decidí abandonar la busca, ya era pleno día. A las dos de la tarde seguíamos sin tener noticias de la muchacha. A esa hora aproximadamente un sirviente llamó a la puerta de la habitación de mi sobrina e informó de que una joven dama, al parecer muy angustiada, le había preguntado dónde podía encontrar al general Spielsdorf y a su hija, al cuidado de los cuales la había dejado su madre.

»Pese a la inexactitud del parentesco mencionado, no cabía duda de que se trataba de nuestra joven amiga. Así era, en efecto. ¡Ojalá Dios hubiese permitido que nunca volviéramos a encontrarla!

»Para explicar las razones de su desaparición, le contó a mi sobrina que muy tarde, perdida ya toda esperanza de encontrarnos, entró en el dormitorio del ama de llaves. Allí se sumió en un sueño tan largo como profundo, que sin embargo no le sirvió para recuperar las fuerzas tras el cansancio que le había producido el baile de la noche anterior.

»Ese mismo día partimos con Millarca rumbo a nuestra casa. A pesar de todo, no podía evitar alegrarme de que mi querida sobrina hubiese entablado amistad con una muchacha tan encantadora.

XIII. EL LEÑADOR

»Muy pronto, sin embargo, surgieron algunos inconvenientes. Millarca comenzó a quejarse de que se sentía extremadamente débil, como venía ocurriendo desde su accidente, y nunca abandonaba su habitación hasta la tarde. Además, siempre cerraba la puerta desde dentro y solo la abría para que entrase la criada que se hallaba a su servicio. A menudo, cuando creíamos que dormía, salía de su dormitorio muy temprano, o muy tarde, sin que lo supiéramos. Más de una vez la vieron, al alba, caminar entre los árboles del bosque en dirección al este, como sumida en un trance. Ello me convenció de que padecía sonambulismo; pero eso no resolvía el problema, ya que ¿cómo era posible que saliese de su habitación y dejase la puerta cerrada por dentro? ¿Cómo abandonaba el castillo sin abrir puertas o ventanas?

»Pronto, sin embargo, surgió un motivo de preocupación aun mayor: la salud de mi querida sobrina empezó a quebrantarse de manera misteriosa. Comenzó a sufrir pesadillas espantosas en las que la hostigaba un espectro. En ocasiones este se parecía a Millarca; otras, tenía el aspecto de un animal que caminaba nerviosamente a los pies de la cama. Al tiempo empezó a experimentar sensaciones muy extrañas, aunque no desagradables, como si avanzase contra la corriente de un río de aguas heladas. Más tarde, sintió que un par de finísimas agujas se introducían en la base de su cuello, provocándole un dolor agudo. Al cabo de pocas noches se presentó una sensación de asfixia creciente. Finalmente, perdió el sentido.

Oí perfectamente la narración del anciano general mientras nuestro carruaje pasaba cerca de la aldea que llevaba más de medio siglo abandonada. Me sentí azorada al comprobar que lo que acababa de describir coincidía con los síntomas que yo misma había experimentado, por no mencionar la impresión que me causó el que los misteriosos hábitos descritos fueran prácticamente los mismos que los de mi amiga Carmilla.

Llegamos a un claro del bosque y ante nosotros aparecieron las primeras ruinas de la aldea desierta. Las desoladas torres del castillo se alzaban en lo alto de una colina baja. Aterrada, bajé del carruaje. Todos guardábamos silencio, pues teníamos demasiadas cosas en que pensar. Ascendimos la colina y entramos en el castillo, con sus amplias estancias, sus escaleras tortuosas y sus pasillos sombríos.

—¡Quién diría que esto fue, en otro tiempo, la palaciega morada de los Karnstein! —exclamó el general mientras, asomado a una ventana, contemplaba los restos de la aldea y el bosque que se extendía más allá—. Era una estirpe maldita —continuó—, y aquí tuvieron lugar muchos episodios sangrientos. ¿Cómo es posible que después de muertos continúen atormentándonos con sus atrocidades? Allí está la capilla —añadió señalando las grises paredes de una construcción gótica medio oculta entre los árboles y un poco más abajo, en la pendiente—. Puedo oír el hacha de un leñador entre los árboles que la rodean. Quizá ese hombre pueda darnos alguna información sobre lo que ando buscando e indicarnos la tumba de Mircalla, condesa de Karnstein. Los campesinos suelen recordar las historias de las grandes familias para las que han servido por generaciones, y que los propios nobles olvidan en cuanto esas mismas familias se extinguen.

—En casa tenemos un retrato de Mircalla —dijo mi padre—. ¿Le interesaría verlo?

—Ya habrá tiempo para eso —contestó el general—. Sé que he visto el original, y uno de los motivos por los que he venido aquí es inspeccionar esa capilla.

—¿Dice usted que vio a la condesa Mircalla? —se extrañó mi padre—. ¡Pero si murió hace más de cien años!

—Está menos muerta de lo que usted imagina —repuso el general.

—Sus palabras me desconciertan, querido amigo.

Mi padre lo observó con cierta suspicacia. No era la primera vez desde nuestro encuentro, según pude apreciar, pero en la conducta del general, a pesar de que a veces se mostraba enfadado y hasta colérico, no había nada de extravagante.

En el instante en que pasábamos por debajo del arco de la capilla, el viejo general dijo:

—Mi único objetivo, en los pocos años que me restan de vida, es que caiga sobre ella la venganza que, gracias a Dios, la mano del hombre todavía es capaz de ejecutar.

—¿Qué venganza es esa? —inquirió mi padre, perplejo.

—Hablo de decapitar al monstruo —dijo con energía el general, y, al tiempo que daba una patada en el suelo, levantaba el puño como si en él blandiera un hacha.

—¡Qué dice, por Dios! —exclamó mi padre con espanto.

—Le cortaré la cabeza, a ella.

—¡Cortarle la cabeza!

—Sí, con un hacha, con una pala, con lo que sea. Debo cercenar su garganta asesina. —El general temblaba de rabia, y, mientras avanzaba, añadió—: Esta viga servirá… Su hija está cansada. Que se siente en ella. Mientras tanto, concluiré mi terrorífica historia.

En el suelo de la capilla había una viga, en efecto. Me senté, satisfecha de descansar al fin, y el general llamó al leñador, que hasta unos momentos antes había estado cortando unas ramas junto a las viejas paredes de la capilla. Con el hacha todavía en la mano, el corpulento hombre se acercó a nosotros.

No podía darnos ninguna información sobre las tumbas, pero, según dijo, conocía a un viejo guardabosques, que se hospedaba en la casa del sacerdote, a unas tres millas de distancia, capaz de identificar cada una de las sepulturas de los Karnstein. Por unas monedas, y si le prestábamos uno de nuestros caballos, se ofreció a ir en su busca y estar de vuelta en menos de una hora.

Al cabo de ese lapso, el leñador regresó con el anciano guardabosques, a quien mi padre preguntó:

—¿Hace muchos años que trabaja en esta zona?

—Toda mi vida —respondió el viejo, que se expresaba en el dialecto de la región—. Antes de ser guardabosques fui leñador, y antes de mí lo fue mi padre, y así durante tantas generaciones que no soy capaz de enumerarlas. Si lo desea, puedo señalarle la casa donde vivieron mis antepasados.

—¿Por qué todo el mundo abandonó la aldea? —quiso saber mi padre.

—A causa de la plaga de los resucitados, señor. A algunos se les siguió el rastro hasta la tumba, se verificó su condición según los procedimientos habituales y se los aniquiló con el método tradicional: se les cortó la cabeza, se les hundió una estaca en el pecho y se los quemó. Sin embargo, ya habían asesinado a demasiados aldeanos, y, además, a pesar de que se hizo con ellos lo acostumbrado, es decir, abrir sus tumbas y despojar de su horrible existencia a los vampiros, la aldea no se libró por completo de su asedio.

»Dio la casualidad de que un conde moravo recorría la región y, al enterarse de lo que ocurría, se ofreció para acabar con la plaga.

Era experto en estos temas, al igual que tanta gente en su país. Procedió del siguiente modo: una noche de luna llena, poco después de que anocheciese, subió al campanario de la capilla, desde donde podía ver el cementerio que había debajo. Si se asoman ustedes a la ventana, lo verán también. Permaneció al acecho hasta que advirtió que el vampiro abandonaba su tumba, dejaba la mortaja al lado de esta, y se dirigía a la aldea para atormentar a sus habitantes. Entonces bajó, cogió la mortaja, y volvió a subir al campanario. Cuando el vampiro regresó y comprobó que su mortaja había desaparecido, se volvió, increpándolo, hacia el conde, que estaba, como he dicho, en lo alto del campanario. El conde lo desafió a que subiera a recuperarla. El vampiro aceptó el reto y en cuanto llegó a lo alto del campanario, el conde le partió la cabeza con su espada y lo arrojó al cementerio. A continuación descendió por la escalera de caracol, le cortó la cabeza y, al día siguiente, la entregó, junto con el cuerpo, a los aldeanos. Estos atravesaron el cadáver con estacas muy afiladas y, después, lo quemaron. Resultó que el moravo estaba autorizado, por quien por entonces era el jefe de la familia, a trasladar la tumba de la condesa Mircalla. Y eso fue lo que hizo, de modo que al cabo de un tiempo nadie recordaba el sitio exacto donde se hallaba la misma.

—Pero usted, ¿puede indicárnoslo? —preguntó el general con evidente ansiedad.

El guardabosques negó con la cabeza y, con una sonrisa, respondió:

—En la actualidad, todo lo que se sabe es que el cuerpo fue trasladado, pero lo cierto es que no hay nadie que esté completamente seguro de ello.

Tras pronunciar estas palabras, se marchó, y nosotros nos dispusimos a escuchar el resto de la historia del viejo general.

—La salud de mi querida sobrina se deterioraba a pasos agigantados —dijo el general prosiguiendo con su relato—. El médico no se atrevía a hacer ningún diagnóstico sobre la enfermedad, o de lo que por entonces yo suponía que era una enfermedad. Al verme tan alarmado, sugirió que hiciera una consulta. Acepté y mandé llamar a un doctor de Gratz considerado un experto. Pasaron varios días hasta su llegada. Se trataba de un hombre tan amable como piadoso, además de un erudito. Tras examinar a mi sobrina, ambos médicos se encerraron en mi biblioteca para hablar de la situación. Desde la estancia contigua, donde yo esperaba a que me llamasen, oí que elevaban la voz, como si discutiesen en términos más acalorados que los propios de un debate profesional.

»Llamé a la puerta y entré. El médico de Gratz insistía en su teoría, ante las burlas de su colega. En cuanto me vieron entrar, depusieron su actitud.

»—Mi colega —dijo el primer médico— al parecer está convencido de que lo que necesita usted no es un hombre de ciencia sino un exorcista.

»—Perdóneme —lo interrumpió el otro con tono de disgusto—, ya explicaré a su debido momento mi punto de vista sobre el caso que nos ocupa. —Me miró y añadió—: Lo lamento, general, pero me temo que, a pesar de mi experiencia y mis conocimientos, no puedo ser de mucha utilidad; pero antes de marcharme desearía sugerirle algo.

»Hizo una pausa y, pensativo, se sentó ante una mesa y se puso a escribir. Yo me volví, profundamente decepcionado, dispuesto a salir de la habitación, cuando el otro médico señaló a su colega, que seguía escribiendo, y se llevó un dedo a la sien en un gesto por demás significativo.

»Así pues, me encontraba de nuevo en el punto de partida. Preocupado, salí al jardín. Allí estaba, caminando de un lado a otro, cuando al cabo de unos quince minutos se reunió conmigo el médico de Gratz. Se disculpó y dijo que su conciencia no le permitía irse sin antes dirigirme unas pocas palabras. Me informó de que, sin la mínima posibilidad de error, no existía ninguna enfermedad que presentase los síntomas que padecía mi sobrina y que la muerte estaba muy cercana. No obstante, aún le quedaban uno o dos días de vida, y si el desenlace fatal se impedía de inmediato, quizá, con grandes precauciones, lograría reponerse. Por el momento, sin embargo, no había esperanzas de mejoría. Un nuevo ataque acabaría irremediablemente con las pocas energías que le quedaban.

»—¿En qué consistiría ese ataque al que se refiere? —pregunté angustiado.

»—Se lo explico todo en esta carta que le entrego con la condición de que mande llamar a un sacerdote sin tardanza y la lea en su presencia. Por ningún motivo debe leerla antes de que él llegue, pues su contenido podría parecerle descabellado, y nos hallamos ante un caso de vida o muerte. Por supuesto, si no consigue a un sacerdote, lo autorizo a que la lea.

»Antes de marcharse me preguntó si desearía conocer la opinión de una persona particularmente experta en una cuestión que, después de leer la carta, quizá me interesara más que nada en el mundo. A continuación me urgió, en tono apremiante, a que mandase a alguien en su busca. Acto seguido, se marchó.

»No logré dar con ningún sacerdote, de modo que no tuve más opción que leer la carta que el médico de Gantz me había entregado. Si las circunstancias hubiesen sido otras, su contenido, en efecto, me habría parecido absurdo, pero cuando lo que está en juego es la vida de un ser querido y los métodos habituales han fracasado, uno se aferra a cualquier posible remedio que se le ofrezca.

»Lo que había escrito el médico resultaba lo bastante monstruoso como para pedir que se lo recluyese en un manicomio. Afirmaba que el causante de los sufrimientos de mi sobrina era un vampiro, y que los aguijonazos que había sentido en la base del cuello habían sido producidos por los largos y afilados colmillos de aquel. Añadía que no cabía duda sobre la presencia de una mancha lívida que, en opinión de todos los expertos en el tema, producen los diabólicos labios de la abominable criatura.

»El resto de los síntomas de la enferma se correspondía con los propios de la acción de un vampiro.

»Como yo no creía en la existencia de semejantes seres fantásticos, la sobrenatural teoría de aquel médico me parecía la consecuencia de las alucinaciones que suelen ir asociadas a grados muy altos de lucidez y erudición. No obstante, y dado que permanecer mano sobre mano me angustiaba aún más, puse en práctica las instrucciones detalladas en la carta.

»Me oculté en el cuarto de vestir contiguo a la habitación de mi sobrina, donde ardía una vela, y permanecí al acecho. Cuando la infortunada muchacha al fin se durmió, me aproximé a la puerta y espié por una delgada rendija, con la espada sobre una mesa que había a mi lado, tal como el médico indicaba en su carta. A eso de la una percibí una forma grande y negra que se deslizaba, o eso me pareció, a los pies de la cama. De pronto vi que saltaba al cuello de mi indefensa sobrina y se transformaba en una cosa enorme y palpitante.

»Quedé paralizado por un instante, pero me repuse y salí de mi escondite blandiendo la espada. El negro ser se desplazó de inmediato hasta los pies de la cama, se deslizó fuera de esta y de pie delante de mí, mirándome fijamente con expresión de ferocidad y horror, vi a Millarca. No recuerdo qué pensé en ese instante, pero sí que de inmediato le di un golpe con la espada. Pero no conseguí herirla, sino que se quedó allí, inmóvil e ilesa. Aterrado, volví a atacarla con mi arma, y entonces… ¡se desvaneció!

»Soy incapaz de relatar lo que ocurrió el resto de esa noche espantosa. Los habitantes de la casa se levantaron y empezaron a buscarla, pero Millarca, o su espectro, había desaparecido. Su víctima, en cambio, agonizaba, y antes del amanecer, murió.

El general estaba muy apesadumbrado. No pronunciamos palabra. Mi padre se alejó unos pasos y comenzó a leer las inscripciones grabadas en las lápidas. Entró en una pequeña capilla lateral y prosiguió con su busca. El anciano general se apoyó contra la pared, se enjugó las lágrimas y soltó un profundo suspiro. De pronto oí, aliviada, las voces de Carmilla y nuestra ama de llaves, que se acercaban. Al cabo de unos segundos, se desvanecieron.

En aquel lugar solitario acababa de oír una historia muy extraña sobre los nobles y orgullosos muertos cuyas tumbas se veían entre la hierba y el polvo que nos rodeaban, y cada uno de los incidentes relatados se parecía, de forma tan inquietante como atroz, a lo que yo había vivido. En aquel lugar que el follaje sumía en sombras, rodeado de muros silenciosos, comencé a sentir que el pánico se apoderaba de mí, y que en realidad ni Carmilla ni nuestra ama de llaves estaban a punto de perturbar la inquietante escena con su presencia.

El general miraba fijamente el suelo, con una mano apoyada sobre una sepultura medio en ruinas. De pronto, debajo de un arco rematado con uno de esos grotescos demonios tan frecuentes en los templos góticos, distinguí, con enorme alegría, a mi bella amiga Carmilla, que entraba en la capilla. Me disponía a ponerme de pie y llamarla, cuando el anciano general soltó un grito desgarrador, cogió el hacha y se abalanzó sobre mi amiga. Al verlo, una expresión de horror desfiguró el semblante de Carmilla, que retrocedió unos pasos, encorvada. A continuación, sin darme tiempo a reaccionar, el general la golpeó con todas sus fuerzas. Sin embargo, vi que no le producía herida alguna, y que lo cogía por la muñeca. El general intentó soltarse, pero finalmente abrió la mano, el hacha cayó al suelo y Carmilla desapareció.

El anciano, exhausto, se apoyó contra la pared. Tenía el cabello erizado, el rostro bañado en sudor y parecía al borde de la muerte.

El terrorífico incidente apenas había durado un instante, y lo siguiente que recuerdo es que madame Perrodon, a mi lado, repetía una y otra vez:

—¿Dónde está Carmilla?

—No lo sé —dije—. Hace un par de minutos se fue por allí —agregué señalando la misma puerta por la que madame Perrodon acababa de entrar.

—Es imposible —replicó el ama de llaves—. Yo me encontraba en el pasillo que conduce a esa puerta, y no la vi regresar. —Y acto seguido se puso a llamarla a viva voz—: ¡Carmilla! ¡Carmilla!

—¿Así es como dice llamarse? —preguntó el anciano general.

—En efecto —contesté.

—Pues se trata de la misma persona que, hace algún tiempo, conocí con el nombre de Millarca. Debe usted alejarse de este sitio maldito lo antes posible —añadió—. Pida que la conduzcan a la casa del sacerdote y permanezca allí hasta que vayamos en su busca. ¡Márchese ahora mismo! Es muy probable que no vuelva a ver a Carmilla, y sin duda no la encontrará aquí.

XV. Comprobación y ajusticiamiento

Mientras el general hablaba, entró en la capilla uno de los hombres de aspecto más ominoso que haya visto jamás. Era alto, algo encorvado, de pecho estrecho, e iba íntegramente vestido de negro, incluido un sombrero de ala ancha. Tenía el rostro, moreno, surcado de profundas arrugas, llevaba gafas con montura de oro y el cabello, largo y grisáceo, le caía sobre los hombros. Caminaba con lentitud y cierta torpeza, ora mirando el cielo, ora el suelo, y sonreía de manera extraña. Tenía los brazos muy largos y agitaba las manos, extremadamente flacas y cubiertas con unos guantes negros, como si se hallara en estado de trance.

—¡He aquí el hombre cuyos servicios necesitábamos! —exclamó el general, yendo a su encuentro con notoria satisfacción—. ¡Apreciado barón, no sabe usted lo mucho que me alegro de verlo! Ya había perdido las esperanzas de que llegase.

Con un ademán, el anciano señaló a mi padre, que llegaba en ese momento acompañando al estrafalario caballero, e hizo las presentaciones de rigor. Acto seguido se pusieron a hablar con expresión muy grave. El forastero sacó del bolsillo de la levita un rollo de papel, lo extendió sobre una sepultura cercana y, con un lápiz, procedió a trazar líneas imaginarias de un extremo al otro del papel. Comprendí que se trataba de un plano de la capilla, pues de vez en cuando ellos, tras consultarlo, observaban con atención determinados puntos del edificio. El barón acompañaba la conversación con la lectura de algunos pasajes de un libro muy manoseado cuyas amarillentas páginas estaban cubiertas de una escritura abigarrada.

Comenzaron a recorrer la nave lateral, opuesta al sitio en que me encontraba, y procedieron a medir distancias contando los pasos. Por fin, los tres se detuvieron frente a un punto de una pared lateral y se pusieron a examinarlo meticulosamente. Apartaron la hiedra, golpearon el enlucido con las conteras de los bastones, rasparon unos lugares, palparon otros. Al fin asomaron los bordes de una ancha losa de mármol en la que se veían tres letras en bajorrelieve. Con la ayuda del leñador, que acababa de hacer acto de presencia, dejaron al descubierto una lápida en cuya superficie había grabado un escudo de armas. Comprobaron que correspondía a la perdida tumba de Mircalla, condesa de Karnstein.

El anciano general, a quien jamás tuve por hombre devoto, elevó la mirada y las manos al cielo en silenciosa señal de gratitud.

—Mañana vendrá el comisionado —dijo—, y se llevará a cabo la investigación en los términos que dispone la ley. —Se volvió hacia el extraño personaje con gafas de montura de oro, cogió las manos de este entre las suyas, y añadió—: ¿Cómo podré darle las gracias, barón? ¿Cómo podremos darle las gracias todos nosotros? Merced a su intervención la región quedará libre del flagelo que sufre hace más de un siglo. Al fin hemos dado con el abominable enemigo.

Mi padre llevó aparte al forastero y el general los siguió. Comprendí que se alejaba para poder hablar de mi caso sin que yo lo oyera, y mientras tenía lugar la conversación me dirigía miradas fugaces. Finalmente se acercó a mí y me besó. Acto seguido me guió fuera de la capilla y dijo:

—Ya es hora de que partamos, pero antes debemos pedir al sacerdote que vive cerca de aquí que se una a nuestro grupo y nos acompañe hasta el castillo.

La invitación fue aceptada. Yo estaba muy cansada y no veía la hora de llegar a casa; pero mi alegría se transformó en consternación al enterarme de que nadie tenía noticias de Carmilla. Nadie me dio tampoco explicación alguna sobre lo que en realidad había ocurrido en la capilla; estaba claro que se trataba de un secreto que mi padre, al menos por el momento, había decidido no revelarme. La inquietante ausencia de mi amiga hacía que, para mí, el incidente fuese todavía más horrible.

Esa noche se tomaron unas disposiciones que encontré por demás insólitas. Madame Perrodon y dos criadas debían permanecer conmigo en mi habitación hasta el día siguiente. Mi padre y el sacerdote, entretanto, montarían guardia en el cuarto de vestir. El segundo llevó a cabo ciertos ceremoniales solemnes, destinados sin duda a proteger mi sueño, cuya naturaleza y motivos no entendí. Pocos días más tarde, sin embargo, lo comprendí todo con claridad.

Mis tormentos nocturnos cesaron con la desaparición de Carmilla.

El lector sin duda estará al corriente de la espantosa superstición relacionada con lo que se ha dado en llamar vampiros, extendida en Estiria, Moravia, Silesia, la Serbia turca, Polonia y aun Rusia. No resulta fácil negar la existencia de semejantes seres, sobre todo si se tienen en cuenta los testimonios recogidos por las autoridades judiciales, cuya competencia nadie pone en duda, y que llenan innumerables y voluminosos informes sobre esta clase de fenómenos.

Por mi parte, he de admitir que jamás supe de ninguna teoría que explicase lo que yo misma presencié y viví, salvo la mencionada creencia.

Al día siguiente se procedió a llevar a cabo en el castillo de Karnstein lo dispuesto la víspera. Abrieron la tumba de la condesa Mircalla y tanto el general como mi padre reconocieron, en el rostro que apareció a la luz del día, a su malvada y bella huésped. A pesar de que llevaba ciento cincuenta años enterrada, su piel presentaba el color de la vida, tenía los ojos abiertos y el féretro no olía a podrido. Los dos médicos presentes (uno en representación de quienes habían cursado la denuncia y el otro del juez encargado de la investigación) comprobaron que el cuerpo daba señales, débiles pero perceptibles, de actividad pulmonar y cardiovascular. Las articulaciones de brazos y piernas eran perfectamente flexibles y la piel, elástica. El ataúd, hecho de plomo, estaba lleno de sangre hasta una profundidad de unas siete pulgadas.

Se hallaban, pues, ante un caso manifiesto de vampirismo. En consecuencia, y siguiendo la antigua costumbre, se sacó el cuerpo del féretro y se le hundió una estaca afilada en el corazón. El vampiro soltó un grito desgarrador, y se procedió de inmediato a cortarle la cabeza. Un gran chorro de sangre surgió del cuello seccionado. A continuación, el cuerpo y la cabeza fueron colocados sobre una pira hecha de ramas y troncos y reducidos a cenizas, que fueron arrojadas al río. A partir de ese día, ningún vampiro volvió a asolar la región.

Mi padre posee una copia del informe de la Comisión Imperial, con las firmas de quienes participaron en el procedimiento y de quienes lo presenciaron en calidad de testigos. Para describir la escena anterior me he basado en dicho informe.

XVI. Conclusión

El lector tal vez crea que al escribir esta narración lo hago con absoluta tranquilidad. Por el contrario, no puedo pensar en lo descrito sin sentirme profundamente turbada. De no haber sido porque me lo han pedido en numerosas ocasiones, por nada del mundo habría emprendido una tarea que afectará mis nervios durante meses y hará que vuelva a apoderarse de mí el terror que, después de tantos años, todavía hace de mis días y mis noches una tortura de dolor y soledad.

Añadiré, no obstante, unas pocas palabras acerca del misterioso barón Vordenburg, a cuyos conocimientos se debe el hallazgo de la tumba de la condesa Mircalla.

Se había radicado en Gratz, donde vivía de las escasas rentas de lo poco que conservaba de las en otro tiempo numerosas propiedades que su familia poseía en Estiria, consagrado a investigar el sorprendente fenómeno del vampirismo. Conocía a la perfección todas las obras, de mayor o menor importancia, que se habían escrito sobre la materia, como *Phlegon de mirabilibus*, *Augustinus de cura pro mortius*, *Philosophicae et christianae cogiationes de vampiris*, de Johan Christopher Herenberg y muchas otras que le prestó a mi padre. Disponía de un voluminoso archivo y, basándose en todo ello, había conseguido describir las características más destacadas de los vampiros, así como los modos en que se manifestaban, en ocasiones de manera excepcional. Puedo afirmar que la palidez mortal que se atribuye a los llamados resucitados constituye un mito. Tanto en la tumba como cuando aparecen ante los hombres, su aspecto es por completo saludable. Cuando se los expone a la luz del sol presentan los síntomas que, según he explicado, demostraban que Mircalla, condesa de Karnstein, era, en efecto, uno de ellos.

Siempre se ha tenido por inexplicable el que salgan de sus tumbas y vuelvan a las mismas todos los días a horas determinadas, sin dejar la menor huella. La existencia si se quiere «anfibia» de los vampiros se debe a las horas de reposo que pasan en sus sepulcros, y la sangre fresca que buscan con abominable avidez les proporciona las fuerzas necesarias para sobrevivir durante la vigilia. El vampiro es propenso a sentirse atraído, con pasión semejante a la que produce el amor, hacia ciertas personas. Para conquistarlas echa mano de numerosas estratagemas, una paciencia infinita y astutos galanteos, con los que logra vencer los obstáculos que se opongan a su objetivo. No desiste hasta que satisface su pasión y bebe la sangre de su víctima. Cuando esta no es especialmente codiciada sino común, se dirige directamente a ella, la subyuga mediante métodos violentos y a menudo la estrangula y agota toda su sangre en un único festín.

En ocasiones, no obstante, el vampiro debe someterse a determinadas exigencias. En el caso que aquí he expuesto, Mircalla se veía obligada a emplear un nombre que, aunque no fuese el suyo, debía tener las mismas letras, sin omitir ni agregar ninguna. Es lo que se llama «anagrama», y el suyo era Carmilla.

Tras el aniquilamiento de Carmilla, el barón Vordenburg pasó unas tres semanas en el castillo como invitado nuestro. Mi padre le refirió el episodio del noble moravo en el cementerio del castillo de Karnstein y le preguntó cómo había descubierto el lugar exacto en que estaba emplazada la tumba de la condesa Mircalla. El barón esbozó una sonrisa enigmática, bajó la vista hacia el estuche de sus gafas y se puso a juguetear con él. Finalmente, levantó la vista y dijo:

—Poseo muchos diarios y otros documentos de ese hombre notable. El más curioso se refiere a la visita al cementerio del castillo de Karnstein que usted acaba de mencionar. La tradición, como todos sabemos, suele distorsionar los hechos. No cabe duda de que se trataba de un noble moravo, ya que tenía un título nobiliario y vivía en Moravia; pero, en realidad, era oriundo de la Estiria superior. En su juventud se había enamorado perdidamente de la hermosa condesa Mircalla, cuya muerte le produjo un profundo pesar. —Hizo una pausa y prosiguió—: Los vampiros se multiplican de acuerdo con unas leyes tan misteriosas como precisas. Imaginemos una región que se encuentra libre de la plaga de semejantes criaturas. ¿Cómo comienza esta y de qué forma se extiende? Se lo explicaré. Una persona decide poner fin a su vida. Dadas ciertas circunstancias, los suicidas se convierten en vampiros. El espectro intenta acceder a las personas vivas, y lo hace mientras duermen. Cuando estas mueren, casi sin excepción se convierten también en vampiros. Es lo que ocurrió en el caso de la condesa Mircalla, que fue víctima de una de esas criaturas infernales. Vordenburg, mi antepasado, cuyo título ostento, no tardó en descubrirlo, y en el curso de sus investigaciones descubrió otras muchas cosas.

»Llegó a la conclusión de que, más tarde o más temprano, sobre Mircalla, de quien había estado enamorado, caería la sospecha de vampirismo. La idea de que llegaran a ultrajar sus restos mediante una ejecución póstuma, le horrorizaba. Legó un documento en el que demostraba que, una vez privado de su particular existencia, el vampiro se ve condenado a una vida mucho más terrible. De modo que decidió salvar a Mircalla, a quien tanto había amado, de ese destino. Para ello se le ocurrió trasladarse al castillo de Karnstein, llevar a cabo un simulacro de exhumación y ocultar su sepulcro. Pasado el tiempo, y antes de abandonar este mundo, reconsideró lo que había hecho y el terror se apoderó de él. Gracias a las notas que tomó entonces, y en las cuales confesaba su engaño, conseguí dar con el sitio exacto de esa tumba. Si lo que se proponía era reparar su acción, la muerte se lo impidió. Sin embargo, un remoto descendiente de él persiguió a la bestia hasta su guarida y logró acabar con ella, es cierto que demasiado tarde para muchos.

Cambiamos opiniones sobre lo que acababa de contar y señaló:

—Una de las características de los vampiros es que poseen una fuerza enorme en las manos. La de Mircalla, en apariencia débil, se cerró como una presa en torno a la muñeca del general cuando este blandió el hacha, y no solo eso, sino que las manos de los vampiros entumecen el miembro que aprisionan, demasiadas veces para siempre.

La primavera siguiente, mi padre y yo hicimos un viaje por Italia. Pasamos más de un año en el extranjero. Ello ocurrió mucho antes de que disminuyera la intensidad del terror que produjeron en mí los acontecimientos que acabo de describir. Todavía hoy, la imagen de Carmilla me asalta a menudo, a veces como la muchacha lánguida y bella a quien consideré mi amiga; otras, como el ser demoníaco que vi en la capilla en ruinas del castillo de Karnstein, y con frecuencia despierto en mitad de la noche, imaginando, atemorizada, que oigo sus pasos acercarse a la puerta de mi habitación.

EL HORLA

GUY DE MAUPASSANT

8 de mayo. ¡Qué espléndido día! Me he pasado toda la mañana tumbado en la hierba, delante de mi casa, bajo el enorme plátano que la cubre, la abriga y le da sombra por completo. Me gusta este lugar, y me gusta vivir en él porque aquí tengo mis raíces, esas raíces profundas y delicadas que vinculan a una persona a la tierra en que han nacido y muerto sus antepasados, que la vinculan a lo que allí se piensa y se come, tanto a las costumbres como a los alimentos, a los giros locales, a las inflexiones de los campesinos, a los olores de la tierra, de las ciudades y del mismo aire.

Me gusta mi casa donde yo crecí. Desde mis ventanas, veo correr el Sena a lo largo de mi jardín, detrás de la carretera, casi por dentro de casa, el Sena grande y anchuroso, que va de Ruán a Le Havre, cubierto de barcos que pasan.

A la izquierda, al fondo, Ruán, la vasta ciudad de tejados azules, bajo la multitud puntiaguda de campanarios góticos. Estos son innumerables, anchos o estrechos, dominados por la aguja de hierro colado de la catedral, y llenos de campanas que suenan en el aire azul de las hermosas mañanas, haciendo llegar hasta mí su dulce y lejano tañido de hierro, su canto broncíneo que me trae la brisa, unas veces más fuerte y otras más debilitado, según que se desencadene o amaine.

¡Qué bonita mañana hacía!

Sobre las once, desfiló por delante de mi verja un largo tren de navíos, arrastrados por un remolcador, del tamaño de un *bateau-mouche*, que gruñía por el esfuerzo mientras vomitaba un denso humo.

Detrás de dos goletas inglesas, cuyo pabellón rojo ondeaba en el cielo, venía un magnífico buque de tres palos brasileño, todo blanco, admirablemente limpio y reluciente. Le hice un saludo, no sé por qué, de tanto como me gustó verlo.

12 de mayo. Desde hace unos días tengo unas décimas de fiebre; no me siento bien, o mejor dicho, me siento triste.

Pero ¿de dónde vienen estas influencias misteriosas que mudan nuestra felicidad en desaliento y nuestra confianza en desesperación? Se diría que el aire invisible está lleno de Potencias incognoscibles cuya misteriosa proximidad acusamos. Me despierto lleno de alegría, con ganas de cantar. ¿Por qué? Sigo el curso del agua; y de repente, tras un corto paseo, vuelvo afligido como si en casa me esperase una desgracia. ¿Por qué? ¿Acaso un escalofrío, al rozarme la piel, me ha alterado los nervios y entristecido el alma? ¿Acaso es la forma de las nubes, o el color de la luz, el color de las cosas, tan variable, que, al pasar a través de mis ojos, me ha turbado la mente? ¡Quién sabe! ¿Acaso todo cuanto nos rodea, todo cuanto vemos sin mirar, todo cuanto rozamos sin conocerlo, todo cuanto tocamos sin palparlo, todo cuanto encontramos sin distinguirlo, produce en nosotros, en nuestros órganos y en nuestras ideas, incluso en nuestro corazón, efectos inmediatos, sorprendentes e inexplicables?

¡Qué profundo el misterio de lo Invisible! No conseguimos verlo con nuestros pobres sentidos, con nuestros ojos que son incapaces de percibir lo demasiado pequeño, lo demasiado grande, lo demasiado próximo o lo demasiado lejano, los habitantes de una estrella, ni tampoco los de una gota de agua…, con nuestros oídos engañosos, pues nos transmiten las vibraciones del aire en notas sonoras. ¡Son como hadas que obran el milagro de trocar en ruido ese movimiento y mediante esta metamorfosis dan nacimiento a la música, que torna cantarina la muda agitación de la naturaleza…, con nuestro olfato, más débil que el del perro… con nuestro gusto, que apenas si puede discernir la edad de un vino!

¡Ah, si tuviéramos otros órganos que obrasen en nuestro favor otros milagros, cuántas cosas podríamos aún descubrir a nuestro alrededor!

16 de mayo. ¡Estoy sin duda enfermo! ¡Me sentía tan bien el mes pasado! ¡Tengo fiebre, una fiebre terrible, o mejor dicho, un enervamiento febril que aflige tanto mi alma como mi cuerpo! Tengo de forma permanente esa sensación espantosa de un peligro amenazador, esa percepción de una desgracia o de la muerte próximas, ese presentimiento que es sin duda efecto de un mal todavía desconocido, que germina en la sangre y en la carne.

18 de mayo. Acabo de ir a consultar a mi médico, pues no conseguía ya dormir. Me ha encontrado el pulso acelerado, las pupilas dilatadas, los nervios alterados, pero ningún síntoma preocupante. Tendré que tomar duchas y beber bromuro de potasio.

25 de mayo. ¡Ningún cambio! Mi estado es en verdad extraño. A medida que se acerca la noche, me invade una inquietud incomprensible, como si la noche escondiera para mí una amenaza terrible. Ceno deprisa, luego trato de leer; pero no comprendo las palabras; a duras penas si distingo las letras. Comienzo a pasear adelante y atrás por el salón, oprimido por un vago e invencible temor: el temor al sueño y a la cama.

Hacia las diez subo a mi cuarto. Apenas entrar, doy una doble vuelta de llave, y echo el pestillo; tengo miedo…, ¿de qué?… No temía nada hasta ahora…, abro mis armarios, miro debajo de la cama; escucho…, escucho…, ¿el qué?… ¿No es extraño que un simple malestar, quizá un trastorno circulatorio, la irritación de una fibra nerviosa, una ligera congestión, una mínima perturbación en el funcionamiento tan imperfecto y delicado de nuestro mecanismo vital, puedan transformar en melancólico al hombre más alegre, en cobarde al más valiente? Luego me meto en la cama y espero el sueño, como si esperase al verdugo. Lo espero y tiemblo por su llegada, me palpita el corazón y me tiemblan las piernas; y todo mi cuerpo se sobresalta entre el calor de las sábanas, hasta que de repente me caigo de sueño, como si cayera para ahogarme dentro de un pozo de agua estancada. No lo siento llegar, como antes, a ese pérfido sueño, oculto cerca de mí, que me espía, que va a cogerme de la cabeza, a cerrarme los ojos, a aniquilarme.

Duermo — bastante — dos o tres horas — luego sueño — no —una pesadilla me atenaza. Percibo perfectamente que estoy acostado y que duermo…, lo siento y lo sé…, y siento también que alguien se acerca a mí, me mira, me palpa, sube a mi cama, se arrodilla sobre mi pecho, me coge del cuello con sus manos y aprieta…, aprieta…, con todas sus fuerzas para estrangularme.

¡Me debato, presa de esa impotencia atroz que nos paraliza en los sueños; quiero gritar, pero no puedo; trato de moverme, pero no puedo; trato, con esfuerzos tremendos, jadeando, de darme la vuelta, de rechazar a ese ser que me aplasta y me ahoga, pero no puedo!

De golpe me despierto, aterrado, sudoroso. Enciendo una vela. No hay nadie.

Tras esta crisis, que se repite todas las noches, duermo por fin tranquilo hasta el amanecer.

2 de junio. He empeorado. ¿Qué tengo, pues? El bromuro no me hace nada, ni tampoco las duchas. Hace un rato, para cansarme un poco, aunque estoy ya agotado, me he ido a dar una vuelta por el bosque de Roumare. Al principio me ha parecido que el aire fresco, suave y ligero, oloroso a hierbas y a hojas, me devolvía una sangre nueva a las venas, nueva energía al corazón. He tomado por una gran pista de caza, luego he torcido hacia La Bouille, por un sendero entre dos ejércitos de árboles altísimos que formaban una techumbre verde, tupida, casi negra, entre el cielo y yo.

De repente me he sentido estremecer, no por el frío, sino por una extraña angustia.

He apretado el paso, turbado por hallarme solo en el bosque, atemorizado, sin motivo y neciamente, por esa profunda soledad. De pronto me ha parecido que alguien me seguía, que alguien me pisaba los talones, cerca, tan cerca de mí que hubiera podido tocarme.

Me he dado la vuelta bruscamente. No había nadie. Detrás de mí, no he visto más que la recta y ancha alameda, desolada, alta, temiblemente desierta; y del otro lado también se extendía hasta donde se perdía la vista, toda igual, aterradora.

He cerrado los ojos. ¿Por qué? Y he empezado a girar sobre un talón, muy rápido, como una peonza. A punto he estado de caer; he abierto de nuevo los ojos; los árboles bailaban, la tierra flotaba; he tenido que sentarme. Y luego, ¡ay!, ¡ya no sabía por dónde había venido! ¡Extraña idea! ¡Extraña! ¡Extraña idea! No había manera de saberlo. He tomado hacia el lado de la derecha, y he vuelto a la alameda que me había llevado al interior del bosque.

3 junio. La noche ha sido horrible. Voy a ausentarme por unas semanas. Un corto viaje, sin duda, hará que me restablezca.

2 de julio. De vuelta en casa. Estoy curado. He hecho, por otra parte, una excursión encantadora. He visitado el monte Saint-Michel, que no conocía.

¡Qué vista, cuando llega uno, como yo, a Avranches, hacia el final del día! La ciudad está sobre una colina; y me llevaron al parque público, al fondo del casco antiguo. Solté un grito de asombro. Delante de mí se extendía hasta donde alcanza la vista una inmensa bahía, entre dos amplias costas que se perdían a lo lejos entre las brumas; y en medio de esa inmensa bahía amarilla, bajo un cielo de oro y de luz, se alzaba, entre la arena, un extraño monte oscuro y puntiagudo. El sol acababa de ponerse, y en el horizonte llameante aún se dibujaba el perfil de esa roca fantástica rematada en su cima por un monumento fantástico.

Tan pronto como amaneció me fui hacia él. La mar estaba baja, como la noche antes, y veía alzarse delante de mí, a medida que me acercaba a ella, la sorprendente abadía. Tras varias horas de marcha, llegué al enorme bloque de piedras en que se asienta la pequeña ciudad dominada por su gran iglesia. Después de haber trepado la calle estrecha y muy empinada, entré en la más admirable morada gótica construida por Dios en la tierra, vasta como una ciudad, llena de salas bajas que parecen aplastadas por unas bóvedas y unas altas galerías que sostienen frágiles columnas. Entré en esa gigantesca joya de granito, ligera como un encaje, cubierta de torres, de esbeltos campaniles, por donde ascienden escaleras tortuosas, y que proyectan en el cielo azul del día, y en el cielo negro de la noche, sus extrañas cabezas erizadas de quimeras, de diablos, de animales fantásticos, de flores monstruosas, unidas entre sí por unos finos arcos labrados.

Cuando estuve en lo alto, le dije al fraile que me acompañaba: «Padre, ¡qué bien debe de encontrarse aquí!».

Él me respondió: «Hace mucho viento, señor»; y nos pusimos a charlar mientras mirábamos cómo subía la marea, que se deslizaba por la arena y la cubría de una coraza de acero.

Y el fraile me contó historias, todas las viejas historias del lugar, leyendas, siempre leyendas.

Una de ellas me causó gran impresión. Afirma la gente del pueblo, los montañeses, que de noche se oye hablar en el arenal y balar a dos cabras, una con un timbre sonoro, la otra con uno débil. Dicen los incrédulos que se trata de gritos de las aves marinas, semejantes unas veces a balidos, otras a quejidos humanos; pero los pescadores que regresan a hora tardía juran haber encontrado, vagando por las dunas, entre una y otra marea, en torno a la pequeña ciudad construida fuera del mundo, a un viejo pastor con la cabeza siempre cubierta por su capote, que lleva tras sí un cabrito con rostro de hombre y una cabra con rostro de mujer, ambos de largos cabellos blancos, que hablan sin descanso, discutiendo en una lengua desconocida, y que de repente dejan de gritar para ponerse a balar con todas sus fuerzas.

Le pregunté al fraile: «¿Y usted se lo cree?».

Él murmuró: «No lo sé».

Yo proseguí: «Si de verdad existieran otros seres en la tierra, ¿cómo es posible que no los conozcamos desde hace mucho tiempo? ¿Es posible que no los hayamos visto ni usted ni yo?».

Respondió: «¿Acaso conseguimos ver la cienmilésima parte de lo que existe? Piense en el viento, la mayor fuerza de la naturaleza, que derriba a los hombres, abate los edificios, arranca de raíz los árboles, hace alzarse el mar en montañas de agua, destruye los acantilados, hace pedazos los barcos; el viento que mata, que silba, que gime, que ruge. ¿Acaso lo ha visto alguna vez?, ¿puede verlo? Y, sin embargo, existe».

Me callé ante aquel simple argumento. Aquel hombre era un sabio, o tal vez un necio. No habría sabido decirlo a ciencia cierta; pero me callé. Lo que él decía yo lo había pensado con frecuencia.

3 de julio. He dormido mal, debido sin duda a una especie de calentura, pues mi cochero sufre del mismo mal que yo. Al volver ayer a casa, observé su singular palidez. Le pregunté:

«¿Qué le pasa, Jean?».

«No puedo descansar, señor, mis noches vuelven mis días horribles. Desde que el señor se fue, ha sido como un maleficio.»

Los otros criados están bien sin embargo, pero yo tengo un gran miedo de que vuelva a cogerme.

4 de julio. Decididamente, me ha cogido otra vez. Retornan las viejas pesadillas. Esta noche he sentido que alguien estaba echado sobre mí, y que, con su boca sobre la mía, me succionaba la vida entre los labios. Sí, me la succionaba en la garganta, como habría hecho una sanguijuela. Luego se ha levantado, ya saciado, y yo me he despertado tan postrado, hecho polvo, aniquilado, que ya no era capaz de moverme. Si esto dura unos pocos días más, me tendré que ir de nuevo.

5 de julio. ¿He perdido la razón? ¡Lo que ha pasado, lo que he visto la noche pasada es tan extraño, que desbarro cuando pienso en ello!

Como hago ahora cada noche, había cerrado mi puerta con llave; luego, como tenía sed, me tomé medio vaso de agua y observé por casualidad que mi botella estaba llena hasta el tapón de cristal.

A continuación me acosté y caí en uno de mis sueños espantosos, del que me sacó al cabo de unas dos horas una sacudida más tremenda aún.

Imaginaos a un hombre dormido que se ve asaltado en sueños y se despierta con un cuchillo clavado en los pulmones y que agoniza cubierto de sangre y no puede ya respirar, y va a morir, sin comprender nada. Ha sido algo así.

Tras haber recobrado la razón, sentí sed de nuevo; encendí una vela y me fui hacia la mesa donde tenía la botella. La levanté inclinándola sobre mi vaso; no salió nada. ¡Estaba vacía! ¡Totalmente vacía! ¡Al principio, no entendí nada; luego, de repente, sentí una emoción tan terrible que tuve que sentarme, o más bien, me derrumbé sobre una silla! ¡Luego me enderecé de un salto para mirar a mi alrededor! ¡A continuación me volví a sentar, loco de asombro y de miedo delante del cristal transparente! Lo contemplé con la mirada fija, tratando de adivinar. ¡Me temblaban las manos! ¡Se habían bebido el agua! ¿Quién? ¿Yo? ¡Yo, sin duda! ¡No podía ser otro que yo! Entonces, era un sonámbulo, vivía, sin saberlo, esa doble vida misteriosa que hace dudar de si no hay dos seres en nosotros, o si un ser extraño, incognoscible e invisible, anima, a veces, cuando nuestro espíritu está amodorrado, nuestro cuerpo prisionero que obedece a este otro igual que a nosotros, e incluso más.

¿Quién podrá comprender mi espantosa angustia? ¿Quién podrá comprender la emoción de una persona sana de mente, totalmente despierta, en pleno uso de su razón, que mira aterrorizada, a través del cristal de la botella, un poco de agua desaparecida mientras dormía? Me quedé así hasta el amanecer, sin tener el valor de volver a la cama.

6 de julio. Estoy enloqueciendo. Esta noche se han bebido de nuevo el agua de la botella, mejor dicho, me la he bebido.

¿Soy yo? ¿Yo? ¿O quién si no? ¡Dios mío! ¿Estoy enloqueciendo? ¿Quién me salvará?

10 de julio. Acabo de hacer unas pruebas sorprendentes.

¡Estoy decididamente loco! ¡Y sin embargo…!

El 6 de julio, antes de acostarme, puse sobre mi mesa vino, leche, agua, pan y unas fresas.

Se bebieron, me bebí, toda el agua y un poco de leche. No tocaron ni el vino, ni el pan, ni las fresas.

El 7 de julio repetí la misma prueba, que dio el mismo resultado.

El 8 de julio suprimí el agua y la leche. No tocaron nada.

El 9 de julio, finalmente, puse de nuevo únicamente sobre mi mesa agua y leche, procurando envolver las botellas con unas telas de muselina blanca y atar los tapones con un cordel. Luego me froté los labios, la barba, las manos con grafito y me acosté.

Me dominó el mismo sueño invencible, seguido al cabo de poco del mismo atroz despertar. Yo no me había movido; mis sábanas no mostraban mancha alguna. Me fui hacia la mesa. Las telas que encerraban las botellas habían permanecido inmaculadas. Desaté los nudos, palpitando de miedo. ¡Se habían bebido toda el agua! ¡Se habían bebido toda la leche! ¡Ah! ¡Dios mío…!

Partiré hoy mismo hacia París.

12 de julio. París. ¡Había perdido la cabeza en los últimos días! Me he convertido en el juguete de mi fantasía sobreexcitada, o bien seré realmente un sonámbulo, habré sido víctima de esos influjos verificados, pero inexplicables por el momento, llamados sugestiones. En cualquier caso, mi enloquecimiento estaba llegando a la demencia, y veinticuatro horas en París han bastado para devolverme la seguridad en mí mismo.

Ayer, después de ir de compras y de hacer unas visitas, que fueron como una bocanada de aire fresco y vivificador, acabé la velada en el Théâtre-Français. Representaban una obra de Alejandro Dumas hijo; y ese espíritu alerta y poderoso ha acabado de curarme. Ciertamente, la soledad es peligrosa para las inteligencias que trabajan. Necesitamos a nuestro alrededor hombres que piensen y que hablen. Cuando estamos solos largo tiempo, poblamos el vacío de fantasmas.

He vuelto muy alegre por los bulevares al hotel. Iba pensando, no sin ironía, al rozarme con la multitud, en mis terrores, en mis suposiciones de la semana pasada, pues llegué a creer, sí, llegué a creer que un ser invisible habitaba bajo mi tejado. ¡Qué débil es nuestra cabeza y cómo se asusta, no tarda en extraviarse, tan pronto como nos impresiona un hecho cualquiera incomprensible!

En vez de llegar a esta simple conclusión: «No comprendo por qué se me escapa la causa», enseguida nos imaginamos unos misterios espantosos y unas potencias sobrenaturales.

14 de julio. Fiesta de la República. Me he paseado por las calles. Los petardos y las banderas me divirtieron como a un niño. Sin embargo, es una gran necedad gozar a fecha fija, por decreto del Gobierno. El pueblo es un rebaño imbécil, unas veces estúpidamente paciente y otras ferozmente rebelde. Se le dice: «Diviértete». Y él se divierte. Se le dice: «Vota por el Emperador». Y vota por el Emperador. Luego se le dice: «Vota por la República». Y vota por la República.

Y no menos necios son quienes lo dirigen; pero en vez de obedecer a unos hombres, lo hacen a unos principios, los cuales no pueden ser sino estúpidos, estériles y falsos, por el hecho mismo de ser principios, es decir, ideas reputadas como ciertas e inmutables, en este mundo en que no se está seguro de nada, pues la luz es una ilusión, así como también el ruido.

16 de julio. Ayer vi cosas que me perturbaron mucho.

Cené en casa de una prima mía, la señora Sablé, cuyo marido está al mando del 76.º de Cazadores en Limoges. Me encontraba yo en su casa con unas jóvenes, una de las cuales está casada con un médico, el doctor Parent, especializado en enfermedades nerviosas y que se interesa por las manifestaciones extraordinarias a las que dan lugar actualmente las experiencias sobre la hipnosis y la sugestión.

Durante un buen rato nos estuvo contando los prodigiosos resultados obtenidos por unos sabios ingleses y por los médicos de la escuela de Nancy.

Se refirió a unos hechos que me parecieron tan extraños que le confesé mi absoluta incredulidad.

«Estamos —afirmaba— a punto de descubrir uno de los más importantes secretos de la naturaleza, quiero decir, uno de sus secretos más importantes en esta tierra, porque ciertamente habrá otros igual de importantes en los cielos, en las estrellas. Desde que el hombre piensa, desde que consigue expresar y escribir su pensamiento, se siente rozar por un misterio que sus groseros e imperfectos sentidos no consiguen penetrar, por lo que trata de suplir la impotencia de sus órganos mediante los esfuerzos de su inteligencia. Cuando esta inteligencia permanecía aún en estado rudimentario, la obsesión por los fenómenos invisibles adquirió formas estúpidamente espantosas. Ellas dieron origen a las creencias populares en lo sobrenatural, a las leyendas de los espíritus que merodean en torno a nosotros, de las hadas, de los gnomos, de los fantasmas y también a la leyenda de Dios, porque nuestra concepción del Sumo Hacedor, provenga de la religión que provenga, es la invención más mediocre, más estúpida e inadmisible nacida del cerebro asustado de los seres humanos. No hay nada más cierto que esta frase de Voltaire: "Dios hizo al hombre a su imagen y semejanza, pero el hombre le ha pagado con la misma moneda".

»Y he aquí que, desde hace poco más de un siglo, parece que se presenta el acontecimiento de algo nuevo. Mesmer y algunos otros nos han situado en un camino impredecible y, sobre todo desde hace cuatro o cinco años, hemos logrado unos resultados extraordinarios».

Mi prima, también ella muy incrédula, se sonreía. El doctor Parent le dijo: «¿Quiere que trate de dormirla, señora?».

«Sí, no tengo inconveniente.»

Ella se sentó en un sillón y él se puso a mirarla fijamente fascinándola. Yo me sentí de repente un tanto turbado, con el corazón palpitándome y un nudo en la garganta. Veía entornarse los ojos de la señora Sablé, crisparse su boca y jadear su pecho.

Al cabo de diez minutos, estaba dormida.

«Póngase detrás de ella», dijo el médico.

Y yo me senté detrás de ella. Le puso en las manos una tarjeta de visita diciéndole: «Esto es un espejo, ¿qué ve en él?».

Ella respondió:

«Veo a mi primo».

«¿Qué está haciendo?»

«Retorcerse el bigote.»

«¿Y ahora?»

«Se saca una fotografía del bolsillo.»

«¿Qué fotografía es esa?»

«Un retrato suyo.»

¡Era cierto! Y esa fotografía acababa de serme entregada, esa misma tarde, en el hotel.

«¿Cómo está en ese retrato?»

«De pie, con el sombrero en la mano.»

Así pues, veía en esa tarjeta, en esa cartulina blanca, como hubiera visto en un espejo.

Las jóvenes, espantadas, decían: «¡Ya basta! ¡Ya basta! ¡Ya basta!».

Pero el doctor ordenó: «Se levantará usted mañana a las ocho; luego irá a ver a su primo al hotel, y le suplicará que le preste cinco mil francos que le ha pedido su marido y que él le reclamará en su próximo viaje».

Luego la despertó.

Mientras volvía al hotel, me puse a pensar en esa curiosa sesión y me asaltaron dudas, no sobre la absoluta, la incuestionable buena fe de mi prima, a la que conocía como a una hermana desde mi infancia, sino sobre una posible superchería del doctor. ¿No disimularía en su mano un espejo que mostraba a la joven dormida, al mismo tiempo que su tarjeta de visita?

Volví, pues, y me acosté.

Ahora bien, esa mañana, hacia las ocho y media, mi ayuda de cámara me despertó y me dijo:

«Es la señora Sablé, quien pide hablar enseguida con el señor».

Me vestí a toda prisa y la recibí.

Ella se sentó muy alterada, con los ojos gachos, y, sin levantarse el velo, me dijo:

«Querido primo, tengo que pedirle un gran favor».

«¿Cuál, prima?»

«Me incomoda mucho decírselo, pero tengo que hacerlo. Necesito, imperiosamente, cinco mil francos.»

«Pero ¡cómo! ¿Usted?»

«Sí, yo, o mejor dicho, mi marido, que me ha encargado que viniera a verle.»

Yo estaba tan estupefacto que balbuceé mis respuestas. Me preguntaba si realmente no se estaba burlando de mí en complicidad con el doctor Parent, si no era aquello una simple broma preparada de antemano y muy bien representada.

Pero, al mirarla con atención, se disiparon todas mis dudas. Ella temblaba de angustia, tan dolorosa le resultaba la gestión, y comprendí que estaba a punto de ponerse a sollozar.

Yo sabía que era muy rica y proseguí:

«Pero ¡cómo! ¡Su marido no puede disponer de cinco mil francos! Vamos, reflexione. ¿Está segura de que le ha encargado que me los pida a mí?».

Ella dudó unos segundos como si hubiera hecho un gran esfuerzo por buscar en su memoria, luego respondió:

«Sí…, sí…, estoy segura».

«¿Le ha escrito?»

Ella dudó de nuevo, reflexionando. Intuí el esfuerzo torturador de su pensamiento. No lo sabía. Lo único que sabía era que tenía que pedirme prestados cinco mil francos para su marido. Así pues, se atrevió a mentir.

«Sí, me ha escrito.»

«¿Cuándo? Ayer no me dijo nada de ello.»

«He recibido una carta esta mañana.»

«¿Puede enseñármela?»

«No…, no…, no…, contenía cosas íntimas…, demasiado personales…, la he…, la he quemado.»

«Entonces, es que su marido tiene deudas.»

Ella dudó de nuevo, luego murmuró:

«No lo sé».

Yo manifesté bruscamente:

«Es que yo no puedo disponer de cinco mil francos en estos momentos, querida prima».

Ella lanzó una especie de grito de dolor.

«¡Oh!, ¡oh!, se lo suplico, encuéntrelos…»

¡Se exaltaba, juntaba las manos en ademán de súplica! La oía cambiar de tono de voz; lloraba y farfullaba, acosada, dominada por la orden irresistible que había recibido.

«¡Oh!, ¡oh!, se lo suplico…, si supiera cuánto sufro…, los necesito para hoy.»

Sentí lástima de ella.

«Los tendrá dentro de un rato, se lo juro.»

Ella exclamó:

«¡Oh!, ¡gracias, gracias! Qué bueno es usted».

Yo proseguí: «¿Recuerda lo que pasó ayer por la tarde en su casa?».

«Sí.»

«¿Recuerda que el doctor Parent la durmió?»

«Sí.»

«Pues bien, le ordenó que viniera a pedirme prestados esta mañana cinco mil francos, y usted obedece en este momento a esa sugestión.»

Ella reflexionó unos segundos y repuso:

«Es mi marido quien los pide».

Durante una hora, traté de convencerla, pero sin conseguirlo.

Cuando se hubo ido, corrí a casa del doctor. Él se disponía a salir, y me escuchó con una sonrisa. Luego dijo:

«¿Está convencido ahora?».

«Sí, me rindo a la evidencia.»

«Vayamos a casa de su pariente.»

Ella dormitaba en una tumbona, derrengada de cansancio. El médico le tomó el pulso, la miró un rato, con una mano levantada hacia sus ojos que ella fue cerrando poco a poco ante el esfuerzo insostenible de esa potencia magnética.

Una vez que ella estuvo dormida, dijo:

«Su marido no necesita cinco mil francos. Olvidará, pues, que le ha rogado a su primo que se los preste, y, si él le habla de ellos, no entenderá nada».

Luego la despertó. Yo me saqué el billetero del bolsillo:

«Aquí tiene, querida prima, lo que me pidió esta mañana».

Ella se quedó tan sorprendida que no me atreví a insistir. Traté, sin embargo, de refrescarle la memoria, pero negó con energía, creyó que me burlaba de ella, y poco faltó para que se ofendiese.

¡Heme aquí! Acabo de volver al hotel; y no he podido comer, de tanto como me ha trastornado esa experiencia.

19 de julio. Muchas personas a las que les he contado esta aventura se han burlado de mí. Ya no sé qué pensar. El prudente dice: «Tal vez».

21 de julio. Fui a cenar a Bougival, luego he pasado la velada en el baile de los remeros. Decididamente, todo depende de los lugares y de los ambientes. Creer en lo sobrenatural, en la isla de la Grenouillère, sería el colmo de la locura…, pero ¿y en la cima del Mont Saint-Michel?…, ¿y en las Indias? Acusamos horriblemente la influencia de lo que nos rodea. Volveré a mi casa la próxima semana.

30 de julio. Regresé a casa ayer. Todo va bien.

2 de agosto. Nada nuevo; hace un tiempo magnífico. Paso mis días viendo correr el Sena.

4 de agosto. Disputas entre mis criados. Afirman que, por la noche, se rompen los vasos en los armarios. El ayuda de cámara acusa a la cocinera, que a su vez acusa a la costurera, quien acusa a los otros dos. ¿Quién es el culpable? Felicidades a quien lo adivine.

6 de agosto. Esta vez no estoy loco. ¡Pues he visto…, he visto…, he visto…! No puedo ya dudar… ¡He visto…! ¡Todavía me dura el frío hasta en las uñas…, todavía tengo el miedo hasta en los tuétanos…, pues he visto…!

Me paseaba a las dos, a pleno sol, por mi arriate de rosales…, por la rosaleda de otoño que comienza a florecer.

Al pararme a contemplar un *géant des batailles*, que tenía tres hermosísimas flores, ¡vi, vi claramente, muy cerca de mí, doblarse el tallo de una de estas rosas, como si una mano lo hubiera torcido, luego romperse como si esta mano hubiera cogido la flor! Luego esta se elevó, siguiendo la curva que habría descrito un brazo al llevársela a la boca, y permaneció suspendida en el aire diáfano, totalmente sola, inmóvil, espantosa mancha roja a tres pasos de mis ojos.

Fuera de mí, ¡me arrojé sobre ella para cogerla! Pero no encontré nada; había desaparecido. Entonces, me entró una ira furiosa contra mí mismo, pues no le está permitido a un hombre razonable y serio tener semejantes alucinaciones.

Pero ¿era una alucinación? Me volví para buscar el tallo, y lo encontré de inmediato sobre el arbusto, acabado de romper, entre las otras dos rosas que habían quedado en la rama.

Entonces me volví a casa con la mente trastornada; pues estoy seguro, ahora, seguro como de la alternancia de los días y de las noches, de que existe cerca de mí un ser invisible, que se nutre de leche y de agua, que puede tocar las cosas, cogerlas y cambiarlas de sitio, dotado por consiguiente de una naturaleza material, aunque imperceptible para nuestros sentidos, y que habita, como yo, bajo mi techo…

7 de agosto. He dormido tranquilo. Ha bebido agua de mi botella, pero no ha turbado mi sueño.

Me pregunto si no estaré loco. Al pasear hace un rato a pleno sol a lo largo del río, me han entrado dudas sobre mi razón, no ya vagas dudas como las tenía hasta ahora, sino dudas concretas, absolutas. He visto locos; he conocido a algunos que seguían siendo inteligentes, lúcidos, incluso clarividentes respecto a todas las cosas de la vida, salvo en un punto. Hablaban de todo con lucidez, con soltura, con profundidad, y de repente su pensamiento, al topar con el escollo de su locura, se rompía contra él hecho pedazos, disgregándose y hundiéndose en ese océano espantoso y furioso, lleno de olas saltarinas, de brumas, de borrascas, llamado «demencia».

Me creería sin duda loco, totalmente loco, si no fuera consciente, si no conociera perfectamente mi estado, si no lo sondeara analizándolo con absoluta lucidez. En suma, no sería, pues, más que un alucinado razonador. Podría haberse producido en mi cerebro un desorden desconocido, uno de esos desórdenes que los fisiólogos tratan actualmente de descubrir y de esclarecer; y este desorden habría provocado en mi mente, en el orden y en la lógica de mis ideas, una grieta profunda. Fenómenos similares ocurren en los sueños, cuando nos movemos entre las más increíbles fantasmagorías sin sorprendernos, porque el aparato de verificación, porque el sentido del control está adormecido, mientras que la imaginación vela y trabaja. ¿No podría ser que una minúscula tecla de mi teclado cerebral se hubiera paralizado? Hay personas que, tras un accidente, pierden la memoria de los nombres propios, de los verbos o de los números, o solo de las fechas. Hoy se ha demostrado la posición de cada una de las partículas del pensamiento. ¡No sería, por tanto, nada extraño que mi capacidad de comprobar la irrealidad de ciertas alucinaciones en este momento se viera paralizada en mí!

Pensaba en todo esto mientras seguía la orilla del río. El sol cubría de luz el agua, volvía deliciosa la tierra, llenaba mi mirada de amor por la vida, por las golondrinas, cuya agilidad es una alegría para mis ojos, por la hierba de la orilla, cuyo estremecimiento es un motivo de felicidad para mis oídos.

Poco a poco, sin embargo, empezó a invadirme un inexplicable malestar. Me parecía que una fuerza, una fuerza secreta me entorpecía, me paraba, me impedía seguir más lejos, me impulsaba a retroceder. Sentía esa necesidad dolorosa de volver a casa que nos oprime cuando se ha dejado allí a un enfermo querido y se tiene el presentimiento de que se ha agravado su mal.

Así pues, he vuelto a pesar mío, convencido de que me encontraría, en mi casa, una mala noticia, una carta o un telegrama. No había nada de ello; y me he quedado más sorprendido y turbado que si hubiera tenido alguna otra fantástica visión.

8 de agosto. Ayer pasé una velada horrible. Él ya no se muestra, pero presiento que se halla cerca, me espía, me mira, entra dentro de mí, me domina, más temible, al esconderse así, que si revelara su presencia invisible y permanente por medio de fenómenos sobrenaturales.

A pesar de ello, he dormido.

9 de agosto. Nada, pero tengo miedo.

10 de agosto. Nada; ¿qué sucederá mañana?

11 de agosto. Nada todavía; pero no puedo seguir en mi casa con este pensamiento y este temor que me han entrado en el alma. Partiré.

12 de agosto, diez de la noche. Durante todo el día he tratado de irme, pero no he podido. Hubiera querido llevar a cabo ese gesto de libertad tan fácil y simple que es salir y subir a mi coche para ir a Ruán. Pero no he podido. ¿Por qué?

13 de agosto. Cuando se padecen ciertas enfermedades parece que todos los resortes del ser físico se hayan roto, todas las energías anulado, todos los músculos aflojado, los huesos vueltos como carne y la carne licuado como agua. Siento esto en mi ser moral, de un modo extraño y desolador. No tengo ya ninguna fuerza ni valor, ni dominio de mí mismo, ni siquiera la capacidad de activar mi voluntad. No consigo ya querer; pero hay alguien que quiere por mí, y yo obedezco.

14 de agosto. ¡Estoy perdido! ¡Alguien posee y gobierna mi alma! Alguien manda sobre todas mis acciones, todos mis movimientos, todos mis pensamientos. Yo no soy ya nada en mí mismo, salvo un espectador esclavo y aterrado de cuanto hago. Quiero salir pero no puedo. Él no quiere; y permanezco, espantado y tembloroso, en el sillón donde me obliga a estar sentado. Solo quisiera levantarme, alzarme, para creer que sigo siendo dueño de mí mismo. Pero no lo consigo. Estoy como anclado en el sillón, y este está pegado al suelo, de modo que ninguna fuerza podría levantarnos.

Luego, de golpe, se impone en mí la necesidad de ir al fondo del huerto para coger unas pocas fresas y comérmelas. Voy. Cojo las fresas y me las como. ¡Oh! ¡Dios mío! ¡Dios mío! ¡Dios mío! ¿Existe un Dios? ¡Si existe, que me libere, que me salve, que me socorra! ¡Perdón! ¡Piedad! ¡Clemencia! ¡Sálvame! ¡Qué sufrimiento! ¡Qué tormento! ¡Qué horror!

15 de agosto. Ahora comprendo cómo estaba poseída, dominada, mi pobre prima, cuando vino a pedirme cinco mil francos prestados. Estaba poseída por una voluntad extraña que había entrado en ella, como otra alma, como otra alma parásita y dominadora. ¿Acaso se acerca el fin del mundo?

Pero ¿quién es el que me gobierna a mí?, ¿quién es ese invisible, ese incognoscible, ese merodeador de una raza sobrenatural?

¡Por tanto los Invisibles existen! ¿Por qué, entonces, desde el principio del mundo no se habían manifestado todavía de forma concreta, como hacen conmigo? Nunca he leído nada parecido a lo sucedido en mi casa. ¡Oh!, si pudiera irme, si pudiera escapar y ya no volver. Estaría salvado. Pero no puedo.

16 de agosto. Hoy he conseguido escapar durante un par de horas, como un prisionero que encuentra abierta por casualidad la puerta de su celda. De repente me he dado cuenta de que estaba liberado y que él se hallaba lejos. He ordenado que engancharan rápido y me he dirigido a Ruán. ¡Oh! Qué alegría poder decirle a un hombre que obedece: «¡A Ruán!».

He mandado parar delante de la biblioteca y he pedido prestado el gran tratado del doctor Hermann Herestauss sobre los habitantes desconocidos del mundo antiguo y moderno.

Luego, a la hora de volver a montar en mi cupé, ganas tenía de decir: «¡A la estación!», y he exclamado —no lo he dicho, sino exclamado— con una voz tan fuerte que los viandantes han vuelto la cabeza: «¡A casa!», y he caído, enloquecido de angustia, sobre el cojín de mi coche. Él me había vuelto a encontrar y se había enseñoreado de mí otra vez.

17 de agosto. ¡Ah! ¡Qué noche! Y, sin embargo, me parece que debería alegrarme. ¡Me quedé leyendo hasta la una de la madrugada! Hermann Herestauss, doctor en filosofía y teogonía, ha escrito la historia y las manifestaciones de todos los seres invisibles que merodean en torno al hombre o son producto de su imaginación. Describe sus orígenes, su dominio, su poder. Pero ninguno de ellos se parece al que me acosa a mí. Se diría que el hombre, desde que piensa, ha presentido y temido un ser nuevo, más fuerte que él, su sucesor en este mundo, y que al sentirle cerca y no poder prever la naturaleza de este amo, ha creado, en su terror, todo el pueblo fantástico de los seres ocultos, fantasmas fruto del miedo.

Así pues, tras haber leído hasta la una de la madrugada, fui a sentarme a continuación frente a mi ventana abierta para refrescarme la frente y mi pensamiento con el viento calmo de la oscuridad.

¡Hacía bueno, el aire era tibio! ¡Cómo me habría gustado una noche así en otro tiempo!

No había luna. En lo alto del cielo negro las estrellas despedían unos centelleos estremecedores. ¿Quién habita esos mundos? ¿Qué formas, qué seres vivos, qué animales, qué plantas hay ahí? Quienes piensan, en esos universos lejanos, ¿qué saben más que nosotros? ¿Qué pueden más que nosotros? ¿Qué ven que nosotros no conozcamos en absoluto? Un día u otro, ¿acaso uno de ellos, atravesando el espacio, no aparecerá en la Tierra para conquistarla, como en los tiempos pasados los normandos atravesaban los mares para subyugar a los pueblos más débiles?

¡Somos tan débiles, tan inermes, ignorantes y pequeños, nosotros que vivimos en esta partícula de barro que gira disuelta en una gota de agua!

Me amodorré fantaseando de este modo al fresco viento de la noche.

Pues bien, después de haber dormido alrededor de cuarenta minutos, volví a abrir los ojos sin hacer un movimiento, despertado por no sé qué emoción confusa y extraña. Al principio no vi nada, luego, de repente, me pareció que una página del libro que había quedado abierta sobre mi mesa acababa de volverse sola. Por la ventana no había entrado soplo alguno de aire. Me quedé sorprendido y esperé. Al cabo de unos cuatro minutos, vi, sí, vi con mis propios ojos otra página levantarse y caer sobre la anterior, como si un dedo la hubiera pasado. Mi sillón estaba vacío, parecía vacío; pero comprendí que él estaba allí, sentado en mi lugar, y que leía. ¡De un salto furioso, de un salto de bestia enfurecida, que va a desgarrar a su domador, crucé mi habitación para atraparle, para alcanzarle, para matarle…! Pero mi asiento, antes de que yo lo hubiera alcanzado, fue derribado como si alguien hubiera huido delante de mí…, mi mesa se tambaleó, mi lámpara cayó y se apagó, y mi ventana se cerró como si un ladrón pillado con las manos en la masa se hubiera lanzado a la noche, cerrando tras sí los postigos.

¡Así pues, había huido; él había tenido miedo, miedo de mí!

¡Entonces…, entonces…, mañana… o más tarde… el día que fuera, podría apresarle con mis manos y aplastarle contra el suelo! ¿No ocurre que los perros, a veces, muerden y estrangulan a sus amos?

18 de agosto. He meditado todo el día. Sí, sí, voy a obedecerle, a seguir sus impulsos, haré todo lo que él quiera, seré humilde, sumiso, cobarde. Él es más fuerte. Pero llegará un momento en que…

19 de agosto. ¡Lo sé…, lo sé…, lo sé todo! He aquí lo que acabo de leer en la *Revue du Monde Scientifique*: «Nos llega una noticia bastante curiosa de Río de Janeiro. Una locura, una epidemia de locura, comparable a las demencias contagiosas que afectaron a los pueblos de Europa en la Edad Media, hace estragos actualmente en la provincia de São Paulo. Los habitantes, espantados, dejan sus hogares, desertan de sus pueblos, abandonan sus cultivos, se dicen perseguidos, poseídos, gobernados como un ganado humano por unos seres invisibles aunque tangibles, especie de vampiros que se alimentan de su vida, durante su sueño, y que además beben agua y leche sin parecer tocar ningún otro alimento.

»El señor profesor don Pedro Henriquez, acompañado de varios sabios médicos, ha partido para la provincia de São Paulo, a fin de estudiar sobre el terreno los orígenes y las manifestaciones de esta sorprendente locura, y proponer al emperador las medidas que considere más oportunas para ayudar a recuperar la razón a estas poblaciones en estado de delirio».

¡Ah! ¡Ah!, ¡me acuerdo del buque de tres palos brasileño que pasó por debajo de mis ventanas remontando el Sena el 8 de mayo último! ¡Me pareció tan bonito, tan blanco, tan alegre! ¡El Ser iba en él, venía de allí, donde nació su raza! ¡Me vio! Y vio mi casa, también blanca. Saltó del barco a la orilla. ¡Oh! ¡Dios mío!

Ahora lo sé, comprendo. El reinado del hombre ha tocado a su fin.

Ha llegado Aquel que temían los primeros terrores de los pueblos crédulos, Aquel que los inquietos sacerdotes exorcizaban, que los brujos evocaban en las noches oscuras sin verle aparecer todavía, Aquel a quien los presentimientos de los dueños y señores provisionales del mundo han atribuido las formas monstruosas o graciosas de los gnomos, de los elfos, de los genios, de las hadas, de los duendes. Tras las burdas concepciones del terror primitivo, hombres más sagaces lo han percibido con mayor lucidez. Mesmer lo había intuido, y, desde hace ya diez años, los médicos han descubierto con precisión la naturaleza de su poder antes incluso de que lo ejerciera. Se han divertido con el arma del nuevo Señor, el dominio de una misteriosa voluntad sobre el alma humana convertida en esclava. La han llamado magnetismo, hipnotismo, sugestión..., ¿qué sé yo? ¡Les he visto jugar como niños imprudentes con ese horrendo poder! ¡Ay de nosotros! ¡Ay del hombre! Ha llegado el... el... como se llame..., me parece que me está gritando su nombre y yo no lo comprendo..., el..., sí..., lo grita... Escucho..., no consigo..., repite... el Horla... Entendido... El Horla... es él... ¡El Horla... ha venido...!

¡Ah!, el buitre se ha comido a la paloma, el lobo se ha comido a la oveja; el león ha devorado al búfalo de afilados cuernos; el hombre ha matado al león con la flecha, con la espada, con el rifle. Ahora el Horla hará con el hombre lo que nosotros hemos hecho con el caballo y con el buey: algo suyo, su criado y su alimento, con el solo poder de su voluntad. ¡Ay de nosotros!

Y, sin embargo, a veces el animal se rebela y mata a quien lo ha domado... ¡También yo quiero hacerlo..., podría..., pero debo conocerlo, tocarlo, verlo! Los científicos dicen que el ojo del animal, tan distinto del nuestro, no ve como nosotros... Así mi ojo no consigue distinguir al recién llegado que me oprime.

¿Por qué? ¡Ah!, ahora me acuerdo de las palabras del fraile de Mont Saint-Michel: «¿Acaso conseguimos ver la cienmilésima parte de lo que existe? Piense en el viento, la mayor fuerza de la naturaleza, que derriba a los hombres, abate los edificios, arranca de raíz los árboles, hace alzarse el mar en montañas de agua, destruye los acantilados, hace pedazos los grandes barcos; el viento que mata, que silba, que gime, que ruge. ¿Acaso lo ha visto alguna vez?, ¿puede verlo? Y, sin embargo, existe».

Seguía pensando: mi ojo es tan débil, tan imperfecto, que no consigue distinguir siquiera cuerpos duros cuando son transparentes como el cristal. Basta con que un espejo sin azogue se interponga en mi camino para que yo me golpee contra él, como el pájaro que ha entrado en una habitación se rompe la cabeza contra el cristal. ¡Otras mil cosas engañan a la vista y la extravían! ¿Cómo asombrarse, pues, de que no consiga ver un cuerpo nuevo que la luz atraviesa?

¡Un ser nuevo! ¿Por qué no? ¡Sin duda tenía que venir! ¿Por qué íbamos a ser nosotros los últimos? ¿Que no conseguimos verlo, como a todos los demás seres creados antes que nosotros? Ello se debe a que su naturaleza es más perfecta, su cuerpo más sutil y evolucionado que el nuestro, el nuestro que es tan mediocre, tan torpemente concebido, lleno de órganos siempre fatigados, siempre forzados, como mecanismos demasiado complicados; el nuestro que vive como una planta y como un animal, nutriéndose a duras penas de aire, hierba y carne, máquina animal víctima de enfermedades, de deformaciones, de putrefacciones, que se ahoga, mal regulada, ingenua y extraña, ingeniosamente mal hecha, obra grosera y delicada, esbozo de un ser que podría volverse inteligente y magnífico.

Desde la ostra hasta el hombre, somos pocos, muy pocos en este mundo. ¿Por qué no uno más, una vez cumplido el período que separa las apariciones sucesivas de todas las diversas especies?

¿Por qué no uno más? ¿Por qué no otros árboles de flores inmensas y lustrosas que aromaticen regiones enteras? ¿Por qué no otros elementos aparte del fuego, el aire, la tierra y el agua? ¡Son cuatro, nada más que cuatro, esos padres nutricios de los seres! ¡Qué lástima! ¡Porque no son cuarenta, cuatrocientos, cuatro mil! ¡Qué pobre, mezquino, miserable, es todo, dado con avaricia, inventado con mediocridad, hecho con pesadez! ¡Ah, el elefante, el hipopótamo, cuánta gracia tienen! ¡El camello, qué elegancia!

Pero, diréis vosotros, ¡la mariposa! ¡Una flor que vuela! Yo he soñado con una que sería grande como cien universos, con unas alas de una belleza, un color y un movimiento indescriptibles. Pero la veo…, va de una estrella a otra, refrigerándolas y embalsamándolas con el leve y armonioso aire de su vuelo… ¡Y los pueblos de las alturas la miran pasar, extasiados y embelesados!

. . . .

¿Qué me pasa? ¡Es él, el Horla, que me atormenta y me hace pensar en estas locuras! Está dentro de mí, se está convirtiendo en mi espíritu. ¡Le mataré!

19 de agosto. Le mataré. ¡Le he visto! Ayer por la noche me senté a mi mesa, fingiendo que escribía con una gran atención. ¡Sabía que vendría a merodear en torno a mí, muy cerca, tan cerca que quizá podría tocarle, apresarle! ¡Y entonces…!, entonces tendría la fuerza de los desesperados; tendría mis manos, mis rodillas, mi pecho, mi frente, mis dientes para estrangularle, aplastarle, morderle, desgarrarle.

Y yo le acechaba con todos mis órganos sobreexcitados.

Había encendido dos lámparas y las ocho velas de la chimenea, como si hubiera podido descubrirle con esa claridad.

Enfrente de mí, mi cama, una vieja cama de roble con columnas; a la derecha, mi chimenea; a la izquierda, mi puerta cerrada con cuidado, tras haberla dejado largo rato abierta, a fin de atraerle; detrás de mí, un armario de luna altísimo, que cada día me servía para afeitarme y vestirme, y en el que tenía costumbre de mirarme, de pies a cabeza, cada vez que pasaba por delante.

Así pues, aparentaba estar escribiendo, para engañarle, pues también él me estaba espiando, y de repente, sentí, estoy seguro, que leía por encima de mi hombro, que estaba allí, rozando mi oreja.

Me incorporé, con las manos extendidas, dándome la vuelta tan rápido que a punto estuve de caer. Pues… se veía como en pleno día, ¡y no me vi en el espejo…! ¡Estaba vacío, luminoso, profundo, lleno de luz! ¡Mi imagen no estaba en él… y yo me hallaba delante! Veía la gran luna nítida de arriba abajo. Y la miraba con unos ojos de loco; y ya no me atrevía a avanzar, ya no me atrevía a hacer un movimiento, aunque sentía perfectamente que él estaba allí, pero que se me iba a escapar de nuevo, él cuyo cuerpo imperceptible había devorado mi reflejo.

¡Qué miedo pasé! Luego, de repente, comencé a percibirme en medio de una bruma, en el fondo del espejo, de una bruma como vista a través de una capa de agua; y me parecía que esta agua se desplazaba de izquierda a derecha, despacio, volviendo más precisa mi imagen segundo a segundo. Era como el final de un eclipse. Lo que me escondía no parecía tener perfiles claramente definidos, sino una especie de transparencia opaca, que se aclaraba poco a poco.

Finalmente, pude distinguirme por completo, tal como lo hago cada día, al mirarme a la luz del día.

¡Le había visto! Me ha quedado el espanto, que todavía me hace estremecer.

20 de agosto. Matarlo, pero ¿cómo? Puesto que no puedo apresarlo. ¿El veneno? Pero él me vería mezclarlo con agua; y ¿tendrían nuestros venenos, por otra parte, un efecto seguro sobre su cuerpo imperceptible? No…, no…, sin ninguna duda… Pues, ¿entonces?…, ¿entonces qué…?

21 de agosto. He hecho venir a un cerrajero de Ruán, y le he mandado hacer para mi habitación unas persianas metálicas, como tienen en la planta baja algunas casas particulares en París, por temor a los ladrones. Me hará, además, una puerta similar. ¡He pasado por un cobarde, pero me importa un comino…!

. . . .

10 de septiembre. Ruán, hotel Continental. Está hecho…, está hecho…, pero ¿ha muerto? Tengo trastornado el espíritu por lo que he visto.

Ayer, tras haber instalado el cerrajero la persiana y la puerta de hierro, lo dejé todo completamente abierto hasta medianoche, aunque comenzaba a hacer frío.

De repente, sentí que estaba allí, y me dominó una alegría, una alegría loca. Me levanté lentamente, y estuve andando de un lado a otro largo rato para que él no intuyera nada; luego me quité los botines y me puse desganadamente las zapatillas; acto seguido cerré la ventana de hierro y, yendo tranquilamente hacia la puerta, cerré también la puerta con doble vuelta de llave. Tras volver entonces hacia la ventana, la fijé con un candado, guardándome la llave en el bolsillo.

De pronto comprendí que se estaba agitando en torno a mí, que tenía miedo a su vez, que me ordenaba abrirle. A punto estuve de ceder; pero no lo hice, sino que, pegándome contra la puerta, la entreabrí lo justo para pasar yo andando hacia atrás, y como soy muy alto mi cabeza rozaba el dintel. Yo estaba seguro de que no se había podido escapar y lo encerré, totalmente solo, totalmente solo. ¡Qué alegría! ¡Le tenía cogido! Entonces, bajé corriendo; cogí en mi salón, que está debajo de mi habitación, mis dos lámparas y derramé todo el aceite sobre la alfombra, sobre los muebles, por todas partes; luego les prendí fuego, y me largué, tras haber cerrado bien, con doble vuelta, el portón de entrada.

Y fui a esconderme al fondo de mi jardín, entre un macizo de laureles. ¡Qué largo se me hizo! Pero ¡qué largo! Todo estaba oscuro, mudo, inmóvil; ni un soplo de aire, ni una estrella, aborregamientos de nubes que no se veían pero que me pesaban en el alma mucho, muchísimo.

Miraba mi casa, y esperaba. ¡Qué largo se me hizo! Ya creía que el fuego se había apagado solo, o que lo había apagado Él, cuando una de las ventanas de abajo estalló ante el arreciar del incendio, y una llama, una gran llama roja y amarilla, larga, indolente, acariciante, subió por la blanca pared y la besó hasta el tejado. Se propagó un resplandor entre los árboles, entre las ramas, entre las hojas, y también un estremecimiento, un estremecimiento de miedo. Los pájaros se despertaban; un perro se puso a ladrar; ¡me pareció que empezaba a despuntar el día! Se iluminaron otras dos ventanas y vi que toda la planta baja de la casa se había convertido en un espantoso brasero. Pero un grito, un grito horrible, sobreagudo, desgarrador, un grito de mujer resonó en la noche, ¡y se abrieron dos buhardillas! ¡Me había olvidado de mis criados! ¡Vi sus caras enloquecidas, y sus brazos que se agitaban…!

Entonces, loco de horror, me puse a correr hacia el pueblo dando gritos: «¡Socorro! ¡Auxilio! ¡Fuego! ¡Fuego!». ¡Me encontré con gente que ya venía y me volví con ellos para ver!

¡La casa, ahora, no era más que una hoguera horrible y magnífica, una hoguera monstruosa, que iluminaba la tierra entera, una hoguera en la que ardían unos hombres, y donde también ardía Él, mi prisionero, el Ser nuevo, el nuevo señor, el Horla!

De repente el tejado entero se hundió entre los muros, y un volcán de llamas brotó hasta el cielo. Por todas las ventanas que se abrían sobre aquel horno veía la pira de fuego, y pensaba que él estaba allí, dentro de aquel horno, muerto…

¿Muerto? ¿Era posible…? ¿Su cuerpo, el cuerpo que podía ser atravesado por la luz, podía destruirse con los medios que matan al nuestro?

¿Y si no estaba muerto? Tal vez solo el tiempo pueda algo contra este Ser Invisible y Temible. ¿Por qué ese cuerpo transparente, ese cuerpo incognoscible, ese cuerpo espiritual, habría de temer también él las enfermedades, las heridas, los achaques, un final prematuro?

¿Un final prematuro? De él nace todo el miedo del hombre. Después del hombre, el Horla. ¡Después de aquel que puede morir cada día, a cada hora, a cada momento, por cualquier accidente, ha llegado aquel que no morirá hasta que haya llegado su día, su hora y su momento, por haber tocado a su fin su existencia!

¡No…, no…, sin duda…, no ha muerto… Entonces, entonces… tendré que matarme yo…!

BERENICE

EDGAR ALLAN POE

Dicebant mihi sodales, si sepulchrum amicae visitarem, curas meas aliquantulum fore levatas.

EBN ZAIAT

La desdicha es diversa. La desgracia cunde multiforme sobre la tierra. Desplegada sobre el ancho horizonte como el arco iris, sus colores son tan variados como los de este y también tan distintos y tan íntimamente unidos. ¡Desplegada sobre el ancho horizonte como el arco iris! ¿Cómo es que de la belleza he derivado un tipo de fealdad; de la alianza y la paz, un símil del dolor? Pero así como en la ética el mal es una consecuencia del bien, así, en realidad, de la alegría nace la pena. O la memoria de la pasada beatitud es la angustia de hoy, o las agonías que *son* se originan en los éxtasis que *pudieron haber sido*.

Mi nombre de pila es Egaeus; no mencionaré mi apellido. Sin embargo, no hay en mi país torres más venerables que mi melancólica y gris heredad. Nuestro linaje ha sido llamado raza de visionarios, y en muchos detalles sorprendentes, en el carácter de la mansión familiar, en los frescos del salón principal, en las colgaduras de los dormitorios, en los relieves de algunos pilares de la sala de armas, pero especialmente en la galería de cuadros antiguos, en el estilo de la biblioteca y, por último, en la peculiarísima naturaleza de sus libros, hay elementos más que suficientes para justificar esta creencia.

Los recuerdos de mis primeros años se relacionan con este aposento y con sus volúmenes, de los cuales no volveré a hablar. Allí murió mi madre. Allí nací yo. Pero es simplemente ocioso decir que no había vivido antes, que el alma no tiene una existencia previa. ¿Lo negáis? No discutiremos el punto. Yo estoy convencido, pero no trato de convencer. Hay, sin embargo, un recuerdo de formas aéreas, de ojos espirituales y expresivos, de sonidos musicales, aunque tristes, un recuerdo que no será excluido, una memoria como una sombra, vaga, variable, indefinida, insegura, y como una sombra también en la imposibilidad de librarme de ella mientras brille el sol de mi razón.

En ese aposento nací. Al despertar de improviso de la larga noche de eso que parecía, sin serlo, la no-existencia, a regiones de hadas, a un palacio de imaginación, a los extraños dominios del pensamiento y la erudición monásticos, no es raro que mirara a mi alrededor con ojos asombrados y ardientes, que malgastara mi infancia entre libros y disipara mi juventud en ensoñaciones; pero sí *es* raro que transcurrieran los años y el cenit de la virilidad me encontrara aún en la mansión de mis padres; sí, es asombrosa la paralización que subyugó las fuentes de mi vida, asombrosa la inversión total que se produjo en el carácter de mis pensamientos más comunes. Las realidades terrenales me afectaban como visiones, y solo como visiones, mientras las extrañas ideas del mundo de los sueños se tornaron, en cambio, no en pasto de mi existencia cotidiana, sino realmente en mi sola y entera existencia.

Berenice y yo éramos primos y crecimos juntos en la heredad paterna. Pero crecimos de distinta manera: yo, enfermizo, envuelto en melancolía; ella, ágil, graciosa, desbordante de fuerzas; suyos eran los paseos por la colina; míos, los estudios del claustro; yo, viviendo encerrado en mí mismo y entregado en cuerpo y alma a la intensa y penosa meditación; ella, vagando despreocupadamente por la vida, sin pensar en las sombras del camino o en la huida silenciosa de las horas de alas negras. ¡Berenice! Invoco su nombre... ¡Berenice! Y de las grises ruinas de la memoria mil tumultuosos recuerdos se conmueven a este sonido. ¡Ah, vívida acude ahora su imagen ante mí, como en los primeros días de su alegría y de su dicha! ¡Ah, espléndida y, sin embargo, fantástica belleza! ¡Oh sílfide entre los arbustos de Arnheim! ¡Oh náyade entre sus fuentes! Y entonces, entonces todo es misterio y terror, y una historia que no debe ser relatada. La enfermedad —una enfermedad fatal— cayó sobre ella como el simún, y mientras yo la observaba, el espíritu de la transformación la arrasó, penetrando en su mente, en sus hábitos y en su carácter, y de la manera más sutil y terrible llegó a perturbar su identidad. ¡Ay! El destructor iba y venía, y la víctima, ¿dónde estaba? Yo no la conocía o, por lo menos, ya no la reconocía como Berenice.

Entre la numerosa serie de enfermedades provocadas por la primera y fatal, que ocasionó una revolución tan horrible en el ser moral y físico de mi prima, debe mencionarse como la más afligente y obstinada una especie de epilepsia que terminaba no rara vez en *catalepsia*, estado muy semejante a la disolución efectiva y de la cual su manera de recobrarse era, en muchos casos, brusca y repentina. Entretanto, mi propia enfermedad —pues me han dicho que no debo darle otro nombre—, mi propia enfermedad, digo, crecía rápidamente, asumiendo, por último, un carácter monomaniaco de una especie nueva y extraordinaria, que ganaba cada vez más vigor y al fin obtuvo sobre mí un incomprensible ascendiente. Esta monomanía, si así debo llamarla, consistía en una irritabilidad morbosa de esas propiedades de la mente que la ciencia psicológica designa con la palabra «atención». Es más que probable que no se me entienda; pero temo, en verdad, que no haya manera posible de proporcionar a la inteligencia del lector corriente una idea adecuada de esa nerviosa *intensidad del interés* con que en mi caso las facultades de meditación (por no emplear términos técnicos) actuaban y se sumían en la contemplación de los objetos del universo, aun de los más comunes.

Reflexionar largas horas, infatigable, con la atención clavada en alguna nota trivial, al margen de un libro o en su tipografía; pasar la mayor parte de un día de verano absorto en una sombra extraña que caía oblicuamente sobre el tapiz o sobre la puerta; perderme durante toda una noche en la observación de la tranquila llama de una lámpara o los rescoldos del fuego; soñar días enteros con el perfume de una flor; repetir monótonamente alguna palabra común hasta que el sonido, por obra de la frecuente repetición, dejaba de suscitar idea alguna en la mente; perder todo sentido de movimiento o de existencia física gracias a una absoluta y obstinada quietud, largo tiempo prolongada; tales eran algunas de las extravagancias más comunes y menos perniciosas provocadas por un estado de las facultades mentales, no único, por cierto, pero sí capaz de desafiar todo análisis o explicación.

Mas no se me entienda mal. La excesiva, intensa y mórbida atención así excitada por objetos triviales en sí mismos no debe confundirse con la tendencia a la meditación, común a todos los hombres, y que se da especialmente en las personas de imaginación ardiente. Tampoco era, como pudo suponerse al principio, un estado agudo o una exageración de esa tendencia, sino primaria y esencialmente distinta, diferente. En un caso, el soñador o el fanático, interesado en un objeto habitualmente *no* trivial, lo pierde de vista poco a poco en una multitud de deducciones y sugerencias que de él proceden, hasta que, al final de un ensueño *colmado a menudo de voluptuosidad*, el *incitamentum* o primera causa de sus meditaciones desaparece en un completo olvido. En mi caso, el objeto primario era *invariablemente trivial*, aunque asumiera, a través del intermedio de mi visión perturbada, una importancia refleja, irreal. Pocas deducciones, si es que aparecía alguna, surgían, y esas pocas retornaban tercamente al objeto original como a su centro. Las meditaciones *nunca* eran placenteras, y al cabo del ensueño, la primera causa, lejos de estar fuera de vista, había alcanzado ese interés sobrenaturalmente exagerado que constituía el rasgo dominante del mal.

En una palabra: las facultades mentales más ejercidas en mi caso eran, como ya lo he dicho, las de la *atención*, mientras que en el soñador son las de la *especulación*.

Mis libros, en esa época, si no servían en realidad para irritar el trastorno, participaban ampliamente, como se comprenderá, por su naturaleza imaginativa e inconexa, de las características peculiares del trastorno mismo. Puedo recordar, entre otros, el tratado del noble italiano Coelius Secundus Curio *De Amplitudine Beati Regni dei*, la gran obra de san Agustín *La ciudad de Dios*, y la de Tertuliano, *De Carne Christi*, cuya paradójica sentencia: *Mortuus est Dei filius; credibili est quia ineptum est: et sepultas resurrexit; certum est quia impossibili est*, ocupó mi tiempo íntegro durante muchas semanas de laboriosa e inútil investigación.

Se verá, pues, que, arrancada de su equilibrio solo por cosas triviales, mi razón semejaba a ese risco marino del cual habla Ptolomeo Hefestión, que resistía firme los ataques de la violencia humana y la feroz furia de las aguas y los vientos, pero temblaba al contacto de la flor llamada asfódelo. Y aunque para un observador descuidado pueda parecer fuera de duda que la alteración producida en la condición moral de Berenice por su desventurada enfermedad me brindaría muchos objetos para el ejercicio de esa intensa y anormal meditación, cuya naturaleza me ha costado cierto trabajo explicar, en modo alguno era este el caso. En los intervalos lúcidos de mi mal, su calamidad me daba pena, y, muy conmovido por la ruina total de su hermosa y dulce vida, no dejaba de meditar con frecuencia, amargamente, en los prodigiosos medios por los cuales había llegado a producirse una revolución tan súbita y extraña. Pero estas reflexiones no participaban de la idiosincrasia de mi enfermedad, y eran semejantes a las que, en similares circunstancias, podían presentarse en el común de los hombres. Fiel a su propio carácter, mi trastorno se gozaba en los cambios menos importantes, pero más llamativos, operados en la constitución *física* de Berenice, en la singular y espantosa distorsión de su identidad personal.

En los días más brillantes de su belleza incomparable, seguramente no la amé. En la extraña anomalía de mi existencia, los sentimientos en mí *nunca venían* del corazón, y las pasiones *siempre venían* de la inteligencia. A través del alba gris, en las sombras entrelazadas del bosque a mediodía y en el silencio de mi biblioteca por la noche, su imagen había flotado ante mis ojos y yo la había visto, no como una Berenice viva, palpitante, sino como la Berenice de un sueño; no como una moradora de la tierra, terrenal, sino como su abstracción; no como una cosa para admirar, sino para analizar; no como un objeto de amor, sino como el tema de una especulación tan abstrusa cuanto inconexa. Y *ahora*, ahora temblaba en su presencia y palidecía cuando se acercaba; sin embargo, lamentando amargamente su decadencia y su ruina, recordé que me había amado largo tiempo, y, en un mal momento, le hablé de matrimonio.

Y al fin se acercaba la fecha de nuestras nupcias cuando, una tarde de invierno —en uno de estos días intempestivamente cálidos, serenos y brumosos que son la nodriza de la hermosa Alción—,[1] me senté, creyéndome solo, en el gabinete interior de la biblioteca. Pero alzando los ojos vi, ante mí, a Berenice. ¿Fue mi imaginación excitada, la influencia de la atmósfera brumosa, la luz incierta, crepuscular del aposento, o los grises vestidos que envolvían su figura, los que le dieron un contorno tan vacilante e indefinido? No sabría decirlo. No profirió una palabra y yo por nada del mundo hubiera sido capaz de pronunciar una sílaba. Un escalofrío helado recorrió mi cuerpo; me oprimió una sensación de intolerable ansiedad; una curiosidad devoradora invadió mi alma y, reclinándome en el asiento, permanecí un instante sin respirar, inmóvil, con los ojos clavados en su persona. ¡Ay! Su delgadez era excesiva, y ni un vestigio del ser primitivo asomaba en una sola

---

1. Pues como Júpiter, durante el invierno, da por dos veces siete días de calor, los hombres han llamado a este tiempo clemente y templado la nodriza de la hermosa Alción *(Simónides). (N. del A.)*

línea del contorno. Mis ardorosas miradas cayeron, por fin, en su rostro.

La frente era alta, muy pálida, singularmente plácida; y el que en un tiempo fuera cabello de azabache caía parcialmente sobre ella sombreando las hundidas sienes con innumerables rizos, ahora de un rubio reluciente, que por su matiz fantástico discordaban por completo con la melancolía dominante de su rostro. Sus ojos no tenían vida ni brillo y parecían sin pupilas, y esquivé involuntariamente su mirada vidriosa para contemplar los labios, finos y contraídos. Se entreabrieron, y en una sonrisa de expresión peculiar *los dientes* de la cambiada Berenice se revelaron lentamente a mis ojos. ¡Ojalá nunca los hubiera visto o, después de verlos, hubiese muerto!

El golpe de una puerta al cerrarse me distrajo y, alzando la vista, vi que mi prima había salido del aposento. Pero del desordenado aposento de mi mente, ¡ay!, no había salido ni se apartaría el blanco y horrible *espectro* de los dientes. Ni un punto en su superficie, ni una sombra en el esmalte, ni una melladura en el borde hubo en esa pasajera sonrisa que no se grabara a fuego en mi memoria. Los vi *entonces* con más claridad que *un momento antes*. ¡Los dientes! ¡Los dientes! Estaban aquí y allí y en todas partes, visibles y palpables, ante mí; largos, estrechos, blanquísimos, con los pálidos labios contrayéndose a su alrededor, como en el momento mismo en que habían empezado a distenderse. Entonces sobrevino toda la furia de mi *monomanía* y luché en vano contra su extraña e irresistible influencia. Entre los múltiples objetos del mundo exterior no tenía pensamientos sino para los dientes. Los ansiaba con un deseo frenético. Todos los otros asuntos y todos los diferentes intereses se absorbieron en una sola contemplación. Ellos, ellos eran los únicos presentes a mi mirada mental, y en su insustituible individualidad llegaron a ser la esencia de mi vida intelectual. Los observé a todas luces. Les hice adoptar todas las actitudes. Examiné sus característiticas. Estudié sus peculiaridades. Medité sobre su conformación. Reflexioné sobre el cambio de su naturaleza. Me estremecía al asignarles en la imaginación un poder sensible y consciente, y aun, sin la ayuda de los labios, una capacidad de expresión moral. Se ha dicho bien de mademoiselle Sallé *que tous ses pas étaient des sentiments*, y de Berenice yo creía con la mayor seriedad *que toutes ses dents étaient des idées. Des idées!* ¡Ah, este fue el insensato pensamiento que me destruyó! *Des idées!* ¡Ah, *por eso* era que los codiciaba tan locamente! Sentí que solo su posesión podía devolverme la paz, restituyéndome a la razón.

Y la tarde cayó sobre mí, y vino la oscuridad, duró y se fue, y amaneció el nuevo día, y las brumas de una segunda noche se acumularon y yo seguía inmóvil, sentado en aquel aposento solitario; y seguí sumido en la meditación, y el *fantasma* de los dientes mantenía su terrible ascendiente como si, con la claridad más viva y más espantosa, flotara entre las cambiantes luces y sombras del recinto. Al fin, irrumpió en mis sueños un grito como de horror y consternación, y luego, tras una pausa, el sonido de turbadas voces, mezcladas con sordos lamentos de dolor y pena. Me levanté de mi asiento y, abriendo de par en par una de las puertas de la biblioteca, vi en la antecámara a una criada deshecha en lágrimas, quien me dijo que Berenice ya no existía. Había tenido un acceso de epilepsia por la mañana temprano, y ahora, al caer la noche, la tumba estaba dispuesta para su ocupante y terminados los preparativos del entierro.

Me encontré sentado en la biblioteca y de nuevo solo. Me parecía que acababa de despertar de un sueño confuso y excitante. Sabía que era medianoche y que desde la puesta del sol Berenice estaba enterrada. Pero del melancólico período intermedio no tenía conocimiento real o, por lo menos, definido. Sin embargo, su recuerdo estaba repleto de horror, horror más horrible por lo vago, terror más terrible por su ambigüedad. Era una página atroz en la historia de mi existencia, escrita toda con recuerdos oscuros, espantosos, ininteligibles. Luché por descifrarlos, pero en vano, mientras una y otra vez, como el espíritu de un sonido ausente, un agudo y penetrante grito de mujer parecía sonar en mis oídos. Yo había hecho algo. ¿Qué era? Me lo pregunté a mí mismo en voz alta, y los susurrantes ecos del aposento me respondieron: «¿Qué era?».

En la mesa, a mi lado, ardía una lámpara, y había junto a ella una cajita. No tenía nada de notable, y la había visto a menudo, pues era propiedad del médico de la familia. Pero ¿cómo había llegado *allí*, a mi mesa, y por qué me estremecí al mirarla? Eran cosas que no merecían ser tenidas en cuenta, y mis ojos cayeron, al fin, en las abiertas páginas de un libro y en una frase subrayada: *Dicebant mihi sodales, si sepulchrum amicae visitarem, curas meas aliquantulum fore levatas*. ¿Por qué, pues, al leerlas se me erizaron los cabellos y la sangre se congeló en mis venas?

Entonces sonó un ligero golpe en la puerta de la biblioteca y, pálido como un habitante de la tumba, entró un criado de puntillas. Había en sus ojos un violento terror y me habló con voz trémula, ronca, ahogada. ¿Qué dijo? Oí algunas frases entrecortadas. Hablaba de un salvaje grito que había turbado el silencio de la noche, de la servidumbre reunida para buscar el origen del sonido, y su voz cobró un tono espeluznante, nítido, cuando me habló, susurrando, de una tumba violada, de un cadáver desfigurado, sin mortaja y que aún respiraba, aún palpitaba, aún vivía.

Señaló mis ropas: estaban manchadas de barro, de sangre coagulada. No dije nada; me tomó suavemente la mano: tenía manchas de uñas humanas. Dirigió mi atención a un objeto que había contra la pared; lo miré durante unos minutos: era una pala. Con un alarido salté hasta la mesa y me apoderé de la caja. Pero no pude abrirla, y en mi temblor se me deslizó de la mano, y cayó pesadamente, y se hizo añicos; y de entre ellos, entrechocándose, rodaron algunos instrumentos de cirugía dental, mezclados con treinta y dos objetos pequeños, blancos, marfilinos, que se desparramaron por el piso.

EL VAMPIRO

J. W. POLIDORI

Sucedió que en medio de las diversiones propias del invierno londinense, en varias fiestas de las personas más significadas de la buena sociedad, apareció un noble que destacaba más por sus peculiaridades que por su rango. Contemplaba el regocijo de su alrededor como si no pudiera participar de él. Aparentemente, solo la suave risa de los demás llamaba su atención, y con una sola mirada podía acallarla, y meter el miedo en aquellos pechos en los que reinaba la despreocupación. Los que percibían esta sensación de reverente temor que provocaba no podían explicar cuál era su causa: algunos la atribuían a unos ojos grises e inertes, que al fijarse sobre los rostros parecía no verlos, pero cuya mirada penetraba hasta lo más recóndito de los corazones; caía a plomo sobre una mejilla y se quedaba sobre la piel que no podía atravesar. Sus peculiaridades hicieron que se lo invitase a todas las casas; todo el mundo quería verlo, y quienes estaban acostumbrados a la excitación violenta, y ahora experimentaban el peso del aburrimiento, se alegraron de tener algo capaz de atraer su atención. A pesar de la palidez de su rostro, cuyos rasgos eran sin embargo hermosos y agradables, y de que nunca adquiría color, ni por el rubor de la modestia ni por la fuerte emoción de la pasión, muchas de las féminas que iban detrás de la notoriedad, intentaron ganarse sus atenciones y atisbar al menos alguna señal de algo que pudiera llamarse afecto. Lady Mercer, que había sido objeto de burla por todos los monstruos a los que había arrastrado a su dormitorio desde su boda, se interpuso en su camino, y, salvo ponerse un traje de saltimbanqui, hizo de todo para llamar su atención, pero en vano; cuando se plantaba delante de él, si bien en apariencia sus ojos se fijaban en los de ella, no parecía darse cuenta de su presencia. Pese a su conocido descaro, la mujer finalmente se sintió frustrada y abandonó su intento. Pero aunque consumadas adúlteras no consiguieran de él ni siquiera una mirada, a este extraño personaje el sexo femenino no le era indiferente; sin embargo, era tal la discreción con que hablaba con la esposa virtuosa y con la hija inocente, que pocos se daban cuenta de que se dirigiera a las mujeres. Poseía, sin embargo, reputación de ser muy buen conversador; y ya fuese porque gracias a eso lograba que se sobrepusiesen al espanto de su carácter singular, o bien porque las conmoviera su aparente rechazo del vicio, tanto se lo podía encontrar entre las mujeres que constituyen el orgullo de su sexo por sus virtudes domésticas, como entre las que lo avergüenzan con sus vicios.

Hacia esa misma época, llegó a Londres un joven caballero llamado Aubrey. Era huérfano, y tenía una sola hermana, y sus padres, muertos cuando eran todavía unos niños, les habían dejado una gran fortuna. Criado por tutores que creían que su deber respecto a él consistía meramente en cuidar de su fortuna, habían dejado el más importante cometido de la formación de su mente en manos de personas subalternas, que cultivaron más su imaginación que su juicio. Tenía, pues, ese acusado sentimiento romántico del honor y del candor, que a diario arruina la vida de tantos jóvenes ignorantes. Creía que todo el mundo apreciaba la virtud, y que el vicio solo había sido añadido por la Providencia para poner un toque pintoresco en la escena, como en las novelas. Creía que la miseria de una choza consistía en la manera de vestir de sus habitantes, con prendas que abrigaban como las demás, pero más adecuadas para el ojo del pintor gracias a sus pliegues irregulares y al colorido de sus variados remiendos. Pensaba, en fin, que los sueños de los poetas eran la realidad de la vida. Aubrey era bien parecido, sincero y rico; por estos motivos, tras su entrada en sociedad, muchas madres lo rodeaban, esforzándose por describir con poca veracidad a sus lánguidas o retozonas hijitas. Por su parte, el semblante de estas se iluminaba cuando él se les acercaba, y sus ojos centelleaban, con lo que le hicieron concebir una falsa idea de su talento o su mérito. Tras las muchas novelas románticas que había leído en sus horas solitarias, le sorprendió descubrir que, salvo en las velas de sebo y cera que chisporroteaban, no por la presencia de un fantasma, sino por falta de mecha, en la vida real no había fundamento para ninguna de las numerosas imágenes y descripciones agradables que contenían aquellos libros con los que se había educado. Al encontrar, empero, alguna recompensa en la satisfacción de su vanidad, estaba a punto de renunciar a sus sueños, cuando el extraordinario ser que hemos descrito anteriormente se cruzó en su camino.

Aubrey lo observó con atención, y la propia imposibilidad de formarse una idea del carácter de un hombre tan completamente absorbido por sí mismo, que no daba más señales de su percepción de los objetos externos que la aceptación tácita de su existencia, reflejada en su evitación de los mismos, hizo que el joven dejara que su imaginación tomara las riendas y, con su inclinación a las ideas extravagantes, pronto convirtió a aquel hombre extraño en el héroe de una novela, y decidió observar aquel resultado de su fantasía, más que a la persona en sí. Trabó conocimiento con él, le dedicó especiales atenciones, y avanzó tanto en su propósito, que llegó incluso a ser reconocido por el otro. Poco a poco, fue sabiendo que los asuntos de lord Ruthven estaban un poco embrollados, y pronto, gracias a informaciones recogidas aquí y allá, averiguó que estaba a punto de partir de viaje. Deseoso de saber más acerca de ese personaje singular que, hasta el momento, apenas había satisfecho su curiosidad, sugirió a sus tutores que ya era hora de que él realizara el viaje que desde hacía generaciones se consideraba necesario para que un joven avanzara rápidamente en la carrera del vicio, para así ponerse al mismo nivel de sus mayores, y que no le pillase de nuevas cuando se mencionaran intrigas escandalosas en medio de chanzas o elogios, según el grado de habilidad con que se hubieran llevado a cabo. Sus tutores consintieron, y Aubrey, tras mencionar de inmediato sus intenciones a lord Ruthven, se sorprendió al proponerle este acompañarlo. Halagado por tal muestra de aprecio de quien al parecer no tenía nada en común con los demás mortales, aceptó de buena gana, y en pocos días ya habían cruzado el mar y estaban en el continente.

Hasta entonces, Aubrey no había tenido oportunidad de estudiar el carácter de lord Ruthven, y ahora descubrió que, si bien la mayor parte de sus actos sucedían ante su vista, los resultados ofrecían conclusiones diferentes de los aparentes motivos de su conducta. Su compañero era generoso: el vago, el vagabundo y el mendigo recibían de su mano más que suficiente para cubrir sus necesidades inmediatas. Pero Aubrey no pudo evitar observar que no era a los virtuosos, reducidos a la indigencia a causa de las desgracias que recaen incluso sobre la virtud, a quienes ofrecía su limosna; a estos los echaba de su puerta con una expresión de desprecio apenas disimulada. Sin embargo, cuando era el libertino el que iba a pedir algo, no para aliviar sus necesidades, sino para poder entregarse a la lujuria, o hundirse aún más en sus excesos, se iba de allí habiendo recibido profusa caridad. Sin embargo, el joven lo atribuía a la mayor importunidad del vicioso, que en general es más insistente que el indigente virtuoso. Había una característica de la caridad de su señoría que había impresionado aún más al joven: a todos aquellos a los que lord Ruthven ayudaba, invariablemente atraían sobre ellos una maldición, pues o bien eran llevados al cadalso, o bien caían en la más absoluta y abyecta miseria. En Bruselas y otros lugares por los que pasaban, Aubrey se sorprendió del evidente entusiasmo con que su compañero buscaba todos los centros de vicio de moda; una vez en ellos, se acercaba ansioso a la mesa de juego, donde apostaba y ganaba siempre, salvo cuando su antagonista era un tahúr; entonces, lord Ruthven perdía más de lo que ganaba, pero siempre con la misma expresión inmutable con que solía mirar todo lo de su alrededor. No era así, sin embargo, cuando se encontraba con un joven novato e imprudente, o con el desafortunado padre de familia numerosa; entonces, su deseo parecía el ejecutor de la ley de la fortuna: abandonaba su aparente distracción, y sus ojos brillaban con el fuego de los del gato que juguetea con un ratón medio muerto. En cada ciudad, dejaba al joven antes acaudalado, arrancado de los círculos que hasta entonces había frecuentado, maldiciendo en la soledad de un calabozo la suerte que lo había acercado a aquel malvado; al mismo tiempo, más de un padre se quedaba desesperado ante las elocuentes miradas de sus hijos hambrientos, sin un solo céntimo de su anterior fortuna con la que comprar lo suficiente para hacer frente a su necesidad. Pero su señoría no se llevaba el dinero de la mesa de juego, sino que inmediatamente perdía el último florín que acababa de obtener de las manos temblorosas de personas inocentes. Su habilidad podía deberse quizá a cierto grado de conocimiento que no era, sin embargo, capaz de combatir la astucia de los más experimentados. Aubrey deseó a menudo comentar todo eso con su amigo, rogarle que renunciara a la caridad y al placer que resultaba en la ruina de todos, y en cambio no redundaba en su propio provecho. Pero fue dejándolo, porque cada día esperaba que su amigo le diera la oportunidad para hablarle franca y abiertamente, pero eso nunca sucedió. En su carruaje, entre las escenas ricas y variadas de la naturaleza, lord Ruthven era siempre el mismo: sus ojos hablaban menos que su boca, y si bien Aubrey estaba cerca del objeto de su curiosidad, no obtenía de ello más que la constante y vana ilusión de creer que iba a descifrar ese misterio, que ante su imaginación exaltada empezó a asumir la apariencia de algo sobrenatural.

Pronto llegaron a Roma, y, por un tiempo, Aubrey perdió de vista a su compañero; lo dejó en la compañía cotidiana del círculo matutino de una condesa italiana, mientras él iba en busca de los vestigios de otra ciudad casi desierta. En esas estaba cuando le llegó correo de Inglaterra, que Aubrey abrió con apremiante impaciencia; la primera carta era de su hermana, llena de afecto; las otras eran de sus tutores, y estas últimas lo sorprendieron: si alguna vez había pasado por su mente que su acompañante poseía un poder maligno, sus tutores parecían darle motivos sobrados para creerlo así. Lo instaban a que se alejara de su amigo de inmediato, e insistían en que su carácter era tremendamente vicioso, y que debido a sus irresistibles poderes de seducción sus costumbres libertinas se volvían aún más peligrosas para la sociedad. Se había descubierto que su desprecio por la adúltera no procedía de su rechazo de ese tipo de persona, sino que, para su gratificación, necesitaba que su víctima, compañera en la culpa, estuviese en la cima de la virtud más elevada para desde allí caer al más bajo abismo de infamia y degradación. En resumen, todas las mujeres a las que lord Ruthven había buscado, aparentemente a causa de su virtud, desde su partida no habían vacilado en dejar caer la máscara, y habían expuesto sin escrúpulos toda la deformidad de sus vicios ante la mirada pública.

Aubrey decidió dejar al instante a aquel cuyo carácter no había mostrado un solo punto de luz en el que reposar la mirada. Resolvió inventar alguna excusa verosímil para abandonarlo del todo, con el propósito simultáneo de vigilarlo más de cerca y que no le pasase desapercibida ninguna circunstancia. Se introdujo en el mismo círculo que él y pronto percibió que su señoría se afanaba en conquistar a la inexperta hija de la mujer cuya casa frecuentaba más a menudo. En Italia, era raro que una mujer soltera alternase en sociedad, de modo que lord Ruthven estaba obligado a llevar a cabo sus planes en secreto; pero Aubrey estaba pendiente de todo y pronto descubrió que habían fijado una cita secreta que seguramente acabaría en la ruina de una chica inocente pero imprudente. Sin perder tiempo, entró en el apartamento de lord Ruthven, y abruptamente le preguntó acerca de sus intenciones con respecto a la dama, informándole a la vez de que sabía que iba a encontrarse con ella esa misma noche. Lord Ruthven respondió que sus propósitos eran los que podía suponerse en circunstancias semejantes; cuando el joven le preguntó si pensaba casarse con ella, el otro simplemente se echó a reír. Aubrey se fue, y de inmediato escribió una nota para decirle a lord Ruthven que desde aquel momento se negaba a acompañarlo en lo que quedaba de viaje, ordenó a su sirviente que le buscara otro apartamento, y fue a ver a la madre de la chica para informarla de todo lo que sabía, no solo en relación con su hija, sino también de la persona de su señoría. La cita fue impedida. Al día siguiente, lord Ruthven envió a su sirviente para que le comunicase a Aubrey su total conformidad con la separación, pero no insinuó sospecha alguna respecto a que sus planes se hubieran frustrado por obra del joven

Una vez dejó Roma, Aubrey dirigió sus pasos hacia Grecia, cruzó la península, y pronto se encontró en Atenas. Fijó su residencia en casa de un griego y luego se ocupó en rastrear los recuerdos desvanecidos de la antigua gloria en los monumentos, que al parecer avergonzados de dar cuenta de hechos de hombres libres solo ante esclavos, se habían ocultado bajo el suelo protector o bajo coloridos líquenes. En su mismo alojamiento vivía un ser tan bello y delicado que podría haber servido de modelo para un pintor que quisiera retratar en el lienzo la esperanza prometida a los fieles en el paraíso de Mahoma, excepto que sus ojos hablaban demasiado de su mente como para que alguien pensara que pertenecía al grupo de los que carecían de alma. Mientras danzaba en la llanura, o se movía con paso ligero por las laderas de la montaña, uno hubiera pensado que la gacela era una pobre comparación para su belleza, ya que nadie habría cambiado sus ojos, que parecían los de la naturaleza animada, por la mirada soñolienta y lujuriosa del animal que solo gusta al epicúreo. El paso leve de Ianthe acompañaba a menudo a Aubrey en su búsqueda de antigüedades, y a menudo inconscientemente, ocupada en la persecución de una mariposa de Cachemira, mostraba al completo la belleza de sus formas, como si flotase al viento, ante la mirada ansiosa del joven, que al contemplar su figura de sílfide olvidaba las letras que acababa de descifrar en una lápida casi borrada. A menudo, mientras revoloteaba de un lado a otro, sus largas trenzas reflejaban los rayos del sol con unos tonos tan delicadamente brillantes y tan evanescentes, que bien podían servir de excusa para el despiste del buscador de antigüedades, que olvidaba lo que hasta ese momento había considerado de vital importancia para la interpretación correcta de un pasaje de Pausanias. Pero ¿para qué intentar describir unos encantos que todos sienten, pero nadie puede apreciar? Era la inocencia, la juventud y la belleza, no afectadas por los salones abarrotados de gente y los bailes sofocantes. Mientras él dibujaba las ruinas cuyo recuerdo quería preservar para sus horas futuras, ella se quedaba de pie a su lado y observaba el efecto mágico de su lápiz al esbozar las escenas que conformaban el lugar donde había nacido. Entonces, ella le describía el baile en círculo sobre la llanura abierta, desplegaba ante sus ojos, con todos los brillantes colores de su memoria juvenil, los solemnes casamientos que recordaba de su infancia, y luego, recalando en los temas que a todas luces más impresión le habían causado, le contaba los relatos sobrenaturales de su nodriza. Su seriedad y aparente creencia en lo que narraba, despertaba incluso el interés de Aubrey; y cuando le contaba el cuento del vampiro viviente, que había pasado años entre sus amigos y sus más queridos parientes, obligado a alimentarse cada año de la vida de una bella joven para prolongar su existencia unos meses más, la sangre se le helaba en las venas, mientras intentaba ahuyentar con risas esas horribles y ociosas fantasías. Pero Ianthe mencionaba los nombres de ancianos que habían detectado al menos a un vampiro viviendo entre ellos, después de que hubiesen encontrado a varios de sus parientes cercanos y niños con la huella del apetito del malvado. Cuando veía a Aubrey tan incrédulo, la joven le rogaba que la creyera, pues se decía que quien se atreve a dudar de su existencia termina siempre por recibir pruebas que lo obligan, con pesar y congoja, a reconocer que era verdad. Ianthe le detalló la apariencia tradicional de esos monstruos, y el horror de Aubrey fue en aumento al oír una descripción bastante ajustada de lord Ruthven; y, aunque insistía en persuadir a la muchacha de que sus miedos carecían de fundamento, al mismo tiempo se sorprendía de tantas coincidencias, que tendían a reforzar en él la creencia en el poder sobrenatural de lord Ruthven.

Aubrey empezó a sentirse cada vez más apegado a Ianthe; su inocencia, tan opuesta a todas las afectadas virtudes de las mujeres entre las que había buscado su romance soñado, conquistó su corazón. Y si bien la idea de que un joven de costumbres inglesas se casara con una chica griega sin educación le parecía ridícula, aun así iba sintiendo cada vez más afecto por la figura casi feérica que tenía ante sí. A veces se apartaba de ella, y siguiendo un plan de búsqueda de restos arqueológicos, partía con la intención de no regresar hasta alcanzar su objetivo. Pero luego le resultaba imposible fijar su atención en las ruinas que lo rodeaban, mientras la imagen que ocupaba su mente le parecía la única legítima poseedora de sus pensamientos. Ianthe no era consciente de su amor, y seguía siendo el mismo ser infantil y sincero que había conocido la primera vez.

Siempre parecía separarse de él con desgana, pero era porque mientras su amigo estaba ocupado dibujando o descubriendo algún fragmento que todavía no había sucumbido a la mano destructora del tiempo, ella no tenía con quién evocar sus fantasías favoritas. Ianthe preguntó a sus padres qué opinaban de los vampiros, y ambos, lo mismo que varias personas presentes, confirmaron su existencia, palideciendo de horror ante la mera mención de los mismos. Poco tiempo después, Aubrey se decidió a emprender una de sus excursiones, que lo mantendría ocupado durante algunas horas. Cuando los demás supieron adónde tenía previsto ir, todos le rogaron que no regresara de noche, ya que por fuerza tenía que pasar por un bosque en el que, por ningún concepto, griego alguno entraría tras ponerse el sol. Le dijeron que era el lugar donde los vampiros celebraban sus orgías nocturnas, y aseguraban que los más terribles males recaerían sobre quien se atreviera a cruzarse en su camino. Aubrey no se tomó en serio sus palabras, e intentó bromear sobre ellas, pero cuando los vio estremecerse al ver cómo él se atrevía a burlarse de ese poder infernal y supremo, cuya sola mención parecía helarles la sangre, guardó silencio.

A la mañana siguiente, Aubrey partió de excursión solo; le sorprendió observar el melancólico semblante de su anfitrión, y le preocupó descubrir hasta qué punto sus palabras burlándose de aquellos horribles demonios les habían causado terror. Cuando estaba a punto de irse, Ianthe se acercó a él, que estaba montado ya en su caballo, y le rogó encarecidamente que regresara antes de que la noche permitiera que el poder de aquellos seres se pusiera en acción. Él así se lo prometió. Sin embargo, estaba tan absorto en su investigación, que no se dio cuenta de que la luz del día estaba menguando, y de que en el horizonte había una de esas manchitas que, en los climas más cálidos, rápidamente se convierten en una tremenda masa y que descarga toda su furia sobre el resignado campo. No obstante, finalmente montó en su caballo, convencido de que compensaría la demora con velocidad; pero era demasiado tarde. En esos climas sureños el crepúsculo casi no existe, y en cuanto se pone el sol comienza la noche, y antes de que hubiera avanzado demasiado, la fuerza de la tormenta descargó sobre su cabeza. Los truenos retumbaban sin apenas intervalo ni descanso; la intensa lluvia se abría camino a través del dosel del follaje, mientras los relámpagos, azules y ahorquillados, parecían caer junto a sus propios pies. De repente, el caballo se asustó y se lanzó al galope a través del bosque enmarañado. Finalmente, agotado, el animal se detuvo, y a la luz de los relámpagos, Aubrey vio que estaba en las cercanías de una casucha que apenas se destacaba entre las masas de hojas muertas y la maleza que la rodeaban. Desmontando, se acercó a la choza, esperando encontrar allí a alguien que pudiera conducirlo al pueblo, o, de estar deshabitada, conseguir al menos un lugar donde refugiarse de la tormenta. A medida que se acercaba, los truenos cesaron un momento y Aubrey pudo oír los espantosos chillidos de una mujer, mezclados con una sofocada pero exultante risa burlona. El joven se sobresaltó, pero impulsado por el trueno que nuevamente retumbó sobre su cabeza, empujó con fuerza y abrió la puerta de la choza. Dentro reinaba la oscuridad más absoluta; el sonido, sin embargo, lo guió. Al parecer, nadie se había percatado de su presencia, pues, a pesar de haber llamado, los sonidos continuaron sin que nadie le respondiera. Topó con alguien que inmediatamente lo agarró; cuando una voz gritó: «¡Otro despistado!» le sucedió una fuerte risa y se sintió sujetado por alguien cuya fuerza parecía sobrehumana. Se resistió, dispuesto a vender cara su vida, pero en vano: fue levantado en el aire y lanzado con una enorme fuerza contra el suelo. A continuación, su enemigo se abalanzó sobre él y, arrodillándose sobre su pecho, le rodeó el cuello con las manos. En ese momento, el resplandor de varias antorchas penetró por el agujero que iluminaba la choza durante el día y el que lo sujetaba se levantó de golpe, abandonó a su presa y huyó por la puerta; un instante después, el estrépito de las ramas que se quebraban a medida que corría por el bosque dejó de oírse. La tormenta había cesado y las voces de Aubrey, incapaz de moverse, pronto fueron oídas por los que estaban fuera. Entraron, y las antorchas iluminaron unas paredes de barro y un techo de paja cargado de pesados restos de hollín. Por indicación del joven, los recién llegados fueron en busca de la mujer cuyos gritos él había oído, y lo dejaron de nuevo sumido en la oscuridad. Pero cuál no sería su horror cuando las antorchas regresaron y, a su luz, pudo percibir la figura sin vida de su bella y grácil guía. Cerró los ojos, confiando en que no fuera más que una visión fruto de su perturbada imaginación, pero al abrirlos volvió a verla, echada a su lado. El color había huido de su rostro, e incluso de sus labios, aunque la serenidad de su semblante parecía casi la misma de cuando estaba viva. Su cuello y su pecho estaban ensangrentados, y en la garganta se veían las marcas de unos dientes que le habían abierto la vena. Los hombres las señalaron horrorizados, gritando a la vez: «¡Un vampiro, un vampiro!». Fabricaron rápidamente unas parihuelas, y depositaron en ellas a Aubrey junto con quien en los últimos tiempos había sido para él objeto de tantas luminosas y feéricas imágenes, ahora caída; la flor de la vida muerta junto con ella. Aubrey apenas podía pensar; su mente entumecida parecía rehuir la reflexión y refugiarse en el vacío. Sin darse cuenta, sostenía en la mano un puñal desenvainado, de una singular factura, que había encontrado en la choza. Pronto se encontraron con otras partidas que habían salido en busca de aquella a quien su madre había echado en falta. Su lastimero llanto a medida que se acercaban a la ciudad, advirtió a los padres de que algo terrible había ocurrido. Cuando estos descubrieron la causa de la muerte de su hija, miraron a Aubrey y señalaron el cadáver. Inconsolables, ambos murieron con el corazón destrozado.

Acostaron a Aubrey y este fue presa de una virulenta fiebre que a menudo lo hacía delirar. En estos intervalos llamaba a lord Ruthven y a Ianthe; por alguna extraña asociación, parecía rogarle a su antiguo acompañante que perdonara la vida de su amada. En otros momentos dirigía sobre él todas las imprecaciones, y lo maldecía por haberla destruido. Casualmente, por aquel entonces lord Ruthven llegó a Atenas, y, por el motivo que fuera, al enterarse del estado de Aubrey, inmediatamente se instaló en la casa y lo cuidó noche y día. Cuando el joven salió de su delirio, se horrorizó y sorprendió a partes iguales al ver a aquel cuya imagen había asociado a la de un vampiro. Pero lord Ruthven, con sus palabras amables, que casi transmitían arrepentimiento por la falta que había causado su separación, y aún más con la atención, ansiedad y preocupación por él que demostraba, pronto lo reconcilió con su presencia. Su señoría parecía muy cambiado; ya no era aquel ser apático que tanto había impresionado a Aubrey. Pero a medida que la recuperación de este empezó a ser un hecho, se volvió a retraer poco a poco en su anterior estado mental, hasta el punto de que Aubrey ya no podía percibir ninguna diferencia con el hombre de antaño, salvo que a veces lo sorprendía mirándolo fijamente, con una sonrisa maliciosa y exultante en los labios. El joven no sabía por qué, pero esa sonrisa lo obsesionaba. Durante la última etapa de recuperación del enfermo, lord Ruthven parecía estar entretenido en mirar las olas que levantaba la fresca brisa, o en observar el avance de los orbes que, como nuestro mundo, rodean al sol inmóvil. En realidad parecía querer evitar la mirada de los demás.

A causa de la impresión de lo acaecido, la mente de Aubrey se debilitó enormemente, y aquella levedad de espíritu que tiempo atrás lo había caracterizado parecía haber desaparecido para siempre. Ahora era tan amante de la soledad y el silencio como lord Ruthven, pero por mucho que deseara la soledad, le era imposible hallarla en

Atenas. Si la buscaba entre las ruinas que antaño había frecuentado, veía la figura de Ianthe a su lado; si la buscaba en los bosques, su paso ligero parecía pasear entre la vegetación, en busca de la modesta violeta, y entonces, de repente, se daba la vuelta y, con una tranquila sonrisa en los labios, le mostraba a la desbocada imaginación de Aubrey su pálido rostro y su garganta herida. El joven decidió cambiar de aires e irse del lugar que suscitaba tan amargas asociaciones en su mente. Propuso a lord Ruthven, a quien se encontraba unido por los tiernos cuidados que este le había prodigado durante su enfermedad, que visitaran aquellas partes de Grecia que ninguno de los dos había visto aún. Viajaron en todas direcciones y buscaron los sitios que pudieran visitar con gusto; pero aunque se esforzaron por recorrerlo todo, no parecían prestar atención a lo que miraban. Oyeron muchas historias de bandidos, pero poco a poco empezaron a hacer caso omiso de esas informaciones, que atribuyeron a la inventiva de individuos cuyo propósito era estimular la generosidad de aquellos a quienes defendían de los supuestos peligros. Como consecuencia de ese desprecio de los consejos de los habitantes, en una ocasión viajaron con apenas unos pocos guardas, que les servían más como guías que como defensa. Sin embargo, al entrar en un estrecho desfiladero, en el fondo del cual discurría el lecho de un torrente, con enormes masas de rocas caídas de los precipicios vecinos, tuvieron motivos para arrepentirse de su negligencia, pues, en cuanto la totalidad del grupo hubo entrado en el angosto pasaje, fueron sorprendidos por el silbido de balas cerca de su cabeza, y el eco retumbante de varias pistolas. En un instante, sus guardas salieron corriendo y, refugiándose detrás de unas rocas, comenzaron a disparar en la dirección de donde venían los tiros. Lord Ruthven y Aubrey, imitando su ejemplo, se parapetaron por un momento detrás de un recodo del paraje, pero avergonzados al verse así detenidos por un enemigo que con insultos los provocaba para que avanzasen, y expuestos a la carnicería segura si cualquiera de los bandidos trepaba y los sorprendía por la espalda, de repente decidieron huir hacia delante en busca del enemigo. Apenas habían abandonado su refugio cuando lord Ruthven recibió un tiro en el hombro que lo derribó. Aubrey se apresuró a prestarle ayuda sin importarle ya la lucha ni su propia seguridad; lo sorprendió ver en un instante las caras de los bandidos a su alrededor. Al ver a lord Ruthven herido, los guardas levantaron los brazos y se rindieron.

Con la promesa de una gran recompensa, Aubrey pronto los persuadió para que llevaran a su amigo herido a una cabaña cercana, y tras haber acordado un rescate, dejaron de molestar con su presencia. Se limitaron a vigilar la puerta hasta que su camarada volviera con la suma prometida, para la que Aubrey había extendido una orden. Lord Ruthven perdía fuerzas rápidamente, y al cabo de dos días le sobrevino la gangrena; la muerte parecía acercarse a pasos agigantados. La conducta y la apariencia del herido no habían cambiado; parecía tan ajeno al dolor como lo había estado a los objetos de su alrededor. Pero hacia la tarde del último día, se lo vio repentinamente inquieto, con los ojos fijos en Aubrey, el cual se vio urgido a asistirlo, con una petición inusitadamente formal.

—¡Ayúdame! Tú puedes salvarme, puedes hacer incluso más que eso… no me refiero a la vida, mi final me importa tan poco como mi existencia, pero podrías salvar mi honor… el honor de tu amigo.

—¿Cómo? Dime cómo. Haría cualquier cosa —respondió Aubrey.

—Necesito muy poco, mi vida se consume con presteza… No puedo explicártelo todo, pero si ocultaras lo que sabes de mí, mi honor estaría libre de mácula para todo el mundo… Y si mi muerte se desconociera durante algún tiempo en Inglaterra… yo… yo… solo la vida.

—No se sabrá.

—¡Júralo! —gritó el moribundo incorporándose bruscamente—. Jura por todo aquello que veneras, por todo lo que temes, jura que durante un año y un día no explicarás a nadie lo que sabes de mis crímenes y mi muerte, pase lo que pase y veas lo que veas. —Los ojos parecían salírsele de las órbitas.

—¡Lo juro! —dijo Aubrey.

Riendo, lord Ruthven volvió a recostarse, y dejó de respirar.

Aubrey se fue a descansar, pero no pudo dormir; las diversas circunstancias que habían rodeado su relación con aquel hombre le vinieron a la mente sin que supiera por qué. Al recordar su juramento lo recorrió un escalofrío, como si presintiera que algo horrible lo aguardaba. Se levantó pronto por la mañana, y estaba a punto de entrar en la casucha en la que había dejado el cadáver cuando un bandido se acercó a él, y le dijo que lord Ruthven ya no estaba allí; que él y sus camaradas lo habían transportado a la cima de un monte cercano, según la promesa que habían hecho a su señoría de que expondrían su cuerpo al primer rayo frío de luna que brillase después de su muerte. Estupefacto, Aubrey se llevó a varios de los hombres, dispuesto a enterrar el cadáver allí donde yacía. Pero cuando llegó a la cumbre no encontró ni rastro de él ni de la ropa que llevaba, aunque los bandidos juraban y perjuraban que aquella era la roca donde habían apoyado el cuerpo. Durante un rato, la mente de Aubrey se perdió en conjeturas, pero al fin dio media vuelta y se fue, convencido de que aquellos hombres habían enterrado el cuerpo y se habían quedado con la ropa.

Cansado de un país donde le habían acontecido tan terribles desgracias, y en el que todo parecía conspirar para enaltecer la supersticiosa melancolía en que se había sumido, resolvió irse de allí, y poco después llegó a Esmirna. Mientras esperaba un barco que lo llevara a Otranto o Nápoles, se entretuvo poniendo orden en los efectos personales de lord Ruthven, que llevaba consigo. Entre otras cosas, había una caja que contenía varias armas ofensivas, más o menos adaptadas para garantizar la muerte de la víctima. Entre ellas, había varias dagas y yataganes. Mientras las contemplaba y examinaba sus extrañas formas, cuál no sería su sorpresa al descubrir una vaina que parecía decorada con el mismo estilo que la daga que Aubrey había encontrado en la cabaña fatal. Se estremeció y, apresuradamente, fue en busca del arma, para descubrir con horror que, pese a su forma peculiar, esta encajaba perfectamente en la vaina que tenía en la mano. No parecían ser necesarias más certezas; su mirada había quedado clavada en la daga, pero aun así Aubrey no quería creerlo. Sin embargo, su forma particular, la misma variedad de tonos en el mango del arma y en la vaina, ambas de idéntico esplendor, no dejaban lugar a dudas. Había además unas gotas de sangre en cada una.

Aubrey abandonó Esmirna, y al pasar por Roma de camino a casa, hizo en esa ciudad sus primeras averiguaciones, centrándose en la joven a la que había intentado salvar de las artes seductoras de lord Ruthven. Sus padres estaban enormemente afligidos; se habían arruinado, y no sabían nada de su hija desde la partida de su señoría. Aubrey se sintió a punto de perder la razón ante tal sucesión de horrores; temía que la joven hubiese caído víctima del destructor de Ianthe. Se volvió taciturno y callado; su única ocupación consistía en decirles a los postillones que acelerasen el paso de los caballos, como si tuviera que llegar a tiempo de salvar la vida de un ser querido. Llegó a Calais. Una brisa que parecía obedecer a su voluntad pronto lo condujo a la costa inglesa, y una vez en tierra se apresuró para llegar a la mansión de sus padres. Allí, con los abrazos y caricias de su hermana, por un momento pareció borrar todo recuerdo del pasado. Si antes, con sus caricias infantiles, la joven había conquistado su afecto, ahora que empezaba a convertirse en mujer, era aún mejor compañera.

Miss Aubrey carecía de la gracia que atrae la mirada y el aplauso de los que frecuentan los salones. No poseía esa brillantez ligera que solo se da en el cálido ambiente de un apartamento abarrotado. A sus ojos azules nunca asomaba el brillo de una mente frívola. Tenía un encanto melancólico que no parecía surgir de la desgracia, sino de algún sentimiento profundo que parecía indicar un alma consciente de que existe un mundo mejor. Sus pasos no eran los pasos livianos que van donde haya una mariposa o un color que los atraiga; eran sosegados y reflexivos. Cuando estaba sola, su rostro nunca se iluminaba con una sonrisa de alegría, pero cuando su hermano le expresaba su afecto, y en su presencia olvidaba las penas que, como ella sabía, le impedían descansar, ¿quién hubiera cambiado su sonrisa por la de una mujer más sensual? Era como si esos ojos, esa cara, poseyeran una luz propia. Tenía solo dieciocho años, y aún no había sido presentada en sociedad, porque sus tutores consideraban más adecuado que su debut se retrasara hasta el regreso de su hermano del continente, cuando él pudiese convertirse en su protector. Con él ya en Inglaterra, se resolvió que la siguiente recepción, que tendría lugar en breve, sería el momento de su entrada en la «gran escena». Aubrey hubiese preferido permanecer en la mansión de sus padres, y alimentarse de la melancolía que lo abrumaba. Se veía incapaz de interesarse por las frivolidades de la gente de buen tono, cuando su mente había sido desgarrada por los acontecimientos que había presenciado. Pero decidió sacrificar su propia comodidad en aras de la protección de su hermana. Pronto llegaron a la ciudad, y se prepararon para el día siguiente, en que iba a celebrarse una recepción.

El gentío era excesivo, no había habido una reunión en mucho tiempo, y todos aquellos que estaban ansiosos por deshacerse en sonrisas ante la realeza se apresuraron a asistir. Aubrey lo hizo con su hermana. Mientras estaba solo en un rincón, abstraído de cuanto lo rodeaba y pensando que la primera vez que había visto a lord Ruthven había sido en aquel mismo sitio, alguien lo cogió de repente del brazo, y una voz que reconoció muy bien le dijo al oído: «Recuerda tu juramento». Apenas se había atrevido a darse la vuelta, temeroso de que un espectro lo atacara, cuando, a poca distancia, percibió la misma figura que había llamado su atención en ese mismo lugar el día en que por primera vez entró en sociedad. Lo miró hasta que sus miembros estuvieron a punto de negarse a seguir sosteniéndolo; tuvo que cogerse del brazo de un amigo, abrirse paso a través de la multitud hasta su carruaje, y pedir que lo llevasen a casa. Recorrió la habitación con paso apresurado, llevándose las manos a la cabeza, como si temiera que el cerebro le fuese a estallar. Lord Ruthven de nuevo ante él…, todo empezó a girar en un caos vertiginoso…, la daga…, su juramento. Se recompuso; aquello no era posible…, ¡los muertos no resucitan! Pensó que su imaginación había conjurado la imagen de la persona a la que estaba evocando. No podía ser real. Finalmente, decidió seguir acudiendo a los actos sociales y allí preguntar por lord Ruthven e intentar conseguir información. Unas pocas noches después, asistió con su hermana a una reunión en casa de un pariente cercano. Dejándola al cuidado de una matrona, se retiró a un saloncito, y allí se entregó a los pensamientos que lo consumían. Al ver que muchos de los invitados se marchaban, se levantó y se dirigió al salón. Encontró a su hermana rodeada por varios hombres, con los que parecía estar conversando con seriedad. Intentó abrirse paso y acercarse a ella. Cuando pidió permiso a uno de los hombres, este se dio la vuelta, y Aubrey vio el rostro aborrecido. Se lanzó hacia delante, agarró a su hermana del brazo y, con paso acelerado, la condujo hacia la salida. En la puerta se vio obstaculizado por la multitud de sirvientes que esperaban a sus señores, y mientras intentaba abrirse paso entre ellos, volvió a oír el susurro a su lado: «¡Recuerda tu juramento!». No se atrevió a volverse; le metió prisa a su hermana y pronto llegaron a casa.

Aubrey se volvió distraído. Si ya antes su mente tenía tendencia a dejarse absorber por un tema, ahora su ensimismamiento era mucho más completo, debido a la certeza de que el monstruo había vuelto a la vida. Ya no hacía caso de las atenciones de su hermana, y en vano ella le rogaba que le explicara lo que había provocado su abrupta reacción. Él se limitó a murmurar unas pocas palabras pero estas aterrorizaron a la joven. Cuanto más pensaba, más perplejo se sentía. Su juramento lo asustaba: según este, ¿debía permitir que aquel monstruo anduviera suelto, provocando con su aliento la perdición de lo que él más quería, sin impedirlo? Su misma hermana podría verse afectada por él. Pero aunque rompiera su juramento y manifestara sus sospechas, ¿quién iba a creerle? Pensó en librar al mundo de tal miserable él mismo, pero recordó que este ya se había burlado de la muerte. Permaneció en ese estado durante días; encerrado en su habitación, sin ver a nadie, y comiendo solo cuando su hermana, con los ojos llenos de lágrimas, le suplicaba que volviera a su ser. Finalmente, incapaz de aguantar la inmovilidad y la soledad, Aubrey salió de casa; deambuló de calle en calle, deseoso de librarse de la imagen que lo atormentaba. Empezó a descuidar su vestimenta, y vagaba, expuesto tanto al sol del mediodía como a la humedad de la noche. Ya no era él mismo; al principio regresaba a casa al atardecer, pero luego se acostaba a descansar allí donde la fatiga lo encontrara. Su hermana, preocupada por su seguridad, contrató a gente para que lo siguieran, pero Aubrey pronto los despistaba, capaz de huir de sus perseguidores a toda velocidad. Sin embargo, su conducta cambió de repente. Asustado con la idea de que con su ausencia dejaba a sus amigos con un demonio entre ellos de cuya presencia eran ignorantes por completo, se decidió a volver a la sociedad y vigilarlo de cerca, dispuesto a advertir, a pesar de su juramento, a aquellos con los que lord Ruthven se relacionara. Pero cuando entraba en una habitación, su aspecto demacrado y sospechoso causaba tal impresión, su íntimo tormento era tan evidente, que su hermana tuvo que rogarle al fin que por el bien de ella se abstuviera de frecuentar un ambiente que lo afectaba de forma tan profunda. Cuando, pese a todo, sus ruegos se revelaron inútiles, sus tutores consideraron oportuno intervenir y, temiendo que su mente se estuviese alienando, pensaron que era aconsejable que volvieran a asumir el cometido que los padres de Aubrey les habían encargado.

Deseando protegerlo de los peligros y sufrimientos a que se exponía a diario en sus andanzas, y de preservar de la mirada pública las señales de lo que ellos consideraban locura, contrataron a un médico para que residiera en la casa y lo atendiera constantemente. Aubrey no pareció darse ni cuenta, tan completamente absorta estaba su mente en un solo tema terrible. Su incoherencia se volvió finalmente tan grave que lo confinaron en su habitación. Allí permanecía echado, a menudo durante días, incapaz de levantarse. Estaba en los huesos y sus ojos habían cobrado un lustre vidrioso. Los únicos indicios de afecto y reconocimiento se producían cuando veía a su hermana; entonces, a veces se levantaba y, cogiéndole las manos y mirándola de un modo que a ella la afligía profundamente, le pedía que no tuviese relación con él. «No, no lo toques; si de verdad me quieres, ¡no te acerques a él!» Pero cuando la joven le preguntaba a quién se refería, la única respuesta era «¡es verdad, es verdad!», y otra vez se hundía en un estado del que ni ella podía sacarlo. Esto duró muchos meses. Gradualmente, sin embargo, a medida que el año pasaba, sus incoherencias se volvieron menos frecuentes, y su mente se libró de una parte de tristeza; al mismo tiempo, sus tutores observaron que varias veces al día contaba con los dedos una cifra determinada, y luego sonreía.

El período de tiempo prometido ya casi había pasado, y el último día del año, uno de sus tutores entró en la habitación y empezó a hablar con el médico de lo terrible que era que Aubrey estuviese tan melancólico cuando su hermana se iba a casar al día siguiente. Eso atrajo de inmediato la atención del joven, que preguntó ansiosamente con quién se casaba. Contentos de ese indicio de que recuperaba sus facultades mentales, cuando ya temían que las hubiese perdido por completo, le contestaron que con el conde de Marsden. Pensando que debía de tratarse de algún joven conde al que su hermana había conocido en sociedad, Aubrey pareció alegrarse, y los sorprendió aún más cuando expresó su intención de asistir a la boda, y su deseo de ver a su hermana. En un principio le dijeron que no, pero pocos momentos después, la joven entraba en su habitación. Al parecer, volvía a ser capaz de sentir los beneficiosos efectos de su hermosa sonrisa, ya que la apretó contra sí, y le besó la mejilla, húmeda de lágrimas que fluían al pensar que su hermano respondía de nuevo a los sentimientos de afecto. Aubrey comenzó a hablar con toda su calidez habitual, y la felicitó por su boda con una persona tan distinguida por su rango y sus logros. En esas, se dio cuenta de que su hermana llevaba un medallón colgando del cuello; Aubrey lo abrió, y cuál no sería su sorpresa al contemplar las facciones del monstruo que llevaba tanto tiempo influyendo en su vida. Le arrancó el medallón en un paroxismo de furia, y lo pisoteó. Al preguntarle la joven por qué destruía así la imagen de su futuro esposo, él la miró como si no la comprendiera; a continuación le cogió las manos con expresión frenética, pidiéndole que jurara que nunca se casaría con aquel monstruo, porque… Pero no pudo seguir; era como si aquella voz le pidiese de nuevo que recordara su juramento. Se dio vuelta de repente, pensando que lord Ruthven pudiera estar cerca, pero no vio a nadie. Mientras, sus tutores y el médico, que lo habían oído todo, e interpretaron que volvía a su confusión mental, entraron y lo alejaron a la fuerza de miss Aubrey, pidiéndole a esta que se fuera. Él se arrodilló ante ellos, imploró, suplicó que lo demoraran un solo día. Ellos, atribuyendo ese comportamiento a la locura que creían que había tomado posesión de su mente, intentaron calmarlo, y se marcharon.

Lord Ruthven había ido a visitarlos a la mañana siguiente a la recepción, pero, lo mismo que a todos los demás, se le negó la entrada. Cuando se enteró de la enfermedad de Aubrey, enseguida comprendió que era por su causa, pero cuando supo que lo consideraban locura, no pudo esconder su exultación y placer ante quienes le habían dado la información. Se apresuró a volver a la casa de su antiguo acompañante, y gracias a la atención constante y el pretexto del gran afecto que sentía por él y el interés por su suerte, poco a poco se fue ganando la atención de miss Aubrey. ¿Quién podía resistirse a su poder? Su lengua tenía demasiados peligros y recursos como para detallarlos; le habló de sí mismo como de alguien a quien todos los demás seres de la tierra no tenían simpatía, con la salvedad de aquella a quien se dirigía; le contó cómo, desde que la conocía, su existencia había empezado a parecerle digna de preservación, aunque solo fuese para escuchar el dulce acento de su voz…, en fin, sabía tan bien cómo usar sus artes tortuosas —o tal era la voluntad del destino— que se granjeó su afecto. Por entonces, heredó el título de una antigua rama de la familia, y obtuvo una importante embajada, lo que le sirvió como excusa para acelerar la boda (a pesar del estado trastornado del hermano de ella), que finalmente iba a tener lugar el día antes de su partida al continente.

Cuando el médico y sus tutores se marcharon, Aubrey intentó sobornar a los sirvientes, pero en vano. Pidió entonces papel y pluma y escribió una carta a su hermana, instándola, por su propio honor y felicidad, y por el honor de aquellos que ahora descansaban en sus tumbas, pero que alguna vez la habían tenido en sus brazos como su esperanza y la de su hogar, a que demorara solo unas pocas horas su matrimonio, para el que él auguraba los más terribles males. Los sirvientes prometieron entregar la carta, pero se la dieron en cambio al médico, que pensó que sería mejor no preocupar más a miss Aubrey con lo que él consideraba los delirios de un maníaco. Los agitados habitantes de la casa pasaron la noche sin dormir, y Aubrey oyó, con un horror indescriptible, el sonido de los ajetreados preparativos. Llegó la mañana, y el traqueteo de los carruajes alcanzó sus oídos. Aubrey se puso casi frenético. La curiosidad de los sirvientes pudo más que su obligación de cuidarlo, y poco a poco se fueron escabullendo, dejándolo bajo la custodia únicamente de una anciana indefensa. Él aprovechó la oportunidad; en un momento estuvo fuera de la habitación, y en dos zancadas llegó al salón donde estaban ya casi todos reunidos. Lord Ruthven fue el primero que lo vio; se acercó a él enseguida y, tomándolo del brazo con fuerza, lo sacó rápidamente de la estancia, mudo de rabia. Una vez en la escalera, susurró al oído del joven: «Recuerda tu juramento, y debes saber que, si hoy no se convierte en mi esposa, tu hermana se verá deshonrada. ¡Las mujeres son tan débiles!». Y tras decir esto, empujó a Aubrey hacia sus sirvientes, quienes habían acudido en su búsqueda gracias al aviso de la anciana. El joven ya no pudo soportarlo; su furia sin salida le provocó la rotura de un vaso sanguíneo y se lo llevaron a la cama. A su hermana no le dijeron nada de lo sucedido, pues el médico temía agitarla. La boda se celebró con toda solemnidad, y los novios se fueron de Londres.

La debilidad de Aubrey fue en aumento; la efusión de sangre produjo los síntomas que indican que la muerte está cercana. Mandó llamar a los tutores de su hermana, y cuando el reloj dio la medianoche, relató con serenidad todo lo que el lector ya sabe. Murió inmediatamente después.

Los tutores se apresuraron para proteger a miss Aubrey, pero cuando llegaron, ya era demasiado tarde. Lord Ruthven había desaparecido, ¡y la hermana de Aubrey había saciado la sed de un VAMPIRO!

EPÍLOGO

MALOS TIEMPOS PARA EL VAMPIRO
(aunque no todo está perdido)

En el prólogo a esta excelente antología, sus autores afirman, con toda la razón, que el vampiro es «el gran clásico de los mitos de terror». Para demostrarlo, recorren las múltiples identidades que este monstruo asumió antes de que Stoker nos legara su encarnación más exitosa, a juzgar por su decisiva y perdurable influencia en toda la ficción vampírica posterior. Basta echar una rápida ojeada al listado de cuentos aquí recogidos para darse cuenta de la importancia que el vampiro tuvo en la literatura del siglo XIX: desde Hoffmann y Byron hasta Maupassant y Conan Doyle, pasando por Gautier, Poe, Gógol o Le Fanu, muchos fueron los autores que se acercaron a este mito inmortal.

Los siglos XX y XXI han sido también especialmente fértiles en vampiros. Desde perspectivas, temáticas y estilos muy diversos, contamos con grandes obras que han seguido explorando las múltiples posibilidades que todavía ofrece un monstruo que es tan antiguo como nuestros miedos. Sin embargo, ello no ha impedido que, en su evolución y aclimatación a los nuevos tiempos, estén apareciendo ficciones que han invertido el sentido del vampiro para domesticarlo y despojarlo de todo lo que lo define como monstruo. Un (mal) signo de nuestros tiempos que merece una pequeña reflexión.

El monstruo (y aquí no me refiero sólo al vampiro) encarna la transgresión, el desorden. Su existencia subvierte los límites que determinan lo que resulta aceptable desde un punto de vista físico, biológico e incluso moral. El monstruo siempre implica la existencia de una norma: es evidente que lo «anormal» sólo existe en relación a lo que se ha constituido o instaurado como «normal». Ello explica su inevitable relación con el miedo. Porque una de las funciones esenciales del monstruo es encarnar nuestro miedo a la muerte (y a los seres que transgreden el tabú de la muerte, como ocurre con el vampiro, el fantasma, el zombi y otros *revenants*), a lo desconocido, al depredador, a lo materialmente espantoso... Pero, al mismo tiempo, el monstruo nos pone en contacto con el lado oscuro del ser humano al reflejar nuestros deseos más ocultos.

El vampiro es un buen ejemplo de ello, pues, además de metaforizar esos miedos atávicos antes descritos, también puede interpretarse como una representación de todo lo que no somos pero ansiamos ser. El vampiro se identifica, así, con el placer, la noche, el desorden, la liberación de nuestros instintos naturales, como también ocurre, por ejemplo, con el Mr. Hyde de Stevenson. Frente al vampiro está la sociedad humana, que representa el orden, el día, la represión de los instintos. Por eso la novela de Stoker resulta profundamente inquietante: traer al vampiro a las calles de Londres supone —simbólicamente— introducir el caos en nuestro (aparentemente) tranquilo y ordenado mundo; sin olvidar el hecho de que Drácula procede de Transilvania, es decir de un espacio más allá de los límites del imperio, de un mundo salvaje y sin civilizar... para un inglés victoriano. Drácula resulta, así, la perfecta encarnación del Otro.

Por eso, la mayoría de las historias de vampiros, por más cotidianas que sean, no eliminan el temor que esos seres causan en los humanos. Porque son una amenaza para nuestra idea de lo real (son imposibles, fantásticos) y para nuestra integridad física.

En otras ocasiones, el vampiro encarna también otros deseos reprimidos del ser humano, normalmente de carácter sexual. Si el vampiro no está sometido a las reglas de la Moral, el sexo no tiene reglas para él.

El vampiro simboliza, en resumen, la transgresión a todos los niveles.

Todo ello no impide que el vampiro (el monstruo en general), a la vez que mantiene ciertas constantes esenciales, cambie en función de las diferentes épocas que le va tocando vivir y de los nuevos miedos y obsesiones que asaltan al ser humano. Sin detenernos en ellas, basta citar algunas obras célebres para comprobar las semejanzas y, sobre todo, las diferencias que revelan las diversas encarnaciones posmodernas del vampiro. Basta mencionar las novelas *Salem's Lot* (1975), de Stephen King, y *Entrevista con el vampiro* (1976), de Anne Rice, así como las películas *Nosferatu* (1979, Werner Herzog), *Jóvenes ocultos* (1987, Joel Schumacher), *Drácula* (1992, F. F. Coppola), *Abierto hasta el amanecer* (1995, Robert Rodríguez) o *Déjame entrar* (2008, Tomas Alfredson; adaptación de la novela homónima de John Ajvide Lindqvist, publicada en 2004). En todas ellas, pese a sus diferencias, el vampiro mantiene su dimensión imposible y terrorífica. Porque sigue estando más allá de la norma.

Como ya se habrá dado cuenta el lector, en esa mínima pero representativa lista no he incluido fenómenos como la saga *Twilight* o la serie de TV *True Blood* porque proponen algo muy diferente: la «naturalización» y, con ello, la «domesticación» del monstruo.

Con el término «naturalización» me refiero al hecho de dotar al vampiro de una paradójica normalidad, es decir, convertirlo en un posible más del mundo, lo que implicaría extirparle su original naturaleza imposible (y por ello amenazante) y situarlo dentro de la norma. Un proceso que inevitablemente lo conduce a su «domesticación» y, con ello, como después trataré de demostrar, a despojarlo de su monstruosidad.

Dicho proceso se inició con la inquietante humanización del vampiro que, entre otros, propone Anne Rice en su célebre novela, en la que es el monstruo el que nos cuenta su historia y, con ello, nos hace empatizar con él. Dicha empatía provocó —siento el fácil juego de palabras— la simpatía por el vampiro, lo que implica, a su vez, una visión positiva del mismo; buen ejemplo de ello lo tenemos en una película reciente, *Drácula, la leyenda jamás contada* (2014, Gary Shore), en la que, como deja claro su título, se narra lo que nunca se había revelado sobre la conversión en vampiro de Vlad Tepes: ésta se debió a la encomiable razón de salvar a su familia y a su pueblo de la dominación turca, lo que lo convierte en un héroe.

A todo ello se añade una estrategia —perdón por ponerme estupendo— de «des-otrerización», manifestada por dos vías esenciales: someterlo a una noción de moralidad humana (por definición ajena al monstruo), a la vez que se apuesta por una «estilización de la monstruosidad», es decir, construirlo según los cánones idealizados de belleza, moda y demás valores imperantes en la sociedad de consumo. Me alejo un momento del vampiro para poner un ejemplo que permitirá comprender mejor lo que planteo: las muñecas *Princesas Zombies* (de la marca *Famosa*). El spot publicitario que las anunciaba recientemente en TV es muy significativo: mientras vemos imágenes de las citadas muñecas, se oye una voz en off que pronuncia estas reveladoras palabras: «Te va a encantar esta maldición. Ahora las princesas zombies son. Rapunzel, Ariel, Blancanieves, Cenicienta, Bella Durmiente vuelven para verte. Princesas Zombies están muertas por conocerte». Como ya ocurriera con las célebres muñecas *Monster High*, las *Princesas Zombies* son guapas, delgadas y glamurosas (la influencia de *Barbie*). Una estupenda estrategia comercial para seguir explotando la imaginería de Walt Disney (en su reelaboración de los cuentos de hadas) y la del monstruo en su versión «domesticada», ahora muy lucrativo para la industria cultural.

La ficción vampírica y, en particular, la saga *Twilight*, nos proporciona los mejores ejemplos de este significativo proceso, aunque también podríamos acudir a otros casos muy elocuentes, como los que presentan la serie de TV *Being Human* o la película *Warm Bodies* (relato de amor adolescente entre un zombi y una humana).

Si bien los vampiros de la exitosa saga poseen los esperables rasgos sobrehumanos propios de su condición monstruosa (son inmortales, extremadamente fuertes, súper veloces, poseen sentidos hiperdesarrollados), su construcción como personajes potencia todo aquello que responde a las exigencias de la «estilización de la monstruosidad»: son adolescentes, «inhumanamente bellos» (en palabras de Bella, narradora y protagonista), van al instituto, visten a la moda y, sobre todo, se ven enfrentados en su vida cotidiana a las mismas preocupaciones y angustias de sus compañeros de clase: identidad, amor, sexo, celos, familia, procreación... A lo que hay que añadir que no beben sangre humana y, sobre todo, que conforman una familia (los Cullen) modélica en todos los sentidos

La moralidad de los Cullen se esencializa en el casto comportamiento de Edward respecto a Bella, pues sólo se acostará con ella una vez casados (para que no pierda su «alma inmortal»), encarnando, de ese modo —más allá de su biología vampírica— al buen chico, conservador y de orden. El príncipe azul con el que la protagonista se casará y con el que será feliz por toda la eternidad... literalmente, pues Edward morderá a Bella para salvarla de la muerte (tras dar a luz a un híbrido de ambos), en un acto de fe y compromiso cristiano (no hay que olvidar que Meyer es mormona).

Los Cullen, por tanto, encajan mal con la concepción del monstruo fantástico como encarnación de la desviación, lo amoral, lo inhumano, lo subversivo, puesto que son vampiros sometidos al control de lo cotidiano y, sobre todo, de los valores tradicionales y heteronormativos sobre género y sexualidad. No creo exagerar si afirmo que, más que de domesticación, deberíamos hablar de «castración» del monstruo.

Esa visión domesticada encarnada en una feliz familia de vampiros preocupada por el bien de los demás, no sólo genera un proceso de aceptación de la monstruosidad, sino que la convierte en admirable, incluso deseable como estado (eso también explicaría la evolución personal de Bella, que, una vez transformada en vampira, encuentra, por fin, su lugar en el mundo gracias a su nueva identidad y a la nueva comunidad que la acoge). Ni siquiera el propio eje central de la trama, la relación amorosa «interracial» entre Edward y Bella, descansa en verdad sobre la problematización de la naturaleza imposible (sobrenatural, monstruosa) del primero, puesto que dicha trama funcionaría igual si sustituyéramos al vampiro por un humano perteneciente a una familia rival (*Romeo y Julieta*), a otra comunidad (*West Side Story*) o a una raza diferente (*Adivina quién viene a cenar*).

De ese modo, los vampiros de *Twilight* dejan de ser evaluados desde una problemática fantástica y se insertan en el marco de lo real como una especie o raza más de las que habitan el mundo, como también ocurre en obras —aparentemente tan diferentes— como *Blade* (1998, Stephen Norrington) y sus secuelas, *Daybreakers* (2010, Michael Spierig), o las series de televisión *Buffy Cazavampiros* y *True Blood* (HBO, 2008-2014), sólo por citar algunas de las más conocidas.

Basta comparar lo que ocurre en estas obras con la historia narrada en la inquietante película *Déjame entrar* (2008), donde significativamente también se introduce una trama sentimental. Si bien la película narra la historia de amor que surge entre Eli, una vampira anclada en la edad infantil, y Oskar, un niño atormentado por una familia desestructurada y, sobre todo, por los abusadores de su colegio, ello no implica que la naturaleza monstruosa de Eli sea naturalizada o disimulada (su sed de sangre humana la llevará a matar salvajemente a varias personas; escenas que al ser protagonizadas por una niña son doblemente impactantes). Entre ambos personajes se establece, además, una relación simbiótica: Eli ayuda a Oskar matando a sus acosadores y él —en unos años— será el adulto que la cuide y proteja (lo que implicará matar para conseguirle alimento) sin despertar sospechas. Lo esencial del film es que nunca dejamos de ver a Eli como un monstruo depredador, pero, a la vez, compartimos su desazón, su angustia ante lo que es y lo que ello implica.

Así pues, ese triple proceso de naturalización — positivación — domesticación desdibuja al vampiro como monstruo amenazante, puesto que deja de ser una figura del desorden para encarnar el orden, la norma, a la vez que se convierte en un posible más del mundo. ¿Qué queda entonces de la original dimensión subversiva del vampiro en *Twilight* o en *True Blood*?

No se entienda, por mi pregunta (y por toda la argumentación precedente), que mi objetivo es reivindicar una encarnación clásica, tradicional, del monstruo como figura malvada y exteriormente terrorífica (o repulsiva). Como ya expuse al principio, es evidente que el monstruo cambia, pues se adapta a las ansiedades y miedos del ser humano a lo largo de la historia (aunque, en el fondo, bajo ellas siempre subyace nuestro atávico miedo a la muerte y lo desconocido). Pero esa mutación no debería implicar su naturalización y, menos aún su domesticación, sometiéndolo al orden y a la normalidad.

Detrás de todo ello, no creo exagerar, asoma una visión conservadora del mundo y de las expresiones culturales que dan razón de él: naturalizar al monstruo significa eliminar una encarnación del desorden, de lo subversivo. El monstruo, así, deja de ser peligroso (en todos los sentidos). Lo que también lo hace —no lo olvidemos— más fácilmente consumible por un mayor número de público. Entonces ¿de qué sirve un monstruo inofensivo? Más aún, ¿realmente puede ser concebido como un monstruo?

Pero no quiero terminar este epílogo de forma catastrofista. Pese a la enorme potencia —comercial, pero, sobre todo, ideológica— que tiene esa cada vez más extendida domesticación del vampiro, todavía siguen apareciendo obras que apuestan —por diferentes vías y temáticas— por representarlo como un monstruo fantástico y, por ello, amenazante y subversivo. Entre ellas me gustaría destacar novelas como *Diástole* (2011), del escritor español Emilio Bueso, la serie de novelas sobre la vampira Sarah Ellen del peruano Carlos Calderón Fajardo (1993-2014), la *Trilogía de la oscuridad* (2009-2011), de Guillermo del Toro y Chuck Dougan (tres novelas que sirven de base para la serie de TV *The Strain*, dirigida también por Del Toro), las películas *30 días de oscuridad* (2007, David Slade), la ya mencionada *Déjame entrar* (2008), *Prowl* (2010, Patryk Syversen) y *Only Lovers Left Alive* (2013, Jim Jarmush), así como la serie *Penny Dreadful* (2014-2016) o la quinta temporada de *American Horror Story* (2016). Obras que demuestran que la moda impuesta por *Twilight* y sus muchas imitadoras no ha acabado con el vampiro monstruoso y transgresor.

El monstruo resiste porque nuestros miedos persisten.

DAVID ROAS